规则怪谈

我能完美利用规则

石头巨怪 / 著

中国友谊出版公司

图书在版编目（ＣＩＰ）数据

规则怪谈：我能完美利用规则 / 石头巨怪著 . --
北京 : 中国友谊出版公司 , 2024.6（2025.11 重印）
ISBN 978-7-5057-5828-5

Ⅰ . ①规… Ⅱ . ①石… Ⅲ . ①长篇小说－中国－当代
Ⅳ . ① I247.5

中国国家版本馆 CIP 数据核字 (2024) 第 008035 号

书名	**规则怪谈：我能完美利用规则**
作者	石头巨怪
出版	中国友谊出版公司
发行	中国友谊出版公司
经销	新华书店
印刷	嘉业印刷（天津）有限公司
规格	700 毫米 ×980 毫米　16 开
	21.75 印张　414 千字
版次	2024 年 6 月第 1 版
印次	2025 年 11 月第 8 次印刷
书号	ISBN 978-7-5057-5828-5
定价	52.80 元
地址	北京市朝阳区西坝河南里 17 号楼
邮编	100028
电话	（010）64678009

如发现图书质量问题，可联系调换。质量投诉电话：010-82069336

X 目录

副本一：
崇山医院

第1章 | 诡异空间

杂乱的房间。

发黄的墙壁。

刺鼻的血腥味将顾毅唤醒，他挣扎着从地上爬了起来，看着手心发呆。

"我这是在哪儿？"顾毅望了望四周。

一个冰冷的声音刺入双耳："欢迎来到诡异空间，请保持谨慎和冷静，这将决定你是否可以在这个世界活下去。"

顾毅浑身哆嗦，心脏跳到了嗓子眼："我居然到了诡异空间？"

这是一个由诡异空间控制的世界。每隔一段时间，诡异空间就会从人类世界抽选一群人来到《诡异世界》进行冒险，他们会代表各自的国家挑战《诡异世界》。

如果挑战失败，诡异空间里的怪物就会入侵他们所代表的国家。

顾毅感到喉咙发紧，手心出汗，脑子里依然是一片空白。

"冷静，冷静……"顾毅深吸一口气，尽力抚平自己紧张恐惧的情绪。

他已经在 A 国生活了 20 年，他对这个国家产生了深深的感情。就算不是为了自己，为了国家，为了父母、手足同胞，自己也得勇敢起来！

顾毅重新振作起来，深吸一口气。

此时，他的脑海中又响起了那个冰冷的声音："冒险者是第一次进入诡异空间，可以获得一次免费抽取天赋的资格。"

"请问是否抽取？"顾毅听到这话，心情慢慢平复下来。

每个冒险者第一次进入诡异空间，都可以进行一次抽奖，获得初始天赋。这些天赋有的可以强化冒险者的体力，使他们行动更加迅速；有的可以增强他们的精神力，不至于被诡异空间的怪物轻易吓死。

全世界公认，强化体力的天赋是整个空间最实用的初始天赋，因为有很多关卡都是可以通过逃跑通关的。

顾毅刚开始因为心情太过紧张，居然忘记了还有这么一回事，直到空间提醒他才想起来。

"抽取天赋。"

丁零零——顾毅的耳边传来一阵铃铛声。

"恭喜冒险者获得 SSS 级天赋——无限推演!

"无限推演可以帮助冒险者推演未来可能发生的一切事情,每次推演需要消耗宿主一定的精神力。心中默念'开始推演',即可使用天赋。

"推演即时进行、瞬间完成,并且不会影响现实中的进程。但你在推演时的记忆以及所受的精神创伤都会保留下来,请随时保持冷静的头脑。

"目前冒险者的精神力为 50/50。"

"无限推演?"顾毅眼中闪烁着光芒,尽管他还不太明白"无限推演"的具体作用,但光听见 SSS 级就足够让他安心了。

SSS 级天赋的出现概率为千万分之一。

上一个觉醒了 SSS 级天赋的冒险者,一连通关了 5 个副本,而其他玩家也就能通关 1~2 个而已。

顾毅还没来得及研究自己的天赋能力,周围的场景便再度变化,他的身体也不由自主地像是木偶一样任人摆布。

此时,顾毅正躺在一张病床上,动弹不得,耳边又传来了系统的提示音:

副本即将开启,请各位冒险者做好准备。

副本名称:崇山医院。

副本简介:每天晚上你都会看见自己身边的病友一个接一个地消失,但当你询问周围的人时,他们都坚称从来没有看到过这位病友。你非常担心,害怕自己有一天也会突然消失不见……

通关条件:

1. 完美级:调查出崇山医院背后的真相,并抓住"不可言说"。

2. 优秀级:成功逃离崇山医院。

3. 普通级:在崇山医院存活一个月。

顾毅身上的压力消失,他恢复自由,不过他并没有急着从床上爬起来,而是闭上眼睛在心中默念:"开始推演。"

推演开始!

你第一次使用天赋能力,心情激动。

你从床上爬了起来,观察了一下四周的环境。

这是一个特护病房,房里靠墙放着一张床,床边放着一个床头柜,地面上散落着乱七八糟的衣服,还有一个空荡荡的纸箱子。

你转过身,打开窗户。

窗户外有栅栏挡着,栅栏非常牢靠,想从窗户逃脱根本不可能。

你转过身,试图在病房里寻找线索。

病房的大门是从外面锁住的，无法打开。

你来到病床边，掀开被子、床单、床垫，没有找到任何线索和提示。

你扭头看向床头柜，打开第一层抽屉，里面只有一些药片和杂物。

咚咚咚——

门外响起敲门声，有人询问你的情况。

你没有回答。

门打开了，一名医生、两名护士走进了病房。

医生和护士全都戴着鸟嘴面具。

医生看了你一眼，检查了一下你的第一层抽屉。

他摘下面具，脑袋立刻变成了怪物的样子。

你的眼前一片血红。

你死了。

推演结束。

"啊！"顾毅猛然睁开眼，轻呼一声。

模拟推演的画面太过真实，就连怪物刺穿自己心脏的触感都能真实地模拟，他算是身临其境地体会了一次真正的死亡。

第一次推演，顾毅连病房都没有离开，就被医院的怪物医生杀死了，一条有用的线索都没有找到。

"该死，为什么我什么都没做就死了？我到底触发了什么即死 flag①？"

此时，顾毅的精神力变成了 40/50，看来进行 1 次推演需要消耗 10 点精神力。也就是说，顾毅必须在剩下的 4 次推演中找到有用的线索，不然只有死路一条。

顾毅得到的有效信息只有一个，那就是医院里的医生是怪物，而且自己一定是错过了什么关键信息，才会突然被医生杀死。

"冷静，我一定错过了什么。再来一次，开始推演！"

顾毅深吸一口气，再次闭上眼睛。

推演开始！

你总结了第一次的失败经验，没有四处乱晃，而是专心寻找通关线索。

你不在床上翻找，而是把注意力都放在了床头柜上。

床头柜一共有 3 层，第一层你已经查看过，于是你从第二层开始查看。

第二层空空荡荡。

第三层只有一把折叠水果刀，你收进了口袋。

---

① flag：网络流行词，英文原意为旗帜，在游戏中具有决定或引导剧情发展的特性，后引申为某一特定事件发生前的征兆或标志。文中的"即死 flag"是指某种触发立即死亡的结局的条件。

你没有找到任何线索，于是你干脆趴在地上，终于在床底靠墙的位置找到了一张字条。

你脱下鞋子，用脚钩出了墙角的字条。

这是一张写着提示的字条。

病人手册

1. 每天早、中、晚按时吃药。
2. 请随时保持病房整洁。
3. 戴鸟嘴面具的人是医生或护士，请谨遵医嘱。
4. 如果看见走廊天花板变成血红色，请不要惊慌，这是正常情况。
5. 特护病房里始终有两个人，请牢记这点。
6. 如果看见任何设备损坏，请立刻联系戴大象面具的人进行修理。

你翻到字条背面，上面有人用血写下了一行文字：

不要吃他们给你的任何药品，他们是一群魔鬼，会将你引入深渊。

第2章 | 相互矛盾的规则

字条上出现了相互矛盾的规则，你一时间不知道该相信哪条。

正面的第一条让你按时吃药。

背面的血字却让你不要吃药。

更可怕的是，字条上还写着一句"特护病房里始终有两个人"，而你从头到尾都没有看见你的病友。

你感到后背发凉，也许副本里的"不可言说"正站在自己的身后。

它会不会就是背景故事介绍里提到的消失的病友？

咚咚咚——

门外响起敲门声。

你慌忙收起字条，拿出第一层抽屉里的药片吞了下去。

医生和护士见你没有回应，便走进了病房。

护士看了一眼满地的衣物，破口大骂。

她从胸前的口袋里掏出圆珠笔杀死了你。

你的眼前一片血红。

你死了。

推演结束。

顾毅退出推演，他捂着自己的眼睛，心有余悸地回忆着自己刚刚惨死的画面。

这一次推演顾毅有了重大的突破，他现在已经知道了自己第一次推演失败的原因。

第一次自己触发即死 flag 是因为没有按时吃药，所以医生发现后直接杀了自己。

第二次杀死自己的是护士，在刺杀自己之前，她还瞟了一眼地上堆成一堆的衣物，很显然这是因为自己没有保持病房整洁。

由此可见，字条正面的内容是真实的，背面的血书并不值得信任。

为了印证自己的想法，顾毅再次使用天赋能力。

推演开始！

你起床了。

你第一时间整理好床铺，接着转身捡起地上的衣服，整整齐齐地叠好，塞进了床头柜的第二层。你折叠纸箱子，靠墙放好。

你把第三层里的水果刀藏在身上，转身看向大门。

咚咚咚——

敲门声响起，医生和护士在门外向你问好。

你给出回应。

医生和护士走进病房。

护士看了一眼干净的地板，没有说话。

医生拉开床头柜的第一层，点了点头，接着又开始检查你的身体状况。

医生：你按时吃药了吗？

你：早、中、晚各一次。

医生：不吃药的话，病可不会好。

你：是的。

门外传来一阵狗叫。

医生和护士并没有表示任何疑惑，他们似乎已经习惯了在医院里听见狗叫。

你：医院里为什么有狗？

医生：医院里并没有养狗，看来你的病情又严重了，我们得给你加大剂量。

你：我可以知道我得的是什么病吗？

医生：你有妄想症，你觉得自己的身体不属于自己。前段时间你还说自己看见了怪物，你最近出现过类似的幻觉吗？

你：没有。

你感到疑惑。

难道前两次推演失败的根本原因，是自己精神病发作，错把医生当成了怪物？

如果是这样的话，那张字条上的提示又是怎么回事？

"如果看见走廊天花板变成血红色，请不要惊慌，这是正常情况。"

这很显然是在描述精神病发作时看见的幻象，为什么提示又说这是正常现象？

难道这条提示也有问题？

你感到迷茫，你觉得字条上的规则不可尽信。

医生：看来你今天的状态很好，今天晚上我们会给你安排新的病房。等查房结束，你就可以去食堂用早餐了。

你：谢谢。

医生和护士离开了，临走时不忘锁上了门。

你趴在门上，请求医生和护士让你出去，但他们并没有理会。

你回到病床边思考刚才的遭遇。

你开始感到头疼欲裂。

10分钟后，你头疼难耐。

你的眼前一片血红。

你死了。

推演结束。

"为什么又死了？我明明全都按照提示完成了！"

顾毅脸色苍白。

此时，他已经进行了3次推演，但没有一次生存时间超过10分钟。

一定还有什么疏漏的地方！

顾毅屏息凝神，使用天赋能力。

推演开始！

你听到了医生和护士的脚步声，此刻他们正在隔壁查房，用不了多久就会到你的房间。

你以最快的速度收拾完房间、吃了药，医生和护士正好进房间。

你和医生、护士简单交流，医生留下几句话就离开了。

你从床下拿出字条，仔细阅读上面的内容。

你确信自己没有违反任何提示。

唯一违反的就是字条背面血字的内容。

你决定把吃下的药吐出来。

你拿起痰盂，抠嗓子眼，把药丸吐了进去。

你随便丢了些垃圾遮住药丸。

你忐忑不安地在床上坐了一会儿。

10分钟后。

病房天花板变成了血红色。

但你很快发现这是你的幻觉，血红色很快就消失了。

你明白了。提示是想告诉你，要在医护人员面前假装吃药，但之后一定要找机会吐掉。

字条背面的血字并非不可相信。

也许你并没有精神病，是那些药片让你产生幻觉，只要停止用药，幻觉就会消失。

不过，这也只是一种推测而已，已知的线索实在太少了。

过了不久，病房门打开了。

护士告诉你现在可以去食堂吃早饭了。

你来到走廊上，周围的病人全都病恹恹的，你又一次听到了狗叫。

你问别的病人，医院里为什么有狗。

病人们不说话，只是露出了疑惑的表情，就好像在看傻子。

你来到食堂，发现负责打菜的厨师是个戴着猪头面具的怪人。

你点了一份小咸菜、一碗白粥和两个肉包子。

猪头厨师看了你一眼。

他拿起菜刀杀死了你。

你的眼前一片血红。

你死了。

推演结束。

"呼——"顾毅摸着自己的脑袋，满头大汗。

一连推演 4 次，只有第四次成功离开了病房，最后却在食堂里丧命。

光是前 10 分钟的进程，就有那么多即死 flag，如果不是自己有 SSS 级天赋，恐怕都不知道是怎么死的。

那个食堂里一定也有什么不能违反的规则，但自己却忽略了。

此时，顾毅仅仅剩下了 10 点精神力，只有最后一次推演的机会，没必要在这个时候浪费了。

等自己离开病房到达食堂之后，亲自寻找一下提示字条，接着再进行推演也来得及。

咚咚咚——隔壁传来了医生的敲门声，查房开始了。

顾毅赶紧从床上跳了起来，他没有时间可以浪费了。

第 3 章 | 唯一的希望

现实世界中。

诡异空间的直播又一次开始了。

A 国观众紧盯着直播屏幕，全国人民都在观看顾毅的闯关进程。

此时，顾毅正躺在病床上一动不动。他长着一张青涩的脸，看上去应该大学刚毕业，他表情僵硬，似乎还有些紧张。

"这人怎么还不动啊？"

"应该是副本还没开启吧？等到副本开启之后他才能动。"

"唉，冒险者的资料传过来了。"

攻略组的专家们查看了一下顾毅的个人资料，上面详细地记录了和顾毅有关的所有信息：

大三，信息工程专业。

爱好长跑、看侦探小说、玩密室逃脱。

从顾毅个人的基本信息看来，他的爱好对通关诡异空间的副本有些许帮助。

此时，其他国家的冒险者已经开始行动了。

A 国的顾毅依然躺在床上发呆。

"这个 A 国人在干什么？"

"可能是被吓傻了吧？"

"瞧，还是我们 B 国的冒险者厉害，他已经在床底找到字条了。"

"C 国的冒险者是傻子吧？他为什么非要去撬窗户？"

此刻，世界各地的人民都在关注冒险者们的闯关进程，这关系到他们各自国家的国运。

B 国的冒险者是第一个找到字条的，他在发现字条后，第一时间吃了药，顺便收拾起屋子。

C 国冒险者发现窗户外的栅栏实在撬不动，这才扭头开始在房间里找线索。

咚咚咚——医生开始敲隔壁病房的门了，所有冒险者全都惊讶地看向大门，不知所措。

直到此时，顾毅才从床上爬起来。

"这孩子怎么现在才动？"

"等等，他在干什么？"

A 国的专家们紧盯着屏幕，只见顾毅飞快地收拾地上的衣服，以迅雷不及掩耳之势叠好，放进了床头柜的第二层抽屉。

他拉开第一层抽屉，想也不想地就拿出一片药塞进了嘴里。

这一系列动作行云流水，就好像排练过几百次一样。

"他在干什么？在发疯吗？"

"不，不是的。B 国的冒险者发现了提示字条，字条上面写着要保持病房整洁，还要按时吃药……可是，顾毅根本没有拿到字条，他是怎么知道这些提示的？"

专家们百思不得其解。

他们继续看向屏幕。

顾毅和医生、护士简单交流了一会儿，便坐在床上将吃下去的药吐了出来，接着他又从床头柜的第三层里拿出一把水果刀放在口袋里。

C国的冒险者没有及时收拾完病房，在医生来查房时被护士处理了。

D国的冒险者虽然收拾完了病房，但没来得及吃药就被变成怪物的医生撕成了碎片。

其他冒险者死得千奇百怪。

他们甚至连病房都没有离开，就当场暴毙。

"天哪，为什么这些冒险者全死光了？"

"这个副本为什么这么难？"

"坏了，这次的副本恐怕是最近3年最难的一次了。我宁愿去和僵尸赛跑，也不愿意过这种解密类的副本。"

"别着急，不是还有A国和B国的冒险者吗？"

此刻，还活着的冒险者只剩下顾毅和B国的冒险者了。

顾毅吐完药之后，就躺在床上闭目养神。

可是，B国的冒险者却坐立不安，不停地捂着脑袋乱叫。

没过多久，B国的冒险者躺在地上挣扎不休，他不停地抠着喉咙，似乎想吐出刚刚吃下的药片，但为时已晚。

B国的冒险者瞳孔涣散，似乎在死前看见了什么可怕的景象。

此时，所有的观众都沉默了。

这次的副本难度非常高，恐怕是"诡异"降临以来，第一次出现死亡率接近100%的副本。

近几年来，一直有专家说诡异空间的副本难度逐年攀升。根据预测，今年的副本死亡率将高达90%。

"没有人活着吗？"

"不……还有一个。"

所有国家的直播镜头里，只剩下了A国的顾毅。

他现在是全人类最后的希望了。

《诡异世界》里。

护士来到顾毅的病房前，敲响顾毅的房门："到早餐时间了，可以去食堂了。"

顾毅睁开眼睛，从床上爬了起来。

在刚刚闭目养神的时候，顾毅的精神力得到了恢复，现在他还剩下20/50的精神力。

"睡觉的时候，1分钟就可以恢复1点精神力，我现在还剩下两次推演的机会，得省着点用。"

顾毅思索了一会儿。

此时，他并没有发现什么互相矛盾的提示，自然就不需要动用天赋能力。

刚开始的时候，自己太过紧张，以至于错过了很多细节。

之前的 4 次推演，至少有 2 次是不应该用的。

顾毅拿起字条，仔细思索了一下。

其中的第 5 条：

特护病房里始终有两个人，请牢记这点。

这条提示让顾毅最为在意，他甚至一度认为这条提示也是假的。

如果是真的……

为什么他从头到尾都没有看见自己的病友？就算病友暂时离开了病房，为什么病房里没有另外一张病床？地面上散落的衣服，会不会就是那位消失的病友的？自己的身体里，会不会有两个人的灵魂？

这些都无法确定。

顾毅跟着病人们走在走廊里，正如推演的一般，他走到一半时听到了狗的叫声。他四处张望了一下，确实没有看见狗的身影。

自己到底是真的有精神病，还是因为长期服药产生了幻觉？

这点一样无法确定。

现在已经积攒了太多未解之谜。

通关的最低要求是在崇山医院存活一个月，这看上去非常简单，但其实一点也不简单。因为谁也不敢保证自己会不会像背景故事介绍里写的一样，莫名其妙地消失。

主动出击，破解医院的真相，这才是符合顾毅性格的做法。

在食堂门口，顾毅停了下来，他四处寻找一番，终于在大门后面的垃圾桶上找到了第二张提示字条。

食堂就餐守则

1. 食堂服务时间为 7：00—8：00，12：00—13：00，18：00—19：00。禁止在其余时间来食堂。

2. 请不要在食堂大声喧哗，如果你大吼大叫，第一次会被警告，第二次将会受到惩罚。

3. 请不要食用食堂以外的食物，若因乱吃乱喝引起各种不良后果，医院不承担任何责任。

4. 每次打饭，请保证一荤一素一份主食的原则，并且总费用必须是 12 元 5 角。

5. 除非是医生和工作人员，其他人在吃完饭前禁止离开座位，否则将会受到惩罚。

6. 如果你看见有人在食堂里晕倒或求救，请选择无视并等待工作人员处理。

同样，这张字条的背面也有一行血字：

如果你见死不救，你会后悔一辈子！

第4章 | 早餐惊魂1

又出现了相互矛盾的提示！

规则6要求不要理会别人的求救，而字条背面却提示"见死不救，你会后悔一辈子"。

根据第一次在病房里的经验，顾毅推测这两个信息可能都是正确的！

字条正面是自己在医护人员和工作人员面前需要做的事情，而字条背面是需要背着医护人员和工作人员做的事情。

这两条规则都很关键，也必须都遵守，否则自己一样会触发即死flag。

顾毅拿着饭盘，站在价目表旁心算了一下，最后点了一份盐水鸭、一份小咸菜和一个馒头。

猪头厨师果然没有为难自己。

顾毅端着饭菜，找了一个位子坐下。自己的身边坐着几个病友，他们都在埋头吃饭，一句话都不敢说。

"哎，你们都得了什么病……"

"嘘！"病友做出噤声的动作，继续吃饭。

顾毅赶紧闭上了嘴，不由得皱起了眉头。

这哪里是医院？就算是监狱也没有这么严格的规矩。

咣当！

顾毅刚拿起勺子，就发现身边的病友突然倒下，一头砸进了饭盘里，他瞳孔涣散，一脸呆滞地看着自己。

"你怎么了？"

顾毅下意识地问话，却突然感到脚上一疼。

原来是对面的病友踢了自己一脚，他是在提醒自己，不要多说废话。

猪头厨师走到顾毅身边，举起"不要大声喧哗"的牌子。

顾毅撇撇嘴，没想到不过是说了句话，就能被归结为"大声喧哗"。

顾毅身旁的病友瞳孔涣散，脸色渐渐变得苍白，他的嘴巴一张一合，那口型分明是在说"救命"两个字。

很显然，猪头厨师也必须遵守食堂的规定。即使看见那病友突发疾病，他也没有做任何动作。

顾毅立刻闭上眼睛，开始推演：

推演开始！

你不敢直接帮助病友，因为这与食堂的规则冲突，这样做一定会第一时间触发即死 flag。

你四处看了一下，有个医生正坐在你身后吃饭，他戴着鸟嘴面具，根本没注意到这里有人晕了过去。

你思索了一下。

不能说话，也不能在吃完饭前随意走动，那用别的方法来吸引医生的注意可行吗？

你拿起自己的勺子，朝着身后的医生丢了过去。

医生的面具是陶瓷做的，你丢勺子太过用力，竟然直接把面具砸裂了，发出一声巨大的响动。

医生发现了你和昏死的病人。

他走了过来，扛走了病人。

在你庆幸之时，猪头厨师走了过来，对你举起了"不要大声喧哗"的牌子。

猪头厨师拽着你的领子往外走，你全身无力，根本无法反抗。

你被送到了一个小黑屋里。

这里四面没有窗户，空间狭窄，内部空间只够一人站立。

你用力敲门、呼叫，没有人理你。

你竖起耳朵听了一会儿，猪头厨师已经离开了。

你抬起头，发现头顶有一个通风管道，你个子足够高，踮起脚尖就能够得着管道口。

管道口的栅栏很牢靠，你拿出藏好的水果刀，一点一点撬开螺丝。

足足过了 10 分钟，你才撬开了头顶的栅栏。

你一跃而起，跳上了通风管道。

通风管道里布满灰尘，你蜷缩成一团，在里面爬行。

你找到了一个合适的地方，用水果刀继续撬栅栏。

栅栏被打开，你跳下管道。

这里是住院部，你的隔壁是厕所。

此时大部分病人和医生都在食堂，并没有人在意你。

你的手很痒，你掀开衣服一瞧，手腕上居然长出了黑色的绒毛。

你有些惊慌。

你走到大厅，找到了医院地图。

你记下了急救室的位置。

你躲避医生的视线，成功找到了急救室。

急救室里全是叮叮咣咣的声音，你甚至听到医生动用了电锯，病人在里面惊声尖叫，似乎非常痛苦。

你手腕上的黑色绒毛开始向肘关节蔓延。

你四处寻找，在走廊公告栏上找到了一张新的提示字条。

医生急救手册

1. 当你发现病人受伤、昏迷、发病时，无论你在做什么，请第一时间将其送入急救室进行抢救。

2. 医生进行急救，必须全程佩戴鸟嘴面具。

3. 急救时，任何人不得闯入急救室。如果有人在急救时闯入，请呼唤保卫科人员将闯入者送入 0 号房间。

4. 若截肢依然无法阻止病情恶化，请直接将病人送至焚尸炉。

你撕下急救手册，果然在后面找到了两行血字：

我没病！我没病！我没病！

我是人！我是人！我是人！

你感到很震惊。

究竟是什么疾病，需要截肢治疗？

急救室大门突然打开了。

两个戴着鸟嘴面具的医生推着转运床走了出来，床上躺着昏迷的病友，他正在迷迷糊糊地说话，四肢已经被彻底截断。

你质问医生在干吗。

医生没有理会，推着床走进电梯。

你跟着医生走进电梯。

你：我朋友怎么了？

医生：现在是早餐时间，你应该在食堂。

你：你们要带我的朋友去哪儿？

医生：这不关你的事。

接下来，无论你说什么，医生都不理你了。

电梯在负一楼停下，大门一开，就能看见"焚尸房"3 个字。

医生推着病人走进焚尸房。

你想阻止，却根本打不过医生。

你跟了过去，眼睁睁地看着病友被推进了焚尸炉。

焚尸炉里传来痛苦的号叫声。

你感到十分愧疚，心如刀绞。

你发现自己的脸上也长满了绒毛。

你变成了怪物。

你不再是人。

你死了。

推演结束。

"哼……"

顾毅捂着胸口，闷哼了一声。

看见这一切的时候，他感觉自己的心脏被人刺穿了。

这一次死亡是因为亲眼看见同伴被杀而内心愧疚。"不可言说"利用"诡异"的力量，将自己变成了怪物，最终导致游戏失败。

顾毅看了一眼身边的病友，他的表情依旧痛苦不堪。

救也是死，不救也是死。想方设法救了，但救不活，也一样得死。

顾毅感到有些绝望，这个《诡异世界》的游戏规则竟如此难！

第5章 | 早餐惊魂 2

顾毅长舒一口气，重新推演。

这是他目前拥有的最后一次推演机会。

推演开始！

你没有莽撞行动。

你平复了一下心情，哪怕现在情况非常复杂，你也一定可以找到通关的方法。

你一边飞快地往嘴里塞食物，一边思考前一次推演时得到的线索。

1. "大声喧哗"不仅仅指大声说话，制造任何与进食无关的噪声都会被视作违规。违规两次后，就会被关进禁闭室，但在禁闭室里可以通过钻通风管道越狱。目前暂不知晓越狱被抓会带来什么后果。

2. 这个医院草菅人命，病人在他们眼里更像是囚犯或者耗材，只要治不好就直接丢进焚尸炉里烧掉。

不过，也有可能是病人身上的疾病非常可怕，不烧掉会造成更严重的后果。具体是什么原因，信息太少，无法判断。

3. 不仅是病房，医院里所有的窗户外都有栅栏，没有更好的工具，无法撬开栅栏。就算从窗户逃脱，医院外面是 3 米高的长围墙，翻墙难如登天。

4. 你发现一个细节，即医院里没有任何人员使用手机，护士站的座机只能内部通信，所以你也无法通过打电话向外界求助。

你瞄了一眼病友的手环，默默记下了他的病人编号。

你吃完东西，可以自由活动了。

你走到医生旁边，轻轻拍了拍他的肩膀。

医生抬起头，看了你一眼。

你没有说话，让出身位，让医生看见了昏迷的病友。

医生赶紧抬起病友离开。

你跟了上去。

医生送病友进了急救室。

你没有闲着，继续在医院里探索，你在护士站工作台上看见了病人的作息时间表。

病人作息时间

6：30—7：00，查房。

7：00—8：00，早餐时间。

8：00—12：00，自由活动。

12：00—13：00，午餐时间。

13：00—14：00，午休时间。

14：00—18：00，治疗时间。

18：00—19：00，晚餐时间。

19：00—21：00，治疗时间。

21：00，熄灯。

请所有患者严格遵守时间安排，这对于你们身体康复有好处。

你查看了一下作息时间表背面，上面并没有血字。

你认为，血字是站在自己这边的。既然血字没有对作息时间表提出异议，自己照着做就行了。

你不放过能找到的任何一串文字，依然没有找到有价值的线索。

你趁护士不注意，找到一台电脑，输入了病友的编号，调出了他的病历。

病人：徐念

编号：*******

病历：严重认知障碍、躁狂症。

病历上写的明明是精神类疾病，可是医生的治疗手段却是做外科手术，甚至严重到了要截肢的地步。

你输入自己的编号。

电脑提示权限不足，无法查看该病人的病历。

一声犬吠吓到了你。

你放下鼠标，四处寻找犬吠声的来源，却没有结果。

你思索了一会儿。

这里的工作人员大多会戴上不同的面具。

医生和护士戴鸟嘴面具，厨师戴猪头面具，也许戴上不同面具就可以具有不同角色的功能？

你为自己的大胆猜想感到兴奋。

你决定去医生的更衣室偷取面具。

你观察了一下头顶的监控镜头。

出于保护隐私的考虑，镜头并没有对准更衣室。

你走进更衣室，幸好没人发现。

你躲在更衣柜后面，等待时机。

大家都去淋浴间洗澡了，你跑出去，偷走了面具和一套衣服。

你确信除了失主外，没有人能知道你的偷窃行为。

你飞速走进急救室。

此时，医生正在给病友徐念做手术。

你戴上鸟嘴面具以后，视野里的一切发生改变。

徐念的身上贴满了各种标签，上面写着一大堆意义不明的乱码。

医生：愣着干什么？把止血钳拿来。

你走到手术台前。

你：你们在做什么？

医生：病人已经病入膏肓了，需要截肢，如果还是无法阻止病毒蔓延，只能火化了。

你：我可以试试吗？

你撕掉了徐念身上的标签。

徐念果然恢复正常。

医生对你的医术发出各种赞美。

你担心自己偷东西的事情被发现，找借口离开。

在急救室门口，你遇到了面具的主人。

失主对你破口大骂，指责你偷东西。

你想起了急救手册上的规则 3：

如果有人在急救时闯入，请呼唤保卫科人员将闯入者送入 0 号房间。

你立刻拿起门边的电话，拨打了保卫科的电话。

失主表情惊恐，他赶紧掉头离开。

保卫科的人出现在急救室门口，他们戴的是狗头面具。

他们抓走了失主，送去了 0 号房间。

你故作镇静地走出急救室。

你害怕自己偷东西的事情被发现，于是你赶紧走到负一楼的垃圾房，将面具和衣服全都丢进了垃圾管道。

你扭过头，发现保卫科的人站在自己身后。

保卫科人员：有人举报你偷窃，我们已经调查过监控，证据确凿。

你：我没有……

保卫科人员：和我们走一趟吧。

保卫科的人揪着你的领子，架着你的四肢，带着你来到了 0 号房间。

0 号房间里空空荡荡，只有四面白墙。

你抬起头，一只巨型蜘蛛从天而降。

你试图躲避。

蜘蛛的行动非常迅捷，它成功地抓住了你。

你被巨型蜘蛛撕成了碎片。

你死了。

推演结束。

顾毅重新睁开眼睛，额头流下了一滴冷汗，他的精神力已经消耗殆尽，依然没有找到可以成功救下病友的方法。

他发现自己的手背上长出了一小撮黑毛。

如果再不采取措施救助发病的病友，自己很快会因内心愧疚而逐渐变成怪物，触发即死 flag。

只能——

拼一把了！

第6章 | 广场上的告示牌

现实世界。

"不可言说"的力量已经入侵其他国家，许多医院里的病人莫名其妙地死在了病床上。

全世界人民苦不堪言。

现在，所有人的视线都集中在了 A 国的挑战者——顾毅身上。

如果顾毅能够以完美级通关，那么不仅 A 国，全世界的怪谈医院都会同时消失。

直播画面中。

顾毅正在埋头吃饭，身边的病友已经快要窒息了。

"顾毅为什么不救人？"

"食堂的规则不允许他随便乱动啊。"

"可是字条背面不是写了见死不救也不行吗？"

"看得我真是火大。"

弹幕上吵成一团，A国专家们也在紧张地讨论着。

"这几乎是无解的情况，我们并不知道'大声喧哗'的底线在哪里，如果制造别的噪声吸引医生过来，可行吗？"

"这太冒险了，顾毅已经违反过一次规则了，再违反就要接受惩罚了。"

"没关系，我猜顾毅已经找到正确的解决方法了。"

视频中，顾毅飞速地吃完了所有食物，他走到医生身后，拍了拍他的肩膀，然后不动声色地站在一边。

医生发现了晕倒的病人，第一时间扛起病人朝急救室走去。

"为什么他不直接去喊医生啊？"

"记住食堂的就餐规则再说话好吗？"

A国的专家们直接无视斗嘴的弹幕，仔细分析顾毅的一举一动。

"他真的太冷静了，思维也很敏捷。"

"他可能真的是全人类最后的希望了！"

"我猜他已经分析出字条上的提示背后的含义了，不然他不会那么快就找到解决办法。"

全世界人民紧紧盯着屏幕，他们的心早就和顾毅的心连在了一起。

《诡异世界》里。

顾毅当然不知道现实世界的人到底在讨论什么，他只是按照推演得出的结论，迅速来到了更衣室门口。

在前一次推演时，顾毅发现了一个有意思的现象。

医生发现鸟嘴面具失窃后，没有第一时间向保卫科的人员报告，而是马上四处寻找，甚至无视急救手册的规则，闯入了急救室。

这只能说明一点——在医生眼里，面具丢失被发现比违反急救手册的规则还可怕。

他们不敢说丢了面具的事情，所以只能依靠个人的力量寻找面具。因此，在医生发现自己之前，自己都是安全的，并不用担心被保卫科的人员抓。只要自己能以最快的速度偷窃面具、救人，再把面具重新放回更衣室，就能两全其美地完成任务。

刚刚自己推演的时候在走廊里浪费了很多时间，但现在不会了！

顾毅手脚麻利地走进了更衣室，轻车熟路地偷盗了面具和一套医生的行头，那自然的样子让医生都难以分辨。

顾毅的心脏已经跳到了嗓子眼，但他依旧神色如常地走进了急救室。

另外两名急救医生看了一眼顾毅，迅速说明情况：

"桂老师，这名患者在吃早饭的时候突然晕倒了，现在我们正准备给他做手术……"

医生的话还没说完，顾毅就已经做完了手术，病人几乎是在眨眼间就脱离了危险期。

"这是什么手法？"

"闻所未闻，见所未见啊。"

"桂老师，你去哪儿？"

顾毅不想听医生们的彩虹屁①，他必须尽快将面具放回更衣室。

身后的两名医生跟了过来。

顾毅一闪身钻进更衣室，飞快地将面具和工作服随手丢到隔壁，随便打开一个空的更衣柜钻了进去。

狭窄的更衣柜里，顾毅只能听见自己的心跳声。

"桂老师人呢？"

"应该是去洗澡了吧？"

"他怎么这么不近人情？"

"算了，这家伙就是这种性格，别理他了。快把那个病人送回他自己的病房吧。"

两名急救医生肩并肩地离开了。

顾毅靠在更衣柜里，长长地舒了口气，他手上的黑毛终于消失了。

此时，他的耳边响起了诡异空间的提示音：

"冒险者成功化解了病友的危机，感到心情愉悦，精神力等级提升。你可以从以下 2 个选项里选择 1 项奖励：

"1. 你在清醒时也可以恢复精神力，每小时恢复 10 点精神力。

"2. 你的精神力上限增加 20 点。"

顾毅毫不犹豫地选择了第一个选项。

现在他的精神力已经消耗光了，如果只能依靠睡觉恢复，未免效率太低。

顾毅等到周围无人，这才离开了医生的更衣室。

刚刚在急救室救人的时候，顾毅把徐念身上的标签撕下，收进了自己的口袋，直到这个时候他才有时间拿出来看。

---

① 彩虹屁：网络流行词，意为变着法儿地吹捧自己喜欢的人。

此时，顾毅凭借肉眼查看，却发现这些标签全都变成了腐烂的蠕虫。

顾毅难忍恶心，本能地将蠕虫丢在地上踩了个稀烂。

为什么自己戴上鸟嘴面具之后，蠕虫会变成写满乱码的标签？

顾毅很难理解。

他推测，如果自己戴上其他的动物面具，可能还会看见不一样的世界，获得不一样的线索。而这些线索，很可能就与医院背后的真相有关！

"现在是早上 8 点整，所有病人不要在医院内部逗留，请前往院前广场自由活动。"

广播声响起。

顾毅的身后传来一大串脚步声。

病人们一窝蜂地走下楼梯，他们彼此不说话，只是闷头往大门走去。

顾毅不敢托大，立刻跟上了大部队。

他担心即使是自由活动期间，也会有不能违反的规则。

顾毅来到院前广场。

一个巨大的告示牌放在了医院入口东边，上面记录着广场使用守则。

广场使用守则

1. 院前广场开放时间为 8：00—12：00，其余时间禁止进入院前广场。

2. 你可以在广场上做任何事，但不允许离开医院。

3. 广场上有很多运动项目，你可以尽情尝试，但如果出现伤亡，医院概不负责。

4. 本医院并没有养狗，如果你听见犬吠声，请及时与广场的保卫科人员或医院里的医生联系，你可能已经被感染了。

5. 院前广场东南角有小卖部，但请不要试图与店长赌博，否则后果自负。

广场使用守则的下方依然有一串血字，只不过这次的内容却让顾毅毛骨悚然：

狗是 @# ￥￥% 人类的朋友友友的朋友 ***

人人人 rf 人性 xk，人性 ui 存￥****zdde

~~我不是人子。~~

我还是人！我是人！

第 7 章 | 打赌

以往的血字逻辑清晰，甚至连标点符号都没有忘记标注。可这次的血字不仅字迹模糊、涂改严重，连内容也变得支离破碎，如同梦呓。

顾毅只能勉强看懂其中的几个字而已。

可以看出，"我"在留下这一串字迹的时候，精神濒临崩溃，"我"似乎已经对自己的人类身份感到怀疑。

狗是人类的朋友。

这是血字的第一段。

鉴于字迹模糊而潦草，顾毅对这条线索保持怀疑。

犬吠在其他人看来都是不存在的。

但有可能他们也可以听见犬吠，只是碍于规则，不敢承认犬吠的存在。

犬吠一定是解开医院真相的一条关键线索。

"我"的身份也是一个值得推理和挖掘的方向。

在病房的时候，有一条规则是"特护病房里始终有两个人"，也许顾毅看不见的病友就是"我"。

"所以……我现在扮演的角色，其实有精神分裂症？但照目前的情况看来，我并没有精神分裂的征兆。也有可能我体内的第二人格已经从我的本体里剥离，变成了这个副本里的'不可言说'？"

顾毅站在告示栏前自言自语，仔细分析自己掌握的所有线索。

到目前为止，他还不知道这个医院到底治的是什么病，具体的治疗手法又是什么。不过，到下午的时候，顾毅就有机会体验一下医院的治疗过程了。

顾毅跑到广场边，走到一个漫步机前，跟着其他病友一起晃悠着。

广场周围有许多站岗巡逻的保卫科人员，他们一个个都戴着狗头面具，工作一丝不苟，但凡有人敢看一眼医院大门，都会被他们厉声呵斥。

"先别想着逃跑了，现在还不是时候。"

顾毅摇了摇头，一边在漫步机上走，一边和身边的病友搭讪。

他发现这些病友都非常冷漠。

无论顾毅怎么说话，他们都不理会他。

不仅如此，其他的病友都是各玩各的，很少交流。

哪怕是两个在一起丢飞盘玩的病友，也从头到尾没有交流，偶尔传出几声大笑，很快就收敛了。

这些病人一定也有问题！

顾毅使用各种健身器材，足足耗费了 2 小时。

现在他的精神力已经达到 20 点了。

攒够了精神力，顾毅立刻开始了新一轮的推演：

推演开始！

广场上的所有运动项目你都试过了，没有找到任何有用的线索。

你从漫步机上走了下来。

你找到了广场东南角的小卖部。

店长是一个戴着猪头面具的人，但是这人的身材比厨房的厨师要苗条一点。

店长：你想买什么？

你：你这里有什么？

店长：日用百货、消遣零食，什么都有。

你：什么都有？那你可以告诉我这个医院的真相吗？

店长：我不明白你在说什么。

你冷笑一声，指向店铺旁边的告示牌，上面写着赌博规则。

赌博规则

1. 你可以和店长进行赌博，他的赌注可以是任何东西，但你的赌注只能是命。

2. 赌约对双方均有约束，没人可以赖账。

3. 店长只在上午 10：00—12：00 接受赌博邀请。

店长：原来你想和我赌博？好吧，话说在前头，我也不知道你说的真相是什么，但我可以告诉你如何找到真相。这样你也愿意和我赌？

你：我愿意。

听说有人要赌博，周围的病人全都围了过来，他们不停地对你摇头，示意你不要赌博，你没有理会。

店长掏出 3 张扑克牌，其中 2 张是 A，1 张是 Joker。

店长：找到鬼牌，你就赢了。如果输了，你就要把命给我。

你：来吧。

店长展示了一下牌面，接着将 3 张扑克牌倒扣在桌子上，他飞快地调换扑克牌的顺序。

你根本看不清店长的动作。

你也无法确定哪张牌是鬼牌。

店长：猜吧。

你指了指中间的牌。

店长将扑克牌翻面，是 A。

店长：你输了。

店长掏枪，射穿了你的脑袋。

你的眼前一片血红。

你死了。

推演结束。

顾毅退出推演状态。

死了那么多次，顾毅已经对死亡见怪不怪了。

"刚刚一定是我走神了，再试一次。"

推演开始！

这次你直接找到了店长，说明了要和他对赌。

店长欣然接受。

这次你的眼睛一眨不眨，你确定你追踪到了鬼牌。

你选择中间那张。

店长伸手翻牌，是 A。

店长从桌子下面掏出一把斧头杀了你。

你的眼前一片血红。

你死了。

推演结束。

"怎么又错了？"顾毅摇了摇头，仔细回忆前两次模拟推演中的每一个细节。

终于，他眼前一亮，顿时明白了店长的小把戏。

他一定出老千了！

顾毅大摇大摆地走到东南角的小卖部门口。

"你想买什么？"

"我要和你对赌。"

"对赌？你看过规则了吗？"

"当然。"

"你想要什么？"

"我想要知道医院的真相。"

"我只能告诉你找到真相的办法，即使如此，你也要和我赌吗？"

店长从口袋里掏出 3 张扑克牌放在桌子上。

周围的病友看见顾毅想赌博，全都围了上来，不停地对他摇头、摆手。

顾毅摇摇头，坚持要赌。

店长和刚才一样，又一次开始调换牌序，他的手法和动作正和推演时的一模一样。

"选出鬼牌，你就赢了。"

顾毅伸手指向第三张牌："这张……"

店长伸手要翻牌，顾毅立刻制止。

"等下，我来翻牌。"顾毅说道，"这张不是鬼牌。"

接着，顾毅翻开第三张牌，是 A。

"这一张也不是。"

说完，顾毅翻开第一张牌，也是 A。

"所以，中间的就是鬼牌。"

店长眨了眨眼睛，偷偷把已经调包的鬼牌藏在袖子里。他有些不甘心地朝着顾毅点点头，指着身后的店铺说道："跟我来吧，我给你一个东西。"

顾毅跟在了店长身后。

店长翻箱倒柜一番，拿出一个 3D 眼镜交给了顾毅，同时还附赠了 3D 眼镜的使用说明。

很显然，这也是"不可言说"制定的规则之一。

使用说明

1. 你可以使用该眼镜，观看 3D 电影《怪物攻城》。

2. 如果你透过眼镜看到怪物走出银幕，请立刻摘下眼镜，后退 3 步。

3. 请不要在平时佩戴眼镜。

顾毅将使用说明翻到背面，上面有一行血字：

相信我，不要看！那些都是假的！

第 8 章 | 逃离治疗室的方法 1

看到血字的内容之后，顾毅感到更加困惑了。

从刚开始一直到现在，血字一直都在帮助自己闯关，但是这一次它却告诉自己不要使用眼镜。

如果按照以往的规律，在医生面前，必须遵守字条正面的规矩；在医生背后，必须遵守字条背面的规矩。

医院应该是不希望自己揭开真相的，所以字条正面的应该是限制玩家自由的规则才对。

"我"应该是渴望离开医院的，"我"同样也希望玩家能够了解医院背后的真相。因此，"我"会在字条背面写下帮助玩家的血字提示。

但这张字条上的规则明显又与 3D 眼镜的作用相互矛盾了。

3D 眼镜是解开医院真相的道具。

所以，字条正面应该是阻止自己或限制自己使用的规则，字条背面应该是告诉自己该如何背着医生使用眼镜。

如今，这两方居然调了个儿？

字条正面告诉自己该如何安全地使用眼镜，字条背面却告诉自己不要相信眼镜。

太诡异了……

到底应该信哪一方？

现在没办法推理或证明。

顾毅只能在找到更多线索之后，利用天赋能力，一点点试错后再总结。

顾毅在店铺里四处看了一下，发现到处都是奇奇怪怪的商品，其中竟然还有活的蛇和蟾蜍。

"你为什么要在店里摆这种商品？"

"有人要，我就卖。"

"好吧，我还有一些别的问题想问。"

"你说吧。"

"《怪物攻城》的电影在哪儿可以看到？"

"档案室。"

"档案室在哪儿？"

"你知道的已经够多了，出去吧，别影响我做生意。"

店长不耐烦地挥挥手，将顾毅推了出去。

顾毅把3D眼镜放进眼镜盒里藏好，继续在广场上活动。

现在距离午饭时间还有2小时，顾毅继续探索，但依然没有找到什么值得一提的线索。

有话则长，无话则短。

14：00之后，顾毅和众位病友用完午餐后，回到了自己的病房，他把3D眼镜藏在了枕头下面。

午休结束，大伙儿便排队来到了所谓的治疗室。

在进治疗室前，医生挨个儿给每个病人服用了药物。

顾毅趁医生不注意，把药丸藏在了舌头下面，等到医生走了，他才偷偷摸摸地把药丸吐了出来。

"各位，进治疗室吧。"

顾毅点点头，转身来到了治疗室。

一间治疗室里一共有10个治疗舱，治疗舱的样子看上去就像是大棺材，让顾毅没来由地感到一阵恶心。

顾毅在护士的帮助下钻进了治疗舱。

护士把治疗室的几台机器的按钮按下后，就离开了。

治疗室的另外一边有透明玻璃，如果治疗室出现什么问题，护士可以第一时间过来。

此时，顾毅已经积攒了50点精神力，护士离开后，他立即使用了天赋能力。

推演开始！

你试图推开面前的治疗舱，舱盖的开关在外面，你暂时无法从内部打开。

你看了看其他病友，他们全都闭上眼睛睡着了。

你听见远处传来一阵犬吠声，你扭头看向治疗室的玻璃窗。

一群戴着鹿首面具的人路过窗前，他们全都穿着西装，看上去不像是医院的人。

不仅如此，鹿首人身边还跟着两个戴猪头面具的人。

他们在每一个治疗室的门口驻足，观察其中病人的情况。

在他们路过你的治疗室时，你与他们的视线相撞。

鹿首人指了指你。

护士立刻来到你的治疗室，他们打开了你的舱门。

护士：恭喜你了。

你：恭喜什么？

你被护士带到了鹿首人面前。

鹿首人摸了摸你的脑袋，你想躲避。

鹿首人：你跟我走吧。

你：要去哪儿？

鹿首人：你不是不喜欢这里吗？我带你出去。

你很惊讶。

鹿首人拽着你的胳膊，朝治疗室外走去。

你的手臂上长出黑毛。

你试图挣脱鹿首人的控制，却被鹿首人轻松地拽了回来。

你想说话，却发出了狗叫声。

你变成了怪物。

你不再是人了。

你死了。

推演结束。

顾毅睁开眼睛，怔怔地出神。

这一次他又莫名其妙地触发了即死 flag，达成了"变成怪物"这个坏结局。

正如顾毅之前猜测的那样，这个世界里的角色全都是戴着面具的，戴上不同的面具后，世界在他们眼里应该是不一样的。

顾毅再次闭上眼睛。

推演开始！

这一次你没有睁开眼睛，你选择装睡并仔细分析目前掌握的信息。

鹿首人是新出现的角色，你和他在治疗室里四目相对后，他就会把你带走，并最终达成"变成怪物"的结局。

鹿首人明显不是医院的人。

他在治疗室闲逛，似乎是在进行挑选，他会带走符合某种条件的病人。

也许，能在治疗舱里保持清醒就是条件之一？

你闭上眼睛，仔细聆听外面的脚步声。

确定鹿首人远离之后，你才睁开了眼睛。

鹿首人带走了另外一个女病人。

这个女病人你并不熟悉。

女病人此时正半眯着眼睛，好像正在梦游一样，鹿首人必须托着她的胳膊她才能走路。

据此你推测，能在治疗舱里保持清醒并不是鹿首人挑选病人的必要条件。

鹿首人带着女病人离开了，你再也看不见她。

你解开了"病友一个接一个地消失"的谜团。

病友们都是在治疗舱接受治疗时，被鹿首人带走的。

但是他们为什么要带走病人？带走病人之后还会发生什么？这些仍然不得而知。

此时，又进来了一个鹿首人。

你闭上了眼睛。

你听见鹿首人站在治疗室窗前说话，他似乎看上了你。

有护士走了进来。

你有些紧张。

反正现在是在推演，你决定大胆尝试。

护士帮你打开了治疗舱的门。

你趁护士打开舱门的时候跳了出去。

你迅速逃出了治疗室。

护士在你身后大叫，另外几个护士也跑了过来要拦住你。

你发现自己根本打不过这些护士。

你拿出水果刀威胁她们。

护士举起手边的椅子，砸扁了你的脑袋。

你的眼前一片血红。

你死了。

推演结束。

顾毅睁开眼睛，懊恼地叹了口气。

自己打不过保卫科人员，打不过男医生，居然连女护士都打不过。

很显然，这个医院里每个人的战斗力都比自己强，想要靠身体素质闯过副本根本不可能。

强行逃脱，是死。

被鹿首人带走，也是死。

更关键的是，顾毅还没总结出自己到底为什么会被鹿首人看上。如果不解开这个谜团，自己依然会被鹿首人带走。

难道自己今天就要死在治疗室里吗？

第9章 | 逃离治疗室的方法2

顾毅平复情绪，再次推演：

推演开始！

你闭上了眼睛。

你仔细总结刚才得到的线索。

鹿首人并不是以是否睁眼为选人的依据，但如果自己与鹿首人对视，大概率会被鹿首人看上。

另外，带着鹿首人参观的一直是一群猪头人。

医院里的商人——比如卖饭菜的厨师、小卖部的店长——都是戴猪头面具。

所以，医院做的是活人买卖的生意！那些鹿首人的样子，分明就是在挑选商品。而猪头人就是帮着医院买卖活人的销售顾问。

医生只要治不好病人就把病人烧了，这足以证明在他们眼里，病人就是一些商品而非生命。

除了病人，这里的所有人都是怪物，而人类是他们用来买卖的商品。

你认为自己的推理已经接近一部分真相了。

但仅仅推理出这些，还不足以达成完美通关的目标。

怪物为什么要买卖人类？买回去之后要做什么？"我"又是怎么变成这个世界里的"不可言说"的？病人的"病"到底是什么？

你不急着推理，你现在的首要任务是想办法避开今天的危机，不能被鹿首人带走。

你闭上眼睛。

你听见鹿首人从你的窗前经过。

你偷看了一眼，发现鹿首人正牵着女病人离开。

你试图分析自己和女病人的相似点：

1．你们都是病人。

2．女病人睡觉的时候眼睛是睁着的，你也是睁着的。

3．你们俩长得都比较好看。

你找不到别的共同点了。

你默默记下了女病人的编号，你决定以后找个机会，去调查一下女病人的病历，获取更多信息。

因为暂时没有思路，你决定另辟蹊径。

你拿出水果刀，试图从内部突破治疗舱。

你捅开了一条缝隙。

你用水果刀在舱门的缝隙间滑动，撬开了治疗舱的锁舌，但水果刀也因此断裂。

你看了眼窗外，暂时没人在意你。你手脚并用，使出吃奶的力气推开了舱门。

你跳出治疗舱。

治疗舱发出警报声。

你慌乱地躲在治疗舱的底部。

护士进来检查，她恰好没有看见你。

你躲在治疗舱的底部，等待护士离开。

过了没一会儿，广播里开始播报你逃跑越狱的消息，你发现保卫科的人正在玻璃窗外四处寻找你的踪迹。

一个壮汉走进了治疗室。

他弯下腰来，趴在地上，与你四目相对。

他戴着大象面具。

你想起了第一张字条上的提示：

"如果看见任何设备损坏，请立刻联系戴大象面具的人进行修理。"

大象人应该是医院的修理工。

他把你从治疗舱底部拽了出来，用铁锤杀死了你。

你的眼前一片血红。

你死了。

顾毅闭眼，皱眉。

连续两次推演都被人杀死，这让他有些沮丧。

如果继续待在这里，最终被鹿首人带走，只能是死路一条，他可不敢赌运气。

"还有另外一种方法！"

顾毅眼前一亮，想出了新的办法：

推演开始！

你躺在治疗舱里，拿出了水果刀。

你用力划破自己的脖子。

鲜血喷涌而出。

你咬着牙，不停地拍打舱门，大声呼救。

护士听到动静，赶紧跑了过来，把你从治疗舱里抬了出来。

你的意识有些模糊。

你感觉自己割得太狠了。

你被推上了手术台，医生对你进行紧急救治。

你的眼前一片漆黑。

你失去了意识。

再次醒来，你已经进入了特护病房。

这个房间里只有你一个人，旁边连一张病床都没有，你不知道自己在这个病房里待了多久。

你内心惊慌无比。

你从病床上爬了起来，你感到自己的身体突然变轻了。

你发现身后多了一个和自己一模一样的人。

你大声尖叫，瞳孔放大。

你被吓死了。

推演结束。

"怎么会这样？"

顾毅绝望地捂住了自己的眼睛。

自残可以吸引护士，让他们派人将自己送去急救室，但自己却因为重伤昏迷，在不知不觉间被送入了特护病房。

特护病房有一条规则，那就是一个病房里始终有两个人。

正因如此，自己住进那个单人病房之后，分裂出了另外一个自己，然后还活生生地被吓死了。

顾毅咬牙，揉了揉太阳穴。

一定是错过了什么！

想想看，为什么自己刚进副本时所在的病房里也没有第二张病床，却没有触发"被自己的分身吓死"的结局呢？

"再来一次。"

顾毅闭上眼睛，重新开始推演。

这是他最后一次推演的机会，他必须有所建树！

推演开始！

你闭着眼睛，回忆第一次进入副本时的每一个小细节。

"特护病房里始终有两个人。"

这条信息未必是指病房里必须真的住两个人，只要能制造有两个人住的假象，一样可以骗过规则。

刚开始的时候，病房里虽然没有第二张病床，但是地面上却有很多别人的衣服，也许这就是"不可言说"没有杀死自己的原因。

目前你并没有获得更多线索，你只能做出这样的判断。

第一次自残的时候，你割得太深了，这让你还没上手术台就昏了过去。

你深吸一口气，用刀捅向自己的胸口。

鲜血染红了衣服。

你大声呼救。

护士赶紧把你救了出来，送去急救室。

医生对你进行抢救，你仍然保持清醒。

医生：好好的你为什么自杀？有啥想不开的？

你：你们不要给我打麻药。

医生：不打麻药怎么做手术？

你：我不想睡过去！

医生：不用理他，给他打麻药。

你被戴上面罩。

你的眼前一片漆黑。

你睡了过去。

第 10 章 | 逃离治疗室的方法 3

手术完成了，你被推出手术室。

你挣扎着醒了过来。

你感到胸口剧痛，四肢酸软，无法正常活动。

你被医生推到了之前住过的特护病房里。

你躺在了床上。

你感觉自己的身体正在变轻，你挣扎着从床上爬了起来，发现自己的分身正在慢慢成形。

你没有时间了。

你的麻药劲还没有过去，你从床头柜的第二层里拿出了那些衣服，随意地撒在地面上。

你的心脏怦怦直跳。

你扭过头去。

你的分身完全成形了。

他对你露出了一个微笑。

你瞳孔放大。

你被吓死了。

推演结束！

"嗝！"

顾毅倒吸一口凉气，捂着起伏不定的胸口，眉头紧锁。

又是这样死掉了，死得不明不白！

此时，顾毅已经用完了全部的推演机会，没有能力再去试错了。

自己到底错过了什么？

顾毅咬紧牙关，闭上眼睛不停思索着每一个细节，究竟有什么线索是自己没有考虑到的？

鹿首人的身影从窗边经过。

顾毅睁开双眼，咬牙拔出水果刀。

没有时间犹豫了，横竖都是一死，只有先离开治疗室才能有一线生机！

现实世界。

观众们死死盯着屏幕，看着顾毅如同神明一般，一路避开了所有即死 flag。

顾毅用巧妙的方法破解了店长的千术之后，整个直播间都沸腾了。

"这孩子也太聪明了吧？"

"我看了三遍回放才发现店长的小动作，顾毅是怎么只看一次就发现的？"

"他就像是个先知！"

顾毅平稳过渡到了下午的治疗时间，大伙儿紧盯着屏幕，不敢错过任何一个细节。

此时，顾毅已经躺进了治疗舱。

鹿首人带走了一个女病人，A 国的专家们激烈地讨论着：

"顾毅的能力到底是什么？有分析出来的吗？"

"应该是认知类的能力吧？他能分辨出一些常人难以发现的细节。"

"我觉得很有可能，而且不仅仅是认知能力，说不定是预知能力。你不记得了吗？刚开始的时候他连提示字条都没找到，还能第一时间发现正确的闯关方法。"

专家们紧皱眉头。

根据他们的分析，鹿首人是整个副本里最危险的一群人。

玩家只要被鹿首人带走，就是死路一条！

顾毅没有觉醒力量系的天赋，根本不可能从治疗舱逃出来。

"恐怕……这就是顾毅的极限了吧？"

"等等，这孩子在干什么？"

"天哪，他在自杀！"

顾毅躺在治疗舱里，把水果刀捅进自己的胸口。

弹幕里众人唉声叹气。

"唉，这名冒险者已经撑不住了。"

"我们又要被'诡异'入侵了。"

"安息吧……"

"移民去 B 国吧，听说他们已经研究出了在现实中对抗'诡异'的科技。"

A 国专家们全都开始脱帽致敬。

顾毅不是第一个在《诡异世界》里自杀的冒险者，也不会是最后一个自杀的冒险者。

攻略组组长死死地盯着屏幕，他用力捶了捶桌子，大声骂道：

"你们这些饭桶！顾毅都没放弃呢，你们为什么放弃？他是置之死地而后生，他根本不是自杀！"

《诡异世界》里。

顾毅用力捅了自己。

他闷哼一声，咬紧牙关。

尽管他已经在推演时体会过一次，但亲自体验这种痛苦，依然让他险些晕了过去。

"救命！"

顾毅用力敲击着舱门。

正如推演的那般，护士赶紧跑了过来，救出了顾毅。

医生手忙脚乱地把顾毅抬进了手术室里。

这一次，因为顾毅捅得太狠了，还没送到急救室他就晕了过去。

手术很成功。

当顾毅醒过来时，他已经被送到特护病房门口了。

顾毅双眼圆睁，立刻伸手抓住了医生的胳膊："医生，等一下。"

"怎么了？"

"这个病房只有我一个人啊！"

"怎么可能？在今晚之前这个病房都有两个人，你记错了。"

"那……你能不能让我换一个病房住？"顾毅恳求道，"我的病友有点……问题。"

"医院有医院的规矩，你想换病房也得等吃完晚饭。进去休息吧。"

医生们把顾毅抬进病房，扔在床上。

他们简单地询问了一下顾毅的术后情况，接着就离开病房了。

等到外人离开之后，顾毅明显开始感到不对劲了。

病房的气温开始下降，自己的体重逐渐减轻，像是随时要飘起来一样。

此时，他的麻药劲还没过去，他晃晃悠悠地从床上滚了下来。

床上，一个透明的人影正在渐渐成形。

根据经验，如果自己没能在 3 分钟内解开谜题，就会被活生生地吓死。

在手术室里，顾毅一直处于昏迷状态，精神力一点都没有恢复，想要依靠推演天赋来渡过难关，根本不可能。

现在，只能靠自己了！

"冷静，冷静，想想自己到底漏掉了什么。"

顾毅闭上眼，仔细回忆。

天赋能力不仅赋予了顾毅预知未来的能力，还赋予了他惊人的记忆力。

推演时的每一个细节，他都能完整无误地想起来。

病床上，自己的分身越来越清晰，脸上的五官逐渐成形。

顾毅猛然睁开眼睛，从床头柜里拿出了衣服。

他按照刚进副本时的样子，把衣服撒在地板上，甚至连衣服的皱褶都试图还原。

分身的四肢逐渐清晰，顾毅甚至看见他的手指都在活动。

"还差了什么？"

顾毅咬牙切齿地大吼着，他跟跄着倒地，跪在病床前，望着墙角发呆。

那里……是不是还有什么东西？

对了！

房间里不是还有一个纸箱子吗？自己不是把它收到墙角了吗？现在纸箱子去哪儿了？

顾毅灵光一闪，他突然明白了问题的关键是什么！

"没错，就是纸箱子！一定是纸箱子！"

顾毅奋力从地上站了起来，在病房的每个角落翻找着。

然而此时——

顾毅分身的双腿也终于成形了！

分身缓缓睁开眼睛，在床上坐直了身子，嘴角挂着诡异的微笑！

第 11 章 | 特护病房的第二个人

"在这儿！"

顾毅在床底找到了一个垃圾桶，他把垃圾桶拉了出来，从里面找到了叠成一块的纸箱。

他把纸箱展开，以最快的速度放在地面上。

耳后传来一阵脚步声。

顾毅心脏怦怦直跳，喉咙发紧，手心出汗。

难道放纸箱这个答案也是错的吗？

顾毅缓缓转过头，身后空无一物。

他浑身哆嗦，一屁股坐在地上，冷汗已经打湿了后背。

"成功了……"

顾毅摇摇头，躺在地面上，大口喘气。

此时，他的耳边传来了《诡异世界》的提示音：

"你依靠自己的智慧和力量解决了危机，精神力得到锻炼。

"你的精神力恢复速度上升。

"你现在可以随时终止推演。"

顾毅苦笑一声，他捂着自己的胸口，爬回病床上。

一定是保洁员在自己不知道的时候，把纸箱放进了垃圾桶，如果不是发现了这个盲点，自己恐怕已经死掉了。

顾毅浑身被冷汗浸湿，他不仅没有感到害怕，反而有种难以言说的快感。

他拍了拍脸颊，让自己尽快冷静下来，分析刚刚的情况。

顾毅早就应该想到的，衣服不是关键。

最开始进副本的时候，他就曾经把衣服放在床头柜里，但当时并没有触发"被自己的分身吓死"的结局。这就已经说明了解决问题的关键在于纸箱。

"所以，为什么是纸箱？"

顾毅眉头紧锁地看着纸箱。

为了不违反"保持病房整洁"的规则，顾毅收拾完衣服，就把纸箱靠墙角放好。

顾毅拿出第一张字条，一遍又一遍地阅读上面的规则。

特护病房里始终有两个人，请牢记这点。

所以，按照这个逻辑推断——这个纸箱其实是"人"？

并且，这个纸箱必须拿出来放在地面上，不能放在床下、垃圾桶里，否则就不能被认定为"人"。

顾毅想不出第二种解释了。

在排除所有可能性之后，剩下的答案无论多离谱，都只能是真相。

纸箱在这个世界里一定有某种特殊含义，所以它才会被认为是特护病房里的一个住客。

病房从外面被反锁，顾毅一直带在身上防身的水果刀也被没收了，他只能躺在病房里闭目养神，恢复精神力。

只要进了特护病房，除非到特殊时间，否则没有任何办法离开。

他趴在窗户边上，向外看去。

院前广场上空无一人，只有保卫科的人在广场上巡逻。

小卖部的店长正在一个人玩扑克接龙，悠闲自在。

医院的高墙外，有一片荒芜的土地，一条笔直的、看不见尽头的公路一直往北边延伸出去。

哪怕自己能成功翻越院墙，想要在这片荒地上求生也不是一件容易的事情。

"汪汪汪——"

广场上再次传来犬吠声。

顾毅探出脑袋来，扒着栅栏寻找犬吠声的来源。

只见一辆大巴在医院的大门口停下，那声音显然是从大巴里传来的。

"这个世界有那么多养狗的？"

顾毅趴在窗户边上，继续耐心地观察。

不一会儿，几个鹿首人拉着刚刚挑选的病人，上了那辆大巴。

又是一阵此起彼伏的犬吠声响起，似乎是车上的狗正在欢迎主人回归。

大巴扬长而去。

此时，广播声再次响起：

"今天的治疗到此结束，请各位医护人员帮助各位病人离开治疗舱，并将他们送回各自的病房。马上就到晚餐时间了，请各位病人不要乱跑，也不要忘记按时吃药。"

顾毅闻言，悠悠地叹了口气。

这一次的治疗时间他算是混过去了，但如果等到自己伤好了，又被送进治疗室该怎么办？

没有时间浪费了。

自己一定要想出办法离开病房！

顾毅坐在病床上思索了一会儿，病房的大门终于被打开了，护士催促顾毅离开病房去食堂就餐。

顾毅点点头，拿起 3D 眼镜，随身携带并藏好。

今天的晚餐时间他运气很好，并没有病人突发恶疾。

为了避免夜长梦多，顾毅第一个吃完了晚餐离开食堂，随手偷了一个餐叉放在身上。

顾毅坐在食堂外的长椅上，闭上了眼睛。

推演开始！

你决定从护士站偷钥匙，为今天晚上的越狱做准备。

你走到了护士站。

护士在看见你之后，立刻大声呵斥，甚至还上来检查了你的随身物品。

你在治疗室自残的行为让医护人员变得更加警惕了。

护士：现在是晚餐时间，你为什么不去食堂？

你：我已经吃完了。

护士：那你就去食堂外面坐着休息，不然你就去保卫科的办公室休息。

护士的态度恶劣，你不再和护士纠缠。

你躲避护士的视线，来到医院地图前。

一到三层的地图上并没有标注档案室的位置，你猜测档案室应该和焚尸房一样在地下室。

进入地下室需要乘坐医用电梯，没有医护人员的门禁卡，你将无法进入地下室探索。

你觉得自己需要一个医生的面具。

只要有了鸟嘴面具，你就可以在医院里畅通无阻了。

你思考了一会儿，决定先偷窃一个医生的面具。

为了躲避监控，你选择从厕所的通风管道绕进更衣室。

你利用手里的餐叉撬开了管道外的栅栏。

你成功地来到了更衣室。

你躲在更衣柜后面默默等待机会。

你看见了上次被你偷过面具和行头的桂医生，他正在换下工作服，应该是到了下班的时间。

你趁着桂医生进淋浴间的时候跑了出来。

更衣柜的锁年久失修，你利用餐叉就能很轻松地破坏锁芯。

你迅速地拿出了面具和门禁卡。

桂医生：什么动静？

你的动静太大，惹得桂医生从淋浴间里跑了出来。

你赶紧钻进更衣柜，重新躲了起来。

桂医生来到自己的更衣柜前，发现面具失窃。

他紧张地怪叫，随意披了一件衣服就冲出更衣室寻找面具。

你稍微等了一会儿，这才跑出来。

你回过头去，却发现桂医生正站在身后。

桂医生：你为什么会在更衣室？

你手里拿着桂医生的面具和门禁卡，百口莫辩。

桂医生拽着你的脑袋，狠狠地砸在更衣室的墙上。

你的眼前一片血红。

你死了。

第 12 章 | 偷面具

顾毅吓得一仰头撞在身后的墙壁上。

死了这么多次，撞墙而死还是第一次。

这个桂医生看上去斯斯文文的，怎么一动起手来比那些护士都狠？

"再来，这次要更小心一点。"

推演开始！

你坐在长椅上总结教训。

你决定换一个偷窃的思路。

你已经多次绕过摄像头和路人，所以行动非常熟练。

你和上次一样，躲进更衣柜后面默默等待机会。

桂医生和之前一样去淋浴间洗澡。

你小心翼翼地撬开桂医生的更衣柜，拿出了面具和门禁卡。

你知道桂医生在发现东西丢了之后，一定会出来找自己，所以你决定找个地方藏好东西。

你脱下自己的衣服，把东西包起来。

你走到更衣室的角落，掀开地漏盖，把东西藏在了下水管道口。

你趁机逃出更衣室。

你躲在死角观察桂医生。

他在更衣室进进出出，神色越来越慌张。

过了好一会儿，保卫科的人来到了桂医生的身边，他们拥有瞬间移动的能力。

保卫科人员：你的面具呢？

桂医生：呃……我在找。

保卫科人员：你还有 3 分钟时间。

桂医生捂着自己的脸颊。

桂医生：我找不到了，我的更衣柜被人撬开了，有人偷了我的东西！

保卫科人员：我们调过监控了，没有人在这期间来过更衣室。你不要狡辩了，和我们走一趟吧。

桂医生：你们不能这样对我。

保卫科人员：根据规则，面具无论是被你弄丢了，还是被偷了，你都要接受惩罚。跟我们走吧！

桂医生：不，不要啊！

桂医生的惨叫在走廊里回响。

你在更衣室外等了一会儿，确认四周无人之后，这才溜进去拿出了面具和门禁卡。

你穿上医生的工作服，戴上面具，躲进了厕所里面。

你在工作服的上衣口袋里找到了面具使用手册。

面具使用手册

1. 请妥善保管好你的面具，如果面具遗失超过 10 分钟，保卫科人员就会把你送入 0 号房间。

2. 面具上的油漆具有水溶性，沾水后会在 3 天内失去光泽。如果你的面具出现掉漆现象，请寻找戴大象面具的工作人员帮你重新上漆。

3. 每人只能申领一次面具，不予挂失，不予补办。

4. 面具即身份，请不要违背你作为医生的职责。

看到面具的使用说明后，你终于明白桂医生丢了面具以后为什么会那么紧张了。

丢了面具，就等于丢了命。

另外需要注意一点，如果你戴着面具出现在别人面前，很可能就会暴露自己的身份。

这里的医生，可能有通过面具识人的能力。上次你借用桂医生的面具救病友时，急救医生曾直接喊出了"桂老师"这个称呼。

你只能用面具骗骗不熟悉桂医生的人。

而且，你刚刚把面具藏在下水管道口，已经让面具沾水了。再过 3 天，面具上的油漆就会掉光。

但即便如此，面具的功能依然很强大。

你戴上面具后，就可以用医生的视角观察世界，以获取更多线索。

你戴上面具，走出厕所。

你决定试验一下面具的能力。

没有人再质疑你、阻拦你。

你获得了极大的自由。

你大大方方地走到电脑前。

你回忆着下午被鹿首人带走的女病人的编号。

你将编号输入电脑。

上面提示权限不足，无法调阅。

你点点头，总算找到自己和女病人的共同点了。

你与身边的护士搭讪。

你：为什么这个病人的病历无法调阅？

护士：不知道，你去档案室问问吧。

你：好。

你戴着面具，走进电梯。

你使用门禁卡，来到了地下一层。

电梯门刚打开，保卫科的人便瞬间出现在你的面前。

他们死死地盯着你。

保卫科人员：桂医生？你不是应该在0号房间吗？你怎么逃出来了？

你：你认错了。

保卫科的人冲了上来，将你按倒在地。

他们揭开你的面具，发现你居然是假冒的。

保卫科人员：你居然敢偷东西？去0号房间反思吧！

你被保卫科人员送到了0号房间。

你被巨型蜘蛛咬死了。

推演结束。

顾毅睁开眼睛，仔细思索了一番。

刚刚出电梯后遇到保卫科人员并非偶然，他们一定是通过什么手段追踪到了自己。

面具都进行过实名制登记，门禁卡肯定也是这样。

一定是自己用桂医生的门禁卡开门，这才被保卫科的人找到了。

顾毅决定不再继续推演了，既然已经找到了可以安全获得面具的方法，推演的目的也就达到了。

地下室暂时不着急去，自己需要先利用好面具，想办法在晚上的时候也可以自由活动和探索。

顾毅起身离开，径直走进了厕所。

现实世界。

顾毅成功利用苦肉计骗过医生和护士，成功逃离治疗室后，观众们立刻沸腾了。

"天哪，毅神太厉害了！"

"那些想移民到B国的快去吧，我还是想生活在没有'诡异'降临的A国。"

"不要半场就开香槟好吗？这个副本到目前为止死亡率都接近100%呢！顾毅这小子可还没有发现任何关键性的线索啊。"

A国的攻略组成员们一遍一遍地查看顾毅的闯关录像，总结通关攻略。

"顾毅这孩子远比我们想象的要聪明和勇敢。"

"捅自己来吸引医护人员注意的操作实在太精彩了。"

"可是接下来该怎么办？第一次他可以用苦肉计躲避治疗，那么第二次他该怎么办？等伤好了，他还是要进治疗室的。"

"没错，你看现在医院的安保措施变得更严了，每个病人进出病房都要搜身，病房里连水果刀都不给放了。"

现实世界的观众能看见更多细节，他们也发现医院对病人的管理更加严格了。

顾毅的苦肉计只能用一次。

但是接下来他该怎么办？

谁也不知道。

第13章 | 夜游 1

《诡异世界》里。

为了不让面具在下水管道里沾水，顾毅提前从干净的垃圾桶里找来了一个塑料袋，这才进入更衣室埋伏桂医生。

顾毅已经在推演的时候偷过好几次面具了，他就像是一个惯犯，成功拿到了桂医生的面具和门禁卡，也再次目睹了桂医生被保卫科人员带走的悲惨景象。

"啧啧……"

顾毅目送桂医生离开，拿回面具和门禁卡，藏在了厕所。

从各个医生的口中，顾毅知道桂医生是一个性格孤僻的人。

这也是顾毅偷面具时毫无顾忌的原因之一。

大部分人都不会和桂医生说话，哪怕桂医生被送进 0 号房间都没人发现。

顾毅躲在厕所里，使用天赋能力。

推演开始！

你戴上面具，离开了厕所。

所有人看见你都没有再上前盘问，你感到了前所未有的自由。

你来到护士站，偷到了病房钥匙。

你把钥匙藏在怀里。

护士站人来人往，已经有人开始注意你了。

你担心暴露身份，赶紧躲进厕所，又把面具、门禁卡和工作服用垃圾袋装好，藏在通风管道口。

19：00，病人全都去了治疗室。

你受了伤，医生特许你休息一个星期。

在你进特护病房时，你被护士搜身。

她查出你藏了餐叉和病房钥匙。

护士叫来了保卫科的人。

你终止了推演。

顾毅在看见保卫科人员的那一刻，就立刻终止了推演。

精神力提升之后，他已经可以随时终止推演了，这样可以减少一点死亡画面对自己的精神冲击。

"看来这样做不行，得换一种方法。"

推演开始！

你按照前一次推演的方法偷到了钥匙。

19：00，你吞下钥匙，又把餐叉丢进垃圾桶。

护士对你进行全方位搜身。

护士：你以后千万别再把违禁品藏在身上了，有什么想不开的？

你：对不起，我是一时糊涂。

护士：这是你今天晚上的药，赶紧吃了。

你当着护士的面，吞下了药片。

护士：今天晚上你要住进新的病房，我带你过去。

护士带着你来到了病房前，你发现你的病友是徐念。

徐念还处于昏迷状态。

你坐在病床边，吐出了钥匙和药片。

你等了一会儿，试着开锁，发现钥匙插不进锁眼。

你拿错了钥匙。

你终止了推演。

"还好提前推演了一下，不然差点忘记这个细节了。"

顾毅拍了拍脑门，这才想起医生今天一大早就说要给自己换病房，但自己偷钥匙的时候，还是拿的旧病房的钥匙。

而且，因为自己自杀过一次，护士对自己的检查力度也突然加大了。

面具、门禁卡，还有那副3D眼镜都是非常敏感的东西，护士搜到的话肯定会没收的，顾毅只得将它们全都藏在了厕所的通风管道里面。

顾毅按照推演时得出的方法，成功拿到了钥匙。

19：00到了。

顾毅乖巧地住进了新病房，等到护士离开之后，他立刻就把药片和钥匙全都吐了出来。

"哇——"

顾毅抱着痰盂，连晚饭都吐了个干干净净。

他在自己的呕吐物里找了一番，终于找到了那枚钥匙。

这一次，他可没有弄错。

顾毅看了一眼病友，他始终闭着眼睛睡觉，无论自己怎么挑逗他都不说话。

"先休息一会儿吧。"

顾毅没有躺在床上，而是靠在墙壁上打盹儿。他准备养一会儿神，等到夜里 12 点之后，再利用天赋能力出去探索一下。

24：00 的钟声响起。

顾毅睁开了眼睛。

徐念依然睡得很沉，医院的外面漆黑一片，大门口只有几个保卫科的人在站岗。

现在是众人最疲惫的时候，自己正好可以出门探索。

"开始推演。"

顾毅闭上了眼睛。

推演开始!

你从床上爬了起来。

你成功用钥匙打开了门。

你尽量小心地推开门，护士站的护士正在打盹儿，没有发现你的小动作。

你蹑手蹑脚地走出去，径直来到厕所。

你拿出了藏好的面具和门禁卡，将工作服穿在身上。

有了面具的掩护，你大摇大摆地在医院里闲逛，没有人理你。

你走进消防通道，去往负一层。

负一层的大门锁着，你不敢用门禁卡打开。

你得用其他方法进入大门。

你坐在楼梯口想了一会儿，似乎 0 号病房就是在负一层。

这可能是自己唯一一个不用门禁卡就能进负一层的途径。

负一层去不了，你决定去楼上。

一楼是住院部，二楼是治疗室，三楼你从来没去过。

三楼的大门没有锁，你推门就进去了。

三楼从东到西，依次有以下几间办公室：

总务室、财务处、保卫科、标本室、会议室、院长室。

你趴在总务室的门口看了一会儿，总务室的灯是开着的，里面放着几张大象面具，却没有人。

你来到保卫科。

保卫科里一片漆黑，你什么也看不见。

你来到标本室门口，里面有许多柜子，柜子里面漆黑一片，你看不清放的是什么标本。

你试着转了转门把手，发现标本室是唯一一个可以打开的房间。

你走进了标本室，门外月光洒进标本室，你不用开灯也能看得很清楚。

屋子里装的都是各种各样的动物标本，但无一例外，这些动物的个头儿都比现实中的动物大上好几圈。

你发现屋子正中间放着一只蟾蜍的标本。

蟾蜍大概有一个手掌大小，下方有一串字：

蟾蜍是 **** 的天敌。

中间是一串乱码，你准备摘下面具再观察。

此时，你突然听到一阵奇怪的动静。

你扭过头，发现一个高大的怪物出现在你面前。

每当你闭上眼睛，怪物就离你更近一点。

怪物发出怒吼。

你的面具因此出现裂纹。

你赶紧冲进消防通道。

你发现怪物出现在你的面前，挡住了去路。

怪物朝着你的脖子伸出双手。

怪物扭断了你的脖子。

你的眼前一片漆黑。

你死了。

推演结束！

第 14 章 | 夜游 2

"哑……"

顾毅倒吸一口凉气，瞪大眼睛望着天花板。

那怪物移动的速度太快了，顾毅甚至都没有办法提前结束推演。

三楼藏着一个人形怪物，他全身漆黑，一双眼睛是桃心的形状。

那里一定有什么重要的秘密，那个怪物应该是专门来看门的，凡是非法闯入的人，都会被他毫不犹豫地掐死。

"难道三楼还有什么隐藏的提示字条我没发现？"

顾毅眯着眼睛想了一会儿，决定再次尝试探索一次三楼。

推演开始！

你坐在床边，仔细思考。

你觉得很可能是因为自己触犯了规则，所以才会被怪物拧断了脖子。

你重新来到了三楼楼门口。

你在走廊里寻找一番，并没有找到任何字条，也没有发现任何人或是怪物的踪迹。

你推测，你打开任意一扇门之后，怪物就会突然出现。

你还剩下 5 次推演机会，你决定用试错的方法总结出怪物的弱点和行动规律。

你打开了标本室的大门。

你走进了标本室。

你背靠墙壁，看向大门口。

怪物出现了。

他的行动方式像企鹅，走路一摇一摆，但是速度却极快。

你发现自己睁开眼睛的时候很难发现怪物的行动轨迹，只有不停地飞速眨眼，才能看见怪物的身影。

怪物走进标本室，刻意躲避标本柜。

你利用标本柜与怪物周旋。

怪物双眼的桃心变成了两把黑色的叉子，他整个遁入黑暗。

你无法再观察到怪物了。

你感到喉咙一紧。

你被怪物拧断了脖子。

你的眼前一片漆黑。

你死了。

推演结束！

顾毅睁开眼睛，摸了摸自己的脖子。

又是一次秒杀。

自己在这个副本里的肉体力量实在太差了，如果换作一个拥有体力或者力量天赋的冒险者，估计就能和怪物硬碰硬了。

"这次好歹能坚持 1 分钟了，再尝试一次。"

推演开始！

你拿出字条，在纸上写下怪物的所有信息：

1. 怪物拥有隐形能力，自己平时必须快速眨眼才能看清怪物的身影。如果怪物的眼睛变成黑色的叉子，他将会完全隐身。

2. 怪物的行动速度比自己略快，且力量远高于自己，逃跑或者和他正面对抗并不现实。

3. 怪物不敢破坏标本室里的东西，可以利用这点进行周旋。

4. 怪物具有实体，必须进行肢体接触才能伤害他。

5. 已经可以确认，只有进入标本室他才会出现，平时不会出现。

你略微思索了一会儿。

你用之前的方法逃出病房，来到了一楼拐角处的洗衣房，在里面找到了一些床单。

你撕开床单，撕成长条。

你走到清洁间，偷出了擦地用的蜡油。

你来到三楼。

你把蜡油涂满地面，在走廊上用长布条制成绳索。

你打开标本室的门。

怪物很快在你面前出现。

你赶紧逃跑。

怪物追了上去，被绳索绊倒。

你继续往楼下跑。

怪物因地板上的油滑倒，你继续狂奔。

你来到了底层。

你拿出门禁卡，刷了负一层的电梯。

保卫科的人立刻出现在你眼前。

保卫科人员：你为什么会有桂医生的门禁卡？

你没有说话，不停眨动眼睛，你发现怪物已经来到了你们二人的身后。

保卫科的人转过头，与怪物四目相对。

保卫科人员：你为什么会在这里？回你的标本室去！

怪物和保卫科的人扭打在一块儿。

你转身走进了负一层。

你感觉浑身发凉，黑暗中好像有无数的眼睛正在盯着你。

你听见了动物的低吼声。

一只全身长满黑毛的怪物从阴影中冲了出来，发出了犬吠声。

你闪身躲避。

门口是保卫科人员与怪物，你无法退避。

你只能继续往前走。

周围的黑毛怪物越来越多。

你觉得这些怪物都是病人变的，他们的身体素质和自己差不多，但是数量却太多了。

很快，你被一群黑毛怪物抓住。

你浑身长满黑毛。

你感觉自己的意识逐渐远离。

你终止了推演。

"呼……"

顾毅靠在墙上，长长地舒了口气。

标本室的防御力量越强，顾毅的好奇心便越重。

自己第一次进入地下一层，还没来得及探索，就被怪物们围杀，并逐步同化。

在那种环境里，自己肯定会变成怪物而死。

"难道白天听到的犬吠声，都是从地下室传来的吗？

"应该不是，那明显来自更近的地方。

"上次推演的时候，我曾经去过焚尸炉那里，白天的时候地下室貌似没有怪物，只有晚上这些怪物才会出没。

"地下室安全的探索时间是在白天。"

顾毅揉了揉太阳穴，在字条上写下了自己的推测，以及关于怪物的已知情报。

他反复看了两遍，揣上字条，再次进行推演：

推演开始！

你确信标本室里一定有重要线索。

夜晚的医院防守力量如此薄弱，你戴着鸟嘴面具乱逛都无人盘问。保卫科办公室都没有人值班，但偏偏有怪物把守着标本室。

你觉得利用保卫科的人驱虎吞狼并非良策。

这两者，无论哪一方存活下来，最后都会掉头来追击自己。

你觉得自己被逼入绝境。

你发现根本没有办法绕过标本室的怪物。

也许应该放弃调查标本室？

你感到很不甘心。

你已经找到了突破口，却找不到突破的方法。

你手里拿着字条，仔细思考着。

你确信你找到的怪物的情报已经没有任何疏漏了。

你默默回忆上一次的推演。

你觉得你抓住了什么关键的地方。

保卫科的人在看见怪物的第一眼时，就表现出惊讶和意外。

并且他还说了一句"回你的标本室去"。

这句话提醒了你。

你觉得自己忽略了一点——怪物是从哪里出来的？

第15章 | *夜游3*

每次你都以为怪物是藏在走廊外的角落，而保卫科的人却说怪物是在标本室里的。

在你开门之前，怪物是安安静静地待在标本室里的。

一定是你开门的动作，使怪物活化。

如果自己不开门，可不可以用其他方法进入标本室呢？

你觉得自己已经总结出了进入标本室的正确方法。

你重新来到三楼。

你来到三楼的厕所，撬开了头顶的通风口栅栏。

你从通风管道来到了标本室。

你静静地待了一会儿，发现果然没有怪物出来袭击你。

你找到了电灯开关。

标本室亮如白昼。

你在标本室的角落，看见了一个蜷缩在角落里的怪物，他双手抱着膝盖，蹲在地上。

他的左眼是桃心，右眼是黑色的叉子。

你在怪物的面前找到了一张卡片。

月光巨人：在接触月光后，会拥有惊人的力量，对人类有极大的敌意。

原来，这个怪物是在被月光照到之后，才会变成活物并且追击人类。

你感到震惊。

因为怪物居然是标本之一。

你继续在标本室里探索，发现所有标本都有一些似是而非的解释。

你很好奇，为什么医护人员不研究医学，却来研究这些怪物的习性。

你更加确定，这个世界并非以现实世界为蓝本，这是一个充斥着怪物的平行宇宙。

你并不能以现实中的世界观来理解副本里的一切。

也许在现实世界，这些标本都是怪物，但在副本世界里这些都是常见生物。

自己和一众病人反而都是稀有动物。

你继续大胆地进行推测。

这个医院并不是医院，而是研究院，他们所做的一切是为了研究人类这样的生物。

"治病"不过是一种骗取人类信任的借口。

鹿首人从医院购买人类，可能也是有某种特殊的意图。人类可能对本地土著有很高的经济价值，所以医院才会做买卖人类的生意。

目前，这是你能想出的最符合逻辑的解释。

你长舒了一口气。

到目前为止，你得到这么多的信息，已经付出了很大的心血和代价。如果是一个没有SSS级天赋的冒险者，根本不可能做到这一步。

显然，《诡异世界》的副本难度已经提升到了冒险者几乎必死的程度。

哪怕自己可以无限推演，也依然险象环生。

你继续在标本室里搜索。

你把注意力放到了大厅中央的蟾蜍身上。

蟾蜍下方的标签中间依然是乱码。

你摘掉了面具，终于看清了上面的字：

蟾蜍是蜘蛛的天敌。

作为医生是看不见标签的，作为病人却可以看见。

你认为这是一个针对病人的、非常明显的提示。

整个医院你只看到一只蜘蛛，那就是0号房间的那只吃人的巨型蜘蛛。

难道利用蟾蜍可以对付蜘蛛？

你试着搬动蟾蜍标本，却发现蟾蜍纹丝不动。

你放弃了拿标本。

你突然想起，院前广场的小卖部里卖活蟾蜍。

难道那只活蟾蜍就是为你探索0号房间准备的？

你有了前进的方向。

你决定不再探索标本室，你重新钻进通风口，去隔壁两个房间探索。

你先去了院长室。

院长办公室里到处都是灰尘，只有一套办公桌椅，还有满是书籍的书架。

书架上都是一些让人看不懂的专业书籍。

办公桌上有一台电脑，但你不知道开机密码，无法打开。

你又爬到了隔壁的保卫科办公室。

里面只有一个个更衣柜，还有一张简陋的办公桌，每个更衣柜里都放着一张狗头面具。

你最后来到了总务室。

你试图拿起桌子上的大象面具，却发现这东西奇重无比，你根本无法使用。

你觉得自己已经在第三层找到了足够的信息。

你终止了推演。

顾毅在床上躺下，长舒一口气。

今天晚上没有白忙活，自己总算得到了一些有用的线索。

他躺在床上，闭上眼睛，终于进入梦乡。

第二天。

顾毅和第一天一样接受医生查房。

病房里的一切没有任何变化，但顾毅昨天却已经在推演的时候在整个医院里逛了个遍，他唯一没去过的地方就是地下一层了。

有话则长，无话则短。

顾毅安静地吃完早餐之后，便和所有病人一起来到广场进行自由活动。

顾毅没有浪费时间，走到广场后，立刻就来到了小卖部。

店长看见顾毅后，立刻就从桌子底下拿出消防斧，砰的一声放在桌上。

"冷静一下，我又不是过来打架的。"

顾毅赶紧后退一步，吓得差点就要用天赋能力了。

"别担心，我没事的时候不会杀人。"店长说道，"我只是想告诉你，我不会再接受你的赌约了。"

顾毅撇撇嘴，他本来还想和店长赌博，白得一只活蟾蜍呢。

"好吧，我也不是来和你打赌的，我想从你这里购买一样货物。"

"说吧，要什么？"

"活蟾蜍。"

店长眼中闪烁着奇怪的光芒："你要这东西做什么？"

"这不关你的事。"

"那你有钱吗？"

"这些够吗？"

"不够。"

"那我该怎么办？"

"我可以给你一个任务，但是这个任务非常危险。你愿意去做吗？"

"什么任务？"

店长转身走进屋子里，从里面抱出了一个三四岁的小姑娘，小姑娘没有戴任何面具，一脸天真无邪。

"这是院长的女儿，你的任务就是陪这个小姑娘玩到自由活动结束。"

"带小孩儿而已……"

"带小孩儿也不是简单的事情啊。"

店长拿出一份工作手册，递给顾毅。

顾毅接过一看，上面又是一堆让人头大的规则。

保姆工作手册

1. 不要和小姑娘玩躲猫猫。

2. 不要拒绝小姑娘的任何要求。

3. 不要让小姑娘离开后院。

字条背面依然有一串血字：

~~她是个魔鬼！~~

她很可爱，像个小天使，不是吗？

第16章 | 天使？恶魔？ 1

不能和小姑娘玩捉迷藏。

同时还不能拒绝小姑娘的任何要求？

那如果小姑娘要求自己陪她玩捉迷藏怎么办？

在看见保姆工作手册之后，顾毅立刻发现了其中的陷阱。

很显然，自己在这次的任务中需要做的，就是尽量不要让小姑娘感到无聊，不要让她提出玩捉迷藏的要求。

字条背面的血字似乎已经不能提供任何信息了。

顾毅发现，在院前广场上发现的血字都是这种诡异的风格，根本不能相信。

眼见顾毅陷入沉默，店长这才开口问道："怎么样，这个任务你到底接不接？"

这是在给自己机会存档吗？

顾毅没有回答，而是闭上眼睛开始推演：

推演开始！

你接受了店长的任务。

店长冷笑一声，把怀里的小姑娘交给了你。

店长指了指小店的后院，让你在那里陪小姑娘玩耍。

你抱着小姑娘来到后院。

小姑娘指着地上的洋娃娃。

小姑娘：哥哥，你陪我玩洋娃娃。

你：好。

你觉得玩洋娃娃不会有什么问题。

你陪着小姑娘抱着洋娃娃玩过家家。

小姑娘突然歪着脑袋，指着树说道：哥哥，我要你把树上的鸟窝拿给我。

你没有拒绝，立刻爬了上去。

小姑娘抱着鸟窝，玩得很开心。

店长拿出一盘炒猪肝放在小姑娘面前。

小姑娘很喜欢猪肝，两三口就吃完了。

小姑娘：不够吃。

你：我喊店长再炒一盘。

小姑娘：不，我要吃你的。

你：什么？

小姑娘：我要吃你的肝。

你浑身哆嗦，额头滴下冷汗。

小姑娘：我要吃你的肝！

小姑娘的脑袋上出现了一道道黑线，她张开嘴巴，白皙的牙齿变成了一颗颗猩红的獠牙。

小姑娘：我要吃你的肝！

你：不可能。

小姑娘伸手插进了你的肚子。

你的眼前一片血红。

你死了。

推演结束！

顾毅回到现实，额头流下一滴冷汗。

不过是吃了一盘炒猪肝，就想吃炒人肝了？

这丫头谁受得了？

顾毅依然没有急着答应店长的要求，而是继续进行推演。

他必须找到完美完成任务的方法，才能接受店长的任务。

推演开始！

你没有立刻答应店长的要求。

你先是来到了厨房，把店长准备的猪肝全都丢到了垃圾桶里。

店长气得直跺脚。

你拿出仅剩的200元，让店长买别的食物，但最好是蔬菜。

店长不解，但还是照做了。

你松了一口气，只要给的钱足够，店长可以满足你的一些小要求。

你正式接受了店长的任务。

你带着小姑娘走到了后院。

你开始陪小姑娘玩洋娃娃。

小姑娘玩腻了洋娃娃，她指着大树，要你给她掏鸟窝。

你完成了小姑娘的要求。

店长炒了一盘青菜，放在小姑娘面前。

小姑娘吃了两口，不想吃了。

小姑娘：不好吃，倒了！

你：好。

你把青菜倒进了垃圾桶。

店长埋怨你：小姑娘只爱吃内脏，她是不会吃青菜的。

你没有理会。

你回过头去，继续和小姑娘玩耍。

小姑娘：我要骑大马，你过来当大马。

你趴在地上，背着小姑娘遛弯。

小姑娘从你的背上跳下，拿起树枝对你说：你这匹马不乖，我要打你。

你：你打吧。

小姑娘拿着树枝，用力抽打你的脸。

你的脸上一片血痕，你差点疼晕过去。

墙外传来一股烧烤的味道。

小姑娘：我要吃羊腰子。

你额头流下一滴冷汗。

你根本不可能翻墙出去给小姑娘买烧烤，你也不理解为什么这种穷乡僻壤居然有人卖烧烤。

你：妹妹，我们不能离开医院，要不然你换个要求？

你试着与小姑娘谈条件。

小姑娘：不行！我要吃羊腰子！

小姑娘的脑袋上开始出现一道道黑线，她露出了猩红的牙齿。

你知道，如果连续3次不满足这个小姑娘的要求，自己就会暴毙。

你：你不要激动，我不是说不给你吃，我是说你能不能换一个？不要再吃羊腰子可以吗？这东西吃了上火，你的脸上会长痘痘的。

小姑娘摸了摸自己的脸颊，重新变成人类的样子。

小姑娘：吃羊腰子会长痘痘？

你：是的。

小姑娘：那我不吃羊腰子了。

你松了口气。

小姑娘：我要吃你的腰子。

你：什么？

小姑娘：我要吃你的腰子！

你：你等下，我们商量一下。我不是要拒绝你，我只是和你商量……

小姑娘：给我吃你的腰子！

小姑娘变成了怪物的样子。

你终止了推演。

顾毅眉头微蹙，身体不停颤抖。

刚刚在推演的最后，小姑娘的身形变得更加巨大，牙齿参差不齐，如鲨鱼一般。

虽然这两次推演顾毅最终都失败了，但他也总结出了一些规律：

1. 小姑娘提出要求后会重复 3 次。如果第三次你还不同意，她就会强行让你"同意"。

2. 小姑娘并不是不可说服的，只要给出足够的理由，你也可以改变小姑娘的想法。

3. 小姑娘是真的很馋，一定要想办法抑制她吃内脏的欲望，否则她吃不够就会吃你的内脏。

顾毅紧闭双眼，进行第三次推演：

推演开始！

你和上次一样，去厨房收起了所有内脏，并让店长去门口等着，如果有人卖烧烤，立刻买羊腰子，能买多少就买多少。

店长答应了。

你接受任务，带着小姑娘去后院玩耍。

小姑娘和上次一样，指了指树梢。

还没等小姑娘开口，你就爬到树上，掏下了鸟窝。

你：你想玩鸟窝，是吗？

小姑娘用鼻子嗅了嗅，指向墙外。

又一次，她还没开口，店长就拿着几串羊腰子走了过来。

你接过羊腰子，递给小姑娘：你想吃羊腰子，对吗？

第 17 章 | 天使？恶魔？ 2

小姑娘：你怎么知道的？

你：先别管这个了，你想吃就吃吧。

小姑娘：你一定有预知未来的能力，对不对？

你：并不是，我是猜到你爱吃羊腰子。

小姑娘：那你就是会读心术吧？那你告诉我，我现在在想什么？如果你答对了，我就给你奖励；如果答错了，我就吃了你。

你感到后背发凉。

小姑娘：你快说呀！

小姑娘开始展露自己的真面目。

你：你在想怎么吃我的脑子？

小姑娘：你猜错了！

小姑娘张开血盆大口，朝着你的脖子咬了过来。

你终止了推演！

该死！

太着急了！

顾毅摇了摇头，没想到自己预知剧情，不仅没有抢占先机，反而搬起石头砸了自己的脚。

不对，这样不是正确的通关方法。

重新来一遍：

推演开始！

你接受任务，丢掉厨房的内脏，并且安排店长去买尽量多的羊腰子。

你抱着小姑娘去后院玩耍。

你对小姑娘言听计从。

小姑娘玩得很开心。

小姑娘：我闻到烧烤的味道了，我想吃羊腰子。

你：我马上帮你弄。

你来到大门旁边，从店长手里接过了羊腰子。

你递给小姑娘。

小姑娘一口一个，吃了两串就吃不下了。

小姑娘：剩下的你吃掉吧。

你照做。

小姑娘：好无聊啊，不如我们来玩……

你：你觉得无聊，我给你变魔术好不好？

小姑娘：好呀！

你变起了手指穿越耳朵的魔术，小姑娘很兴奋，她缠着你要你告诉她魔术的原理是什么。

你耐心教导她。

小姑娘：我觉得变魔术没意思了，我还是喜欢躲猫猫，要不然……

你浑身哆嗦。

你：不无聊呀，我给你变别的魔术。

你变了一个手指拉长的魔术。

小姑娘显得兴致不高。

小姑娘：这个魔术我早就看过了，一点意思都没有。

你：那这个呢？

小姑娘：无聊，没意思！我不想变魔术了，我要玩躲猫猫！

你咬紧牙关。

现在只是小姑娘第一次提要求，自己还有机会说服对方！

你：躲猫猫太危险了呀，这里的病人身上有很多病菌，他们会感染你的。

小姑娘：不会呀，我爸爸说了，这些人的病不会感染我们的。

你：这个地方太大了，躲猫猫有些危险。

小姑娘：那我们只需要限定一下范围就好了呀！我们就在这个后院玩，不到外面的广场去。

你：可是这个地方太窄了……

小姑娘：你是不是找借口，不想和我玩？你是不是要拒绝我？

你：不是，我只是在和你商量。

小姑娘：陪我玩躲猫猫，陪我玩躲猫猫！

她一连三次提要求。

你都没有答应。

小姑娘变成了怪物，挥舞着利爪砍掉了你的脑袋。

你死了。

推演结束！

第四次推演，依然是以失败告终！

顾毅深吸一口气，再次进行推演：

推演开始！

你怀疑保姆工作手册上可能存在假规则。

你已经证明了拒绝小姑娘肯定会暴毙。

不仅如此，无论你怎么满足小姑娘的要求，最终她还是会提出玩躲猫猫这个要求。

躲猫猫是无法避免的。

《诡异世界》里不可能有必死的棋局，一定有可以安全通关的方法。

你有了之前推演的经验，完美无缺地完成了小姑娘的所有要求。

小姑娘看着你，露出了天真无邪的微笑。

小姑娘：我们来玩个游戏吧，就玩躲猫猫怎么样？

你：好。

你无可奈何地点了点头。如果拒绝，自己立刻就会死，也许玩躲猫猫会有一线生机？

小姑娘：太好了，那你来当"鬼"吧，好不好？

你：好。

小姑娘：那你赶紧躲起来，我数 100 个数，然后再出来找你。

小姑娘咧开嘴，灿烂一笑。

你点点头，找了个地方躲起来。

你突然感到浑身发寒，如坠冰窟。

你周围的一切都变成透明的了。

你回过头去，发现自己的身体躺在地上。

你真的变成了"鬼"！

你死了。

推演结束！

顾毅满头大汗。

他在心里不停默念"开始推演"，可是却什么也没有发生。

顾毅感到一阵头痛，这是精神力耗尽的结果。

顾毅睁开眼睛，冷汗打湿了他的后背。

他耗光了 5 次推演机会，依然没有得出一个可以完美通关的方法！

难道自己……

真的要死在这里了吗？

顾毅手里攥着保姆工作手册，怔怔地出神。

店长等得有些不耐烦了，他轻轻敲了敲桌子，大声问道："喂，你搞什么鬼？你到底要不要接这个任务？"

顾毅沉思片刻。

"我明天过来的话，还能接到这个任务吗？"

"嗯？你在想什么？"店长说道，"明天她就要回家了。"

"那我 1 个小时后再过来？"

"我现在超忙，所以才必须喊你来帮我带孩子。1 个小时以后我都忙完了，我还要你带孩子干什么？"

顾毅无奈地叹了口气。

他没办法拖延时间恢复精神力了。

如果想要拿到活蟾蜍，自己必须现在就接受店长给的任务。

蟾蜍可能是自己如何打败 0 号房间的蜘蛛的唯一线索了。

只有干掉那只蜘蛛，顾毅才能在不使用门禁卡的情况下，成功进入医院的负一层。

对付这个小恶魔，是永远越不过的坎！

"喂，你到底接不接？不接就算了！"

"接，我接这个任务。"

顾毅咬牙点了点头。

他不能只依赖自己的天赋能力。

有时候，他必须直面困难！

小姑娘朝着顾毅眨了眨眼，露出了一个天真无邪的微笑，她朝着顾毅张开双手，奶声奶气地说道："大哥哥，你陪我玩游戏好吗？店长叔叔都不陪我玩，只有你能陪我了。"

小姑娘忽闪着大眼睛，眼神天真无邪。

然而，谁能想到，这个小姑娘的真实面目是一个杀人不见血的食人魔。

"好，我陪你玩。"

第 18 章 ｜ 天使？恶魔？ 3

顾毅牵着小姑娘，走到了后院里。

小姑娘拉着顾毅，坐在一个小桌子前，拿起一个洋娃娃递到顾毅手里。

"我们来玩过家家吧，你想演谁呀？"

"我演哥哥。"

"那我演妈妈吧。"

顾毅尴尬一笑，没有要反驳小姑娘的意思。

小姑娘自说自话地在虚空中炒菜，自得其乐。

顾毅却心不在焉，脑子里一遍一遍地思考刚才推演的每一个细节。

可是，无论他怎么思索，结局都只有一个：

死！

不能陪小姑娘玩躲猫猫。

不能拒绝小姑娘的要求。

这两条规则都是真的。

所以，只要小姑娘提出玩躲猫猫，那么自己就必死无疑。

"哥哥，饭做好了，快喊妹妹出来吃饭呀。"

"好。"

顾毅点点头，抱着洋娃娃坐在饭桌前。

小姑娘拿着塑料碗，碗里放着一片树叶："这是你的饭，吃饭一定要营养均衡哦。"

"可这是树叶……"

"什么树叶？这是青菜啦！"小姑娘叉着腰说道，"你到底会不会玩过家家呀？"

"哦，对不起，对不起。"

顾毅摆了摆手，安抚小姑娘的情绪。

他配合小姑娘的要求，假装碗里的东西是青菜。

顾毅突然感到浑身一寒。

他猛然发现自己一直忽略了一个提示：

字条背面的血字。

现实世界。

屏幕中，顾毅站在了店长面前，接受了一个任务。

观众们议论纷纷，谁也不知道顾毅为什么特地来这里。

"什么意思？我怎么看不懂毅神在做什么啊？"

"我总觉得毅神的思维领先我们几个世纪啊，他是获得了什么线索，但我们却不知道吗？"

"毅神现在的行为一定大有深意！"

攻略组和广大群众不同，他们可是从早到晚都盯着直播画面的。

昨天晚上，顾毅一直都在病房睡觉，哪儿也没去。

但是今天一到自由活动的时间，顾毅就目的性极强地来到了广场的小卖部，这点实在太反常了。

"已经可以确定了，顾毅必然是解锁了认知类的天赋，而且很可能是那种可以预知或者发现隐藏线索的能力。"

"太神奇了！"

"这一定是 SSS 级的天赋能力吧？"

"B 国的人一直都说力量类的天赋才是王道，但顾毅的出现告诉我们，认知类的天赋才是最强的。"

在这种解密类的副本中，力量再强也是没用的。

"顾毅一定是发现了什么隐藏线索，他是想达到完美级通关的目标！"

听到组长的话，所有人都惊呆了。

假如顾毅可以达成完美级通关的目标，那么现实世界里，所有从崇山医院跑出来的"诡异"和"不可言说"，全都会自动消失。

他真的是一个超级英雄！

不一会儿，顾毅拿起了保姆工作手册。

攻略组的人第一眼就看出了规则上的必死 flag。

"所以，这个任务的关键就是不能让小姑娘提出玩躲猫猫的要求？"

"不是那么简单的，假如小姑娘要你自杀怎么办？"

"正常人应该不会突然说出这种话吧？"

"还有字条背面的红字，太让人在意了。"

"组长，我觉得红字不能看，它很可能会把我们的思维引向歧途。广场上发现的红字全都是逻辑混乱、字迹潦草的，所以……"

"哥哥，我要你吃的肝！"

屏幕里，小姑娘突然说出了一句让所有人毛骨悚然的话。

大家没有心思再讨论攻略了，所有人的视线都集中在了顾毅身上。

"好，我给你吃。"

"他疯了吗？"

"难道不争取一下吗？"

"该死……"

小姑娘突然张开了大嘴，露出了无数尖锐的牙齿。

攻略组紧急切断了信号，免得观众们看见什么血腥的画面。

弹幕里刷满了问号。

这一次，就连攻略组组长都不忍看屏幕了。

"组长，顾毅他……"

"别说了，赶紧研究我们怎么在现实中对付'诡异'吧。"

"不是，顾毅他没有死！"

"什么？"

组长愣了一下，重新看向屏幕。

小姑娘张开了血盆大口，假装在顾毅的肚子上咬了一口。

顾毅也十分配合地翻了白眼，躺在地上装死。

"这……这也行？"

攻略组的众人看着屏幕，惊讶得半天合不拢嘴。

《诡异世界》里。

广场小店的后院里。

"哥哥，我要吃你的肝！"

"好，我给你吃。"

顾毅张开双手，笑眯眯地看着小姑娘。

小姑娘咧嘴一笑，变成怪物冲了上来。

可是顾毅却不躲不闪，敞开了怀抱。

小姑娘扑进了顾毅怀里，假模假式地在顾毅的身上啃来啃去。

"啊！"

顾毅翻着白眼，躺在地上装死。

小姑娘突然变成了正常人类的样子，躺在顾毅的怀里咯咯傻笑。

"你好假啊！哈哈哈……"

"但这样我真的会被你咬死呀！"

"我要吃你的脑子。"

"不要呀！"

"啊呜！"

小姑娘张开大嘴，含住了顾毅的脑袋。

顾毅拍了拍小姑娘的腮帮子，大声求饶。

小姑娘松开顾毅，心满意足地擦了擦嘴巴："这可由不得你。"

"唔……"

顾毅翻着白眼，双手平举。

小姑娘吓得哇哇怪叫，一脸惊恐地看着顾毅："你怎么了？"

"我被你吃掉了脑子，我变成怪物了。"

"天呀！"

"我要来抓你……"

"不要呀！"

小姑娘从地上爬了起来，一溜烟躲到了大树后面。

顾毅发出低沉的吼声，追着跑了过去。

"啊！哈哈哈……"

小姑娘的尖叫和欢笑声在后院响起。

店长从窗户里探出头来，一脸好奇地看着顾毅："这小子还挺会带孩子的嘛！"

第 19 章 | 天使？恶魔？ 4

"我跑不动了，别追了，哥哥。"小姑娘一屁股坐下，躺在地上。

顾毅咧嘴一笑，坐在小姑娘身边。

小姑娘呼啦一下跳了起来，骑在顾毅的背上，一点都不像累了的样子。

"哥哥，你抱着我。"

“好。”

顾毅转过身来，将小姑娘抱在了怀里。

小姑娘扭过头，看了一眼顾毅，乐呵呵地问道：“哥哥，我叫瑶瑶，你叫什么名字？”

顾毅愣了一下。

“我叫顾毅。”

“哥哥你为什么会到这个医院来？”

“我也不知道。”

“我觉得你和我们没有多大区别，我觉得你根本没病。”

“是吗？”

“我一定会和我爸爸说的，他可以让你提前出院。”

“你爸爸人呢？”

“他很忙呀，我也不知道他在忙什么，他从来都不陪我玩。”

瑶瑶说着说着，委屈地噘起了嘴巴，接着就躺在顾毅的怀里睡了过去。

顾毅长长地舒了口气。

孩子都累成这样，顾毅肯定早已精疲力竭了。

这种累不仅仅是肉体上的，更多的是精神上的。

保姆工作手册其实整页都在误导自己，或者说是自己看错了一个孩子。

瑶瑶虽然是个怪物，但她本质上也还是孩子。

她虽然会提出一些可怕的要求，比如吃你的脑子、吃你的肝，但这都是她玩游戏的内容。

就像玩过家家的时候，把叶子当成蔬菜。自己只需要答应她，并且配合她表演就行了，她根本不会真的吃自己的脑子和肝。

她自始至终，都只是想和自己玩游戏而已。

这就是为什么，保姆工作手册的背面会写那两句话：

~~她是个魔鬼！~~

她很可爱，像个小天使，不是吗？

不要把她当成魔鬼，要把她当成一个可爱的姑娘。

顾毅在 5 次推演中，没有一次打开过瑶瑶的心扉，她从头到尾都没有问过自己叫什么名字。

唯独这一次。

他们二人不仅交换了姓名，还收获了友谊。

甚至顾毅在玩游戏的时候，没有一板一眼地遵守规则，却依然安全地活了下来。

顾毅抱着瑶瑶，默默沉思。

这一次的任务，给了顾毅很大的启示。

其实，在这个副本里，"视角"和"心态"是非常重要的东西。

如果顾毅把瑶瑶当成普通小孩儿，那么保姆工作手册对他就没有任何意义，他可以安全地和孩子玩耍。

如果顾毅把瑶瑶当成一个吃人的怪物，那么保姆工作手册就是把他送入深渊的指南，无论怎样他最后都会死掉。

再结合医生的面具分析一下吧。

在医生眼里，活蟾蜍没有任何作用，所以在标本室里，顾毅戴着面具就无法分辨标本上的提示。

而作为病人，顾毅却能看见那关键的提示。

因为在病人的世界里，蟾蜍吃蜘蛛。

而在医生的世界里，蟾蜍不会吃蜘蛛。

可是，这两条互相矛盾的规则，在这个副本里却可以同时存在。

这也许就是"不可言说"真正的能力。

想到这点，顾毅突然有了一种豁然开朗的感觉，他隐隐觉得自己已经找到了解密的关键技巧。

要证明这个观点，顾毅只需要亲身试验一下就可以了。

"时间到了。"

店长来到后院，轻轻拍了拍顾毅的肩膀。

顾毅站起身来，把熟睡的瑶瑶递到了店长手里。

"你和瑶瑶是什么关系？"顾毅问道。

"我是她的叔叔。"

"所以，院长是你哥？"

"对。"

"我好像从来没有在医院里见过院长。"

"他？他忙着赚大钱哪，你还能见到他？呵呵……"

店长苦笑着摇了摇头。

顾毅觉得，院长的身份和下落，可能也是通关副本的线索之一。

"算了，别提那个自私鬼了。"店长朝着顾毅努努嘴，"跟我来，我带你去拿蟾蜍。"

顾毅跟在店长的屁股后面，来到了店铺里。

店长翻箱倒柜，找了一只最活泼的蟾蜍递到顾毅手里。

蟾蜍被装在了一个玻璃瓶里。玻璃瓶有极强的隔音效果，无论蟾蜍在里面怎么蹦、怎么叫，外面一点声音都听不见。

"收好吧。炒这东西最好用豆瓣酱，你可以去厨房借一点。"

顾毅愣了一下。

原来这些怪物都把蟾蜍当成食材？

"谢谢店长。"

顾毅将蟾蜍藏在怀里。他回到广场，找了一块草坪，在上面躺下，闭目养神，恢复消耗一空的精神力。

12：00 的铃声响起了。

所有病人一窝蜂地冲进了食堂。

顾毅并没有第一时间去食堂，而是转身来到了厕所，他从通风管道里拿出了 3D 眼镜、门禁卡和鸟嘴面具，接着躲在厕所里发动天赋能力。

推演开始！

你把几样重要的道具全都藏在了怀里。

你拿着门禁卡，径直走到地下一层的大门前刷卡。

保卫科人员立刻出现在你面前。

保卫科人员：你为什么会有桂医生的门禁卡？他应该已经被开除了才对。

你：被开除？他不应该死掉了吗？不应该被大蜘蛛杀死了吗？

保卫科人员：我不知道你在说什么。

保卫科人员没有和你多说什么，他直接拽着你瞬间移动到了 0 号房间。

保卫科人员甚至都没有看管病房的医生尽职，他根本懒得搜身。

你被丢进了房间。

天花板上传来窸窸窣窣的爬行声。

你手忙脚乱地拿出怀里装活蟾蜍的玻璃瓶，用力地砸碎了瓶子。

蟾蜍从瓶子里爬了出来。

它一蹦一跳，躲进了角落里。

你大声呼唤，想要让蟾蜍帮忙，可蟾蜍根本不可能听懂人话。

蜘蛛的复眼在黑暗中闪烁着红色光芒。

蜘蛛飞也似的朝你爬了过来。

你不停后退，直到撞墙。

你心跳加速。

难道蟾蜍没有用吗？

蜘蛛的毒牙已经贴到了你的鼻尖。

你的眼前一片漆黑。

第20章｜地下楼层 1

你重新睁开眼睛。

你发现你没有死。

蜘蛛的毒牙停在你的鼻尖上，始终不能落下。

你贴着墙边走开。

原来，那一只小小的蟾蜍正咬着蜘蛛的大腿，一点一点地吞噬。

砰！

蜘蛛突然从大变小，一下就被蟾蜍吞进了嘴巴里。

蟾蜍吃下蜘蛛，趴在角落里一动不动。

你长舒一口气。

你看了看头顶，上方有一个通风管道的入口。

房间的角落有一堆杂物，看上去像是蜘蛛平时的口粮。

你把杂物搬过来，堆在脚下，成功爬进了通风管道。

你在通风管道里爬行。

你发现负一层里到处都是游荡的保卫科人员。

他们神色木讷，互相之间也不说话。

偶尔会有几个人突然在原地消失，可能是去处理事务了。

你小心翼翼地爬行，免得发出任何声音。

你找到了所谓的档案室，这地方就在焚尸房的后面。

你趁着没人的时候，跳下通风管道，钻进档案室。

你先来到了病人档案柜前，找到了自己的档案。

档案上全是乱码，你看不清。

你戴上了鸟嘴面具。

病人档案

编号：********

姓名：顾毅

性别：雄性

入院时间：日西三年丰收之月星火日

参与实验：社会化改造、语言适应、脑改造

这份档案已经验证了你的猜想。

崇山医院不是传统意义上的医院，而是一个研究院；这个世界也不是现实世界的影射，而是另外一个平行宇宙。土著人使用的历法都和蓝星完全不同。

社会化改造、语言适应、脑改造。

这 3 个实验项目看上去似是而非，你根本不明白到底是什么意思。

社会化改造和语言适应大概可以猜测一下。

社会化改造应该是在崇山医院接受监狱式管理，以适应这里的环境。

语言适应，大概就是能让自己听懂土著的语言。

你很早就发现一个细节了，这里的病人都不会说话，你只能和医护人员进行交流。

想来，这是因为自己经过了"语言适应"的实验。

脑改造听上去十分可怕，你不知道这些人对你的大脑做了什么。

唯一可以肯定的是，你目前扮演的角色只是研究院的一只小白鼠。

档案室的深处有一扇锁着的门，无论你如何操作都无法打开。

你觉得这扇门需要刷特别的门禁卡才能进入。

你到别的档案柜前寻找线索。

你终于在放研究资料的柜台上，找到了《怪物攻城》的录像带。

你四处寻找，在档案室的深处找到了放映机。

你决定现场观看录像带。

你戴上了 3D 眼镜。

《怪物攻城》是非常狗血的科幻片，剧情大概就是怪物入侵世界，人民奋起反抗。

电影讲述的是人类世界的故事，男主角是 A 国人，还养了一只非常聪明的狗，在电影中起到过至关重要的作用。

你暂时没有从电影里找到任何有用的情报，它看上去就是一部非常普通的爆米花电影。

你想了一下，决定戴上鸟嘴面具看电影。

电影的第一帧画面出现后，整部电影的风格就不对了。

它就像是一个被打翻的颜料盒，根本看不清内容。

一只长满黑毛的怪物从银幕里面伸出了手。

你想起了 3D 眼镜的说明书。

你赶紧摘下了 3D 眼镜。

你发现黑毛怪物依然挣扎着从银幕里爬出来。

你赶紧后退 3 步。

你感到脚下一空，落了下去。

你从地上爬了起来。

你看了看头顶，上面并没有洞，你刚才是穿墙落下的。

原来，医院还有负二楼。

你感到有些诧异。

如果要来到负二楼，必须同时满足拥有鸟嘴面具和 3D 眼镜，还要在看电影时遇上怪物出现。你觉得这样的条件未免太苛刻了，应该还有另外的办法可以来到负二楼。

你冷静下来，思考了一下。

你觉得你今天进入负二楼的手法并不能在现实中复刻，如果有人发现 0 号房间的蜘蛛死掉了，你肯定会被保卫科的人抓住。

你没时间发呆了，你必须尽快探索。

你摘下鸟嘴面具，沿着面前的走廊往前走。

越往前走，墙壁就越斑驳。

你大概分辨了一下方位，你觉得这里应该是焚尸炉的正下方。

这里是一间巨大的锅炉房，里面到处都是管道，你发现有几个戴着大象面具的人正在里面工作。锅炉房的深处有一部电梯，而且乘坐电梯不需要刷门禁卡。

你蹑手蹑脚地走开。

你继续往前探索。

你大概走了 20 分钟，这明显已经超出了医院原本的占地面积。

医院的地下部分，远比地上部分要大。

走廊的左右两边都是紧闭的房门，每走 5 步就能看见一扇门。

越往深处走，医院走廊的风格就越诡异。

房门把手是用骨头做的，门板上的油漆是用鲜血做的，墙壁上有着肌肉的纹路，并且会随着你的心跳而颤抖。

天花板变成血红色。

你不知道这是幻觉还是现实。

你发现自己的手臂上开始长出黑毛。

你继续往前走去。

你的意识开始模糊，耳边传来一些奇怪的呓语。

你走到了走廊尽头。

周围的一切变成了正常的样子。

但是你的手臂已经长满黑毛，就像银幕里跑出来的怪物一样。

你的精神力比刚开始要强大，你可以勉强保持理智。

走廊的尽头只有一间办公室，上面挂着"院长室"的牌子。

你打不开门。

你左右望了望，选择向左边探索。

你的呼吸开始急促。

你来到了左边的房间。

门没有锁，你打开之后发现这里是储藏室，里面放的是一排排的纸箱。

你拿起一个纸箱，发现这个纸箱和自己病房里的纸箱一模一样。

黑毛延伸到了你的胸口。

你捂着脑袋思考。

但你发现自己根本无法冷静。

一个声音不停在你脑中回响：

"你已经不是人了。"

第 21 章 | 地下楼层 2

你咬牙坚持。

好不容易才把那个声音从脑子里赶出去。

你的双腿也开始长出黑毛。

"不可言说"的力量在这里变得空前强大。

你重新戴上了鸟嘴面具。

你异变的进程有所减缓，但无法完全抑制。

你觉得是自己还没有找到更关键的线索或者道具，所以在负二楼探索时才会如此艰难。

你继续在这里摸索。

你听到有人在这里哼歌。

你躲在角落，仔细观察。

原来是一个戴着袋鼠面具的人跑到储藏室，他拉开自己的裤子，从裤裆里掏出一大堆新鲜食材放在柜子上。

你感到一阵恶心。

原来医院里的食材，都是袋鼠人用这种方法运来的。

你偷偷跟了上去。

袋鼠人走到一部电梯前，他不用门禁卡就可以打开电梯。

等到袋鼠人离开后，你才冲上去。

你按下了电梯的按钮。

电梯只能去一楼、负一楼和负二楼。

你按下了一楼的按钮。

电梯打开后是食堂的厨房。

现在刚好是午餐时间，只有一个厨师正在削土豆皮。

厨师：你为什么在这里？

你不敢说话，你只要一开口就会发出犬吠。

厨师：你怎么不说话？

你低头走开。

厨师拦下了你，揭开了你的面具。

厨师：这里有个感染者！

医生来到了厨房，他们把你抓了起来。

你被送进了急救室。

医生们对你使用电锯，切断了你的四肢。

医生：没救了，送去焚尸炉吧。

你的眼前一片漆黑。

你死了。

推演结束。

顾毅睁开眼睛，他靠在马桶上仔细思考着刚刚推演的一切细节。

他拿出纸笔，记下了新获得的线索：

1. 医院不仅有负一层还有负二层，越往下走，"不可言说"的力量就越强大，而鸟嘴面具拥有一定的抵抗精神污染的能力。但如果仅仅依靠鸟嘴面具，根本不足以在负二层探索。

2. 进入医院地下楼层的方法不仅仅是通过0号房间。食堂厨房和锅炉房的电梯，都不需要门禁卡就能乘坐。但安全进入厨房、锅炉房的方法暂不知晓。

3. 现在已经有充足的证据证明，这是一家研究院而非医院，他们会对人类进行改造。医院里的医护人员以及安保人员等土著工作人员都是怪物。

4. 档案室里的《怪物攻城》只是一部普通的电影，只有戴上鸟嘴面具后才会发现它诡异的一面，它可以帮助自己进入医院负二层。但这也许并不是《怪物攻城》的真正作用。《怪物攻城》的主要角色都是人类，这足以证明这部电影是拍给人类看的，而不是拍给土著看的。《怪物攻城》里的怪物会对医院里的医护人员产生敌意，所以戴上面具之后，电影里才会出现怪物追击自己。因此，《怪物攻城》可能是杀死本地土著的工具。

5. 利用0号房间进入负一楼的策略并不可取，蟾蜍应该有其他更重要的作用，也许医院里不止一只巨型蜘蛛。自己必须想出其他更合理的进入地下楼层的方法。

顾毅不再继续推演，他藏好了所有道具，便去食堂就餐。

有话则长，无话则短。

顾毅因为伤口未愈，依旧没有去治疗室接受治疗。他回到自己的病房，病友徐念依然没有苏醒。

窗外传来了犬吠声和汽车鸣笛声。

今天又有一队老板来到了医院，队伍里不仅有鹿首人，还有牛头人、袋鼠人、大象人、猪头人。

顾毅认为，这些戴着不同面具的人在副本世界里一定有着不同的职业和身份。

"呃……"徐念发出一阵呻吟。

顾毅见状，赶紧回过头看向自己的病友。

"你怎么了？"

"呃……"徐念只张嘴，不说话。

"你说话呀！"

徐念的嘴巴慢慢开合，但顾毅依然没听见他说话。

"说的啥呀？你想喝水吗？"

顾毅指了指身后的水瓶，徐念这才眯着眼睛点点头。

顾毅帮徐念倒了杯水。

徐念喝了一口。

顾毅眉头微蹙，他突然想到了一个可能：

也许不是医院里的病人不说话，而是自己的耳朵听不到他们说话。

徐念刚刚明显是在和自己交流的，但自己为什么什么声音也没听见？

这与医院对自己做的各种研究有关系吗？

"你躺下休息会儿。"

"呃……"

徐念乖乖躺下，望着天花板发呆。

顾毅回到自己的床上，他突然感到手腕有些痒痒。

顾毅挽起袖子一看，自己手腕上长出了黑毛。

"坏了……"

"不可言说"的力量增强了，自己开始变异了。

如果不快点想出通关的办法，最后一定会变成怪物。

顾毅立刻闭上眼睛，使用天赋能力。

推演开始！

你从嘴巴里吐出了病房钥匙。

徐念看见你的行为后，惊讶地张开了嘴巴。

你朝着徐念做出嘘声的手势。

你偷偷打开了病房的大门，仔细观察一番。

你趁着护士发呆的时候跑了出去，迅速躲进了厕所。

你穿上了桂医生的工作服。

医院里的医生和护士大多集中在二楼的治疗室。

许多陌生的客人在医院猪头人的带领下，来到了二楼。

你混迹在医生队伍后面，偷听猪头人和客人的对话：

猪头人：欢迎来到崇山医院，如果你们想挑选 ** 的话，崇山医院会是你们最好的选择。

猪头人说了一个陌生的词语，你根本听不明白是什么意思。

你猜测，** 指代的应该是人类。

鹿首人：我想挑一个 **。

猪头人：你主要是用他来做什么？用来看 &# ，还是陪 #@# ？

鹿首人：一个人在家无聊，买来玩的。

猪头人：那我建议您选择雌性，她们的性格会更加温顺一点……

猪头人说出了更多的专业词语，他带着第一个顾客走进了治疗室，他们透过玻璃查看每一个正在睡觉的病人。

你感到很疑惑。

鹿首人在外面逛了一圈，终于挑选了一个女病人，他牵着病人离开了治疗室。

你偷偷跟了上去。

女病人在踏出医院大楼后，立刻变成了一个全身黑毛的怪物，她性格非常温顺，根本不像你在地下室里见到的黑毛怪物那样凶恶。

你成功混迹在鹿首人的队伍中，挤上了大巴。

车上的司机是一个戴着大象面具的人，他朝你摆了摆手。

司机：你的车票呢？

第 22 章 | 白天的探索

你：对不起，我忘带了。

你溜下了车。

门口站岗的保卫科人员死死地盯着你，你的行为引起了他们的注意。

你赶紧捂着面具离开。

你推测，伪装成顾客坐大巴离开应该是通关的一个途径，但你暂时不知道应该如何弄到乘坐大巴的车票。

你思考是否能弄到一张鹿首面具，但你最终否定了自己的想法。

你现在拥有的违禁物品实在太多了，再加一张那么大的面具，厕所就不好藏东西了。

你重新回到医院。

你来到了三楼。

你发现保卫科的人正在这层开会。

你转身离开，发现一个保卫科的人出现在你面前，他就是之前在大门口站岗的保卫科人员。

保卫科人员：你的门禁卡呢？

你：我没带。

保卫科人员：你跟我走一趟，我觉得你的面具很眼熟，这好像是我们曾经丢失的面具。

你：不，你认错了。

保卫科人员：不行，你得跟我走一趟。

你试图逃跑。

保卫科的人追上来，抓住了你。

你终止了推演。

顾毅睁开眼睛。

这一次推演只得到了一个信息：大巴可能是安全离开医院的方法之一。

接下来自己的任务就是弄清楚如何拥有大巴的车票。

"鹿首人看上去很和蔼，也许我可以从他们那里套取一些情报？"

推演开始！

你按照前一次推演得出的方法，来到了治疗室前。

这一次你尽量不在保卫科的人面前晃悠，你抓住合适的时机，与一名鹿首人搭讪。

鹿首人穿着一身考究的西装，胸口挂着一个蓝色的名牌，你仔细一看，上面写着"崇山医院出入证明"。

这个名牌，连医院里的医生和护士都没有，难道这是买了车票之后给的赠品？

医护人员都住在医院附近的宿舍里，他们和病人一样，是无法离开医院的势力范围的。

你：兄弟，我看你绕了半天了，还没看见合适的？

鹿首人：现在的 ** 质量越来越不如以前了，上次我买了一个回去，3 天不到就得了瘟疫死掉了，所以我现在都只找正规的医院。

你沉默了一会儿。

看来，在土著眼里，医院就是专门买卖人类的地方？

你学着鹿首人的口音，说出了 ** 的发音。

你：现在很多人都来医院买佩特兹？

鹿首人：是的，现在很流行。可能是因为那部电影吧……叫什么来着？

你：《怪物攻城》？

鹿首人：对。

你：我觉得那就是一部爆米花电影。

鹿首人：你和我看的是同一部电影吗？这可是一部引起广泛讨论的文艺片啊。

你心里很震惊，但表面依然保持淡定。

你：我可能记错了，你给我介绍一下？

鹿首人：这部电影说的是我们和佩特兹的关系，非常发人深省，也正因如此，我才决定去买一个属于自己的佩特兹。

你：对了，你是怎么知道我们医院的？

猪头人在和客户搭讪的时候，也会提这个问题，所以你学着他们从这个方向切入。

鹿首人：当然是通过电视广告啦。

你：那你的车票是从哪儿买的？

鹿首人：现在网络购物很方便的，在网上就能订购了。

你默默点头。

医院的网络都是内部网络，你需要找到一个可以上网的地方。

院长的办公室有一台电脑，但你不知道该如何解锁，也不确定那台电脑能否上网。

鹿首人：不过，现在国家搞网络实名制，没有身份证你都没办法在网上买东西。

你：是呀，有些不方便。

你感到十分郁闷。

就算知道了购票途径，你也暂时没办法弄到网上购物需要的身份证。

通关的线索一环扣一环，如果少了一个步骤，那你就算知道了答案也无济于事。

你与鹿首人继续闲聊，甚至还学着猪头人的样子，热情推荐商品。

保卫科的人在走廊里巡逻。

你借口尿遁。

你躲到院前广场。

你发现袋鼠人把车停在了大门口，两个袋鼠人捧着一大箱货物送进了医院大楼。

猪头人厨师领着袋鼠人去地下室送货。

你觉得混进袋鼠人的货箱似乎也是一个逃离医院的办法。

袋鼠人司机坐在驾驶室睡觉。

你偷偷摸摸地钻进车底，竟然无人察觉。

你感到一阵窃喜。

过了好一会儿，袋鼠人卸完货，开车离开。

你扒住车底，成功逃离了医院。

在车停下之后，你立刻找机会跳下了车。

你欣喜若狂。

没想到居然这么轻松就离开了医院的势力范围。

你扭过头去，却发现保卫科的人正站在自己身后。

你明明已经随车走了 20 多分钟了，可医院大门居然就在自己身后 10 米远的地方。

你：为什么？

保卫科人员：你的通行证呢？

你：什么通行证？

保卫科人员：跟我们走一趟！

你被保卫科的人架走了。

你终止了推演。

"还真是滴水不漏！"

顾毅睁开眼睛，用力捶了捶身下的床板。

想通关副本几乎就没有可以投机取巧的办法。

借送货车离开看上去可行，其实不然。

医院大门肯定也有"不可言说"的规则保护，如果没有所谓的"通行证"，即使你偷溜出了大门，最多也只能走出十几米。

大巴上的客人是有通行证的，顾毅推测只有买了车票的人才能拥有通行证。

顾毅感到手腕越发瘙痒，他卷起袖子查看情况。

黑毛更加浓郁了。

"呼……没多少时间可浪费了，试试看能不能找到院长办公室电脑密码的线索。"

顾毅想了一会儿，决定按部就班地按照线索的提示，一步步解密。

推演开始！

你按照之前的方法逃离病房。

你决定去寻找瑶瑶，询问关于院长的事情。

你偷偷来到了院前广场。

你躲避保卫科人员的视线，来到了广场的小卖部。

店长看见你之后，从桌子下面拿起了枪，对准你扣动扳机。

第 23 章 | 店长的邀请

砰！

枪声响起。

你摸了摸自己的身体，没有任何伤口。

店长放下枪，朝你招了招手。

店长：按照规矩，如果你在非开放时间进入店铺，我必须开枪打死你。

此时，你的面具碎了。

店长：现在你已经死了，进来吧。

你点点头，跟着店长走进了店铺。

对这里的人来说，面具就是生命。店长毁了你的面具，就相当于杀死了你。

看来，店长早就知道你的身份了。

店长：桂医生经常到我这里买香烟，我看见你面具的第一眼就知道你是假扮的。他早就被开除了，不可能出现在医院。

你：那你为什么不把我送到保卫科？

店长：规则里没这么写，我就不需要这么做。只要有一点出格的行为就要杀人，这种日子谁愿意过？

你感到很惊讶。

你发现你一直忽略了一件事情，那就是其他人的心理感受。

你被禁锢在医院里，这些医护人员不也是被禁锢在医院里？

你需要遵守"诡异"的规则，他们何尝不是？

店长给你泡了杯茶。

店长：在这里坐会儿吧，陪我玩会儿牌。放心吧，这次我不会出老千，我们也不赌钱。

你点头同意。

你和店长玩了一会儿炸金花，店长果然没有出老千，你还一连赢了店长 7 把牌。店长不仅没有生气，反而露出了笑容。

店长：你不是第一个想逃出去的人，也不是第一个想消灭"不可言说"的人。但目前为止，我并没有看见任何一个人成功逃出医院。

你："不可言说"是从什么时候开始来到医院的？

店长：自从我哥哥正式担任院长，我们医院里的所有医护人员就都无法离开了。在那之后，我们都必须按照一套严格的规则和工作手册工作，但凡有一点不合规矩，我们就会被"不可言说"的力量杀死。我已经受够了这种生活。

你点了点头。

你和店长多次交流，店长已经对你产生了好感，所以才会向你吐露心声。

你："不可言说"具体是什么？

店长：我觉得，是我哥哥的贪心。为了获得巨大的利益，他做起了贩卖佩特兹的生意。

你：佩特兹指什么？

店长：*****

店长说了一些话，可是你根本听不明白。

你决定不再纠缠这件事情。

你：我有办法离开医院吗？

店长：我早就说了，无论是你还是我，都没办法离开这里。

你：《怪物攻城》到底是什么电影？

店长：抱歉，我不能透露这个消息，否则我会被"不可言说"惩罚。

你思考了一会儿。

你：你知道你哥哥电脑的密码吗？

店长：我不清楚，但是他经常用他自己的或者女儿的生日当密码，分别是***和***。哦，另外提一嘴，他老婆的生日是***，他偶尔也会用老婆的生日当密码。

你默默记了下来。

你：医院的通行证是怎么来的？

店长：根据规则，必须是院长盖过章的通行证才可以起作用。如果伪造了通行证，你会被送进0号房间的。相信我，0号房间是这个医院最危险的房间。

你皱了皱眉。

搜集线索进入了死胡同。

相较于获得通行证，获得大巴的车票反而成了最简单的一步。你觉得医院的地下楼层里一定还有别的线索，你需要知道更安全地进入地下楼层的方法。

你：我有办法进入医院的地下楼层吗？

店长：我不知道，我没有权限进入那里。

你很难再从店长那里获得更多信息了，但你依然有很多收获：

1. 你知道医院里有很多人和你一样对"不可言说"充满畏惧，对"规则"感到厌恶和害怕。

2. 店长是可以帮助自己的一员，在你闯关的过程中，他可能会起到更重要的作用。

也许，获得其他人的友谊，可以获得更多的闯关便利以及重要信息。

这是你之前一直都没有注意到的地方。

你突然想起了3D眼镜的使用规则。

正面的规则是帮助冒险者的，反面的血字反而是阻止冒险者的。

当时，你觉得这是一个非常矛盾的地方，但现在你觉得这其实很合理。

医院里的所有人，都不希望生活在"不可言说"的阴影之下，他们也希望有个冒险者可以改变这个世界。

"我"的血字提示时好时坏，这说明"我"也许已经被"不可言说"污染了，或者"我"很可能就是"不可言说"。

店外传来一串脚步声。

店长摇摇头，指着屋外。

店长：保卫科的人来了，你赶紧想办法逃跑吧。

你：谢谢你提供的消息。

你赶紧离开了店铺。

你与保卫科的人四目相对。

你终止了推演。

"呼——"

顾毅躺在床上，陷入了沉思。

在与店长短暂地交流了一番后，他发现自己之前的思路需要调整一下了。

之前，他一直都把医院的医生、护士以及其他工作人员当成了自己的对立面，但其实他们在某种情况下也是可以帮助自己的。

自杀的时候，如果不是被医生救治，那么自己肯定早就死了。

为了防止自己再寻短见，他们甚至还做出了每天检查违禁品的事情。

在规则的控制下，他们不得不做出监禁、控制病人的事情，但他们在心里也许还藏着"救死扶伤"的良知。

顾毅躺在床上发呆，渐渐睡去。

徐念轻轻敲了敲病床。

顾毅醒了过来，扭头看了过去，徐念嘴巴一开一合，似乎是在关心自己。

"没关系的，我没事。"

"呃……"

徐念眉头紧锁，最后用手语做出了"谢谢"的手势。

顾毅愣了一下。

看来，不仅是自己听不见徐念说话，徐念也听不见自己说话。

他把自己当成了聋哑人。

顾毅竖起手指，学着徐念做出了"谢谢"的手势。

砰砰砰！

敲门声响起。

徐念闭上了嘴巴。

顾毅眉头微蹙，这个细节让他感到十分疑惑。

第 24 章 | 厕所聊天

其实，顾毅很早就发现这个疑点了。

病人和病人之间很少说话，或是说他们已经说话了，只是自己从来都听不见。

唯独自己和医护人员、工作人员交流时可以畅通无阻。

这仅仅是因为自己是"特殊试验对象"吗？

或者说，自己扮演的角色其实并不是人类，而是和工作人员一样，是本地的土著？

大门打开了，护士看了一眼病房里的二人。

"马上要到晚餐时间了。徐念，你自己能去吗？"

徐念歪着脑袋想了一会儿，点了点头。

徐念能听懂护士的话，但他却不能在护士面前说话。

"那顾毅，你来送他去食堂吧。"

"好的。"

顾毅从护士站借来轮椅，推着徐念去了食堂。

徐念非常感激他，激动得不停对顾毅点头致谢。

顾毅拍了拍徐念的肩膀，安抚他的情绪。

吃过晚饭，顾毅跑到了厕所。

正在他准备又一次进行推演探索时，左手边的隔间突然传来了声音：

"兄弟，你那儿有纸吗？给我一点。"

"你等下。"

顾毅心脏怦怦直跳，转身撕了一段卫生纸，从隔板下方递了过去。

"谢谢。"

顾毅听见了那人系皮带的声音，接着又听见了解皮带的声音——他又一次坐回了马桶上。

噗！

顾毅皱着眉头，捂住了鼻子。

"你拉肚子了？"

"唉，没办法。"那人说道，"我几乎每天都要拉肚子，我是一个不能吃荤菜的人，一吃就要拉肚子。可是医院的规则要求我必须点一荤一素，这简直让我每天的生活都很煎熬。"

"食堂为什么要制定这么奇怪的规则？"

"谁知道呢？院长还是一个有强迫症的人，我每次买饭菜都像是做数学题一样，真是麻烦。兄弟，能再给我一张纸吗？"

"嗯，给你。"

顾毅把纸递了过去。

顾毅沉思片刻，决定和隔壁的人多聊一会儿，但是他担心自己一不小心会触犯什么规则，于是便使用了天赋能力：

推演开始！

你：你是李医生，对吗？

李医生：你怎么知道的？

你：你每天给我查房，我记住了你的声音。

李医生：对呀，我就说你的声音怎么那么熟悉。

你：李医生，你知道《怪物攻城》吗？

李医生：你从哪儿听到这个词的？

你：听小卖部的店长说的。

李医生：还是聊点别的吧。

你默默点头，显然医院里的工作人员也有相应的规则约束，不能过多讨论《怪物攻城》的事情。

你：为什么我听不懂别的病人说话？

李医生：那是因为他们有病，但是你的病情比较轻。

你：其实我想知道，我们到底得的是什么病？

李医生：我不是告诉你了吗？是精神病。

你：如果是精神病，那为什么徐念身上会有那么多外科手术的痕迹？这里是精神病院，为什么有做外科手术的资质？

李医生的语气明显变得冰冷了起来。

李医生：顾毅，看来你的病情变得更加严重了，需要加大剂量。

你：李医生，我知道你的难处，你只需要告诉我"是"或者"不是"就行了。如果你连话都说不了，那就敲敲隔板，一下表示"是"，两下表示"不是"。

李医生：你什么意思？

你：你们对病人采取超常规的治疗手段，明明是精神类疾病，却进行外科手术，比如截肢，是受规则的影响吗？

李医生半天不说话，敲了一下隔板。

果然如你预料的一样，医生们也和店长一样，被规则控制。他们并非不可拉拢、不可利用。

不过，规则只限定了他们不能"说"，但并没限定他们不能"交流"。

你：你不能直接说出这些事情，不然你也会死？

李医生敲了一下。

你：你也不想被困在医院吧？

李医生敲了一下。

你：你知道如何离开医院吗？

李医生敲了两下。

你思索了半天，提出了一个非常大胆的问题。

你：在你们眼中，我和其他病人一样吗？

李医生敲了两下。

你：在你们眼中，我是你们的同类吗？

李医生敲了一下，又敲了两下。

是，又不是。

你握紧了拳头，一些无法说通的问题得到了答案。

医院对自己采取治疗手段，为的就是把自己变成一个怪物，变成和他们一样的怪物。

可是，在自己眼里，医生和护士不过是戴着面具的人类。

如果你不触犯规则，这些人也不会变成怪物的样子。

"我"的血字提示里，也一直反复出现"我是人"的字样。

这就是一个很明显的提示。

如果想要成功通关，就必须保持人性，始终告诉自己，你是一个人。

可是，目前的情况并不乐观。

你在医生的眼里已经和其他人类不同了，并且你也只能和医生交流，而不能和病人交流。

"不可言说"的力量已经开始侵蚀你的认知系统了。

李医生：我讲得够多了，我得走了。

李医生从厕所离开，临走时还放了个屁。

你终止了推演。

顾毅坐在马桶上，默默等待着。

李医生在隔壁放着鞭炮，一连跟顾毅借了 4 次卫生纸。

等到李医生终于拉完肚子，晚餐时间都已经结束了。顾毅放弃了在厕所摸鱼进行推演的机会，回到了病房。

正如第一天一样，顾毅在夜里 12 点的时候起床，继续利用天赋能力探索医院。

推演开始！

你轻车熟路地逃出了病房。

有了前几次的经验，你已经知悉了守夜医生的行动轨迹。

在夜里探索，只要不使用门禁卡，基本就不可能会被保卫科人员抓住。

你直接到了三楼。

你通过通风管道，来到了院长办公室。

你打开电脑，输入院长、院长女儿的生日，但依然无法解锁电脑。

你感到很沮丧。

你突然听见门外传来脚步声。

你赶紧拔掉了电脑插头，躲在了书柜后面。

第25章 | 直面"不可言说"

院长走进了办公室。

他看了看桌子上的灰尘，显得有些疑惑。

他扭头看向了书柜的位置。

你发现院长没有戴面具，他露出了一个微笑。

院长：我看见你了。

你不知道院长是敌是友，你纠结一番，还是走了出来。

院长：你来这里做什么？为什么不去值班？

你：没干什么。

院长：你是第一天来上班吗？连我的办公室你也敢乱进？

你愣了一下，这才想起自己戴的是鸟嘴面具，院长把你当成了医院员工。

你：对不起。

院长：看来，我得重新立一条规矩了。

院长拿出胸前的圆珠笔，在纸上写下了一行字，接着又贴在了办公室的门口。

你突然听见耳边传来一阵低沉的呓语。

你看见一个黑色的人影出现在院长身后。

你第一次直面"不可言说"。

院长：以后没有我的允许，谁也不准到我的办公室。

"不可言说"的力量发动了，你被"不可言说"的力量强行推出了办公室。

办公室的门上贴着：没有院长的许可，任何人都无法进入院长办公室。

你试着转动门把手。

把手巨热无比，烫伤了你的手心。

显然，院长已经和"不可言说"合二为一了，他可以借助"不可言说"的力量，临时设立规则。

在医院的范围内，院长就是上帝。

难怪夜晚的三楼办公区空无一人，那是因为院长可能会在夜里到办公室，他不想在办公室周围遇到其他员工。

你偷偷潜入院长办公室，会让院长提高警惕，从而增加新的规则，禁止其他人进入办公室。

因此，你在没有十足的把握前，不应该试图破解电脑密码。

你需要掌握院长的行动规律，以免在院长室与院长碰面。

另外，负二楼也有一间院长室，不知道那里会有什么别的线索。

现在，你总算找到了这个副本里最终的 boss。

你觉得现在没有什么需要探索的了。

你终止了推演。

顾毅的意识回到了现实中，他缓缓睁开眼睛，长舒了一口气。

《诡异世界》里，"不可言说"分为两种：

一种是"概念"，这种"不可言说"没有实体，无法打败，是最为棘手的 boss。

另外一种则是有实体可依附的，类似于这个副本里的院长。只要找到他的弱点，并摧毁他，就能完美通关。

顾毅很庆幸。

这个副本虽然很难，但至少最终的 boss 是有实体可依附的，通关难度要比概念型的 boss 简单许多。

顾毅感觉有些疲惫，他闭上眼睛睡了过去。

第二天醒来，顾毅感觉手痒难耐。

他卷起袖子一看，黑毛已经从手腕开始向手肘延伸了。

现在是早晨 6 点，医生还没有来，他必须想办法处理一下自己的手腕，否则他很可能就要被送进手术室截肢。

顾毅来到病房的盥洗室，用剃须刀剃掉了手腕上的黑毛。

黑毛落进洗脸池之后，立刻变成了灰白色的蛆虫，顺着下水管道口游了下去。

顾毅终于剃干净了黑毛，但他依然感觉手痒。

刚刚剃掉了毛，不到 3 分钟就已经有楂儿长出来了。

按照这个生长速度，黑毛很快就会长满整只手臂，那时候自己肯定要被送去截肢了。

过了没一会儿，医生进来查房了。

顾毅很轻松地蒙混过关。

徐念看见顾毅吐出药丸，他当时就愣住了。

"嘘——"顾毅摆摆手，说道，"你千万别和别人说这件事情。"

徐念赶紧跳下床，掀开顾毅的袖子，他摸了摸顾毅手上的毛楂儿，又指了指痰盂里的药片。

"你是说，那个药片是治疗我的病的？"

徐念点点头。

"但……我不能吃。"

顾毅皱了皱眉。

直到这个时候，他才发现副本规则里最大的难点：

药片是得吃的。

如果不吃药片，那么自己就会被"不可言说"侵蚀，逐渐变成怪物。

但如果吃了药片，那就会触犯"我"的规则而当场死亡。

顾毅觉得，"我"很可能是被"不可言说"折磨致死的亡魂。

所以，当顾毅扮演"我"时，就需要重新体会一遍"我"逐渐失去人性的过程。

副本规则里最大的难点，就是在"我"彻底变成怪物之前，离开医院或者消灭"不可言说"。

通关条件里，有一个是在医院存活一个月。

可事实上，这反而是最难的一个通关条件。

要么，你会在一个月内，一不小心触发即死 flag。

要么，你会因为发病被截肢，被砍成"人棍"，运气不好的话直接被送进炉子里烤成七分熟。

要么，你还没坚持到一个月，就已经变成浑身长满黑毛的怪物。

早饭时间到了。

吃完饭之后，顾毅和往常一样去院前广场放风。

顾毅简单地锻炼了一下身体，他刚刚走上漫步机，店长就走到他的身边，伸手递给他一根香烟。

"来一根？"

"呃……谢谢。"

顾毅学着店长的样子，把香烟塞进嘴里。

店长笑了一下，拿起自己的香烟，捏爆了烟嘴里的爆珠："这种烟是有爆珠的，捏碎了之后会有水果香气。"

"哦，不好意思，我第一次知道。"

顾毅拿下香烟，捏碎了爆珠。

店长笑了笑，给顾毅和自己点烟。

"真的麻烦，现在我侄女儿还没走，我想抽烟都得躲到这地方来抽。她受不了香烟的味道。"

"呵呵，她可真是个可爱的孩子。"

两人都吸了一口烟。

顾毅早在推演过程中和店长有过一段交流，他早就摸清了店长的脾气。

聊着聊着，店长甚至产生了一种相见恨晚的感觉。

店长朝着身后指了指，笑道："跟我走一趟吧？"

"怎么了？"

"那小淘气包今天要离开医院了，她刚才指名道姓说要见你呢。"

"哦，是吗？"

顾毅眨了眨眼，跟着店长走了过去。

来到后院，瑶瑶正蹲在地上玩泥巴。

看见顾毅来了，瑶瑶赶紧冲了上来，像猴子一样紧紧缠住了顾毅。

"顾毅哥哥！"

"哦！"顾毅憋得两颊通红，"你的力气太大了，这么抱我会憋死的。"

"啊，对不起。"

瑶瑶赶紧松开顾毅，不好意思地看着他。

顾毅蹲在瑶瑶面前，宠溺地摸了摸瑶瑶的脑袋："你特意喊我来，有什么事情吗？"

"我是来和你道别的，我今天就要离开了，也不知道下次来是什么时候。我们会是一辈子的好朋友吧？"

"当然。"

"在离开之前，我想送你一个东西，我猜你一定能用到。"

瑶瑶一边说着，一边从裙子底下拿出了一条蓝色的工装裤。

顾毅吓得目瞪口呆。

那工装裤，居然与袋鼠搬运工穿的那条一模一样！

第 26 章 | 袋鼠裤

"你为什么能从裙子底下拿出这么一大坨东西呢？"

"为什么不行？"

瑶瑶看着顾毅，天真地眨巴着大眼睛。

顾毅接过工装裤，仔细打量一番。

他确定这条工装裤，就是和搬运工穿的那条一模一样。

"这裤子我很喜欢。"

"你快点穿上吧！"

"现在？"

"对呀，快穿。"

顾毅点点头，穿上了裤子。

这条裤子穿上之后完全没有任何重量，就像是穿了一层薄纱一般毫无感觉。

还没等顾毅反应过来，瑶瑶就拉开顾毅的裤子，嗖的一声钻了进去。

"喂！"

顾毅惊讶地看着瑶瑶。

自己的裤子就像个无底洞，瑶瑶进去之后就不见了。

突然，顾毅感到后背一阵痒痒。

瑶瑶居然从自己的背后钻了出来。

"当当当！"瑶瑶开心地抓着顾毅的肩膀，"你看，这才是魔法嘛，你那些技巧简直没有任何作用。"

"这个是……"

"这是我从店长叔叔那里偷过来的袋鼠裤，袋鼠就是用这东西来装货物的，至少能藏下 10 立方米的东西，而且别人根本看不出来。"

说完，瑶瑶从顾毅的裤子里钻了出来。

她拍了拍顾毅的腰带，工装裤立刻消失不见，就连顾毅自己都看不见了。

"你只需要再拍两下，袋鼠裤就能再次使用了。"

瑶瑶又演示了一遍。

顾毅学着瑶瑶的样子，反复试验，开心得合不拢嘴。

有了这东西，自己岂不是能把所有有用的道具都带在身上了？

这简直是神器啊！

顾毅激动地看着瑶瑶，把她狠狠地抱在怀里。

"太谢谢你了，瑶瑶，你真是帮了我大忙！"

"你是我的朋友，我送你东西不是应该的吗？"瑶瑶认真地看着顾毅，"顾毅哥哥，你一定要好好活下去……如果可能的话，你一定要救出我爸爸。"

"你放心吧。"

顾毅点了点头。

瑶瑶抱着顾毅的脖子，亲了一下顾毅的脸颊，接着就离开了店铺后院。

顾毅目送着瑶瑶离开，她坐上了一辆黑色的轿车。

如果不是自己完成了当保姆的任务，如果不是自己在当保姆的时候收获了小家伙的友谊，自己绝不可能得到这样的神器。

顾毅转身离开，路过店长身边。

"一路好运。"

店长冲着顾毅点点头，继续摆弄货架上的货物。

"谢谢。"

顾毅咧嘴一笑。

当然，除了搞定小家伙，店长也是一样的。

如果不是自己的"千术"曾经打动过店长，他也不会对瑶瑶偷东西的事情睁一只眼，闭一只眼。

有了这条工装裤，顾毅做事方便许多了。

顾毅继续在广场上锻炼身体。

到了午餐时间，顾毅以最快的速度吃完饭菜，然后径直跑到了厕所。

鸟嘴面具、桂医生的工作服、门禁卡、3D 眼镜、活蟾蜍、病房钥匙。

这是顾毅目前拥有的 6 件重要道具。

每次进病房的时候，顾毅都需要把钥匙吞下，等进了病房再吐出来，以此应对医护人员的搜身。现在顾毅可以将这些东西全都藏进袋鼠裤里了。

这极大地提升了顾毅的行动效率和安全系数。

顾毅收起了东西，回到了自己的病房。

下午的治疗时间。

顾毅没有和徐念一起午休，他趴在窗户边，仔细观察进出的车辆。

运货车停在院前广场之后，顾毅立刻开始推演：

推演开始！

你从袋鼠裤里拿出了钥匙。

你穿上桂医生的工作服，偷偷打开病房大门，从消防通道走到院前广场。

你尽量躲避着保卫科人员的视线。

两个袋鼠搬运工从车上走了下来。

你潜行过去。

你听见车上的袋鼠人司机正在打呼噜。

你小心翼翼地摸进驾驶室，成功偷走了袋鼠人的面具。

袋鼠人睡得很死，完全没有任何反应。

你脱下桂医生的工作服，戴上面具，假扮成袋鼠人。

你堂而皇之地走进了医院大楼。

袋鼠人送完了货，大摇大摆地离开。

你等了一会儿，来到了食堂的厨房。

厨师对你的到来表示疑惑。

你撒谎说有东西丢在了地下室，想要去楼下看看。

厨师不再盘问。

你走进厨房的专用电梯，不需要使用门禁卡就轻松来到了负一楼。

"不可言说"的力量明显比楼上强大。

你感觉自己的情绪变得更加烦躁起来。

你径直来到档案室，成功偷走了《怪物攻城》的录像带以及放映机。

你将《怪物攻城》藏在了袋鼠裤里。

你的装扮并没有引起保卫科人员的怀疑。

你再次通过厨房的专用电梯来到了负二楼。

你感觉耳边全都是怪物的低语声，这让你的注意力很难集中。

你来到了上次走过的岔路口。

这次，你选择往右边探索。

和上次一样，越往深处走，墙壁的画风就变得越发血腥恐怖，"不可言说"的精神污染也就更严重。

你发现自己已经不能发出人声了。

这边的尽头有一些医疗工具，大部分都是废弃的大型医疗器械。

器械上附满了红色的锈蚀，如血一般。

空气中满是福尔马林的味道。

再往前走，你发现了一堆由人类制成的标本。

第一个标本瓶里泡着一整个人类，第二个标本瓶里泡着一个四肢长满黑毛的人类，第三个标本瓶里则是完全变成怪物的人类。

你感到一阵窒息。

你戴上鸟嘴面具，在每个标本下方都能看见标签：

一期实验体：社会化实验基本完成，但仍然拥有一定的自我认知能力。

二期实验体：外表产生变化，如果实验体无法适应变化，很可能狂化并攻击实验人员，此时需根据实际情况对实验体采取截肢治疗。

三期实验体：完全转化成功的实验体，只需注射相应药物，就能立刻成为你想要的佩特兹。

你感到心脏一阵绞痛。

你看见自己的同胞被人制成标本泡在福尔马林中的样子，逐渐失去了理智。

你的全身开始长出黑毛。

你快要控制不住自己了。

第 27 章 | 佩特兹的来历

你用力掰断了自己的食指。

强烈的痛苦让你瞬间清醒。

这里的标本已经表明了医院做研究的真实面貌，他们在将人类改造成那些黑毛怪物，也就是所谓的佩特兹。

你继续往前走。

你找到了一堆奖状和照片。

你发现院长牵着一个佩特兹，就像牵着一只狗。

他站在了一个大型的领奖台上。

院长是唯一一个没有戴面具的人。

其他戴着各种动物面具的人正在台下激动地鼓掌，院长得意扬扬地微笑，让你产生了生理性的不适。

你隐隐猜到了土著为什么要购买佩特兹。

你推测，他们只是为了玩耍取乐，就像人类买猫狗一样。

可是，人类的自尊心不允许这样的事情发生。

所以，医院用这种手段改造人类，将他们变成适应这个社会的宠物。

在土著的眼里，人类只不过是一群低级生物。

院长用这样不人性的方式，"驯服"了人类。

这就是事情的真相吗？

你跪倒在地，感觉周围的一切开始扭曲、变形。

你摇了摇头。

在负二层时，你的精神始终处于不稳定的状态，你很难说这里到底是真实的还是虚幻的。

如果那些照片和标本都是假的呢？

或者说……

在医院地上世界的见闻全是假的，在地下世界才是真的？

你一时间无法判断。

"不可言说"对你的思维造成了极大的抑制作用，他让你无法按照正常的思路进行推理。

你再也无法承受压力。

你就要崩溃了。

你终止了推演！

顾毅睁开眼睛，扶着窗台，恶心得吐了起来。

徐念站起身来想帮他，顾毅却挥了挥手，示意自己没事。

在推演的后半段，顾毅已经分不清现实和幻觉了，他觉得自己在负二层产生了严重的认知障碍，那些所见所闻根本不能作为推理的线索。

顾毅认为，负二层也许并不真实。

这里的许多东西都是幻象，它们一定是在影射现实世界中的某些东西。

医院里一定有别的可以破除幻象的道具。

顾毅确信自己已经摸索出了调查副本真相的办法，那就是集齐所有的动物面具。

"徐念，你在这里好好待着，不要乱跑，也不要声张。相信我，我所做的一切，都是为了拯救全人类。"

顾毅拍了拍徐念的肩膀，接着他从袋鼠裤里拿出了病房钥匙和桂医生的工作服。

变装完毕。

顾毅熟练地开门，熟练地绕过监控，熟练地躲除医护人员和保卫科人员的视线。

有了前一次的推演，顾毅轻车熟路地来到运货车的驾驶室，偷走了司机的袋鼠面具，接着又顺利地来到地下室拿到了《怪物攻城》的录像带。

10 分钟后。

顾毅躲在窗户边上，看向楼下的运货车。

驾驶室里的司机始终一动不动，司机的两个同事显得有些慌乱，他们赶紧向医院的工作人员求助。

医院的工作人员拿来各种急救道具抢救司机，但最终还是没能救回来。

果然……

一切都与顾毅想象的一样。

面具就意味着生命。

如果自己抢走了别人的面具，那就意味着别人会在很短的时间内死掉。

不过，顾毅对此并没有任何负罪感。

这些土著人把人类当成实验道具，当成小白鼠，当成消耗品，自己不需要对他们抱有任何同情。

对顾毅来说，他们只是可以利用的工具人而已。

现在，顾毅已经拿到了新的道具——《怪物攻城》录像带。

顾毅决定用它来做一个实验，检验自己的想法是否正确。他躲进二楼的厕所，开始推演：

推演开始！

你在厕所换上了桂医生的工作服。

此时，又到了鹿首人过来挑选佩特兹的时候。

有了上次模拟交谈的经验，你已经可以非常自然地与鹿首人交流，甚至已经可以从面具的细微差别分辨出不同的人。

你找到了上次曾经搭讪过的鹿首人。

你：先生，我觉得 1557 号佩特兹未必适合你。

鹿首人回头看向你。

鹿首人：我听说 1557 号很强啊，而且还得过奖？

你：1557 号虽然看上去很健壮，但其实他身体里有很多暗伤，你带回家之后很可能会生瘟疫。

鹿首人：我还是第一次看到这样推销自己产品的人。

你：我可不会赚昧良心的钱。

鹿首人：你很特别。

有了上次推演的经历，你很快与鹿首人打成一片。

鹿首人：所以，你确定医院里有资质更好的佩特兹？

你：当然，你要跟我一起去看看吗？

鹿首人：好呀。

你带着鹿首人来到了一楼的住院部。

你将他带进了自己的病房。

徐念看见鹿首人之后，显得有些慌乱。可是他重病未愈，连逃跑都没力气。

你安抚了一下徐念的情绪，并让鹿首人坐在了自己的床边。

鹿首人：你说的优良品种就是他吗？

你：是不是优良品种，你可以自己判断，我这里有一个特别的仪器，可以测试佩特兹的身体素质。

你欺骗鹿首人戴上了 3D 眼镜。

你打开了放映机，开始播放《怪物攻城》。

没一会儿，鹿首人就露出了惊恐的表情。

怪物从银幕里冲了出来，将鹿首人按倒在地，不过 3 秒钟他的脖子就被拧断了。

徐念捂着嘴巴，以免发出尖叫。

你赶紧关掉了放映机，顺便把放映机和录像带全都藏进了袋鼠裤里。

你摘下了鹿首人的面具。

你扭头看向徐念，却发现对方露出惊恐的表情。

你赶紧转过头。

保卫科的人瞬间出现在你身后。

保卫科人员：你杀死了客人。

保卫科人员发出怒吼声，扼住了你的脖子。

你无法挣脱。

你的眼前一片漆黑。

你被打晕并捆起来，送进了0号房间。

巨型蜘蛛从天而降。

你终止了推演！

第28章｜规则的漏洞1

"呼——又来了！"

顾毅长舒一口气，坐在马桶上，眉头紧锁。

又是在关键时刻被保卫科的人抓了个正着，他们到底是怎么发现自己杀了客人的？

顾毅摇摇头，重新开始推演：

推演开始！

你坐在马桶上，总结了一下刚才获得的新线索：

1.《怪物攻城》确实有杀死土著人的作用，但是条件很苛刻，单单是骗他们戴上3D眼镜就非常难了。

2. 自己杀死鹿首人之后，保卫科的人会第一时间到达现场。这到底是规则的作用，还是保卫科人员有什么特殊的能力但自己没有摸索出来？

你一直对保卫科的人敬而远之，这导致你对保卫科人员的了解始终不足。

你决定在偷盗鹿首面具之前，先调查清楚保卫科人员的能力。

你仔细思索，发现了一个细节。

医院里，所有人都极其暴力，他们会使用各种方法杀死触犯规则之人。

保卫科人员却是唯一不会使用暴力手段的人群。

如果你触犯了规则，他们不会当场杀死你，而是把你关进0号房间。

如果不是上次推演你被打晕了，你甚至可以在进入0号房间之后借助蟾蜍的力量逃出来，但这样做必然也会引起更多连锁反应。

其中有没有什么空子可以钻？

你想了半天，没有任何收获。

你觉得还是搞清楚保卫科人员的能力以及需要遵守的规则最重要，你决定大胆尝试，假装成一个应聘者。

你走出病房，来到了三楼，戴上了袋鼠面具。

保卫科的人看见你之后露出了疑惑的神情。

保卫科人员：你的员工卡呢？

你：我是新来的。

保卫科人员：新来的？

你：对，但我在医院里迷路了，我不知道人事处应该怎么去。

保卫科人员：你……

你：你可以帮我带路吗？

保卫科人员：在负一楼，我带你过去。

保卫科人员明显有些不相信你，他亲自带着你乘坐电梯来到了负一楼。

你们从一个保卫科人员身边路过，他站在原地不动，从口袋里掏出一本小册子，在册子上写了什么，就瞬间消失了。

你猜测，那东西就是保卫科人员瞬间移动的工具。

保卫科人员：这里是人事处，你进去吧。

你走进了人事处，你的动作吸引了人事处的员工。

人事处员工：你是来做什么的？

你：应聘。

人事处员工：我好像没有接到你的面试预约？

你：我的哥哥原来是医院里的医生，我是经他介绍过来的。

人事处员工：你的哥哥叫什么？

你：桂＊＊。

你神色如常地回答着，完全没有一丝一毫的紧张感。多次的推演磨砺了你的心智，你已经可以面不改色心不跳地说谎了。

人事处员工：你是来应聘什么岗位的？

你：保卫科。

人事处员工：我感觉你似乎更适合运输的工作。一直以来，我们的物料运输都是交给外包公司来做的，我们现在有机会建立一支独立的运输队，你有兴趣吗？

你：我还是想选择应聘保卫科人员。

人事处员工：行吧，那你知道保卫科人员到底要做什么事吗？

你：你能给我介绍一下吗？

人事处员工：稍等。

你激动地握起了拳头。

这办法果然行得通。

人事处员工从一堆文件夹里找出一张纸，递给了你。

你打开一看，上面写着的是"保卫科人员工作手册"。

保卫科人员工作手册

1. 你需要牢记所有员工工作手册的内容，如果有员工违反其员工手册的要求，你需要第一时间逮捕他，并将其扭送至0号房间。

2. 你是规则的守护者，因此你不能违反任何规则。

3. 你必须保护所有在医院的客人，一旦客人在医院遭到袭击，你需要第一时间赶到现场救援。如果无法救援，你需要将造成伤害的人或物及时控制住。

4. 在医院范围内，面具即生命。请不要在工作时间摘下面具。

5. 你需要保护医院所有财产的安全，它们甚至比你的命还重要。

6. 你可以通过医院平面设计图，瞬间出现在医院的各个角落。请熟练掌握方法并运用。

果然如此！

你突然明白了保卫科人员瞬间出现在你面前的原因。

果然是规则的力量让他们知道客人遭遇了不幸！

你仔细看着保卫科人员工作手册，立刻想到了一个可行的计划。

你看着人事处员工的脸，露出笑容。

你：我觉得保卫科的工作可能不适合我，如果我想成为医院的修理工，有什么要求？

人事处员工：不可能，你的力气太小了。而且，我们的修理工全都是外聘的，不会自主招聘。

你点了点头，你已经在人事处员工这里收集到了足够的信息。

你终止了推演！

顾毅重新睁开了眼睛。

现在，他还剩下20点精神力，足够他进行最后两次推演了。

刚刚那次推演时，他已经设想好了一个计划，正好可以用剩下的两次推演机会来验证自己的计划能否实现。

顾毅重新回到自己的病床上，闭上了眼睛。

推演开始！

你来到徐念的身边，叫醒了熟睡的徐念。

你通过写字和画画与徐念交流一番，让他配合你的计划。

徐念对你的疯狂计划感到震惊，但他还是决定帮助你。

你换上医生的装束来到了一楼。

你来到急救室，将放映机和《怪物攻城》的录像带藏好。

你回到了二楼，再次找到了之前遇到的鹿首人。

你成功骗取了鹿首人的信任。

你带着鹿首人来到了急救室，让他躲在角落里。

鹿首人：我们在这里为什么要像做贼一样？

你：因为这样的话，我们可以看见佩特兹最真实的一面。你不是想找到质量最好的佩特兹吗？这里就是最适合的地方。

鹿首人：真的吗？

你：我为什么要骗你？对了，你把这个眼镜戴上。

你亲自替鹿首人戴上了 3D 眼镜。

你看了一下时间。

过了没一会儿，徐念果然来到了急救室，他脸色惨白，四肢抽搐。3 个医生推着徐念来到了手术台前。

你暗自冷笑，立刻按下了放映机的播放按钮。

第 29 章 | 规则的漏洞 2

怪物从银幕里冲了出来，瞬间杀死了鹿首人。

你赶紧摘掉了自己的鸟嘴面具。

怪物环视一圈，盯上了 3 个正在做手术的医生。不到 3 秒，3 个医生全都变成了尸体。

你关上了放映机。

怪物消失不见。

如你所想，保卫科的人果然没有闯进急救室。

急救室有规定，任何人不能在急救过程中闯入急救室，因此保卫科人员为了遵守规则，自然不可能强闯急救室救人。

徐念从床上爬了起来，兴奋地抓住了你的手。

你安抚激动的徐念，让他在手术台上躺好。你收好放映机和录像带，顺便扒下了鹿首人的面具，藏在了口袋里面。

你躺在了徐念隔壁的手术台上。

急救室里的呼救声引起了医生的注意，他们推开急救室的大门，看见了躺在地上的 4 具尸体。

医生在门外遥控，关闭了显示"急救中"的灯。

你卷起袖子，露出了自己手腕上稀疏的黑毛，假装成发病的样子。

医生见状，赶紧对你和徐念进行手术。

还好，你的感染面积不大，医生并没有对你采取截肢的措施，只是用一把造型夸张的剃须刀刮掉了你的毛。

剃须刀几乎刮掉了你的一层皮肤，但你强忍了下来。

你不能在这个时候露出一点马脚。

在包扎好之后，你被送出了病房。

根据你的判断，即使急救室里死了 4 个人，保卫科的人也不会进行追查。

保卫科人员的工作手册里，并没有追查凶手的职责。

只要不被他们抓到现行，他们根本就不会计较。

就像顾毅偷了鸟嘴面具和门禁卡，只要不在他们面前高调地晃来晃去，他们根本不会在意。

手册里甚至还写有"你需要保护医院所有财产的安全，它们甚至比你的命还重要"之类的句子。

如此说来，这些人根本就不在乎人命，甚至连医院员工的性命都不在乎。

你和徐念回到了自己的病房。

现在已经到了晚上，没有发生任何危险的事情。

你成功拿到了第三张面具。

你终止了推演！

顾毅睁开眼睛，径直走到徐念身边，轻轻推醒了病友。

徐念睁开惺忪的睡眼，一脸茫然地看着顾毅。

"徐念，你想不想恢复自由？"

徐念眉头紧锁，他已经完全听不懂顾毅的话了。

顾毅哀叹一声，他拿起纸和笔写字、画画，终于让徐念搞清了自己的计划。

徐念的嘴巴不停开合，可是顾毅却根本听不懂。

顾毅握着徐念的手腕，认真地说道："相信我，一定可以成功的！你也不想一直待在这个监狱里面，对吗？只要我们一起合作，任何问题都能迎刃而解。"

徐念的情绪总算稳定了下来。

尽管他听不懂顾毅在说什么，但是他相信顾毅的为人。如果没有顾毅，他恐怕早就死在食堂了。

再说了，顾毅只是让他装病而已。

这有什么难的？

顾毅当着徐念的面，换上了医生的行头。

徐念已经见怪不怪了，他早就发现顾毅不是一个普通人。

顾毅按照上次的推演，布置好了急救室，接着就来到二楼，找到了那个鹿首人。

"你看上了 1557 号？我不建议你买它。"

"哦？为什么？"

"我可以看出来，你是一个追求生活质量和品质的人，你的眼光非常独到。但这里的货色都是非常普通的，你想见识一下真正的极品吗？"

鹿首人好奇地看着顾毅。

他这一辈子见过无数推销员，但还是第一次看见像顾毅这么自信的。

顾毅一边领着鹿首人往急救室走，一边绕开了保卫科人员的巡逻路线。

经过多次推演，顾毅的口才已经得到了充分锻炼。

鹿首人始终沉浸在和顾毅的聊天之中，根本没有在意他在带着自己绕圈子。

顾毅带他走进了急救室。

鹿首人看着急救室的样子，立刻表达了疑惑："这里好像是手术室？在哪儿才能见到佩特兹啊？"

"放心吧，你还不相信我吗？"

顾毅拍了拍自己的胸口，一副信心十足的样子。

鹿首人没有太多疑虑了。

他不是第一次来这个医院了，每次来医院都需要遵守一些奇奇怪怪的规则，所以当顾毅带他做出这么多诡异的事情时，他也没有产生多强的戒心。

他只以为这是医院奇怪规则的一部分。

徐念按时来到了病房。

顾毅立刻给鹿首人戴上 3D 眼镜，按下放映机的开关。

顾毅摘下鸟嘴面具，又一次目睹了怪物杀死医生和鹿首人的景象。

在现实中观看一次，要比在推演中观看刺激多了，顾毅甚至都能清楚地听见那 4 个人脖子被拧断的声音。

"呃！"

徐念激动地在病床上发出了无意义的嘟囔声。

顾毅见状，赶紧关掉了放映机，安抚徐念的情绪："躺下，继续装病。"

顾毅安顿好了徐念，接着又手脚麻利地摘下鹿首人的面具。

当他把鹿首面具放进自己的口袋里时，系统的声音突然响起：

"你在副本中收集到了 3 个特殊剧情道具：鸟嘴面具、袋鼠面具、鹿首面具。

"你的剧情探索度提升。

"目前探索进度为 17%。

"你可以从以下 3 个选项中，获得 1 项奖励：

"1. 你的精神力恢复速度增加 10%。

"2. 你对精神侵蚀的抗性增加 10%。

"3. 你对灵异事件的敏感度增加 10%。"

顾毅看着 3 个选项，陷入沉思。

在之前的几次推演中，天赋能力并没有预料到系统会发出提示音。显然系统的位阶要比自己的天赋更高级一点，所以自己并不能在推演中算到系统的提示。

门外传来一阵乱糟糟的脚步声，看来是医生们来检查急救室了。

顾毅没有急着领取系统奖励，他转身躺在手术台上，闭上了眼睛。

"怎么回事？他们都死掉了吗？"

"别急，先把急救灯关了再进去，不然会触犯规则的。"

"关了吗？赶紧进去救人！"

第30章｜第三张面具

顾毅回到了自己的病床上。

为了掩盖"罪行"，顾毅假装感染，躺在了手术台上。为此，他不得不承受皮肉之苦，手腕上的皮肤都被医生割掉了一大块。

不过，割掉之后，顾毅的精神状态明显变好了。

但是，在后半夜麻药的作用消失之后，顾毅就开始感到手腕剧痛。

徐念关心地拍了拍顾毅的肩膀，顾毅却微笑着挥了挥手。

"没事，我感觉很好。"

"呃……"

徐念说的话，顾毅依然听不明白。

到了熄灯时间，徐念躺在床上睡了过去。

顾毅见四下无人，再次与系统交流，思考该如何选择奖励。

第一项奖励，增加精神力恢复速度，对顾毅来说其实暂时没有多大作用。

因为这个副本的节奏并不是很快，顾毅不需要非常频繁地使用能力，所以精神力恢复速度是顾毅第一个排除的选项。

第二项奖励，增强精神侵蚀的抗性。

很显然，崇山医院背后的"不可言说"拥有极其强大的精神侵蚀能力，单凭地下楼层那夸张的精神污染就足以知晓他的能力有多强了。

这项奖励可以极大地提升顾毅的即时战力。

第三项奖励，是可以提升所谓的灵感力。

顾毅曾经听 A 国攻略组的专家说过，灵感力是一把双刃剑。灵感力高的人可以发现很多副本中的隐藏要素，但同时也会增加他遭遇精神污染的可能。

顾毅拥有无限推演的天赋，可以通过不断试错去获取副本信息，灵感力对他来说倒也不是什么急于获取的东西。

经过一番取舍，顾毅选择了第二项奖励。

顾毅的大脑感到一阵清明，就连眼睛也突然变得明亮了不少。

"果然是选对了。"

顾毅用力握了握拳头。

这几天来，顾毅的精神一直处在紧绷的状态，濒临崩溃。本来他以为这是压力过大导致的，但是，在获得增强精神侵蚀抗性的奖励之后，顾毅这才明白过来，自己的压力完全是来自"不可言说"。

其实，这才是整个副本最难的一点——如何在"不可言说"的精神侵蚀下，依然保持清晰冷静的头脑。

顾毅决定今晚不再探索，他闭上眼睛，沉沉睡去。

翌日清晨。

顾毅像往常一样 6：00 便准时起床。

他掀开窗帘往外看。

一辆豪华轿车停在了院前广场上，他定睛一瞧，这人没有佩戴面具。

整个医院里，只有一个工作人员不戴面具，那就是院长。

上次院长是在三更半夜的时候去了办公室，今天却一大早就来了医院，完全没有任何规律可循。

顾毅没有多纠结什么，他推着轮椅去食堂用餐。

吃完饭之后，他就前往院前广场自由活动，顺便和店长玩了一会儿牌。

顾毅发现，尽量与医院里的人培养友谊，可以帮助自己获得更多的便利。

"你知道吗？医院里又有 3 个医生被开除了。"

"哦，为什么？"

"未知原因。"店长摇摇头道，"谁知道他们触犯了什么规则。"

"被开除了会怎么样？"

店长咧嘴一笑："被开除就是死了，我觉得这反而是一种解脱。"

顾毅点点头，店长的说法与自己的猜测不谋而合。

"我看见院长今天过来了。"

"嗯。"

"他来做什么？"

"谁知道呢，收黑钱吧？"店长叹了口气，"整个医院只有他可以自由地进进出出，我们只是他笼子里的金丝雀罢了。"

"你的长相和金丝雀可沾不上边。"

"沾不上边？不好意思，我是同花顺，这局我赢了。"

"喂！你确定你没有出老千？"

"没抓到就不算出老千。"

店长只是和顾毅玩牌，并没有赌钱，所以他们两个人都不需要遵守赌博的规矩。

顾毅与店长玩了一会儿牌，过了没多久，袋鼠人开的运货车停在了停车场。顾毅与店长告别，躲进了厕所里。

"开始推演！"

推演开始！

你换上了袋鼠面具。

你浑水摸鱼地跟在两个送货员身后，成功来到了地下二层。

你的精神力比以前强大，你现在并没有如以前一样立刻开始变异。

你来到了地下二层的深处。

这里的走廊依然漫长得让人无法接受，你感到自己的内心又开始躁动不安，你发现天花板又变成血红色。

你换上了鹿首面具。

此时，走廊的风格不再诡异。

一切果然与你想的一样，你装备了新的面具之后，地下室的环境就改变了。

你走在走廊里，依然感到心情烦闷，你偶尔还是能看见造型诡异的走廊。

尽管戴着面具，"不可言说"依然可以时不时影响你的感知能力。

你来到走廊的尽头，找到了地下二层的院长室。

门上挂着一堆锁链和一把金色的门锁。

但是，你摘下鹿首面具之后，这把门锁就看不见了。

地上的院长室电脑密码还没解开，地下的院长室居然又多了一把诡异的门锁。

你平复心情，思考了一下。

现在，你已经有了3张面具，这3张面具各有作用：

鸟嘴面具可以让自己在医院一到三层自由活动，袋鼠面具可以让自己安全地摸进地下一层和二层，鹿首面具则可以让自己抵御地下二层的精神侵蚀，看清一部分真相。

如果想要打开这把门锁，线索很可能就只在大象面具和狗头面具上了。

戴着大象面具的人是医院里的修理工，你很少与他们接触。

你曾经尝试过拿起大象面具，但面具实在太重，根本不可能拿得起来。

你的下一个目标只能是狗头面具。

保卫科人员遵守的规则，你已经知道得八九不离十了，但你并不清楚保卫科人员会不会还有什么别的隐藏规则或是工作手册。

也许你可以继续利用规则，成功得到一张狗头面具。

你暂时没有想到好办法，你向左拐，继续探索。

你来到了上次去过的储藏室。

你发现储藏室里放满了一张张折叠床。

你摘下面具，却发现折叠床变成了纸箱。

你感到很疑惑。

你思索了一会儿，你觉得自己之前对病人手册产生了误读。

第31章 | 血字日记

在你的眼里，纸箱就是纸箱。

在鹿首人眼里，纸箱就是折叠床。

病人手册里写的是"特护病房里始终有两个人"，但并没有强调是"病人"。

仔细想一想，医院什么时候会在病房里加折叠床？

那当然是有病人需要家属陪护的时候。

因此，你扮演的角色其实有一个陪护家属，而这个家属正是一个鹿首人。

你倒吸了一口凉气。

难道真的和你猜测的一样，其实你并不是人类，而是这个世界的土著吗？

那又该如何解释自己会得人类的疾病，又会住进专为人类设计的医院？

不对，思路错了。

你立刻否定了自己的推理。

自从进入这个副本以来，每个动物面具都是有其象征意义的，而这些象征意义都和现实世界的文化对应。

狗的工作是看家，所以保卫科的人戴的是狗头面具。

黑死病时期，医生会戴鸟嘴面具，寓意是抵御邪祟。

鹿优雅高贵，猪贪婪懒惰。

因此，鹿首人成为人类的买家，而戴猪头面具的人则成了商贩。

所以，纸箱这个意象一定也要和现实中的事物相结合。

你思索了一会儿。

你之前曾经推测过，鹿首人进购人类是为了当宠物。

宠物和纸箱唯一可以联系起来的地方……那就是纸箱可以成为猫狗的小窝。

医院里只有自己能听见狗叫，是不是就是在提示这一点？

没错，就应该这么理解！

在"我"的眼中，鹿首人之类的土著应该是住在纸箱里的宠物，而"我"则是土著们的主人。

如今，"我"从主人变成了宠物，甚至在"不可言说"的影响下，变成了任人宰割的小白鼠，彻底失去了自由。

整个副本，就是在讲述"我"如何从"不可言说"的手里逃离医院的故事。

你感到大脑一阵清明。

你已经彻底掌握了医院背后的真相，以及"我"的身份。

距离完美通关，只剩下最后一个步骤了。

前面没路了，你来到岔路口，走向右边的路口。

原有的人类标本消失不见，取而代之的是院长的一些生平介绍。

你发现了一扇木门，之前你探索的时候并没有发现。

你用力踹开了木门。

屋子里到处都是灰尘，你咳嗽不止。

你在屋子里什么也没看见。

你试着在房间里摘下面具，整个屋子里全都是通红的墙壁，你的耳边全都是杂乱无章的呓语。

你扭头看向身后，那扇木门已经消失不见了。

你的手臂上正在迅速地长出黑毛。

你用力咬破自己的嘴唇，用痛觉保持神志清醒，继续走向屋子的深处。

你找到了一个小盒子。

你将盒子抱在怀里，重新戴上鹿首面具。

屋子变成平常的状态，你长舒了一口气。

你抱着盒子，离开了这间密室。

你打开了盒子，里面只有一沓字条，上面全是"我"写的血字，看上去像是一篇篇日记：

1. 冰融之月星水日：今天妈妈教会了我新的单词。

——自由。

我告诉妈妈，我并不自由。

2. 冰融之月星金日：数学真的好难，我不想学了。但是妈妈告诉我，不学的话就不能长大。

为了能长大，我必须好好学习。

3. 花开之月金耀日：妈妈说我长大了，是时候该找个男朋友了。

妈妈告诉我，我用错了词。

我应该去找配偶，而不是去找个男朋友。

4. 花开之月水耀日：妈妈给我看了几个人的照片，我觉得他们太老了，不适合我。

妈妈说，找配偶是一个漫长的过程，你不用太着急。

5. 丰收之月星水日：最近妈妈好像很忙，她很久没来看我了。她到底在做什么事情，需要瞒着我？

6. 丰收之月星火日：他们问了我很多问题，尽管我已经回答了他们，他们还是对我很苛刻。

难道我说错了答案？

7. 我也有尊严。

8. 我是人！我是人！我是人！

我不是动物！我不是动物！我不是动物！

不要让他们囚禁我，求你了！

妈妈，告诉他们，我是人！你告诉他们啊！

9. 我是人。

10. 它告诉我，只要我和它合作就能恢复自由。我别无选择。

现在我知道了，他 viui——

我还是 rf 人人人人人吗？

它戳 ** ￥% @ 它是在利用我！

原来我不是人。

~~妈妈我爱你~~。妈妈我恨你。

又是一条新的线索。

这些日记的前 7 篇字迹清晰可辨，但是后 3 篇就变得非常模糊且潦草，连日期都没有了。第 10 篇则彻底变成了一张杂乱的草稿。

从这些日记中，你能推理出这些信息：

1. "我"是女性，"我"有一个母亲，并且"我"已经到了需要寻找"配偶"的年纪。

2. 母亲告诉"我"，"我"应该寻找"配偶"而非"男朋友"，可能在母亲的心中，"我"一直都不是"人"。

3. 从第 5 篇开始，母亲似乎做了什么奇怪的事情，而这件奇怪的事情很可能是把"我"送进了医院。因为第 6 篇的日期，"丰收之月星火日"，这与你入院的时间不谋而合，这是十分明显的暗示。

4. 第 10 篇中的"它"，很可能指的是"不可言说"。正因如此，"我"和"不可言说"合作后，血字提示才可以拥有规则的力量。但是从第 10 篇的后半段可以看出，"我"是被利用的一方，并且"我"已经变得神志不清了。

5. "我"很可能是第一个佩特兹，而母亲就是第一个发明和培养佩特兹的人。但是，从之前找到的照片可以看出，院长才是那个发明了佩特兹的人。也许，这就是"我"被利用的原因。母亲的研究成果被院长窃取，赚取了大量黑心钱，甚至还创造了这个被规则控制的医院。

你感到情绪很压抑。

你的心脏一阵刺痛。

第32章 | "我"的心声

这些日记似乎有种魔力，尽管日记语焉不详，但你还是可以真实地体会到"我"那心如刀绞的情绪。

你推翻了之前对"我"的所有猜测。

你之所以把折叠床看成纸箱，是因为你到现在为止都没有代入角色。

因为自从你穿越到这个世界，你一直都是用旁观者的角度、地球人的身份去考虑一切，你从来没有体会过这个世界的人物的心情。

"我"是不可能把土著当成宠物的，"我"也从来不觉得自己是宠物，"我"是一个对自我身份产生严重怀疑的人。

换位代入一下。

假如在地球上，你是一只聪明的黑猩猩，你的母亲教你写字，教你什么是"尊严""自由""爱"。

你开始学着和人类一样思考，你觉得自己和母亲一样，是一个人。

直到有一天，你的母亲把你卖了。

人类告诉你，你不是人，你只是动物，是一只黑猩猩。

黑猩猩是没有"尊严"和"自由"的。

你只是人类的玩物。

你只是人类的试验品。

你的母亲并不爱你，她只是想知道，人类能不能训练出一只可以听懂人话、会说人话的黑猩猩而已。

你最终只能孤独终老，被人利用，成为别人炫耀科研成果的工具。

因为你，你的同胞很可能也要承受你曾经承受过的痛苦。

以上就是整个副本世界想要传达的故事。

副本世界里的人类，就像是地球上的黑猩猩。

而土著居民，才是副本世界里的主宰。

你就和"我"一样，在土著人的眼中，也不过就是一只稍微聪明一点的黑猩猩罢了。

你终于平复了情绪。

你继续在小盒子里翻找，在字条的下方找到了一盒药丸。

盒子上没有贴任何标签，上面只有"我"留下的血字提示：

吃了它。

你打开盒子，里面只有 3 枚红色的药丸。

你拿出一枚药丸吞了下去。

你感到浑身燥热，一瞬间你就变成了黑毛怪物。

你并没有丧失理性，你感觉自己的力量和速度得到了极大的提升。

你一路狂奔。

你遇到了一个保卫科的人员。

保卫科人员与你厮打在一起。

你居然制服了保卫科人员，但你也同样受了很重的伤。

你摘下了保卫科人员的面具。

不一会儿，更多的保卫科人员出现在你周围。

他们对你拳打脚踢，甚至用电棍抽你。

你奋力反抗，但双拳难敌四手。

你想测试一下自己的极限。

你全身负伤，逃出了包围圈。

保卫科的人呼唤大象修理工帮忙。

大象修理工举起手中的大锤，砸在你的小腿骨上。

你倒在地上，与大象修理工较劲。

你无法与大象修理工抗衡，但你的力量至少已经是之前的两倍了。

你突然感到一阵酸软无力。

你重新变成人类的样子。

大象修理工的锤子落了下来，把你的脑袋砸成了碎片。

你的眼前一片血红。

你死了。

推演结束！

顾毅睁开眼睛，默默地揉了揉太阳穴。

地下二层有一种可以让自己短暂变身为怪物的药丸，但是药丸只有 3 枚，1 枚的有效时间也就 3 ~ 5 分钟而已。

这是一种不可再生资源，顾毅需要好好分配才是。刚刚他在推演中拿到药丸后当场使用，是为了测试药丸的性能而已。

"好，开始了！"

顾毅双眼发亮，从厕所里走了出来。

经过那么多次的推演，顾毅只花了不到 10 分钟，就成功来到了地下二层那个隐藏的小房间里。

在拿到了那盒药还有"我"的日记之后，系统也发出了提示：

"你找到了重要道具'血字日记'。

"你的剧情探索度提升。

"目前探索进度为31%。

"你的天赋能力等级提升。

"你获得了新的能力：回溯推演！

"你可以从上一次推演中，选取任意时间点回溯推演，回溯期间消耗的精神力减半。"

回溯推演？

这似乎是一个不错的能力啊。

顾毅来不及试验自己的新能力，他赶紧从地下室离开，回到了一楼。

自由活动结束，顾毅像往常一样去食堂吃饭。

顾毅看了一眼猪头厨师，思索是否需要获得他们的面具，但他最终还是放弃了这个想法。

厨师一直都在地上楼层晃悠，在地下楼层探索时，猪头面具也许不会起到很大的作用。

与其把心思放在猪头面具上，不如把心思放在大象面具和狗头面具上。

只要拥有了这两种面具，顾毅无论出现在哪里都不会被人怀疑。

现在，顾毅有了红色药丸，应该有足够的力量可以拿起三楼总务室里的大象面具了。

获取大象面具的最好时机是午夜时分。

顾毅安安静静地待在病房里，直到午夜，他才睁开了眼睛。

"开始推演。"

推演开始！

你从床上爬了起来，惊醒了徐念。

徐念对你表示担心，你稍微安抚了他两句，便轻车熟路地换上了医生的行头。

你穿过走廊，来到三楼。

三楼院长办公室的灯是关着的，显然院长今天并不在。

你通过通风管道来到了总务室。

桌子上放着两张无人看管的大象面具。

你拿出一枚红色药丸吃了下去，你变成了怪物的样子。

你成功地拿起了大象面具，将它戴在了脸上。

你感觉面具并没有太大的重量。

你戴着面具在办公室翻找，总算找到了属于大象修理工的工作手册。

大象修理工工作手册

1. 在工作时，请随时佩戴大象面具，它将大幅度增强你的力量。

2. 有时，你可能会在设备上看见各种奇怪的生物，如果发现，请第一时间将其敲死。

3. 遇到修理不好的设备，用铁锤敲两下。

4. 地下一层焚尸炉后面有万能钥匙，借用后请及时归还。

5. 每天下班后，请把面具放在办公室，离开工作单位后不许透露任何关于工作的信息。

6. 每周一、周四、周日为发薪日，请按时去院长室领取薪水。

第33章 | 密室里的洋娃娃1

大象修理工的工作手册篇幅非常短小，也没有什么诡异和严格的规则。

医院里的人事处员工曾经说过，大象修理工全都是外聘的，所以医院为他们制定的规则最少。

不仅如此，这份手册还提示了院长的行动规律。

每周一、周四、周日，院长必然会出现在院长室，明天刚好就是星期天，院长必然会在医院。

你推测，院长可能一直都藏在医院的角落，因为你只见过院长的车驶入医院，却从来没有见过他的车离开医院。

你戴着面具离开办公室，径直走下楼梯。

你的衣服很好地遮蔽了自己的黑毛，没有人疑惑你为什么会在医院里乱逛。

你来到了地下一层，在焚尸炉的后面找到了万能钥匙。

红色药丸的药效快过去了，你摘下面具，发现自从戴上面具之后，这东西就没有太大的重量了。

你轻松地将大象面具藏进了袋鼠裤里。

你换上鹿首人的面具，拿着钥匙来到负二层走廊的尽头。

你站在院长室的门口。

你用钥匙打开了院长室门上的金锁，成功打开了院长室的大门。

办公室里传来一阵呻吟。

你壮着胆子走进屋里，却看不见任何人。

这间办公室与三楼的院长办公室布置得一模一样，但是四周的书架上却没有任何书本。

你摘下了鹿首面具。

办公室的景象立刻发生改变。

你强自镇定，抵御着"不可言说"的精神侵蚀。

你来到办公桌前。

桌子上的电脑开着，上面用血红的字体写着几个字：

欢迎光临。

键盘的键帽全都是用人类的牙齿制成的，你不敢轻举妄动。

痛苦的呻吟再次响起。

你循声看去，声音似乎是从书架的后面传来的。

你强忍恶心，查看了一下书架。

所有书都是用英文写成的，只有一本书是中文的。

你拨动那本书。

书架向两边打开。

一间密室出现在你的面前。

一个女人被捆在密室里，不停挣扎。

女人双眼空洞，没有下颌。她始终低着脑袋，雪白的头发拖到地面。

在女人的面前有一个洋娃娃，乖巧地端坐在她的膝盖上，那痛苦的呻吟就是洋娃娃发出的。

洋娃娃：救我！

你：你是谁？

洋娃娃：救我！

你：母亲？

洋娃娃听到这个称呼后，立刻闭上了嘴巴。身后的女人突然抬起了头，用她空洞的眼窝盯着你。

洋娃娃：你是托托吗？不，你不是。

你：我是托托的朋友。

洋娃娃：托托现在怎么样了？

你：想想你现在的处境，我想你不难猜到托托现在怎么样了。

洋娃娃：都是那个男人，是他毁了托托，也毁了我！

洋娃娃歇斯底里地大叫，身后的女人也跟它一起发疯。她用手扯下自己的头发，丢在地上，但很快她的头发又会长出来。

你：我是来帮你的。

洋娃娃：你帮不了我，你只会害了我和我的女儿！

你：我可以，只要你告诉我事情的真相。

洋娃娃：你一定是那个魔鬼派来的奸细，你想继续害我们母女，对吗？

洋娃娃发出刺耳的尖叫，你突然感到心脏一阵抽痛，好像随时要死了一样。你赶紧从口袋里拿出鹿首面具戴上。

尖叫声消失了。

你抬头一看，密室里空空荡荡，地上只有一个破旧的洋娃娃。

你伸手捡起洋娃娃。

你死了。

推演结束！

顾毅睁开眼睛，面目狰狞地捂住了心脏。

哪怕他退出了推演状态，依然感到窒息。

洋娃娃的力量甚至不低于"不可言说"的精神污染，自己只是看了那洋娃娃一眼，到现在依然不能平静下来。

这次的死亡实在太突然了。

顾毅甚至都不明白为什么自己会死掉。

"又是一个新的谜题吗？"

顾毅躺在床上，冷静地思考着。

地下楼层的院长办公室一定是现实中某间办公室的影射。

院长办公室的密室里有一个奇怪的女人，这个女人很显然就是"我"的母亲，而且她也变成了"不可言说"，生活在地下楼层中。

地下楼层里的精神污染如此严重，恐怕有一半都是拜"母亲"所赐。

另外，自己只有在不戴面具的时候才可以看见"母亲"。

如果戴上鹿首面具，就看不见"母亲"，但如果试图捡起地上的洋娃娃，便会立刻触发即死 flag。

难道，戴上不同的面具，会触发不同的结局？

顾毅思考了一会儿。

他刚刚获得了回溯推演的能力，正好可以借这个机会试验一下。

回溯推演开始！

你站在了密室的大门口。

你推门而入。

洋娃娃正在歇斯底里地狂叫。

你换上了鸟嘴面具。

洋娃娃：医生？你是桂医生吗？

你：是我，女士。

洋娃娃：我的女儿怎么样了，她还好吗？

你：你的女儿有严重的疾病和心理问题，她需要立刻住院治疗。

洋娃娃：心理问题？哈哈哈……你在骗我对吧？你知道她是什么，你在骗我。

你：我不明白你的意思，你能说得再清楚一点吗？

洋娃娃：她和我们长得就不一样，我们是高高在上的主宰，她是没有人性的动物，动物怎么可能会得病？而且还是得了心理疾病？

你：她不是人？

洋娃娃：她当然不是人，你跟我装什么糊涂？那个男人在哪儿？我要见那个男人，我要杀了他！

洋娃娃发出一声怒吼，她从女人的大腿上跳了下来，飞扑到你的身上。

你奋力挣扎。

洋娃娃一拳砸死了你。

你的眼前一片血红。

你死了。

推演结束！

第34章 | 密室里的洋娃娃2

"又给我猜哑谜？"

顾毅睁开眼睛，苦恼地挠了挠头。

洋娃娃说话完全没有逻辑，经常答非所问。

顾毅已经基本猜出了"我"和"母亲"的全部故事，但即便如此，自己也不能从"母亲"那里挖掘出更多信息。

还剩下袋鼠面具和大象面具没有尝试。

也许这次会有不一样的收获？

顾毅现在的精神力为35/50，第二次推演时只花费了5点精神力，这极大提高了他的推演效率，节省精神力的消耗。

"回溯！"

回溯推演开始！

你站在了密室的大门口。

你推门而入。

洋娃娃正在歇斯底里地狂叫。

你换上了袋鼠面具。

你：女士，请你冷静一点。

洋娃娃：你是来给我送货的？

你：是的，请问你的姓名是……

洋娃娃：我……我忘记了。

你：那么你认识托托吗？

洋娃娃：托托？托托是我的女儿。

你：那么托托现在在哪儿？

洋娃娃：她……不对，你不是送货员，你是谁？

你：我就是送货员。这里有托托的信件。

洋娃娃：是从哪儿送过来的？

你：崇山医院。

洋娃娃：怎么可能？怎么可能？她早就死了，谁会给她送货？啊——！

洋娃娃发出刺耳的尖叫声。

你耳朵里流出鲜血。

你渐渐失去了意识。

你死了。

推演结束！

顾毅睁开眼睛，仔细想了一会儿。

袋鼠人不过是一个普通的送货工，和"母亲"一定不会有多少交集，用袋鼠面具去交流，一定不会有什么建树。

如果是大象面具的话……

回溯推演开始！

你站在了密室的大门口。

你推门而入。

洋娃娃正在歇斯底里地狂叫。

你换上了大象面具。

洋娃娃在看见你的脸之后，情绪变得更加激动了。

洋娃娃：是你，是你杀死了我的孩子！

你：你认错人了。

洋娃娃：不会认错的，我的女儿就是因为藏在治疗舱下面，被你当成小虫子敲死了。你根本就没有爱心，你是个怪物，你和崇山医院的所有人一样，都是怪物！

洋娃娃飞了过来，拧断了你的脖子。

你眼前一片漆黑。

你死了。

推演结束！

顾毅捏了捏鼻子，心有余悸地叹了口气。

现在，洋娃娃的身份已经确定了，这家伙就是"我"的母亲。

"我"的真正死因也差不多能确定了——被大象修理工当成虫子敲死，就像某次推演时自己死亡的场景一样。

不过，其中也有些内容不太可信，只能作为暂时的参考信息。

主要是因为这两点：

1. 洋娃娃的精神状态很不好，很可能说的都是疯话，自己只能相信一半。

2. 根据血字日记，"我"已经和"不可言说"达成了某种合作，应该不会那么轻易就被大象修理工敲死。

另外，洋娃娃在看见顾毅的第一时间，把他认成了"我"。

这让顾毅又生出了一个更大胆的猜测。

其实，自己扮演的角色完全是另外一个物种，与病人以及医护人员都不一样，但与"我"是同一个物种。所以，自己问李医生"我是你们的同类吗"，他才会给出"是，又不是"的回答。自己扮演的角色可能拥有严重的认知障碍，以至于自己把所有物种都当成了人类。不同物种以佩戴不同面具区分。

同时，自己可能还有强大的模仿能力，就像百变怪一样可以变成任意一个其他的物种。

医院里的种种迹象，都足以证明这个猜测。

"没错，就是这样的。"顾毅握紧了拳头，觉得已经推理出了自己身份的全部真相。

虽然不知道这个结论有什么用，但顾毅确信以后一定可以用得上。

顾毅决定不再探索地下密室了。

"母亲"手里的洋娃娃一定也是重要道具，只不过以自己目前掌握的线索和道具，似乎还不足以拿到洋娃娃。

现在不急着思考"母亲"的谜题了，先把大象面具偷到手再说。

顾毅按照之前推演的路线，成功来到三楼办公室。他拿出一枚红色药丸吃了下去，成功拿起大象面具，放在了袋鼠裤里。

之前，顾毅已经做过实验，只要自己能够拿起大象面具，那么之后哪怕不再变身为怪物，也依然可以继续佩戴面具。

顾毅躲在办公室的角落里，四处寻找一番。

在办公室的后方，他找到了一大堆工具箱。

工具箱一共有 10 个，全都藏在办公室的角落，上面落满了灰尘，好像从来没有人用过。里面各种工具应有尽有，但每一个都沉重无比，哪怕他变成了怪物也很难拿得起来。

顾毅戴上大象面具，这才成功地拿起了工具箱里的工具。

顾毅斟酌了一会儿，最终还是把里面的东西一个个拿出来，全都藏进了袋鼠裤里。谁也不知道这些东西最后有没有用，但带在身上总比不带要好。

顾毅把工具箱还原，突然感到心脏一阵绞痛。他靠在墙角喘息了一会儿，等待药效过去，重新变成了人类的样子。

3枚红色药丸已经用掉了1枚。

顾毅感到胸口一阵疼痛，他解开自己的衣服，低头看。

胸口上多了一撮黑毛，显然使用红色药丸会有极强的副作用，这会加速自己的变异进程。

"喊……没猜错的话，如果我吃下第三枚红色药丸，怕是要彻底变成怪物，变不回来了？"

大象面具是顾毅志在必得的道具，除了吃药，顾毅想不到第二个办法。

剩下的2枚红色药丸，只能在非常危急的时候用了。

嗒嗒嗒——

门外响起一阵脚步声。

顾毅脸色发白，赶紧躲在角落里，仔细聆听。

此时至少有两个人从门外的走廊路过。

难道是大象修理工过来了？不对，发薪日不是今天，他们应该早就离开医院了才对！

"哥哥，收手吧！"一个沉闷的声音从门外传来。

顾毅心中一凛——这分明就是小卖部店长的声音啊。

第35章 | 兄弟

顾毅咬了咬牙，立刻使用天赋能力。

推演开始！

你匍匐在地，来到门边偷听门外的人对话。

院长始终不吱声，店长的声音有些颤抖。

店长：你的野心越来越大了，现在医院里的所有人都因为你而困在医院无法离开，你究竟要到什么时候才肯停手？

院长：你不懂。

院长打开办公室大门走了进去。

店长也跟着追了过去。

你再也听不见声音了。

你从通风管道爬进了办公室的上方，小心翼翼地趴在管道里，不敢发出任何声音。

院长坐在电脑前操作键盘，店长站在他的对面。

店长：你有多久没去看过瑶瑶了？她来医院找你，你都不肯陪她玩一会儿，还要我带她。

院长：行了，你不要再说了。

店长：我已经不想再帮你买卖佩特兹了。

院长：为什么？

店长：我觉得这件事情已经脱离我们的控制了，你做的研究本身就是不符合自然规律的事情。

院长：这轮不到你来评论。

店长：总之……我不想干了，除非你把我杀死。

院长：你是我的兄弟，所以我一直不想用那种力量对付你，你不要逼我。

店长冷笑一声，从口袋里掏出手枪，对准自己的下巴扣动扳机。

你吓得瞪大了眼睛，捂住了嘴巴免得叫出声来。

院长吓得跪在店长身边。

鲜血流了一地，店长手脚抽搐了一下，便再也不动了。

院长摸了摸店长的面具，似乎在确认面具有没有磨损。

他赶紧拿出纸笔，写下新的规则。

"不可言说"的阴影出现在院长身后，规则的力量发挥作用，店长死而复生，从地上爬了起来。

店长：你做了什么？

院长：不要做傻事。在医院范围内，只要面具不损坏，我的员工就不会死。

店长：你……

院长：既然你不听我的话，那我只能用规则的力量来限制你了，我刚刚在医院里加了一条规则——医院里禁止自杀。

店长：可恶！

院长：离开我的办公室吧，你也别想用死来威胁我。不达到目的，我是不会罢休的。

店长歇斯底里地大叫，院长却充耳不闻。店长似乎有些绝望了，他抹掉眼角的泪水，灰溜溜地离开了院长办公室。

你终止了推演。

顾毅躲在院长办公室的隔壁，默默等待着什么。

枪声如期而至。

顾毅捂住耳朵，闭上了眼睛，脑子里回想着店长惨死的画面，以及店长死而复生从地上爬起来的样子。

"在医院范围内，只要面具不损坏，我的员工就不会死。"

这个规则，顾毅很早以前就推理出来了，院长亲口说出这句话，就证实了这个推断。

医院里，凡是戴了面具的人，都有一个很大的弱点：只要毁掉面具，他们就会一命呜呼。然而，院长、院长女儿和病人一样，是不佩戴面具的。

这个细节一直让顾毅感到很困惑。按照之前的结论，在自己眼里，不同面具代表不同物种，那么，院长、院长女儿以及病人其实都是同一个物种吗？

顾毅的脑子又变得混乱起来。自己刚刚得出的结论，不仅没有让思路更清晰，反而带来了更多更复杂的谜题。

店长摔门而出的声音传来。

顾毅坐在角落里思考了一会儿，他觉得猪头面具未必像自己想的那样没用。

果然，自己不能跳过任何步骤，必须把医院里出现的所有面具全都收集一遍才行。

顾毅在角落里等了很久，直到院长关灯离开，他才原路返回，躺在了病房里。

一夜无话。

顾毅已经适应了医院里的规律生活。

查房、吃药、吐药、吃早饭。

如果不是胸口始终一阵阵发疼，他差点就忘了自己还处在《诡异世界》里。

这里并不是什么真实世界，这里是被"不可言说"控制的《诡异世界》。

顾毅揉了揉太阳穴，险些迷失了自我。

现在即使不吃药，他还是会在走廊里看见幻象，天花板变成血红色、随处可闻的犬吠，已经让他的精神濒临崩溃了。

顾毅走到厕所里洗了把脸，趁四下无人解开了衣服。

镜子里，自己的胸口已经被黑毛占据。

昨天夜里还是一个巴掌大，现在已经有两个巴掌大了。

他摸了摸下巴，好像胡子长得也比平时快了。

多次推演，让他的精神被侵蚀的速度加快。

他在心里估算了一下，如果不能在一周内解开所有谜团，他将会彻底迷失自我。

"冷静点，顾毅，冷静点。"顾毅穿好衣服，轻轻地拍了拍自己的脸蛋。

现在剧情进度他已经解锁 30% 多了，下一周解锁剩下的 60% 多有什么难的？

自己一定可以！

顾毅稳定情绪，来到了院前广场。

其他病人都在自顾自地干着自己喜欢的事情，只有顾毅一个人来到了小卖部门口。

"早呀，店长。"

"嗯。"店长看着顾毅，兴致不高地点了点头。

顾毅指着店长的下巴，关切地问道："你这儿的伤是怎么弄的？"

"别问了，没什么好说的。"

"行吧。"顾毅点点头道，"我今天想买一张面具。"

"面具？什么面具？"

"猪头面具，我刚刚看见你好像进了一批新货，里面有猪头面具。"

"你要这东西做什么？"

"你只管卖给我就行了。"

"你买不起。"

"那我们就打赌吧。"顾毅伸手拍在了店长的货箱上，双眼闪烁着自信的光芒，"我要和你打赌，赌注就是一张猪头面具。"

"我是可以拒绝你的，我不想和你打赌。"店长推开顾毅，准备搬箱子。

顾毅大手一挥，抓住了店长的领子："你不是想让你的哥哥收手吗？和我打赌，然后让我赢回那张面具，我能救所有人。"

第36章 | 石头剪刀布

店长眨了眨眼睛："你到底听到了什么风言风语？"

"你不必管那么多，你只需要和我赌就行。"

"如果真的要赌，我就不会让你了。"店长双眼放光，"如果你输了，我就要杀了你，你确定要和我赌吗？"

顾毅闭上眼睛，深吸一口气。

推演开始！

你睁开眼睛，用力地点点头。

店长：好，那就来赌吧。我现在很忙，没工夫和你赌牌，我们就来赌简单一点的。

你：赌什么？

店长：石头剪刀布，三局两胜。

你：这么……简单？

店长：你已经没时间反悔了。

你：好，那就来吧。

你和店长猜拳。

你连输两局。

店长拿出手枪，崩掉了你的脑袋。

你的眼前一片血红。

你死了。

推演结束！

搞什么鬼？

难道是自己运气太差了？

"你到底赌不赌？"

"等一下！"

顾毅无视店长的催促，继续推演。

由于刚刚推演的时间太短，根本无法启用回溯推演，他只能花费10点精神力，重新推演一次：

推演开始！

你答应了店长的打赌邀请。

店长：我现在很忙，没工夫和你赌牌，我们就来赌简单一点的。石头剪刀布，三局两胜。

你：好，那就来吧。

你出布，店长出剪刀。

你额头滴下一滴冷汗。

你：等一下。

店长：怎么了？

你：你拿副眼罩，把自己的眼睛蒙起来。

店长：喊，好吧。不过，为公平起见，你也得把眼睛蒙起来。

你：没问题。

你和店长一起戴上眼罩。

你觉得应该是店长的手眼反应能力比你强，所以他能在最后一刻出拳并战胜自己，才能次次都战胜自己。

你和店长：石头剪刀布。

店长：你出好了吗？

你：是的。

店长：那我们摘眼罩吧。

你出石头，店长出布。

店长冷笑一声，拿出手枪崩掉了你的脑袋。

你的眼前一片血红。

你死了。

推演结束！

顾毅猛然睁开眼睛，一脸诧异地看着店长。

店长也同样诧异地看着他："你怎么了？脸色那么难看。"

"不，没什么。"

顾毅摇摇头，继续推演：

推演开始！

你闭上眼睛，思考了一会儿。

石头剪刀布根本就是一个运气游戏，如果真有什么技术，那也只有比拼手眼速度这一种。

可是，刚刚推演时，店长和自己全都没睁眼睛，这就足以排除这种可能性了。

难道是店长的运气真的好到爆炸？

店长：你怎么了？

你：没什么，我要和你打赌。

店长：既然你坚持，那我们就来赌简单一点的。石头剪刀布，三局两胜。

你：等等，我要五局三胜。

店长：来多少局都是一样的，你确定？

你：确定。

你点了点头，你必须多来几次，这样才能确定店长到底是如何作弊的。

你连输了两局。

店长：你只剩最后一次机会了。

你：你会读心术？

店长：哼，你知道了又能怎样？

你的精神力足够强大，你将大脑放空，以无意识的状态再次与店长猜拳。

你还是输了。

店长：对不起了，小兄弟，你曾经是个非常好的牌友。

店长拿出了手枪。

你终止了推演。

顾毅睁开眼睛，死死地盯着面前的店长。

店长眨了眨眼睛，有些莫名其妙地看着顾毅："我好像没得罪过你吧？你为什么要用这种眼神看我？"

"我明白你的把戏了。"

"什么？"

"来，我们进入正题吧，我想和你打赌，赢了我要拿走一张猪头面具。"

"行吧，我现在很忙，没工夫和你赌牌，我们就来赌简单一点的。石头剪刀布，三局两胜。"

"不用三局两胜，一局定输赢。"

"你确定？"

店长惊讶地看着顾毅。

"确定，来吧。"

"好。"

顾毅出的是剪刀。

店长出的是布。

一局定胜负。

店长惊讶地看着顾毅，愣愣地问道："怎么可能？你想出的明明是石头。"

"你可以在我出拳的一瞬间看透我的心思，对吗？哪怕我放空了自己的大脑，但只要我出拳，你就能立刻判断出我想出的是什么。"

"没错。"

"所以，我对自己进行了催眠。"顾毅比着剪刀手说道，"我告诉自己，这不是剪刀，这是石头，你果然上当了。"

"怎么可能？正常人不会这么轻易就改变几十年的习惯的。"

"因为我不是正常人。"

顾毅咧嘴一笑。

拥有无限推演的能力后，顾毅的精神力已经不是正常人可以比拟的了，这种对自己进行心理暗示的技巧，他几乎是在一瞬间就完成了。

顾毅与店长一局定胜负，就是担心店长知道自己的把戏之后立刻改变策略。

只要自己有一次投机取巧成功，就不需要再冒风险了。

店长叹了口气，毫不掩饰眼神中对顾毅的敬佩之情："你真的太厉害了！"

"运气好而已。"

"你跟我进来吧。"店长拉着顾毅来到了店铺的仓库，在一堆杂物中找到了一张未拆封的猪头面具，递给了顾毅。

顾毅拿着面具，好奇地问道："这张面具……为什么没有说明书？"

"它不是一般的面具，它是托托亲手制作的第一张面具。"

"托托是谁？"顾毅假装不知道。

"她是这个医院不可言说的存在，但请记住，她是你的同胞。我只能说这么多了，你快打开看看吧。"

顾毅点点头，拆开了猪头面具的包装袋。

猪头面具栩栩如生，看上去就像是真的用猪头缝制而成。

顾毅左看右看，终于在猪头面具的内衬里找到了几行血字提示：

当我摘下面具时，我终于看清了一切。

记住，世界上没有免费的午餐。

善有善报，恶有恶报，是你唯一需要遵守的原则。

第 37 章 | 院长出手

"你找到了重要道具'托托的手工面具'。

"你的剧情探索度提升。

"目前探索进度为 51%。

"你可以从以下 3 个选项中，领取 1 项奖励：

"1. 精神力上限增加 10 点。

"2. 精神力恢复速度增加 10%。

"3. 精神侵蚀抗性增加 10%。"

顾毅听到系统提示音后，不由得倒吸了一口凉气。

一张面具就提供了 20% 的探索进度，足以见得这张面具多么不一般。

至于 3 个选项，顾毅还是毫不犹豫地选择了第三个。他已经深刻体会到了精神侵蚀抗性的重要性，副本的最后自己肯定需要直面"不可言说"，不提高抗性怎么行？

"谢谢。"顾毅朝着店长点点头，拿着猪头面具离开了。

自由活动结束，他吃过午饭，回到病房。

顾毅躲在自己的病房里，戴上了面具。

这张面具明显和其他面具不同，仅仅是戴上去顾毅就听见了一些毫无意义的呓语。看来，猪头面具上还残存着"我"的意志。

顾毅躺在床上，戴着猪头面具开始推演：

推演开始！

你走出了病房。

你比以往任何时候都要自由，走在路上没有任何人会质疑和盘问你，你甚至可以大摇大摆地乘坐厨房的员工电梯上下楼。

每当你集中注意力的时候，你就能得知一个人目前的想法。

原来，店长的读心术依靠的就是猪头面具。猪头人在销售的过程中无往不利，靠的也是这个特殊能力。

读心术大概每 10 分钟可以用 1 次，只能连续使用 3 次。

读心术使用时必须询问具体的问题，否则无法成功发动。

你想了一会儿，决定利用面具先骗到一张狗头面具，凑齐医院里的各种面具。

你找到了一个保卫科员工。

此时他正在看着医院地图发呆，你立刻发动猪头面具的能力，询问保卫科人员最害怕的东西是什么。

猪头面具的能力发动。

你的脑海里闪过一扇0号房间的大门，以及倒吊在房顶的巨型蜘蛛。

你思考了一会儿。

保卫科的人是不会违反规则的，所以想让保卫科的人犯规从而被送进0号房间根本不可能。

所以，你必须利用别的诱饵，促使保卫科的人上钩。

当鹿首人受到威胁时，保卫科的人会在第一时间出现，如果自己把鹿首人骗进0号房间，是不是就能诱捕保卫科人员了？

你去地下一层偷来万能钥匙，然后前往二楼的治疗室。

你利用猪头面具，很轻松地就骗取了一个鹿首人的信任。

你将他带到地下一层，0号房间的门口。

你：进去之后，你就能看见我们医院最好的佩特兹了。

鹿首人点点头，进入了房间。

你迅速关上房门，躲在门外看热闹。

屋子里传来惨叫声。

紧接着，又有一个男人的惨叫声从里面传来。

你赶紧打开门走了进去。

巨型蜘蛛已经吃掉了鹿首人，保卫科的人也被它啃掉了一大半。

蜘蛛听到你的声音，转过头来。

你砸碎玻璃瓶，将活蟾蜍放了出来。

蟾蜍吐出舌头，缠住了蜘蛛。

巨型蜘蛛立刻变成正常大小，被蟾蜍吞进了肚子。

你从保卫科人员的脸上摘下面具。

忽然，门外传来一阵脚步声。

你转过头，四五个保卫科的人出现在你身后。

保卫科人员：你……居然破坏了0号房间？

保卫科的人震惊地看着你，支支吾吾地说不出话来。

你突然想起一件事情。

保卫科的人将把违规的人关入0号房间当成唯一的惩戒手段，现在0号房间里的蜘蛛已经被自己消灭了，规则里并没有明示蜘蛛死掉后应该如何处理违规的人。

因此，保卫科人员才会震惊到手足无措。

你收好面具，咽下一枚红色药丸，变身为怪物，冲散了阻拦你的保卫科人员。

你的精神力变得更强大了，就连化身怪物之后，实力也变得比以前更强大。

你已经收集齐了全部的面具，你觉得自己离真相只有一步之遥。

你想直接去地下二层解决密室难题。

更多的保卫科人员跑了出来，拦在你面前。

你轻松解决。

一个大象修理工也举着锤子走了过来。

你戴上大象面具，轻松解决了大象修理工。

你来到了地下二层的楼道口。

你发现院长出现在你面前。

院长拿出纸笔写了两行字。

你的眼前一片虚无。

你死了。

推演结束！

"居然忘记了还有这货！"

顾毅睁开眼睛，用力地拍了拍自己的脑袋。

从始至终，院长和"不可言说"都一直深居简出，从来不露面，唯独这一次他居然主动出面制止了自己。院长手里的纸笔就如死亡笔记一般，只要他想杀死自己，动动笔就可以了。以自己目前的力量，根本不可能和院长对抗。

不过，有一件事情必须弄清楚：院长是因为知道自己集齐了所有面具，还是因为自己在地下室大杀特杀，所以才跑过来亲自制止自己？

顾毅想了一会儿，觉得这两个理由都很有可能。但无论是哪一个，他都必须想办法防范院长出面亲自抓捕自己。

依靠蛮力突破包围圈是不可能的，应该还有更好的解决办法，以最隐蔽的方法取得面具。

顾毅长舒一口气，再次进行推演：

推演开始！

你总结教训，决定改变行动策略。

从上一次的推演中，你大概了解到了保卫科人员的行动效率和人员规模。

鹿首人出现意外之后，保卫科人员大概在 3 秒之后发现异常，并迅速赶到现场。

保卫科的人死了之后，支援人员则以更短的时间赶到。

你在地下室里前前后后遇到了 3 组保卫科人员，每组有 4～5 人，这意味着整个保卫科团队最多为 15 人。

他们的战斗力并不算强大，只要自己吃下红色药丸，就能轻松对付一个小组的保卫科人员。

第38章 | 店长暴毙

保卫科的人无法解决问题，大象修理工会出来帮忙。

原本医院里有两个大象修理工，但其中一个没了面具，所以现在医院里自然只有一个了。

对付大象修理工，你必须戴上大象面具才行。

用蛮力突破，是下下策。

不到最后通关的时候，不能使用这一招。

你思考了一会儿，决定利用火灾吸引保卫科人员的注意。

保卫科人员的工作手册里有保护医院财产安全的规则，如果发生火灾，保卫科人员必然会出去救援。

火灾可以分散保卫科人员的注意力，但同一时间，自己又必须骗取鹿首人的信任，让他在0号房间遇袭，吸引保卫科的人到场。

只有你一个人，该如何完成这个任务？

你看向了徐念，但又很快否定了自己的想法。

如果让徐念放火，最后可能会害死他，这与规则相违背，自己一定也得死。

既然无法在放火的同时把鹿首人骗到0号房间，那么让蜘蛛离开0号房间是否可行？

你佩服自己大胆的想法。

你来到地下一层，偷走了万能钥匙。

你偷偷来到0号房间。

巨型蜘蛛虎视眈眈地看着你。

你拿出活蟾蜍。

蜘蛛吓得蜷缩在角落。

蟾蜍伸出长长的舌头，轻松粘住了蜘蛛的脑袋。

巨型蜘蛛立刻缩小。

蟾蜍收回舌头。

你在蟾蜍刚要吞下蜘蛛的时候，立刻伸手揪住了蟾蜍的舌头。你从蟾蜍的舌头上拿下蜘蛛，装进了玻璃瓶里。

蜘蛛在玻璃瓶里马上就要变大了，你将蟾蜍贴在瓶壁外，蜘蛛立刻又缩小回去。

你的实验成功了。

你将蟾蜍和蜘蛛绑在一起，放进了袋鼠裤里。

你通过员工电梯，来到了地下二层。

你走进储藏室，点燃了其中的易燃物。

你回到一楼厨房，在食堂的油烟管道里丢了一把火柴，火焰瞬间席卷整条烟道。

两处火光冲天而起。

医院里的所有人全都乱成了一团，在火燃起的 1 分钟后，全体保卫科人员都赶到了现场，他们及时开始了救火工作。

你赶紧跑到二楼。

鹿首人和医生暂时还没有听到火灾的消息，当广播响起提示时，大伙儿全都慌乱了起来。

一个保卫科人员瞬间闪现到众人面前，指挥客人们有序疏散，医生们、护士们也不得不终止了对病人的治疗。

你躲在角落，解开瓶壁外的蟾蜍，将瓶子抛到人群后面。

你默默看向场中。

蜘蛛瞬间变大，引起所有人的恐慌。

保卫科人员想要呼叫救援，却根本喊不来人，大伙儿全都在楼下救火，没有人能帮他。

蜘蛛一口咬死了保卫科人员。

趁着蜘蛛没有吞掉保卫科人员的尸体，你重新将蟾蜍放了出去。

蟾蜍吞噬了蜘蛛。

你冲上去，迅速摘下尸体上的狗头面具。

你听见楼上传来脚步声。

你将身上的东西全都放进袋鼠裤里，装成病人的样子，混进了病人的队伍中。

院长姗姗来迟。

他大骂保卫科人员无用，跑去楼下帮忙救火。

火势迅速被控制。

你松了一口气。

你偷偷回到自己的病房。

你听见广场外传来争吵声。

你趴在窗台上往外看。

你发现院长正拿枪对准了店长的脑袋。

院长杀了店长。

你死了。

推演结束！

"为什么这就死了？"

顾毅从床上坐了起来，捂着脑袋仔细回想。

难道是自己不知不觉间触犯了哪些规则？

难道是"不能见死不救"的规则吗？

没错，就是这个！

院长应该是查到蜘蛛突然消失是因为有人利用蟾蜍诱捕蜘蛛，所以他才跑去小卖部质问店长。店长不愿供出自己的名字，所以才被院长一怒之下杀死了。

店长已经把顾毅当成了伙伴，当他因顾毅而死时，顾毅就触犯了"不能见死不救"的规则。

如果店长没有死，他供出是顾毅买了蟾蜍，那么接下来自己肯定又要直面院长，到最后还是死路一条。

这条路，行不通啊！

顾毅深呼吸一口，重新开始推演：

推演开始！

你躺在床上思考。

目前，活蟾蜍显然还不是该派上用场的时候，一定还有什么别的方法可以引诱保卫科的人进入0号房间。

一旦院长加入战斗，这件事情就会变得非常困难。

你觉得自己也许是操之过急了。

现在未必是拿到狗头面具的最好时机。

也许自己应该再去地下二层的密室看看情况。

你戴上猪头面具，来到地下二层的院长办公室里。

这次见到的办公室与上次的略有不同。

办公桌上的键盘正被一双看不见的大手敲得噼啪响。

你轮换所有面具，依然无法看见这双大手的主人。

你推测，这间办公室是三楼院长办公室的影子，现在院长正在三楼的办公室里办公，所以这间办公室会响起敲键盘的声音。

既然这间办公室有密室，那么三楼的院长办公室里会不会也有密室？

你决定等午夜的时候，再次去三楼的院长办公室探索，以此验证自己的推测。

你按照上次的方法，打开了办公室里的密室。

洋娃娃正在歇斯底里地狂叫。

你戴上了猪头面具。

洋娃娃突然停止哭喊，疑惑地看向你。洋娃娃身后的女人也抬起了头，她那充满创伤的脸蛋，居然恢复了往日的光鲜。

女人亲自开口，发出了声音。

女人：你是谁？你为什么会有我女儿的东西？你把我的女儿骗到哪儿了？

你飞速地思索了一下。

你的面具是托托的手工面具，这对"母亲"和托托来说，一定有非常重要的意义。

女人开口，洋娃娃没有说话，这明显是在暗示"母亲"的理智重新占领高地。

如果你的回答有一点纰漏，不仅拿不到新的线索，很可能还会触发即死 flag。

你发动面具能力，询问女人最渴求的东西，但是得不到任何答案。

你猜测可能是女人的实力太强，面具的读心术才无法发动。

你只能尽量稳住女人的情绪。

你：你的女儿很安全。

女人：你骗人！

第39章 | "母亲"的请求

你：你的女儿现在就在崇山医院里，院长圈养着她。

女人：真的吗？那她是不是很痛苦？他准备用我的女儿做什么？

你只是随便猜测的，但没想到女人真的相信了。

因为从一开始到现在，副本里没有任何线索表明"我"已经死了，所以你才大胆地说出这一信息。

你：他正在用你的女儿完成他的某项残酷的实验，为了满是一己私欲和野心。

女人：他是个疯子，魔鬼！

你：你的女儿给了我这张面具，并且让我来找你。你是否可以帮助我？

女人：我已经失去了我的身体，只留下这个残存的灵魂在这里苟延残喘，我需要你帮助我找回我的身体。

你：你的身体在哪儿？

女人：在院长办公室里。

你：可是我很难进入院长办公室。

女人：那个男人每天 3:26 都会到这里来找我，你可以在这个时候潜入院长办公室。记住，一定要在 5 分钟内找到我的身体，否则院长就会赶回去。

你：我知道了。

你终止了推演。

顾毅睁开眼睛，默默思索了一会儿。

如果自己按照"母亲"的指示，拿到了那所谓的身体，会怎么样？

虽然这一次"母亲"的样子显得非常正常，但顾毅隐隐觉得，如果按照"母亲"的指示拿到她的身体，未必可以获得想要的线索，甚至还可能惹上一系列的麻烦。

从"我"的日记里不难看出，母亲是送"我"进火坑的罪魁祸首之一。

到目前为止，"我"的血字提示都起到了非常关键的作用，而"母亲"却先后触发了无数死亡 flag。

顾毅宁愿相信"我"，也不愿意相信"母亲"。

想到这里，顾毅拿出了托托的手工面具，仔细思考面具背后的血字提示：

当我摘下面具时，我终于看清了一切。

记住，世界上没有免费的午餐。

善有善报，恶有恶报，是你唯一需要遵守的原则。

前两句话似乎意有所指，但自己暂时不明白是什么意思。

最后一句话，则让顾毅豁然开朗——自己之前的整个闯关流程都在证明这句话。

因为对瑶瑶付出真心，自己获得了袋鼠裤。

因为和店长成为朋友，店长哪怕被杀也不愿意供出自己。

因为救下了徐念，他在几次的计划中都起到了关键的作用。

相反，顾毅偷取桂医生的面具，表面上有进展，但却处处掣肘，不得不需要获得更多道具来弥补。设计杀死鹿首人，却让自己惨遭皮肉之苦，连感染速度都加快了。

"善有善报，恶有恶报"这句话不仅在暗示邪恶的院长和"不可言说"最终的结局，也是在暗示通关的方法。利用暴力手段，偷盗、抢劫，甚至谋杀，反而会加大通关难度。

第一次偷盗引来了保卫科人员，就算拿到了道具也不能使用。

第二次谋杀引来了院长的注意，院长在医院的时间明显增加。

如果第三次再采取暴力手段，那么院长会直接出动，触发必死的结局。哪怕自己利用暴力手段取得了进展，最后必然也只有死路一条。

可能在"我"的眼里，滥杀无辜也是作恶。医院里的医生、保卫科人员同样也是无辜的受害者和被囚禁者。

不能在医院里继续搞破坏了。

顾毅冷静地分析着血字提示，决定改变思路，选择使用更温和的方法推动剧情发展，不再使用暴力手段。

现在，顾毅唯一的线索就是三楼的院长办公室了，已经没有必要再去尝试什么，等到晚上的时候按照"母亲"指示的时间潜入院长办公室就行了。

有话则长，无话则短。

凌晨 3 点，顾毅被闹钟叫醒。他立刻从床上坐了起来，使用天赋能力。

推演开始！

你戴上大象面具，进入了三楼。

你悄悄躲在隔壁，等到 3：26 那一刻，你就立刻通过通风管道进入了院长办公室。

你按照进入地下密室的方法，打开了密室大门。

果然，在三楼办公室对应的位置，也有一间密室。

你进去之后，发现地上只有一个黑色的骨灰瓮。

你将骨灰瓮装在了袋鼠裤里。

你听见了外面电梯铃声响起。

院长必然发现了异常。

你赶紧按原路逃跑。

你躲在了隔壁的标本室里。

你听见了院长开门的声音。

月光照在标本上。

月光巨人睁开眼睛，死死地盯着你。

你终止了推演！

"不对！"顾毅摇了摇头。

刚才顾毅偷骨灰瓮只花了不到 1 分钟，按照"母亲"的指示，院长需要 5 分钟才能从地下室赶过来才对。

为什么他能两分钟就到达现场？

不对。

与其考虑为什么他能到达现场，不如先考虑为什么他能发现自己。

"回溯！"

回溯推演开始！

你躲在了院长办公室的隔壁。

你找来一个箱子，藏在自己的袋鼠裤里。

你估算时间，听到了院长离开的脚步声之后，从通风管道潜入了院长办公室。

你按照之前的方法走进密室。

你没有动骨灰瓮，你只是把骨灰取出放进了预先准备的箱子里。

你离开了密室。

你按原路返回。

你听见了院长的脚步声，而现在刚过去两分钟，院长又提前过来了。

你立刻通过通风管道躲进了厕所里。

你躲在厕所隔间，安静地等待着。

你突然感到后背一阵发凉。

你抬起头来，发现院长的脑袋出现在自己的头顶，他正扒着门框，笑眯眯地看着你。

院长：终于逮到你这只小老鼠了。

你的眼前一片血红。

你死了。

推演结束！

顾毅倒吸一口凉气。

这一次，院长依然只用了不到两分钟就回到了办公室，成功逮住了自己。

刚刚的死亡画面，甚至连死因都没有推演出来，很可能是院长利用规则的力量强行杀死了自己。

显然，骨灰瓮不是问题的关键。自己一定还有什么细节没有考虑到！

第40章 | 取回身体

"回溯。"

顾毅决定再尝试一次。

回溯推演开始！

你躲在了院长办公室的隔壁。

你仔细思考着。

也许院长并不是因为自己动了骨灰瓮才会发现自己，而是因为自己一进入院长办公室，或者一进入密室就被发现了？

这一次，你决定仔细探索，免得错过某些重要的细节。

院长离开了。

你来到院长办公室。

你在这里待了两分钟，发现院长并没有回来。

显然，你并不是因为走进办公室而被发现的。

你打开密室的大门，走进密室。

你等了两分钟，院长依然没有提前回来。

你终止了推演！

顾毅摸了摸下巴，长舒了一口气。

看来，院长能发现自己，不是因为自己闯进了办公室和密室，而是因为带走了骨灰。

只要动了骨灰，院长就会立刻快马加鞭地赶回办公室。

院长有"不可言说"帮忙，在两分钟内赶回办公室不过就是动动手指而已。

只要带着骨灰，那么无论自己躲在哪里，都会立刻被院长发现。

这几乎是无解的局面！

顾毅额头流下一滴冷汗，他的胸口一阵刺痛，异化的程度再次加深了。

顾毅抬头看了一眼天花板，血滴如雨下，足足过了3分钟这个幻象才终于消失。

"呼……冷静一点。"顾毅长舒了一口气。

心情越低落，通关的可能性就会越低，自己必须保持冷静才能最终完成任务。

仔细思考一下吧，一定是错过了什么重要的信息。

"回溯。"

回溯推演开始！

你躲在了院长办公室的隔壁。

你现在的情况很糟糕，你无法在现实中冷静思考。

你只能依赖天赋能力思考对策。

只要骨灰离开办公室，院长就会立刻出现，自己根本来不及把东西送到"母亲"的手里。

难道自己是被"母亲"摆了一道，如果偷取骨灰，就会触发必死结局？

你思索了一会儿，觉得不太可能。

目前副本的进程已经全部停止了，唯一的线索就是"母亲"。只有打通了"母亲"这条线，进程才会继续推进。

如果想要用蛮力继续推进进程，只会将自己逼上绝路。

你仔细思索着每一个细节，生怕错过了哪一步。

你想起了"母亲"说过的话。

她需要你找回"身体"，而非找回"骨灰"。

"骨灰"和"身体"显然是两种东西。

你发现了盲点。

你在进入院长的办公室时，始终佩戴着大象面具。

如果佩戴其他面具，也许会看见不同的景象。

你感到豁然开朗。

院长按时离开了办公室。

你进入了办公室。

在打开密室的大门之前，你戴上了托托的手工面具。

你走进密室。

此刻，整个房间变成一片血红，地板是由一块块蠕动的血肉组成的。

你在这一大片血肉中间，找到了"母亲"的身体。

你将身体藏进了袋鼠裤中。

你离开了院长办公室，回到了自己的病房里。

你默默等待了一会儿，院长果然没有出现。

你感到精神疲惫，忍不住想睡觉。

你终止了推演。

"总算找到正确的通关方法了。"顾毅挥了挥拳头，这次只不过花费了 20 点精神力，就成功推演出了正确的通关方法，回溯推演极大地提高了自己的效率。

他按照在推演中走过的路线，成功躲在了院长办公室的隔壁。

当他真的在现实中戴着托托的手工面具走进密室时，还是被那景象震撼到了。密室的墙壁不停跳动，发出令人毛骨悚然的怦怦声，与自己的心脏发生共振反应。

顾毅感到胸痛和窒息，他强忍不适取出"母亲"的身体之后，迅速离开了院长办公室。

他重新躲回了病房，疲惫地闭上了眼睛。

第二天一早，徐念推醒了顾毅。

顾毅睁眼一看，医生和护士正怒气冲冲地看着自己。他心中一凛，下意识地就要从裤子里掏出红色药丸。

"你在干吗呢，顾毅？"李医生问道，"你早上是不是又忘记吃药了？"

"哦，对不起。"顾毅立刻反应了过来，乖乖地吃下了早上该吃的药。

李医生和护士简单地询问了一下顾毅的情况，便径直离开了房间。

顾毅坐在病床前喘着粗气，直到现在他的心脏都还待在嗓子眼里。

徐念走到顾毅身边，关切地拍了拍他的肩膀。

"没事，我现在很好。"顾毅咧嘴一笑，躲进了盥洗室。

他抬头看镜子，自己居然变成了满脸黑毛的怪物。他惊恐地捂住了嘴巴，这才没叫出声来。

过了一会儿，镜子里的自己重新变回本来的样子。

多次的推演以及"不可言说"的精神侵蚀，让顾毅的症状变得越来越明显了，他立刻抠嗓子把药片吐出来，接着拿起剃须刀，把胸口的黑毛全都剃光。

"这次算是运气好，医生查房的时候没有做全身检查，不然我今天早上就要在手术室里度过了。"顾毅无奈地摇了摇头。

人的精神是有极限的，在这样高强度的压力之下，顾毅已经开始疲惫，甚至出现失误了。

不过，这也是因为昨天晚上在院长办公室里遭遇了极大的精神冲击，他一不小心睡过了头。

顾毅像往常一样吃饭。在自由活动的时间，顾毅躲进了厕所，进行推演：

推演开始！

你戴上了托托的手工面具。

你畅通无阻地来到食堂的厨房，通过员工电梯来到地下二层。

你来到了地下二层院长办公室的密室里。

女人看见你之后，立刻抬起头来。

女人：你是谁？你为什么有我女儿的面具？你想做什么？

你只是在上次推演的时候和女人见过面，所以女人并不认识你。

你：你别管我是谁，我这里有你的身体，我可以把它还给你，但你能拿什么和我交换？

第41章｜与"母亲"的交易1

你发动了面具的读心术能力，但依然无法起作用，你觉得这是因为自己问错了问题。

女人：我不相信，你怎么会知道我的身体在哪儿？

你从袋鼠裤里拿出了女人枯槁的身体。

女人脸色剧变。

女人：把身体还给我，我可以告诉你一个秘密。

你：什么秘密？

女人：我可以告诉你院长的弱点，我可以告诉你该怎么杀死他。

你再次发动读心术，你询问女人是否说谎了。

面具告诉你，女人没有说实话。

你：我知道他的弱点，这个秘密我不需要。

女人：那么你需要什么？

你想了一会儿，指着女人膝盖上的洋娃娃。

女人很震惊。

女人：这是我女儿的遗物，我不可能交给你。

你：凡事讲究等价交换。

女人：我考虑一下。

女人捧着洋娃娃看了一会儿。

女人：我同意与你交易。

你：好。

你将女人的身体放在地板上。

女人离开椅子，将洋娃娃递到你手里。

你正在打量洋娃娃，突然听到一阵令人牙酸的声音。

你抬头一看，女人张开嘴巴，吞噬了自己。

她全身漆黑，只有眼睛在闪烁着红色的光芒。

她变成了一个全身长满黑毛的怪物，外形酷似佩特兹，但个头儿要比普通佩特兹大很多。

女人：把洋娃娃还给我！

女人朝你扑了过去。

你立刻吞下一枚红色药丸，同时戴上了大象面具。

你根本不是女人的对手。

你被女人撕成了两半。

你的眼前一片血红。

你死了。

推演结束！

顾毅坐在马桶上，摸了摸自己的肚子。这恐怕是他在推演中死得最惨的一次了。变身怪物再戴上大象面具已经是顾毅目前能达到的最强形态了，但依然连一个回合都挡不住。

"早就感觉这个女人不对劲了。"顾毅懊恼地拍了拍大腿。

既然这个女人那么不讲道理，那就只能用一些无赖的手段了。

回溯推演开始！

你站在了密室门前。

你戴上托托的手工面具，来到了女人面前。

女人看见你之后，立刻抬起头来。

女人：你是谁？你为什么有我女儿的面具？你想做什么？

你：我是来和你谈条件的。

女人：谈条件？什么条件？

你：我可以把你的身体给你。

你从袋鼠裤里拿出了女人的身体。

女人看到自己的身体之后，激动地站了起来。你赶紧把她的身体藏好。

女人：给我！

你：给你可以，你必须把你手里的洋娃娃给我，这是公平交易。

女人：你先把身体给我，我再把洋娃娃给你。

你：不行，你先把洋娃娃给我，我才能给你。

女人：你没有资格与我讨价还价，你要是不给我，我杀了你，一样可以拿回我的身体。

你：你要是敢杀我，我就先敲碎我脸上的面具。

你从袋鼠裤里拿出一把锤子，放在面具上。

女人惊叫一声。

女人：你不许这么做！

你咧嘴一笑。

果然如你自己推测的一样，"我"并没有死掉，所以只要你敲碎了面具，真正的"我"也会一起消亡。

女人：你不要做出这么极端的事情，我的女儿还有生存的希望，请你不要伤害她。

你：那么，你就遵循我的要求，先把洋娃娃给我再说。

女人妥协了。

她看了一眼手里的洋娃娃，利用自己的头发将洋娃娃递到你手上。

失去洋娃娃后，女人的面容以肉眼可见的速度衰老。

你左右打量着洋娃娃，并没有发现上面有什么特别的地方，不过你在洋娃娃的背后看见了一个拉链。

你拉开拉链，在里面找到了一张红色的门禁卡。

女人：你……快把我的身体给我。

你：给你？哼，给你然后让你杀死我吗？做梦吧！

你收好洋娃娃，离开了密室。

女人撕心裂肺的吼叫声响彻整间办公室。

你拿着洋娃娃离开房间。

你的眼前一片血红。

你摘下面具。

面具正在流下血泪，你发现面具上写满了同样的话语：

善有善报，恶有恶报。

你感到心脏跳动得飞快，好像和之前在三楼的院长办公室里捡起女人身体时的感觉一样。

你：你为什么要惩罚我，而不去惩罚你的好母亲？最先作恶的难道不是她？如果我不骗她，我就要被她杀了！

善有善报，恶有恶报。

恶有恶报……

恶报……

你精神崩溃了。

你彻底变成了怪物。

你死了。

推演结束！

"这个托托到底是站在哪一边的？"顾毅重新睁开眼睛，低声咒骂着。

推演时遭受的精神冲击太大，导致他在现实中精神侵蚀也加深了一些，他发现自己的左手腕居然也长出黑毛了。

顾毅不甘心地摇了摇头，他又闭上眼睛，思索对策。

推演开始！

你坐在马桶上，总结之前的经验教训。

显然，这一次你因为不遵守诺言而被"我"的规则惩罚，变成了怪物。

所谓的托托似乎有种精神洁癖。

她设了这条红字的规则，表面上是在诅咒院长，但实际上却限制了你的行动。

如果你一直作恶，背弃诺言，见死不救，副本难度就会大幅上升，甚至直接触发即死 flag。

你眉头紧锁地思考着。

你觉得自己可能并不是触犯了"恶有恶报"的规则。

因为这条规则在潜移默化中影响了你的通关难度，绝对不会让你立刻触发即死 flag。

你觉得你暴毙的真正原因，是你没有遵守猪头人的准则，你的行为不符合商人的标准。

猪头面具在副本世界里代表着商人。

小卖部的店长就是你的最好范例。

第 42 章 | 与"母亲"的交易 2

他会事先与你说好规则，并且在双方同意规则之后绝对不会反悔。在规则的范围内，他可以出老千、作弊、开外挂，但他绝对不会触犯规则。

即便他作弊之后被抓包，他也不会因此反悔或者恼羞成怒，他依然会遵守承诺，把之前答应给你的东西原封不动地给你。

你在与女人交易的时候，明明答应了要先拿到洋娃娃，再给她身体。

但最后，你却反悔了。

因此，你才会被规则惩罚。

你又一次陷入了进退维谷的境地。

把身体给女人，会让她陷入疯狂，最后害死自己。

不给女人身体，你又无法拿到关键道具。

欺骗女人，你又会因为触犯规则而直接暴毙。

你揪住头发，眉头紧锁地思考着。

你转变了一下思路。

有没有办法能既完成交易，又可以避免被杀死呢？

给女人假货？

不可能，女人不可能不认识自己的身体，你也没有办法现场制作出一个假冒的身体。

在身体里下毒？

你眼前一亮。

女人得到自己的身体后，第一反应就是吞掉身体，如果自己能在身体里下毒，那一定会让她中招。

如果能毒死女人，那自己就不用担心会被女人杀死了。

你们的交易只是让女人得到自己的身体，但如果女人非要吃掉自己的身体而最终中毒而死，这就不关你的事了。

但是，什么样的毒药可以毒死女人？

她已经是"不可言说"了，"不可言说"害怕毒药吗？

你做出了一个大胆的假设。

女人吃下身体之后，会变成类似佩特兹的怪物，那如果让她吃下给病人的药物，是不是就可以延缓这个变身的过程？

你恍然大悟。

你换上鸟嘴面具，在医院的药房里偷出了一盒药片。

这就是你每天吃 3 次又吐 3 次的东西。

你把全部的药片塞进了身体的嘴里，晃动身体的脖子，让药片全都落入身体腹中。

你戴上托托的手工面具，重新来到地下二层院长办公室的密室前。

女人看见你之后，立刻抬起头来。

女人：你是谁？你为什么有我女儿的面具？你想做什么？

你：我是来和你谈条件的。

女人：什么？

你：我找到了你的身体，我想和你做一笔交易，用你的身体交换你手中的洋娃娃。

你和女人交流了一番，女人最终同意与你交易。

你将身体放在地上。

女人将洋娃娃交到你手里。

你还没来得及收起洋娃娃，女人就已经把身体吞了进去。

女人发出了痛苦的呻吟，她立刻变成了黑色巨怪的样子。

你下意识地拿出了红色药丸和大象面具。

女人突然垮了下来，她变回人类的样子，在地上不停挣扎。

女人：你这个骗子，你居然给我下毒？

你：我哪知道你要吃掉它啊，我以为你是拿来当柴火烧呢。

女人翻起白眼，口吐白沫。

你担心女人会诈尸，你从工具箱里拿出榔头，彻底杀死了她。

你退出了密室。

你擦了擦身上的血水，从袋鼠裤里拿出了洋娃娃。

你拉开洋娃娃背后的拉链，从里面拿出了一张红色的门禁卡。

门禁卡的正面画着一个半红半黑的小丑头像，这是《诡异世界》直播频道的台标。

你用力咽了口吐沫，把门禁卡翻到背面，上面留有红色的血字：

有了它，你可以去往任何地方。

包括地下三层。

你感到震惊。

你本以为地下楼层有两层已经很夸张了，没想到这个医院居然还有地下三层。

地下二层的精神污染已经非常强大了，更深一层的地下三层会是什么样？

你思索片刻，拿起红色门禁卡来到电梯间。

电梯的操作面板上最多只到负二层，根本没有负三层的按钮。

你把红色门禁卡贴上感应区。

整部电梯变成了鲜红色。

操作面板上只剩下一个楼层——负三层。

你按下按钮。

电梯打开。

外面黑黢黢的一片。

你摘下面具。

电梯外的黑色消散一空，面前是一条干净而又狭长的走廊，走廊的地板上铺着红色的羊毛地毯。

你走上了地毯。

走廊越走越窄，到最后你必须侧过身子才能通过。

你终于走出了走廊。

面前是一个巨大的电影放映厅。

观众席一共 10 排，却没有一个人坐在里面。

你扭头看向放映室，放映机正在不停闪烁着，你隐约发现放映机的旁边站着一个人。

你来到了放映室。

坐在放映机旁边的是一个长头发的女人，她梳着一个高马尾辫，正在直勾勾地看着前方空白的大银幕。

你：托托？

女人回过头。

你发现这个女人的脸与你极其相似，你们看上去就像是失散多年的亲兄妹。

托托：没错，就是我。看来你很好地遵循了我的提示。

你：所有的血字提示都是你写的吗？

托托：确实，但有很多是在我不清醒的时候写的，我也不知道那些乱七八糟的文字有没有影响到你。

托托的语气和语调让你感到不寒而栗，她和你一样，与这个世界格格不入。

你：你到底是谁？

托托：根据规则，我不能告诉你。你来我这儿，只是为了寻求真相，对吗？

你：没错。

托托：你知道我要放映什么片子吧？

你丝毫没有犹豫地拿出了《怪物攻城》的录像带。

托托将录像带放入放映机，又从工作台上拿起一个新的 3D 眼镜，交给了你。

托托：去外面好好看吧。

你点点头，拿着新眼镜坐在了台下。

眼镜上没有任何说明文字，你直接戴在了鼻梁上。

你的眼前一片漆黑。

你无法感知任何东西。

你在虚空之中等待了半个小时，什么也没有发生。

你终止了推演。

第 43 章 | 与"母亲"的交易 3

顾毅睁开眼睛，懊恼地摸了摸头。

"这是怎么回事？"顾毅撑着下巴，仔细思索着。

他还是第一次在推演的时候遇到这种情况。

正常情况下，哪怕触发了即死 flag，自己的天赋也会推演出死亡的画面。

可是，这一次，自己却失去了全部知觉，如同堕入虚空。

自己足足在一片虚无之中等待了半个小时，依然没有发生任何事情。

"冷静一下，想想原因。"顾毅长舒一口气，默默思考，并总结刚才收获的线索：

1. "母亲"是可以杀死的，自己刚刚也已经推演出了最安全有效的击杀方法。

2. 杀死"母亲"之后，可以从洋娃娃里拿出一张红色的门禁卡。

3. 利用红色门禁卡，可以前往医院的里世界——地下三层。

4. 在地下三层会遇到"我"，也就是托托，她的外形就是翻版的自己。

5. 在托托的电影院观看《怪物攻城》之后，自己就会陷入一片虚无，那处电影院似乎并不是一个安全的地方。

顾毅回想着之前遭遇的一切，想想还有什么线索被忽略了，以至于无法继续推进。

"没有了，只有这最后一条路了。"顾毅笃定地摇了摇头。

他已经回忆了自己所有的经历、所有的推演画面，最后确信医院地下三层的电影院是唯一的线索。

可是……为什么自己会在看电影的时候陷入一片虚无？

不！不是陷入虚无。顾毅突然想明白了其中的关键。

这些日子以来，顾毅都太依赖无限推演的天赋了，以至于忘掉了天赋也有一个很大的局限性：

无限推演无法推演和《诡异世界》系统有关的东西！

每当自己在副本进程中取得进展，系统给予自己奖励的时候，无限推演都无法将这些计算在其中。这是没有办法的事情，毕竟无限推演的天赋本来就是《诡异世界》的系统送给自己的。

回忆一下那张红色门禁卡的样式就能理解了。

那门禁卡的正面画着《诡异世界》的直播台标，这就是非常明显的暗示了。

顾毅在那个地下三层的电影院里可能不仅仅会收集到副本世界的线索，还会获得整个《诡异世界》的线索，所以自己无法利用天赋推演其中的细节。

那个地下电影院，顾毅必须亲自去探一探才行。

"呼，没什么大不了的。"

顾毅长叹一口气，戴上鸟嘴面具走出了厕所。

他先是偷出了一盒药片，然后又把药片藏进了"母亲"的身体里面。

接着，他便戴上了托托的手工面具，轻车熟路地来到了地下二层的密室里面。

这一次，顾毅是在现实中见到"母亲"，尽管他已经和"母亲"接触过很多次了，但真的面对面的时候，顾毅还是感到了灵魂深处的窒息。

"你是谁？你为什么会有托托的面具？"

"我是谁不重要。"顾毅单刀直入，"我可以把你的身体给你，但前提条件是，你必须把你的洋娃娃给我。"

"你在说什么胡话？"

"母亲"一脸迷惑，甚至连身后的头发都诡异地飘飞了起来。

顾毅丝毫没有害怕，只要自己还戴着托托的手工面具，"母亲"就不会动自己一根毫毛。

啪——顾毅从袋鼠裤里拿出了"母亲"的身体，"母亲"立刻慌了。

"这是……这是我的躯壳，我能感觉到它！"

"所以，我们可以谈谈条件了吗？"

"我没什么好跟你谈的！"

顾毅冷笑一声，将身体踩在脚下，又举起锤子放在自己的面具上："我不想和你多说废话，你到底愿不愿意和我交换？"

"等等，我同意！""母亲"立刻收起那逼人的气势，恢复了人类的样子。

她感到十分奇怪。

自己明明是第一次遇见这个男人，但这个男人却好像不是第一次见到自己。他好像总能先一步判断自己的行动，甚至连自己内心的想法都一清二楚。

"母亲"觉得其中有诈。

但是她也不得不同意对方的要求。不拿到躯壳，自己就要永远被困在这里。

"一手交钱，一手交货。""母亲"抛出了自己的洋娃娃。

顾毅接住洋娃娃，接着又随意地将她的身体放在地板上。顾毅将洋娃娃塞进袋鼠裤里，冷冷地看着"母亲"吞下了她的躯壳。

"啊，我终于恢复力量了，我要……杀了你！""母亲"突然变成怪物，朝着顾毅伸出了黑色的爪子。

顾毅淡定地站在原地，望着"母亲"的双眼，露出了嘲讽的微笑。

"为什么会这样？你下毒了？""母亲"捂着肚子，倒在地上，逐渐失去力气。她口吐白沫，浑身抽搐，失去了意识。

顾毅掏出榔头，准备和推演时一样，彻底杀死"母亲"。

"善有善报，恶有恶报。她想要害死我，却最终被药物毒死。她已经得到了应有的报应，我没必要再下这种狠手。"顾毅想起了面具上的话，最终还是收起了榔头。

在这个副本里，绝对不能把坏事做绝。

顾毅撕开洋娃娃，从里面拿出了红色的门禁卡，果然听到了系统的提示音：

"你在副本中收集到了特殊剧情道具：红色门禁卡。

"你的剧情探索度提升。

"目前探索进度为 67%。

"你可以从以下 3 个选项中，获得 1 项奖励。

"1. 你的力量提升 10%。

"2. 你的敏捷提升 10%。

"3. 你的体力提升 10%。"

顾毅看见这几项奖励，脸立刻垮了下来："真是倒霉！这是一个解密类的副本，提高身体素质有什么用？为什么不能给我增强精神力的奖励呀？"

顾毅想了一会儿，最终还是选择加强了 10% 的体力。

下一秒，顾毅的眼前闪过一道白光，他感觉身体焕然一新，好像全身都舒坦了不少。顾毅掀开衣服看了一眼，身上的黑毛居然也变少了。

"原来如此，增强体力也可以增强我对疾病的抗性。说到底，我现在的状态是和生病差不多的。看来提升体力是选对了。"

顾毅长长地舒了一口气，他捏着手中的红色门禁卡，来到了最近的电梯间。

第 44 章 | 地下三层

顾毅来到电梯间，使用红色的门禁卡，来到了地下三层。

他摘掉了脸上的面具，再次走进了那条狭长的走廊。

顾毅真的走进了这条走廊之后，他才发现推演并不是完全正确的。

空气里有着淡淡的兰花香气，走廊也不像推演中那么逼仄，根本不需要侧着身子走。

地板上铺的并非红色的羊毛地毯，而是红色的大理石地砖。

顾毅觉得，一定是因为这里有《诡异世界》的力量，所以推演的结果才会和实际情况有出入。

顾毅来到了走廊尽头。

他推开了面前的大门，里面是一个空无一人的放映厅，只有前方的放映室亮着灯光。

顾毅轻车熟路地来到了放映室里，找到了托托。

"你好。"

"哦，你来了。"托托转过头，"你能来到这里，肯定是因为你很好地遵循了我的提示。"

顾毅看向托托，浑身不自在。

这感觉就像是一个"扑街"作者好不容易因写书而走红了，却要被粉丝逼得穿女装，最后还要照着镜子拍照片。

"你就是托托吧。"

"是呀，又见面了。"

"为什么是……又？"顾毅很快抓住了托托话语中的细节。

顾毅确信自己并没有在副本的进程中和真正的托托见过面，她怎么能说出"又"这个字？

托托淡定地说道："面具上有我的一部分，你看见它就和看见我是一样的。"

"你和母亲到底有什么矛盾？"

"她把我卖到了这个医院，结果被医院的院长摆了一道，最后变成了不人不鬼的样子。我想，你能搞到那张门禁卡，应该已经很清楚她的下场了。"

顾毅眉头微蹙。

托托说的话，和自己调查后推测的结果基本吻合，但顾毅却总觉得这里面有什么不合理的地方。

她的语气更像是在背台词，而不是在诉说自己的故事。

顾毅使用天赋能力：

推演开始！

你的眼前一片漆黑。

你终止了推演。

"果然。"

"果然什么？"

"没什么。"顾毅摇了摇头。和自己推测的一样，医院的地下三层已经不完全属于崇山医院了，这是一个凌驾于崇山医院的世界。

如果自己在这里做了什么不合规矩的事情，那么很有可能会陷入万劫不复的境地。

他没有利用天赋能力蹚地雷的机会了。

"你来这里，没有什么别的话要和我说吗？"

"我想知道真相。"

"我不能直接告诉你，根据规则你必须自己推理和探索。"托托勾了勾手指，"既然来到放映厅，不看电影怎么行？你应该带了那个东西吧？"

"《怪物攻城》。"

顾毅从口袋里拿出了《怪物攻城》。

托托接过《怪物攻城》，拿出了一个全新的3D眼镜交给了顾毅："你可以坐在下面观看了。"

"谢谢。"顾毅坐在电影院的座位上，戴上了 3D 眼镜。

电影开始放映了。

这部电影完全变成了另外一个样子。

故事里的主角全都是奇形怪状的外星人，但是顾毅却能清楚地听懂他们说的每一句话。

他发现这个故事的情节和原本的并没有太大出入，只是演员的身份变成了外星人而已。

另外值得一提的是，男主角依然有一只宠物，只不过这只宠物变成了人类。

人类像狗一样戴着项圈，光着屁股，看上去毫无尊严。

顾毅不自觉地代入了那个宠物的角色，看到一半他就看不下去了，直接摘掉了 3D 眼镜。

"怎么？你为什么不看了？"

"没必要看了。"顾毅说道，"这部片子的暗示我早就明白了。崇山医院并不是一个地球上的医院，它来自另外一个平行宇宙。在这个世界里，外星人主宰着世界，而人类只是他们的宠物，就像地球上的猫狗似的。我和你一样，拥有认知障碍的疾病，所以我会看不清世界的真相。我说得对吧？"

"嘿，没错。你答对了一半。"

"另外一半，我也知道了。"

托托咧嘴一笑："那你为什么不说出来？"

"剩下的另外一半我也可以说出来，那样也许会让我直接达成某个结局，但我不知道这样的结局会不会算是完美通关。"

"当然不算……"

顾毅闭上嘴巴，一脸坏笑地看着托托："你怎么知道我是在游戏里？"

托托摸了摸自己的脸蛋，微笑道："你这算是诱供吗？"

在《诡异世界》，无论玩家如何作妖，如何说出关于《诡异世界》的事情，《诡异世界》的本土居民都无法理解。

顾毅多次在托托面前提到了"通关""结局"之类的字眼，但是托托都完美地理解了。

这本身就是一件不自然的事情。

顾毅注视着托托的眼睛，大胆地质问道："你是不是整个《诡异世界》的幕后导演？就是你让全体人类陷入恐惧之中的吗？"

托托没有说话，只是僵硬地保持着微笑。

顾毅继续说道："对，这不可能。你变成和我一样的样貌，一定也是意有所指的，你是想告诉我，你和我一样也曾经是一个冒险者？"

托托的脸突然变得模糊起来，看上去就像是一个拥有各种颜色的调色盘。

"你说得不错。"

"你为什么会变成这样？"

"以后你就明白了。"托托咧嘴一笑。

周围的场景突然变化，一扇巨大的木门出现在顾毅眼前。

"其实，你只要在我面前说出这个世界的本质，我就可以放你出去了。这样的话，你就可以达到普通通关的成就，你所在的国家就不必面临'诡异'降临的风险。

"但是，其他国家的人民还会生存在'诡异'会复苏的阴影之中，副本里的怪物还是会降临于世。

"你现在从这扇木门出去，就可以回到现实世界……"

"我选择第二条路！"顾毅斩钉截铁地说道，"我要达到完美通关的成就。"

"你还真当自己是超级英雄吗？"

"我都不用猜就知道这个副本的难度超过了以往所有的副本。如果全世界都被'诡异'入侵，我们国家也没办法幸免于难，其他国家的'诡异'依然会通过各种方法传播到我国境内，只有完美通关才能让全人类免于《诡异世界》的迫害。我可能是整个世界最后的希望了。"

"只要没有完美通关，就是失败。而我——不喜欢失败。"顾毅义正词严地说着。

第45章 | 与现实世界通话

崇山医院还有很多谜题没有解开，比如院长电脑的密码、院长的弱点、如何消灭"不可言说"。

如果不把这些谜题解开，顾毅是绝对不会甘心的。

更重要的是，顾毅觉得托托给自己留下的门未必是正确的通关途径，那很可能是一个陷阱。

自己费尽心思、冒尽风险才来到地下三层，结果却只能拿到一个普通级的通关评价？

这怎么想都觉得有问题！

托托歪着脑袋，如同调色盘一样的脸上只剩下了红色。

"我可以向你保证，这扇门没有任何问题。过了这个村，可就没这个店了，这可能是你最后一次可以离开崇山医院的机会。

"崇山医院副本从开始到现在都没有一个人通关过，无论是你所在的世界，还是其他世界。你真的觉得自己能通关？"

顾毅眉头微蹙。

托托这一番话透露了极大的信息量，他生出了一些大胆的猜测。

顾毅斩钉截铁地摇摇头道："不管怎么样，我都不会选择通过那扇门的，我必须完美通关。"

"你确定？"

"是的，我确定。"

"哼，好吧。"托托一脸不情不愿的表情，打了个响指。

顾毅面前的木门凭空消失了，紧接着整个电影院也跟着一起支离破碎。顾毅像是溺水一般，悬浮在虚空之中。

"完了……"顾毅的心跳到了嗓子眼，连声音都发不出来了。

这样的异象持续了足足 1 分钟，顾毅终于落到地面上。

托托不在了。

这里一片漆黑，什么也看不到。

顾毅从袋鼠裤里拿出一个手电筒打开一照，看到这里只有三面黑色的砖墙，身后则是自己来时那条长长的走廊。

果然，一切都和自己猜测的一样。

那所谓的"托托"，就是《诡异世界》的主持人，她根本就不是真正的"我"。如果自己真的答应了她的要求，必然直接触发即死 flag。刚刚自己看到的一切都是幻象。

顾毅在地面上四处寻找，终于找到了一副小棺材。

棺材四四方方，大概只有半个人大，看上去似乎是给小孩子准备的。顾毅拿出撬棍，用力地打开棺材板，里面躺着的是一具栩栩如生的女尸。

女尸双手放在胸前，神态安详，她的脸皮已经被撕下来，看不清相貌。

顾毅不敢轻举妄动，他再次发动推演能力，发现还是无法推演。

"那只能试试看了。"

顾毅拿出了托托的手工面具，放在了女尸脸上。面具完美契合女尸的脸形。

她胸前的手突然放下，脑袋也耷拉到了一边。

顾毅强自镇定，看向女尸的胸口，上面挂着一枚银色的哨子。他伸手摘下了哨子，女尸也随之化为灰烬，只留下了一张猪头面具。

"你在副本中收集到了特殊剧情道具：狗哨。

"你的剧情探索度提升。

"目前探索进度为 74%。

"你获得与现实世界沟通的机会，你可以与世界上的任何人视频通话 3 分钟。

"请问是否进行通话？"

顾毅收起狗哨和面具，蹲在棺材边默默思考着。

在崇山医院里，顾毅感到了前所未有的压力，这一次与现实世界沟通的机会难能可贵，但十分可惜的是，这次对话他只有 3 分钟的时间。

顾毅当然不可能把这宝贵的 3 分钟浪费了，他要和 A 国的攻略组联系，并将自己对于《诡异世界》的一部分推测告诉他们。

顾毅拿出纸笔，将需要说的话全都记录了下来。他反复诵读，以确认不会超时。

"请求通话，我要和 A 国攻略组组长连线。"

"冒险者请稍等，马上开始连线。"

顾毅眼前闪过一道白光。他重新回到了之前的那个电影院里，只不过银幕上出现的是 A 国攻略组的专家们。组长看见顾毅之后，立刻露出了震惊的表情。

"组长你好，我是顾毅。"

"顾毅，你还好吗？你通关了吗？为什么直播画面上看不到你？你是用什么方法和我们说话的？"

"没时间说废话了，我只有 3 分钟的通话时间。我在这个副本里得到了很多信息，你们赶紧想办法把我说的话录下来。"

"快，傻愣着干什么！"组长回头，朝着手下大声说着。

"我已经喊人录像了，你接着说。"

顾毅点点头，拿出字条，以极快的语速读着：

"1. 我可以确定，《诡异世界》里的所有副本都是和现实世界有影射关系的。但每个副本的原型并不一定在我们所处的现实世界，也有可能在别的平行时空。《诡异世界》的冒险者不仅有我们，还有别的平行世界的人。

"2. 我可以确定，《诡异世界》里的人可以和现实世界里的人进行交流，但是通话条件十分苛刻。你必须拥有足够高的剧情完成度，才有机会获得与现实世界交流的机会。

"3. 这是我的推测：每个副本里都有一个里世界，在这个里世界里，我们可以见到属于《诡异世界》的 NPC（非玩家角色）。我记得你们曾经说过，《诡异世界》的背后有一个导演，我今天可能见到了那个导演。

"4. 这也是我的推测：每个在副本中阵亡的冒险家并不是真的消失在虚空之中，他们很可能会以某种方式重新出现在副本世界，并成为其中的 NPC。《诡异世界》里的导演和 NPC 很可能都是曾经的冒险者。"

顾毅念完了手里的字条，眼睛直勾勾地看着银幕。

攻略组的人录下了顾毅说的所有话，这是他们第一次和《诡异世界》里的冒险者通话，每个人的脸上都带着兴奋的表情。

"我们都录下了，顾毅。"组长扶着镜头说道，"还有 1 分钟，你还有什么想说的吗？"

"没了。"

"你不想和你的家人连线吗？"

顾毅握了握拳头，认真地说道："不必了，没有这个必要。"

顾毅不敢见自己的家人。他害怕自己见到他们之后，就再也没有勇气去面对《诡异世界》的重重危险了。

"现在崇山医院还有多少幸存的挑战者？"

"只剩你一个了。"

第46章 | 崇山的日记

"果然如此，其实我也早猜到了，这个世界的死亡率绝对高达 100%。"

顾毅苦笑着摇了摇头。

他参与的第一个副本难度就如此之高，不仅处处有危险、处处有谜题，而且给他带来了无尽的精神压力。他拥有 SSS 级天赋，这才能走到现在这一步。如果是其他没有解锁强力天赋的冒险者，恐怕早就变成冰冷的尸体了。

"组长，你们说得没错，《诡异世界》的死亡率是在逐渐攀升的。迟早有一天我们会被'诡异'彻底占领，人类即将走向灭绝。"

"顾毅，你不要有那么大的压力……我们是你最坚实的后盾，你在副本里遇到了什么难题没有？"

"有。"顾毅点点头，"我到现在都没有找到院长电脑的开机密码，你们有任何线索吗？"

"呃……"

"算了，没事的，我会自己想办法的。麻烦你们照顾好我的家人，还有……"

顾毅抬头看向大银幕，上面漆黑一片。

顾毅坐在座位上，长长地叹了口气。电影院土崩瓦解，顾毅又一次回到了在虚空中溺水的状态。

这正好给了顾毅好好思考的机会。

刚才，顾毅说出的两个推测并不完整，他还有一个问题没有想明白：那名自称"前冒险者"的人，为什么要冒充托托与自己交流？

除了陷害自己外，他就没有别的企图了吗？

《诡异世界》为何会出现？它又为什么要这样折磨人类，让人类一遍又一遍地在各种《诡异世界》的副本里挣扎求生？

顾毅在里世界里遇到《诡异世界》的人，完全是意料之外的。他隐隐觉得，自己总有一天也会成为《诡异世界》里的NPC。

失重溺水的感觉终于消失了，顾毅重新回到了那副小棺材旁边。毫无疑问，小棺材里躺着的就是真正的"我"。在见到顾毅的那一刻，她彻底失去了生机，并且把复仇的希望全都寄托在了顾毅的身上。

顾毅把玩着手里的哨子，用力一吹。哨子没有发出声音，哪怕顾毅吹得脸红脖子粗也没有用。

"对了，这东西是狗哨，只有狗能听见。"

顾毅眉头微蹙，将哨子挂在脖子上贴身藏好。这东西一定是应对保卫科人员的重要道具。

顾毅拿好所有东西，戴着托托的手工面具，重新回到了医院一层。

现在，顾毅拥有了红色门禁卡，他可以随意去往任何房间，包括0号房间、禁闭室、院长办公室等地方。

顾毅还记得档案室里有一扇门是打不开的，也许手里的红色门禁卡可以让自己到档案室的深处进行探索。

不仅如此，他还需要测试一下狗哨的真正功能，同时也要思考一下该如何破解院长办公室电脑的密码。

这是整个副本里仅剩的几个秘密了。

现在，已经快到早上的治疗时间了。

大伙儿都离开了病房，朝治疗室走去。

顾毅为了不引起怀疑，乖乖躺在自己的病房里，利用天赋能力进行探索。

推演开始！

你戴上猪头面具，偷偷离开了病房。

你在走廊里乱逛，直到碰见了一名保卫科人员。

你吹响了狗哨。

保卫科人员就像是被按下了暂停键，始终不能动弹。

你想摘下他的狗头面具，但最终选择放弃。

摘下面具可能会害死这名保卫科人员，这会触犯"善有善报，恶有恶报"的规则，加大自己的通关难度。

狗哨可以暂停保卫科人员的行动，这道具的功能已经足够强大了。

你来到地下一层。

你用红色门禁卡打开了档案室的大门。

你找到了上次打不开的那扇门，用红色门禁卡轻松打开。

你走进了那个房间。

房间里总共有两个架子。

左边的架子上摆放着一枚巨大的蜘蛛卵。

你换上了鸟嘴面具，终于在蜘蛛卵下找到了说明：

这是巨型蜘蛛的卵，它需要一点刺激才会破茧而出。

你眼前一亮，用装着蟾蜍的玻璃瓶靠近蜘蛛卵。

蜘蛛卵立刻左右摇晃，发出诡异的声响。

你赶紧收起玻璃瓶，将巨型蜘蛛的卵放进袋鼠裤。

你来到了右边的货架旁。

这上面放满了各种各样的研究资料，即便你戴着鸟嘴面具，也无法理解资料的具体内容。

你放下了手里这卷研究资料。

你在货架的第二层找到了一本日记，上面的文字你一个也看不懂，你试着换上不同的面具，依然无法破译其中的内容。

你坐在地上仔细思考着。

你摘下了面具。

你翻到了日记本的扉页，上面写着主人的名字，也是你唯一能看懂的名字：

崇山。

这是崇山医院院长的日记。

你似乎抓住了一些自己从未抓住的细节。

医院里不戴面具的角色，只有院长、院长女儿，还有病人。

其他凡是没有戴面具的人，都会死亡或是变成幽灵。

病人没有戴面具，是因为他们并非土著人。

可院长、院长女儿为什么也不戴面具？

当时你一直没有解开这个疑惑，你提出了好几个假设，但还是一度走进思维的死角。

日记本并不是一个重要的道具，这是一个可以帮助自己解密的提示。

甚至，《诡异世界》的NPC假扮托托也是一个提示。

他们的提示就是：这个副本世界里不止你一个穿越者。

院长和你一样也是穿越者，他根本不是这个世界的土著，所以他在你的眼中也是不戴面具的。

院长女儿虽然不戴面具，但是她却有变成怪物的能力，这是在暗示院长女儿是穿越者和本地土著生的混血儿。

你可以看清崇山的名字，这是因为你们二人同为穿越者，这是系统规则给你的提示。

你看不清崇山日记的具体内容，这是因为你们来自不同的文明。

你翻到日记本的最后一页。

你发现这篇日记居然在诡异地自己生成文字。

店长曾经说过，院长喜欢用生日作为密码。

但你是用地球上的历法来算生日的——这是你最大的一个疏忽。

你翻开日记本的第一页，在日记本的左上角找到了表示日期的文字。

你拿出笔，记录下了日期，同时也找出了研究报告，一一对应推算历法。

你大胆地推测，写日记的第一天，就是托托第一次来到医院的那一天，也是你扮演的角色入院的那一天。

有了锚定的点，推算日期就很轻松了。

第47章 | 破解密码

0307，0910，1205。

这3组数字，就是你计算后得出的3个日期，使用的全是院长日记里的历法。

3个日期分别是院长、院长女儿、院长妻子的生日。

你离开了档案室，径直走向三楼。

几名保卫科人员拦下了你。

你吹响狗哨，保卫科人员全都停在原地，一动不动。

你用红色门禁卡打开了院长办公室。

院长暂时不在。

你赶紧输入了3组数字，1205是正确的密码，院长居然用自己妻子的生日当开机密码。

你查看电脑。

你发现了一些了不得的信息。

院长的电脑里，居然有"母亲"留下的第一手研究资料，还有院长与大客户的聊天记录。

"母亲"的资料与地下二层的资料略有出入，但你觉得地下室的资料是你在不清醒的状态下看到的，所以并不值得相信。

你决定以电脑里的资料为准。

你看完资料后，立刻总结出了所有线索：

1. 当地土著人自称为"天人"，他们生存的星球与你的星球完全不一样。

2. 佩特兹确实是用一种被称为"希瓦"的类人生物改造成的，这种类人生物是从外星系引进的物种。你所扮演的角色就是希瓦人。

3. 天人科学家们认为，希瓦人是一种智商很低的生物。但是生物学家费雪培养出了第一个拥有认知能力的希瓦人，她给这个希瓦人起名为"托托"。

4．费雪以托托为样本进行研究，她认为可以对希瓦人进行社会化改造、催眠，以及外科手术，培养出一个新的物种。她把这个物种称呼为"佩特兹"。

5．成为佩特兹后，希瓦人的外表会发生巨大的改变，并最终进化成天人的样子。希瓦人拥有天生模仿拟态的能力，经过训练和学习，他们可以完美地融入天人的社会环境之中。这解释了为什么你戴上面具就可以完美模仿天人。

6．院长与客户的聊天记录显示，大客户进购佩特兹并不是想"养宠物"那么简单，他们通过利用佩特兹的超强拟态能力，培养活体器官。他们解剖佩特兹，并不是为了所谓的"治病"，而是切下他们的肢体或器官，用于天人的治疗或器官移植手术。

根据这些信息，你做出了以下推测：

1．费雪带着所有的研究资料来到崇山医院，想找崇山院长合作，但最终却被院长囚禁，困死在办公室的密室里。

2．崇山院长私吞了费雪的所有研究成果，同时也与"不可言说"达成合作。他霸占了托托，建立并改造了这所被诡异的规则控制的医院。

3．你是一个被催眠的人，你看到的一切可能都不是真实的，你必须想办法结束这种催眠状态。你从催眠中苏醒之后，你也将成为那个打破规则之人。

你隐隐觉得，如果自己找到了打破催眠状态的方法，那么"不可言说"的规则之力将立刻土崩瓦解。

你用电脑连上了外网。

你试图将这里的事情曝光到网上，得到警察或媒体的帮助。

你发现网络上到处都是关于崇山医院的都市传说，他们只是对那些诡异的规则感兴趣，根本没有人在乎佩特兹的人权和尊严。

在他们心里，佩特兹就像小白鼠一样。

天人的命是第一位的，小白鼠再珍贵也没有天人的命贵。

人人都会有得病的一天，佩特兹是他们的后备活体器官库，他们怎么会去打击这个为所有天人谋求福祉的计划？

你放弃了利用舆论求助的路线。

门外响起了开门声。

院长怒气冲冲地走进了办公室。

院长：你在这里做什么？

你：了解这个世界的真相！

院长：你死定了。

院长拿出纸笔，准备写下新的规则。

你戴上大象面具，同时吃下了红色药丸。

你决定正面对抗，了解一下院长具体的能力。

你变成了怪物。

你冲了上去，抢走了院长的纸笔。

院长大惊失色，呼唤保卫科人员。

你吹响狗哨，保卫科的人全都愣在原地。

你与院长肉搏。

你略胜一筹。

院长边打边跑，他身后的黑色人影越来越清晰。

大象修理工来到了你面前。

你拿出了蜘蛛卵，用蟾蜍激活蜘蛛。

巨型蜘蛛破茧而出，直奔大象修理工而去。

你的手里拿着蟾蜍，蜘蛛根本不敢接近你。

巨型蜘蛛在医院里大肆破坏。

你追上了院长。

院长：等等，你不要过来，我愿意投降。

你注意到院长正单手背在身后，不知道在做什么小动作。

你不敢给他任何机会，不与院长进行任何交流，直接扑了过去。

院长背后的"不可言说"冲了出来。

"不可言说"的手对着你轻轻地点了一下。

你僵在原地。

你的眼前一片漆黑。

你试图终止推演。

但你失败了。

"不可言说"出现在你的面前。

"不可言说"：你就在这里被困到死吧。

你堕入了无尽深渊。

你无法挣脱。

你的意识逐渐被虚空撕成了碎片。

你死了。

推演结束！

顾毅睁开眼睛，回到了现实。

"呼——"

顾毅捂着自己的太阳穴。

那被虚空撕裂的痛苦，即使到现在还无法缓解。

不仅如此，顾毅还听见了系统冰冷的提示音：

"你直面'不可言说'完全体，精神力受到摧残。

"你的精神力上限减少 20 点，直到副本结束才可恢复。"

顾毅闭上眼睛，心里郁闷不已。

减少 20 点精神力上限代表只能连续进行 3 次推演，这极大减少了自己行动的容错率。

想利用穷举法找到"不可言说"的弱点也是痴人说梦。

每次遇到"不可言说"完全体，都会对自己的精神力造成巨大的伤害，如果再这样毫无准备地对抗他，精神力上限迟早要降低到 0 点。

"已经到最后一步了，不能就此放弃！"

第 48 章 | 那一个伏笔

顾毅没有沮丧太久。

通过刚才的推演，顾毅已经总结出了院长的全部招式：

1. 写字条改规则。

这一招，顾毅完全可以通过变身来打断院长发动技能，不足为虑。

2. 呼唤保卫科人员。

顾毅有狗哨，保卫科人员根本不足为虑。

3. 呼唤大象修理工。

顾毅拥有蜘蛛卵，依然可以对付他。

4. 呼唤"不可言说"。

这一招是最难对付的，以顾毅目前的实力，根本没有办法抵抗。

"不可言说"只需要瞪自己一眼，就能立刻把自己放逐到虚空之中，甚至还可以减少自己的精神力上限。

首先，如果没有万全的准备，顾毅绝不能尝试与"不可言说"正面对抗。

其次，刚刚自己找到的决战地点也不太合适。

那里是院长的办公室，"不可言说"在那里力量最强，顾毅根本就没有转圜的余地。

"还有什么线索是被我忽略的？快想想，快想想……"

顾毅绞尽脑汁，依然没有任何思路。

他坐在床边待了一会儿，不再纠结，决定先去档案室拿巨型蜘蛛卵以及院长的日记本。

拿到道具之后，系统并没有给出副本探索进度提升的信息。

看来自己只剩下了最后一个步骤——击败院长，消灭"不可言说"。

顾毅回到病房，躺在病床上思索了一会儿，决定利用天赋能力进行思考，以最大化地利用时间。

推演开始！

你躺在床上仔细思考。

你发现自己还有一个重要角色没有调查，那就是院长的妻子。

院长妻子的信息是你从店长那里了解到的，而且你也只了解到了院长妻子的生日而已。

院长用妻子的生日当电脑的开机密码，足以见得院长对其多么重视。

你决定从院长妻子入手进行调查。

你不敢再去院长办公室了。

你只要在院长办公室超过10分钟，院长就会出现。

10分钟的时间根本不够你进行调查。

你戴上托托的手工面具，离开病房。

你与周围的医生讨论院长妻子的问题。

医生们惊恐地看着你，避而不谈。

你尝试着与负责销售的猪头人们交谈，他们同样讳莫如深。

院长突兀地出现在你面前，拿出了纸笔。

你终止了推演！

"连聊都不能聊？"

顾毅睁开眼睛，心脏怦怦直跳。

幸好院长只是准备用规则之力来对付自己，如果他直接召唤出"不可言说"，自己的精神力上限又要下降了。

院长的妻子在医院里也是禁忌，不能口头讨论，自己必须通过别的方法来获取信息。

推演开始！

你坐在床上思考着。

你想起地下二层也有一间院长办公室，里面同样有一台电脑。

楼上的办公室与楼下的办公室存在影射关系，也许你可以在那里找到一点信息。

你重新来到了地下二层。

办公室的密室大门被打开了，你发现密室里的"母亲"已经不见了踪影。

你来到那台电脑前。

你摘下了面具。

电脑变成了诡异的模样，键盘上的牙齿键帽让你浑身打战。

你打开了电脑。

屏幕上显示着"欢迎光临"的血字。

电脑要求输入密码。

你输入 1205。

电脑显示密码错误，你还剩下两次输入密码的机会。

你愣了一下，输入了 0307 和 0910。

电脑键盘上突然涌出鲜血。

屏幕上显出了一个鬼头的形象。

它爬出屏幕，咬断了你的喉咙。

你的眼前一片血红。

你死了。

推演结束！

顾毅瞪大眼睛，抚摸着自己的脖子。

地下室的电脑只有 3 次输入密码的机会，如果全输错就会被杀死。

顾毅根本没有料到这台电脑和三楼的电脑居然用的是不同的密码。

"又进入死胡同了。"

顾毅坐在床边，捂着脑袋。

他已经找不到任何可以推理的线索了。

"呃……"

徐念走了过来，轻轻地拍了拍顾毅的肩膀。

顾毅抬头看他。

徐念指着顾毅的脖子，露出担心的神情。

"什么？"

顾毅下意识地摸了摸自己的脖子——黑毛已经延伸到脖子的地方了。

顾毅赶紧跑到厕所照镜子。

现在自己的上半身全都被黑毛覆盖，这已经不是用剃须刀就能解决的问题了。

他看向镜子里的自己，连瞳孔都开始变得涣散。

"这几天我在地下室里推演的次数太多，精神被侵蚀得太严重了，按照这种侵蚀速度，到明天我就要被送去火化了。"

顾毅握紧了拳头。

留给他的时间已经不多了，必须尽快解开最后的谜题！

顾毅咬着牙，用剃须刀刮掉了所有暴露在衣服外面的黑毛。这些毛发太浓太密，有些地方甚至长得比刮得快。

顾毅刮坏了 3 枚刀片，有些顽固的地方他干脆用刀刮掉了一层皮肤。

那些皮肤已经彻底坏死，顾毅感觉不到疼痛，就连血都没有流出几滴——精神侵蚀的情况，已经严重到无以复加。

"总算好点了。"

顾毅感到精疲力竭，他回到病床上，却发现徐念坐了起来，一脸期待地看着病房的大门。

"你怎么了？"

"呃呃……"

徐念指向了食堂的方向。

顾毅愣了一会儿，马上就听到了食堂开饭的消息。

为了处理自己身上的黑毛，顾毅居然浪费了整整一下午。

"算了，先吃饭吧。"

顾毅揉了揉肚子，跟着徐念一起走进了食堂。

顾毅心不在焉地排队，直到徐念提醒自己，他才想起来要点菜。

"要点什么？"

"米饭、萝卜烧肉、炒青菜。"

"一共 12 元 5 角。"

"谢谢。"

顾毅给出现金，端着饭盘坐到了座位上。

他突然感到浑身一凉。

他想起了一个自己从未注意到的细节。

"12 元 5 角？食堂点菜为什么必须是 12 元 5 角呢？这和 1205 是不是有什么内在联系？"

顾毅捏着勺子，低声地自言自语。

猪头人走到顾毅身边，举起了"禁止喧哗"的牌子。

顾毅咧嘴一笑，继续低头吃饭。

没想到啊，这个伏笔居然埋得这么深！

第49章 | 3 个问题

其实，在顾毅闯关的过程中，有很多小细节都在提示顾毅应该去探索食堂。

托托的手工面具是猪头，而食堂里厨师戴的面具也是猪头。

院长的电脑密码是 1205。

院长妻子生日是 12 月 5 日。

点菜的时候，总价格必须是 12 元 5 角。

规则里写着非用餐时间禁止进入食堂内，这让顾毅对食堂这种地方敬而远之，从而忽视了对食堂的探索。

可是……

不仅是食堂，地下室、院长办公室，哪一个不是医院里的禁区？

自己不还是可以来去自由？

只要方法对，任何地方都能去。

食堂禁区仅仅针对不在食堂工作的人员，如果自己戴着猪头面具，不就可以顺利地闯入禁区了？

想到这里，顾毅重新燃起了斗志。

顾毅迅速吃完饭菜。

天色渐晚。

顾毅等不到午夜时分了，立刻开始推演：

推演开始！

你趴在门板边偷听了一会儿，直到走廊里的所有人都前往治疗室，你才从房间里跑出来。

你来到了厨房。

猪头厨师正在清洗餐具。

厨师：马上就下班了，你还不走？

你：我有东西丢在里面了，我找一下。

你随便编了个借口，厨师并没有怀疑。

你检查了厨房、储藏室，一无所获。

你来到了冷冻室。

这里有一处门禁，你用红色门禁卡打开，钻了进去。

冷冻室里温度极低，放着猪肉、牛肉、羊肉等。

你一无所获。

你想从冷冻室里出去，却发现门已经被锁上了。

你用力敲门，没人理会。

猪头厨师关掉了所有灯，已经下班了。

你冻得发抖。

你戴上大象面具，费了半天工夫，才从内部打开了冷冻室的大门。

你喝了一口姜茶取暖。

你趁着左右无人，继续在食堂里探索。

你来到了厨师的休息室。

你依然没有发现任何有用的线索。

你绝望地躺在休息室里。

你发现自己已经找不到任何突破口了。

你精神崩溃地在厨房里撒野。

你揪掉了自己的头发，丢掉了脸上的面具。

你发现自己开始变异。

你的视线变得模糊，你即将进入精神崩溃的状态。

天花板变成血红色。

你的眼前一片血红。

你发现有一个女人的虚影在你面前。

你跟了过去。

她带你来到了一个温暖的地方。

你睡着了。

你彻底变成了怪物。

你死了。

推演结束！

顾毅睁开眼睛，望着医院的天花板，喉咙发紧，嘴唇发干。

紧接着，他的心脏剧烈跳动，全身仿佛被火烧一般。

"冷静！冷静下来！"

顾毅用力咬住嘴唇，让情绪恢复稳定。

"不可言说"的侵蚀让他在推演过程中直接崩溃了。

因为自己在推演过程中失去了希望，"不可言说"乘虚而入，这才让他直接在推演中变成了疯子，甚至还在临死前变成了怪物。

这样的精神侵蚀甚至影响到了现实中的顾毅。

不过，顾毅的韧性早已千锤百炼。

他强行用自己的意志力抵抗住了"不可言说"的侵蚀。

"想想看，还有什么是我没有注意到的？"

顾毅捏了捏鼻梁，让自己冷静了下来。

在精神将要崩溃的时候，他看到了一个幻象，这个幻象是他之前从来没有遇到过的。

难道——

厨房的谜题必须在自己变成怪物之后才可以解开？

"再试一次！"

回溯推演开始！

你站在厨房的休息室里。

你拿出一枚红色药丸吞下。

你变成了怪物，你将面具摘下并收好。

天花板变成血红色。

你的视野里人影憧憧，但你依然可以保持理智。

你找到了那个女人的身影。

你跟在了女人的身后。

周围的环境不断变换，直到最后你来到了一个空荡的房间。

女人坐在房间里，默默微笑着。

你感觉你的意识逐渐远离自己。

你：你到底是谁？

女人：我是院长的妻子。我可以回答你3个问题，刚刚是第一个问题。

你愣了一下。

你现在还剩下15点精神力，你不断利用回溯推演，可以回溯3次，也就是说你可以问9个问题。

你：地下二层的院长办公室里有一台电脑，它的密码是什么？

女人：我不知道。

你："不可言说"的弱点是什么？

女人：当你能看清一切谎言时，你就可以打败他了。

你：你是怎么死的？

女人：你已经问完3个问题了。

你被女人踢出了房间。

你终止了推演！

顾毅睁开眼睛，仔细分析刚才的对话：

1. 想从院长妻子的口中得知密码是不可能的。

2. 打败"不可言说"的关键，在于"看清一切谎言"。换句话说，就是想办法破除自己的催眠状态。

"总算不是毫无建树了，再来一次。"

回溯推演开始！

你站在了女人面前。

你：你是怎么死的？说得具体一点，包括死因和时间。

女人：我是得病死的。我有先天性心脏病，我没能等来移植的心脏，最终死在了家里的厨房。如果我没记错的话，那一天应该是丰收之月星火日。

你：院长为了治你的病做过什么？

女人：他请来了最好的医生和护士想要治好我的病，但效果并不明显。我的病只有心脏移植这一种治疗方法。在我临死前的一个月，他曾经告诉我他已经找到了治疗我的方法。

你：你和院长是怎么认识的？

女人：我们曾经是大学同学，恋爱就和普通的校园爱情没什么两样。他的成绩非常优异，我是在一次校园知识竞赛上认识他的。

女人顿了顿，盯着你看。

女人：你是怎么知道我是谁的？你为什么一上来就问我这3个问题？

你愣了一下。

你：因为我早就知道了，你只能回答3个问题。

女人：呵呵，给你一句忠告吧，在你的眼里，所有人似乎都是木偶，这样的态度迟早会害死你。

女人消失了。

你重新回到了厨房的休息室中。

你恢复了平静。

你终止了推演！

第 50 章 | 最终的决战 1

"喀喀——"

顾毅重新睁开眼睛，忍不住咳嗽了两声。

他喘着粗气，捂着嘴巴，发现自己居然喷出了一撮黑毛。

滴答……

滴答……

水滴声从顾毅的头顶传来。

他抬头一看，整片屋顶都变成了血红色，让人感到窒息和恐惧，这代表着顾毅的精神已经濒临崩溃。

徐念躺在床上睡着了，根本没有在意顾毅。

"完了……精神侵蚀越来越严重了。"

顾毅掀开被子，卷起裤脚。

黑毛已经向着膝盖处蔓延，胸口也重新长出了黑毛。

顾毅沉思片刻。

推演时积累的精神创伤实在太多了，如果再接触院长妻子，恐怕自己会直接变成怪物。

院长妻子那里得到的信息足够了，自己不需要再去一次了。

"现在，该去解决这一切了。"

顾毅长舒一口气，决定亲自外出探索。

目前他只剩下最后 10 点精神力，只够进行一次推演了，但是他身上积累的精神创伤够多了，不能再拖延下去。

无限推演中受到的精神创伤并不会消失，而是会在积累到一定程度时反馈到本体上。

现在，就是顾毅接受反噬的时候。

"冷静，我一定可以的，就像推演时一样。"

顾毅深呼吸一口，抬头看向天花板。

天花板变成血红色的幻象终于消失了。

顾毅换上了猪头面具，轻轻打开了病房大门。

李医生正好从走廊经过，一眼看见了顾毅。

顾毅浑身一凉，手心不停渗出冷汗。

李医生深深地看了一眼顾毅，转身走向护士站。

徐念被顾毅的动作惊醒了，他走了过来，轻轻拍了拍顾毅的肩膀。

"嘘——"

顾毅做出了一个噤声的动作，安抚着徐念的情绪。

他总算理解院长妻子留下的忠告了。

自己总是将所有的精力都放在解密和探索上，但是忘记了一个非常大的漏洞。

他在现实中偷偷溜出病房多少次？

又在推演中溜出病房多少次？

其中有哪一次被医生和护士发现了？

或者说——

他们发现了，却从不抓捕？

医生的职责里并没有抓住夜游病人这一项，所以当顾毅打开门锁的时候，他们哪怕看见了也装作没看见。

他们很可能早就知道顾毅在做什么，就像小卖部的店长一样，都在默默地帮助顾毅。

"谢谢。"

顾毅朝着李医生低声说了一句。

李医生没有回答，继续走向护士站。

顾毅回头看向自己的病友徐念。

徐念没有说话，只是朝着顾毅竖起了一根大拇指。

顾毅想了一会儿，从口袋里拿出了病房的钥匙，塞进了徐念手里。

"一会儿医院里可能会有什么大动静。如果遇到什么危险，你就用钥匙开门，尽快离开病房，懂了吗？"

徐念默默点头，目送顾毅离开。

顾毅乘坐电梯来到了地下二层。

这里的走廊再次变得狭窄漫长，顾毅的精神状态已经出现问题了，哪怕戴着面具也不能缓解幻觉。

顾毅推开了院长办公室的门。

此时，院长办公室的装修风格变得更加猎奇。

扭曲的鹿头装饰。

血红的羊毛地毯。

鲜血淋漓的真皮座椅。

泡着福尔马林的动物标本。

空气中炽热的硫黄味道。

整间办公室仿佛是一座炼狱。

"呼——"

顾毅又深呼吸一次，办公室里的幻象依然无法消散。

他坐在电脑前，真皮坐垫下挤出一摊黏腻的液体，他根本不敢低头查看，他害怕自己看了之后会直接疯掉。

咯吱咯吱——

顾毅的手还没放在键盘上，那些按钮就不停颤抖起来。

牙齿键帽变得越来越尖锐，电脑屏幕彻底变成了血红色，顾毅连输入框都看不清了。

"0716。"

顾毅输入了这串数字。

这是托托进入医院的日子，也是院长妻子的忌日。

电脑屏幕开始晃动。

鲜血从屏幕下方涌出，顾毅下意识地离开了座位。

一个鬼头从电脑屏幕里伸了出来，嘴里还叼着一把剔骨刀。

顾毅壮着胆子走上去，握住了刀柄，系统立刻传来了提示音：

"你在副本中收集到了特殊剧情道具：回忆。

"你的剧情探索度提升。

"目前探索进度为87%。

"你获得了临时增益。

"你的力量、敏捷、体力，全属性上升10％！"

轰！

顾毅感觉自己的脑袋里仿佛炸起了烟花，浑身充满了力量。

他反提着刀，走进了电梯间。

当他握住刀柄的时候，院长之前的记忆如潮水般涌入他的脑海。

正如自己猜测的一样，院长本名叫"崇山"，他和自己一样是从某个类地星球穿越至此。在这无亲无故的星球上，崇山生活了二十几年。

直到大学时，他遇到了自己未来的妻子，生活才开始有了色彩。

然而，妻子去世的那一刻……

崇山彻底崩溃了，他已经找到了救治妻子的办法，可是妻子却等不及了。

"不可言说"的力量乘虚而入。

崇山在极度扭曲的欲望的驱使下，创立了这所"活体器官交易所"。

"回忆"到此结束。

崇山借助"不可言说"的力量，将自己的人性和记忆全都封存在了地下室里——那里是现实与幻象的夹缝。

顾毅提着刀，没有去院长办公室寻找崇山，而是回到了食堂的厨房。

顾毅举起剔骨刀，砍在冷冻室的大门上。

剔骨刀就像幽灵一样穿了过去。

"回忆像把刀，这东西显然只能对崇山本人和某些特别的东西有用。"

冷冻室里吹出凛冽的寒风。

顾毅不由自主地浑身哆嗦，此时他的精神力只剩下最后 12 点了，他决定使用一次无限推演。

这可能是他在副本里最后一次推演了！

"推演……开始！"

推演开始！

你站在冷冻室大门前。

你猜测院长妻子的尸体可能就藏在这间冷冻室里，而手里的剔骨刀就是打开她墓室的钥匙。

打开墓室之后，院长必然会出现。

你必须提前做好准备。

如果你能在一瞬间击杀院长，那么一切问题都能迎刃而解。

你在食堂的门口布置了一个绊索陷阱，同时把巨型蜘蛛卵放在门后，只要你把蟾蜍抛出去，蜘蛛就会立刻孵化。

你将狗哨含在嘴里，随时准备吹响。

你吃下了一枚红色药丸，戴上了大象面具。

你做好一切准备，推开了冷冻室大门。

第51章 | 最终的决战2

你走进了冷冻室。

你举着剔骨刀，在墙壁上随意滑动。

刀身如幽灵一般穿透墙壁。

当你滑到正对大门的墙壁时，刀身突然卡住了。

你拔出剔骨刀，对准面前的墙壁狂砍。

墙壁裂开。

里面是一个巨大的冰室，冰室正中有一副水晶棺，院长妻子的尸体正躺在其中。

你用剔骨刀劈开了水晶棺。

尸体化为雪花飘散，融进了你的剔骨刀里。

你听见身后传来一阵杂乱的脚步声。

保卫科的人已经赶到了食堂门口。

第一个冲进食堂的人被陷阱绊倒。

你拿出蟾蜍，砸在蜘蛛卵上。

巨型蜘蛛破茧而出，大杀特杀。

保卫科的人四散奔逃。

你吹响了狗哨。

保卫科的人全都被定在原地，死伤惨重。

院长从队伍的最后走了出来，他直接召唤出了"不可言说"。

院长：你是在找死啊！

你感到很惊讶。

你的行为彻底激怒了院长，他一出场就使用了自己最强大的技能。

"不可言说"冲到了你面前。

你挥舞着手里的剔骨刀。

剔骨刀可以对"不可言说"造成伤害，但他很快就能恢复。

"不可言说"指了指你。

你立刻闪身躲避。

"不可言说"扑了过来，揪住了你的脖子。

"不可言说"：你逃得掉吗？

你的眼前一片漆黑。

你堕入一片虚无。

你使劲挥舞着手中的剔骨刀，抵挡虚空的侵袭，但收效甚微。

你的意识逐渐消失。

你死了。

推演结束！

"呼……"

顾毅做了一次深呼吸，平复了激动的情绪。

"为什么会这样？是因为我还是作恶了？"

顾毅并没有因为失去了全部的推演机会而感到绝望。

相反，他比平时思考的时候更加专注而冷静。

利用手中的"回忆"找到院长妻子的尸体后，院长果然会第一时间出现。

这家伙非常狡猾，会让保卫科的人先过去蹚地雷。

自己布置的陷阱没有任何用处。

"善有善报，恶有恶报……我只看到了你对我的恶报，我的善报在哪儿？"

顾毅愤怒地捏紧了刀柄。

自己利用巨型蜘蛛杀死了保卫科人员，院长一见面就动用了最强技能，一点缓冲的余地都没有。

按照"我"的意思，狗哨已经是对付保卫科人员的最强道具了，所以自己根本不需要杀死那些保卫科人员。

大象修理工的攻击力虽然高，但是行动却没有自己迅速，所以自己也没必要去杀他。

崇山医院里只有一个该死的人，那就是院长。

自己所有的攻击手段，只能对院长一人使用。

"仔细想想……仔细想想……"

顾毅眯着眼睛，回忆上一次推演时的每一个细节。

保卫科人员一次性出动了三十几个人。

之前已经推算过了，整个医院内部的保卫科人员，应该最多只有 15 人而已。

这意味着院长为了抓捕顾毅，连医院门口看大门的保卫科人员也调动了过来。

"不可言说"的力量限制医院范围内的人，只要自己可以离开医院，"不可言说"的力量就会大幅度削减，自己的存活概率也就能提升。

"没错，正确的通关方法应该是先逃出医院，在医院范围外想办法杀死院长。"

顾毅睁开眼睛，想明白了一切。

他长舒一口气，走进冷冻室，挥舞手中的剔骨刀，砸开了面前的墙壁。

院长妻子的棺椁出现在顾毅面前。

凛冽的寒气从冷冻室吹出，顾毅打了个哆嗦。他吃下一枚红色药丸，戴上大象面具走进了冷冻室。

"走吧。"

顾毅手起刀落，劈开了水晶棺。

院长妻子的遗体与刀身接触，化为一道蓝色的闪烁的光，与剔骨刀合二为一。

顾毅的身后传来一阵脚步声，他赶紧拿出狗哨用力地吹响。

保卫科的人堵在门口，全都被定在原地。

"你们在这里做什么？快进去抓人啊！"

崇山院长的声音从后面传来。

顾毅提着剔骨刀一跃，飞过保卫科人员的脑袋，向外面跑了出去。

"浑蛋！你做了什么？"

崇山破口大骂，跟着顾毅追了出去。

顾毅回头看去，崇山奔跑的速度并不慢，走廊里的动静吸引了所有医护人员的注意。

看见是顾毅出来之后，医护人员全都让到了一边。

"谢谢！"

顾毅朝着医护人员点了点头，义无反顾地往前跑去。

崇山惊呆了，大声质问道："你们为什么不拦住他？"

"我们没有这个职责。"李医生站出来说道，"我们只负责治病而已。"

"浑蛋……"

崇山从口袋里拿出纸笔，准备写字。

突然间，一道身影从崇山身后冲出，一把抢过了崇山的纸笔。

"什么！"

崇山惊声尖叫，转头一瞧。

徐念折断了崇山的签字笔，同时吃下崇山手里的纸条。

崇山一脚踹在徐念的脑袋上。

徐念头破血流，摔倒在地。

"快送他去急救室！"

眼见徐念倒地，在场的所有医生都围了过来，七手八脚抬起徐念就往急救室跑。

崇山愣了一下，怒道："别管病人了，先去抓刚刚那个要逃跑的人！"

医生们完全不理会崇山。

"不可言说"凑到崇山耳边："如果看见有病人受伤、昏迷、发病，无论如何都要放下手中的工作，前去救治。这是医生急救手册上写的规则。"

"该死，我要改规则！"

崇山大声尖叫，跑到护士站，随手拿起一支笔。

啪！

护士突然伸手抓住了崇山的手腕。

"你做什么？"

"这支笔是用来填表的。你说过，专笔专用，院长你可不能带头坏了规矩。"

"我去你的！"

崇山大骂着甩开护士的手，随便拿起一张纸在上面写规则。

然而，这支笔根本不听自己的使唤，完全不能在纸上写字。

"都是一群废物！"

崇山用力地捏断了笔。

当初他留下"专笔专用"的规则，是为了防止有医护人员乱写东西，将医院的秘密流传出去，谁知道现在居然变成了自己的桎梏。

崇山扭头看向远处，顾毅早就穿过走廊，即将跑出医院大楼了。

第52章 | 最终的决战3

"这么好？"

顾毅回头看了一眼，发现医护人员不仅没有帮院长，甚至还有意无意地堵在院长面前，阻止他前进。

原来，这就是"善有善报，恶有恶报"的意思吗？

这些医护人员的阻拦非常消极，但至少也减缓了院长前进的速度。顾毅猜测，如果没有杀死那几个无辜的医生，可能现在所有的医生都会积极地帮助自己。

"站住，你这个臭小子！"

院长冲出了医院大门，他的速度也不算慢，只和顾毅差了两三个身位。

顾毅一边跑，一边从袋鼠裤里拿出了蜘蛛卵和蟾蜍。

咔嚓——

蜘蛛卵裂开了。

顾毅赶紧把蜘蛛卵砸在院长身上。

院长下意识地张开双臂，将蜘蛛卵抱在了怀里。

"什么鬼东西？"

蜘蛛卵晃了三下。

巨型蜘蛛破茧而出，如手臂粗的毒牙直朝院长咬去。

院长大惊失色，"不可言说"及时出手，化为实体，一拳打飞了巨型蜘蛛。

"吱吱吱！"

蜘蛛发出痛苦的哀号声，飞出医院院墙。

顾毅无心观战，继续朝着大门狂奔。

"拦住他！"

院长的声音从身后传来。

顾毅抬头一瞧，店长扛着一把双筒猎枪站在大门口。

咔嚓！

子弹上膛。

店长端起猎枪，对准了顾毅。

顾毅冷汗直冒，却根本停不下脚步。

砰！

枪口喷射着火焰。

子弹蹭着顾毅的脸皮向后飞去，准确无误地击中了"不可言说"的胸口。

"不可言说"踉跄两步，伸手从伤口里挖出子弹。

咔嚓！

店长重新填装弹药，指着大门说道："出去，你只要出去，他的力量就失效了。我来帮你拦着他！"

话音刚落，医院的大铁门便缓缓打开，原来店长手里拿着大门的遥控器。

"谢了！"

顾毅摆动双臂，跑得比博尔特还快。

终于，他冲出了医院的大门。

院外的空气潮湿闷热，顾毅才跑了一会儿便汗流浃背。

顾毅大口喘着粗气，浑身的蛮力逐渐消散——红色药丸的药效就要过去了。

"不行……"

顾毅咬牙坚持，继续向前狂奔，他又拿出一枚红色药丸塞进了嘴巴。

力量重回巅峰。

顾毅继续向前奔跑。

他隐隐觉得面前有一道空气墙，正在阻止自己进一步前进。

咯吱咯吱——

一串令人牙酸的声音从身后传来。

顾毅下意识地扭头看去。

"不可言说"一步一步朝自己走了过来。

他一副闲庭信步的样子，可是走得却比自己跑得还快。

顾毅额头流下一滴冷汗，心脏跳到了嗓子眼。

"就差一点了，就差一点了！"

顾毅大声吼叫，伸手摸向面前的透明空气墙。

"呃——"

顾毅喉咙一紧。

"不可言说"的黑手抓住了他的喉咙。

不知道什么时候，"不可言说"出现在了顾毅面前，他浑身漆黑，只有双眼闪烁着红色的光芒。

"你？就凭你也想离开我的监牢？"

"放……手……"

顾毅举起剔骨刀，用力地砍在"不可言说"的脸上。

"不可言说"发出一声哀号，他用力将顾毅砸在地上，顾毅的大象面具立刻碎成八瓣。

"啊！"

顾毅眼前一黑，好像肋骨都断了两根。

"你完蛋了！""不可言说"冷冷地说道，"在虚空中忏悔吧！"

顾毅浑身一凉。

那种被虚空吞噬的失重感再次袭来。

虚空像无边的潮水向自己涌来，周围的景物正一点点消失，化为虚无。

"冷静！冷静下来，顾毅！"

顾毅捂着胸口，挣扎着从地上爬了起来。

如潮水般的虚空扑到了自己面前。

他举起剔骨刀，暂时抵挡住虚空的侵袭。

然而，虚空依然不依不饶，一点点侵蚀着顾毅的肉体和灵魂。

"一定……一定还有什么信息是我没有注意到的，一定有对付'不可言说'的方法！

"现在还不是必死的局面！

"想想啊！

"想想啊顾毅！

"一定不要放弃！"

啪嗒——

顾毅的袋鼠裤最先承受不住压力，化为一片虚无，口袋里的面具全都飞了出去。

如潮水般的虚空吞噬了顾毅的下半身。

托托的手工面具落在了水面上，面具背面的红色血字绽放耀眼的红光：

当我摘下面具时，我终于看清了一切。

记住，世界上没有免费的午餐。

善有善报，恶有恶报，是你唯一需要遵守的原则。

为什么？

为什么面具上的第一句话，托托写的是"当我摘下面具"，而不是"当你摘下面具"呢？

从头到尾，托托都是用第二人称提示冒险者。

只有在情绪失控、写日记的时候才会用第一人称。

这里特别使用了第一人称，一定意有所指。

顾毅浑身哆嗦，脑海中立刻浮现出托托尸体的样子。

她是没有脸的。

她是被别人撕掉了脸皮的。

不！

不是这样！

她自己舍弃了自己的脸皮，为的就是看清真相。

那手工面具，就是托托用自己的脸皮制成的面具。

医院里，人人都戴着面具。

其实，就连病人们也一样戴着面具，只不过他们的面具就是自己的脸皮。

脸皮的作用就是催眠病人，对他们进行社会化改造和深度催眠，让他们始终生活在认知障碍之中，永远无法看清真相。

撕掉自己的脸皮，就能看清真相！

"我明白了。"

顾毅反握剔骨刀，刺向自己的脸蛋。

没了剔骨刀的阻挡，如潮水般的虚空瞬间侵吞了顾毅的身体……

现实世界。

顾毅的行动牵动了亿万人的心。

他们吃惊地看着顾毅闯过了一个又一个危险的关卡，成功跑到了医院的大门口。

"快点，快跑啊！"

"加油，顾毅！"

"顾毅，你是我的神！"

A 国攻略组的成员站在显示器前，屏住了呼吸。顾毅的家人们也都聚集在他们的身后。

"顾毅真是好样的！"

组长用力握紧拳头，捶裂了写字台。

当顾毅冲出医院大门时，他也激动地跳了起来。

"成了吗？真的成了吗？"

"死亡率接近 100％的副本，顾毅通关了！"

"等等，组长你看！好像有什么东西在挡着顾毅？"

大伙儿重新注视着显示器。

顾毅被一道透明的空气墙挡着，无法前进。

"不可言说"瞬间出现在顾毅面前，举起黑色的拳头，将他按进了无尽的虚空。

攻略组的成员全体沉默。

顾毅的家人们互相拥抱，忍不住哭了出来。

世界上所有被按进无尽虚空的冒险者，没有一个活下来的。

直播间弹幕上一片哀叹。

组长不敢相信，他始终抱着显示器，不肯离开。

"组长……宣布通关失败吧。"

组长没有说话。

"'诡异'很快就会在国内降临的，我们得赶紧想办法对付'诡异'。B 国那边已经把关于'诡异'的最新消息传过来了，我们马上就要参与研究了。"

"顾毅还没有死，你们就开始投降了？"组长冷冷地看着自己的手下，"只要直播镜头还在，那就还有希望。"

第 53 章 | 最终的决战 4

"只要直播镜头还在，顾毅就没有死。"

组长的声音铿锵有力。

但谁都知道，这只是组长安慰大家的话罢了。

"组长……"

"等等，你们快看直播，好像有点不对劲。"

大伙儿放下手中的工作，视线全都投向直播屏幕。

一条扭曲的虚空通道凭空显现。

顾毅长满黑毛的手臂，挣扎着从虚空通道里伸了出来。

他——

又一次创造了奇迹！

《诡异世界》里。

"不可言说"扭过头去，走向崇山。

此时，崇山已经把自己的弟弟踩在脚下，眼里充满了愤怒。

"你居然敢背叛我？你居然拿枪指着自己的哥哥？"

店长倔强地握紧了拳头："你已经不是我的哥哥了，你已经被那个怪物控制了。"

"你根本不明白我要做什么。不是它控制了我，而是我控制着它。"

崇山朝着"不可言说"勾了勾手指。

"不可言说"点点头，朝着崇山走了过来。

咯吱咯吱——

一阵玻璃碎裂的声音响起。

崇山和"不可言说"同时向后看去。

虚空的通道凭空出现。

一只黑色的手臂从中伸了出来。

顾毅顶着一张鲜血淋漓的脸从虚空之中爬了回来，他的手攥着自己的脸皮，狰狞的样子仿佛是地狱里的恶鬼。

"崇山，你的样子可真丑陋啊。"

顾毅满脸是血，看向崇山。

此时，他眼前的一切都发生了天翻地覆的改变。

崇山是一个骨瘦如柴的怪物，胸口有一个黑色的孔洞。

店长则是一个真的长着猪头的怪物，他的脚上拴着一副黑色的镣铐。

医院里的医生和护士全都走了出来，他们一个个都长着鸟头，看上去就像是啄木鸟成精了。

至于崇山背后的"不可言说"——不过是一团黑色血肉，他不停地在跳动着，就像是一颗扭曲的心脏。

"你……你怎么会……"

"是时候结束了！"

顾毅释放了自己全部的野性，举起手中的剔骨刀朝着崇山刺了过来。

"不可言说"自动挡在崇山身前。

剔骨刀轻松捅破了"不可言说"。

那团血肉掉在地上，不停蠕动，直到化成一摊血水。

崇山惊声尖叫。

他没想到顾毅居然能有这样的魄力、这样的智慧、这样的勇气！即使被卷入虚空之中，还是能保持头脑清醒，重新回来。

"该你了，院长先生。"

顾毅提着刀，朝着崇山走去。

崇山奋力挣扎，朝着"不可言说"的尸体扑了过去："谁也不能在医院里杀死我！"

"不可言说"重新凝聚，与崇山合二为一，填补了崇山胸前的巨大孔洞。

崇山干瘪的身体重新变得饱满起来。

"去死！"

崇山一拳打飞了顾毅。

顾毅感到胸口一阵剧痛，崇山的拳头至少打断了他3根肋骨。他挣扎着从地上爬了起来，一抬头就看见崇山居高临下地站在自己面前。

完全怪物化的崇山已经无人能敌了！

"妄想阻止我？不可能！"

崇山揪住了顾毅的脖子。

顾毅的眼前一片模糊。

他看到一个迅捷的身影一闪而过。

崇山突然一愣，如雕塑一般站在原地。

一个巨大的黑毛怪物出现在崇山身后，发出如同犬吠一样的声音：

"啊！你杀了我的女儿，霸占了我的研究成果，甚至还囚禁了我的灵魂！

"你必须下地狱！

"善有善报，恶有恶报！

"你的恶报来了，崇山！"

黑毛怪物一边嘶吼着，一边控制住了崇山的四肢。

顾毅双眼一亮，咬牙上前，一刀捅进了崇山的胸口。

崇山眼里逐渐失去光彩，他呼出了最后一口气，软绵绵地倒在了顾毅怀里。

黑毛怪物发出一声咆哮，如烟尘一般消散在空气中。

显然，那是"母亲"化成的怨灵。

如果当初顾毅下死手，彻底消灭了"母亲"，那么她也不会在最后关头出现帮助自己了。

"死了？"

"院长死了……"

"院长死啦！"

医院里传来一阵阵欢呼声。

一直笼罩在医院上空的阴霾终于消散。

拴在医护人员脚上的镣铐全都自动松开，他们第一次闻到了自由的空气。

二楼的治疗室里，所有的病人全都趴在了窗户边上。

他们一个个长着毛茸茸的脸蛋，看上去就像是一个个可爱的毛孩子。他们好像尚不知晓这些医生为什么会如此兴奋。

顾毅手中的剔骨刀逐渐变成白光消散，他重新回到了最初那个充满血腥味道的房间里。

顾毅的眼前闪过自己通关的画面，耳边响起了系统的提示音：

"恭喜冒险者成功达成完美级通关的条件。

"你的剧情探索度为 99%。

"如今与崇山医院相关的所有诡异事件将不会再出现在你所处的现实世界。

"你的精神力上限提升，现为 60/60。

"你可以从以下 3 个选项中选择 1 项，作为你的通关奖励：

"1. 精神庇护：你在推演时受到的精神创伤将不再影响自身。

"2. 精力充沛：你的精神力上限增加 50 点。

"3. 灵光乍现：你的灵感力提升 50%，你对精神创伤的抗性增加 50%。"

听到系统提示音，顾毅终于松了口气。

他一屁股坐在地上，几乎瘫倒在地。

他没有急着挑选奖励，而是与系统交流着：

"系统，我能和现实世界的人通话吗？"

"不能。"

"真是无情啊。"

顾毅看着 3 个选项，仔细思索了一下。

"精力充沛"是顾毅最先排除的选项。

大部分时候，自己用不着如此高强度地推演，逐渐熟悉规则之后，多次推演就没有那么重要了。

更何况自己拥有回溯推演的能力，这可以极大提高精神力的使用效率。

如果第二个选项是提升精神力恢复速度，反而会更加吸引他一点。

第一个选项是一个非常不错的属性。

如果顾毅可以在推演时不受精神创伤的影响，那么就不会那么快地变成怪物，也不会出现像这次一样精神力上限下降，产生负面效果的情况。

第三个选项也十分诱人。

大部分的副本里都拥有极强的精神侵蚀，增加对精神创伤的抗性可以极大地提升自己的容错率。灵感力虽然是把双刃剑，但如果使用得当未尝不是件好事。

"该选哪个呢？"

顾毅想了一会儿，最终还是选择了第一个选项：精神庇护。

呼啦——

顾毅的眼前闪过一道白光，他发现自己的精神力比以往强大了许多。

系统的提示音再次响起：

"冒险者，你可以选择现在离开《诡异世界》，也可以选择继续在《诡异世界》冒险。但一旦你离开《诡异世界》，一年后，'诡异'依然会入侵你所在的现实世界。

"请问你是选择继续冒险，还是回到现实世界？"

顾毅深吸一口气："当然是继续冒险。"

"你是一个勇敢的冒险者，睡一觉吧，醒来之后你将会迎来新的挑战。"

顾毅感到浑身一轻，陷入了沉睡。

副本二：
三口之家

第 54 章 | 谁是不存在的人？

一片虚无之中，主持人顶着红色的调色盘，来到了"神明"面前。

"主人，我发现了一个很有趣的人。"

主持人不敢抬头，神明是不可直视的。

虚无之中，金光闪烁。

"看来主人很喜欢他？好的，我知道了，我会给他一些特殊照顾的。"

主持人点点头，穿梭时空来到顾毅身边，露出了诡异的笑容。

咯噔咯噔——

屋顶传来玻璃弹珠落地的声音。

顾毅睁开眼睛，发现自己来到一间陌生的卧室。

从家具到墙壁都是木质结构，看上去像是民国时期的老宅。

此时他正躺在床上，屋外的阳光照得他睁不开眼睛。

副本信息一股脑儿地涌入他的脑海：

副本名称：三口之家。

副本简介：我们一家三口搬到老宅已经快一年了，再过一个星期就是我的生日了，我的父母和妹妹似乎都有些紧张。父母对我千叮咛万嘱咐，让我千万不要离开这座小镇，但我却发现这座小镇远没我想的那么简单。

通关条件：

1. 完美级：调查出小镇的真相，成功消灭"不可言说"。

2. 优秀级：成功离开小镇。

3. 普通级：成功活到过生日那天。

顾毅看完副本所有的背景介绍之后，不由得打了个哆嗦。

单单是副本的背景介绍就出现了两大疑点：

1. 副本名称叫作"三口之家"，"我"在开头也说的是"三口之家"，但是后半段却提到"父母和妹妹"。这是不是意味着，"我"、妹妹、父亲、母亲之中有一个是不存在的人？

2. 副本里有非常严格的时间锁和空间锁。小镇上似乎有什么足以致命的危险，所以"我"必须尽快离开。"我"过生日那天似乎也会遇到危险，而副本给自己留下的调查时间只有 7 天而已。

轰——

顾毅的脑海里炸起响雷，他重新获得了自己身体的控制权。

"开始推演！"

顾毅不敢轻举妄动，他决定先使用天赋能力进行调查：

推演开始！

你从床上爬了起来。

你走到卧室门边，试图开门。

门后似乎有什么东西在堵着自己。

你扮演的角色手臂很细，身体虚弱，根本没力气推开门。

你暂时放弃。

你回到床边搜索。

你在床头柜里找到一部手机，上面显示着红色的倒计时。

6 天 23 小时 57 分。

你操纵手机，却无法开启其他功能。

你将手机贴身藏好。

你继续寻找线索，终于在衣柜里找到一本日记。

日记只有两页可见，其他文字都被一层迷雾包裹，你无法查看。

2021 年 5 月 11 日，晴。

妈妈说，妹妹出车祸了，身受重伤，正在医院接受治疗，所以不能和我们团聚。可是，我却知道妹妹早就死了，因为我亲眼看见妹妹被卡车碾了。

5 月 12 日至 5 月 17 日的日记不可见。

2021 年 5 月 18 日，阴。

今天是我的生日，父亲母亲给我庆生。我不想过生日，我还不能接受妹妹去世的事实。可他们却依然坚持，因为今天刚好也是妹妹出院的日子。

我看见了那个和妹妹一模一样的东西。

她真的是我妹妹吗？

你回头望了望，在墙上发现了日历。

现在是 2022 年 5 月 11 日，这本日记是去年写的，也就是"我"搬到老宅的前一年。

你得到了几个信息：

1. 在"我"看来，妹妹已经出车祸死了，三口之家里不存在的人就是妹妹。

2. "我"的生日是5月18日。

3. 父母并不认为妹妹已经死了，"我"和父母之间总有一方会存在认知障碍。

你继续翻看日记本，在里面找到了一张字条。

老宅租赁说明

为了使您更好地在老宅度过美好的一年，请您在居住时遵守以下规则：

1. 老宅的房门年久失修，如果无法打开，请踢一下门板右下角，并迅速推门。

2. 如果你上楼时听到两个脚步声，请立刻停下，直到另外一个脚步声消失才可继续行动。

3. 每天晚上请在22：00之前入睡。如果你在睡梦中听见母亲呼唤你，请不要睁眼，那一定不是你的母亲。

4. 千万不要去三楼。

5. 老宅东边10里的小卖部出售的杏仁水非常美味，请一定要尝试。

你翻看字条背面，并没有发现多余的字迹。

显然，这栋老宅也是一个被"诡异"影响的地方。

你按照字条的提示打开了大门。

你看见母亲从你面前一闪而过。

母亲：你妹妹呢？

你：我不知道。

母亲：去喊你妹妹起床，马上要去上学了。

你朝四处望了望，不知所措。

母亲：去喊你妹妹，快点。

母亲指着楼上。

你踏上楼梯。

你听见两个脚步声。

你赶紧停下了脚步。

母亲：去喊你妹妹，你听不见吗？

母亲瞬间出现在你面前。

她倒吊在天花板上看着你。

你瞳孔放大，心脏骤停。

你被吓死了。

推演结束！

顾毅睁开眼睛，摸了摸自己的鼻子。

"又是这种贴脸杀？真没意思。"

有"精神庇护"的加持，顾毅根本不在乎这位母亲对自己造成的精神伤害。

顾毅从床上爬起来，一边收起了手机和日记本，一边思索刚才的推演。

为什么母亲会突然变成这样？

是因为自己没有及时按照她的要求行动吗？

可是老宅租赁说明上说得很明白，如果听到楼梯上有两个脚步声，就必须停下脚步。

另外，连母亲都可以变换形态。

那么一家三口里，到底谁才是那个被排除在外的人？

第 55 章 | 早餐

"回溯。"

顾毅闭上眼睛，再次进入推演状态：

回溯推演开始！

你来到客厅，遇到了母亲。

母亲：你妹妹呢？

你：应该还在楼上睡觉吧？

母亲：去喊你妹妹起床，马上要去上学了。

你走到楼梯口，朝楼上大声呼喊。

母亲皱着眉头。

母亲：你就不能上楼去敲门？

你：懒得去。

一个脚步声从楼上传来，但你没有看见任何人。

不一会儿，父亲走了下来。

你们坐在桌边用早餐，有一个座位始终空着，你觉得这是妹妹的座位。

父亲：走吧，我送你们俩去上学。

母亲：要不我来开车？

父亲：你和妹妹想坐谁的车？

你没有说话。

父亲：你想坐谁的车？

你：随便。

父亲：不许说随便。

父亲握着筷子，凿穿了桌面。

显然父亲和母亲一样不是普通的人类。

你：那就坐您的车吧？

父亲点点头。

你跟着父亲走了出去。

你坐上了父亲的汽车。

汽车突然起火。

你试图打开车门逃生。

父亲的脸被烧成了焦炭。

父亲：你怎么不系安全带？

父亲帮你系上了安全带。

你无法挣脱，也打不开门。

你挣扎、尖叫。

你被烧死了。

推演结束！

"又解锁了新的死亡方式呀……难道应该去坐母亲的车？"

顾毅皱了皱眉头。

这一次的副本节奏明显快了很多，而且根本没有给你任何明显的提示。

到目前为止，顾毅只拿到了一部手机、一本语焉不详的日记和一张老宅租赁说明。

一旦进了客厅，剧情就会立刻开始，根本没有给自己搜寻线索的机会。

无论怎么说，上次的医院副本里，好歹会在切换场景的时候留下明确的规则提示。

要知道，自己可是拥有无限推演的能力呀。

如果换成其他冒险者，一进客厅就会连续遇到两次死亡 flag，他们哪还有机会活命？

顾毅深吸一口气，这次的副本难度明显上了一个台阶。

信息太少。

危险太多。

时间太短。

节奏太快。

"这次试试坐母亲的车。"

回溯推演开始！

你坐在餐桌边。

父亲：你和妹妹想坐谁的车？

你：让妈妈送我们去学校吧。

母亲点点头。

你们用完了早餐。

你坐进了母亲的车里，她提醒你系好安全带。

母亲发动汽车，一踩油门冲了出去，直奔路边的小池塘。

你：妈妈，车要开进水里了！

母亲并不理会。

你试图控制方向盘，但是你的身体太羸弱，都比不过母亲。

车子掉进水里。

你拼命挣扎，用手敲窗户。

车子被水淹没，母亲依然若无其事地握着方向盘。

你感到窒息。

你死了。

推演结束！

两头都不对？

顾毅站在原地，不敢开门了。

他没有急着再次进行推演，而是仔细思索刚才推演中的每一个细节，分析自己触发即死剧情的原因。

首先，自己是看不见妹妹的，这里有一个明显的矛盾。

根据日记里的措辞，"我"应该是能看见妹妹的，但为什么自己刚刚推演的时候无法看见呢？

另外，老宅租赁说明里提到，上楼的时候会听见另外一人的脚步声，这个声音指的就是看不见的妹妹吗？

那么，除了自己，父母也会听见这个脚步声吗？

老宅租赁说明里提到的规则是只限制自己，还是限制屋子里的所有人？

或者……

其实父母二人也看不见妹妹，他们却假装能看见？

如果妹妹真的不存在，那么父母为什么还要送妹妹上学？

镇上的其他人也不能看见妹妹吗？

"不可能，这种假设太夸张了，所以……三口之家里拥有认知障碍的人是我自己。"

顾毅暂时否定了自己的想法。

现在没有足够的证据证明这一切，顾毅只能暂时假设是自己有认知障碍。

"一旦做出这种假设，那么问题大概就可以解决了。

"父亲问的是'你和妹妹想坐谁的车'，我刚才始终没有问妹妹的意思，所以才会触发死亡 flag。

"包括后来上车的时候，我也一直没有让妹妹上车。

"这应该就是我失误的地方了。"

为了印证自己的想法，顾毅再次进行回溯推演：

回溯推演开始！

你坐在餐桌边。

父亲：你和妹妹想坐谁的车？

你看向右手边空荡荡的位子。

你：你想坐谁的车？

你假装能看见妹妹，却始终没有得到回应。

母亲：算了，别管你妹了，今天你坐我的车。

你们吃完了早饭。

母亲发动汽车。

你没有坐在副驾驶座，而是打开了车的后门，等了一会儿。

你听到一串脚步声，你看向车后排的空气。

你：你快坐好，记得系安全带。

母亲：你先上车吧，坐在后面系不系安全带都无所谓的。

你：安全起见，系上吧。

你没有听从母亲的意思，执意让妹妹系上了安全带。

你坐上了车。

母亲把妹妹送到了环岛小学，把你送到了环岛高中。

你走下了母亲的汽车。

你终止了推演。

"呼……总算找到问题的关键了。"

顾毅将手机塞进口袋，将日记本装进了书包，这才开门离开了自己的卧室。

母亲一脸不耐烦地看着顾毅，低声抱怨着："怎么起这么晚？"

"我找不到袜子，耽搁了一会儿。"

"你妹妹呢？"

"应该还在楼上睡觉吧？"

"去喊你妹妹起床，马上要去上学了。"

顾毅点点头，走到楼梯口，大声吼道："起床了！不然上学要迟到啦！"

顾毅的嗓门儿极富穿透力。

母亲捂着耳朵，嫌弃地看着顾毅："你就不能上去喊她？"

"懒得去。"

顾毅摇摇头，坐在餐桌边。

咚咚——

楼上传来脚步声。

顾毅扭头看了过去，没有任何人从楼上下来。

母亲眉头紧锁地看着顾毅，没好气地说道："你就会傻坐着，不知道去拿碗筷？"

"好，我马上去。"

第56章 | 匿名用户的短信

顾毅拿了四副碗筷放在桌边。

他和母亲刚刚坐下，父亲就从楼上下来，坐在了母亲旁边。

顾毅的右手边是空荡荡的座位。

顾毅偷偷瞥了一眼碗筷，它们孤零零地躺在桌子上，并没有人动过。

"你怎么不吃？"

"嗯？"

顾毅端起碗，拿着筷子看向母亲，却发现母亲根本没有看自己，她在和那个看不见的妹妹说话。

"算了，你不想吃就不吃吧。"

母亲摇摇头，继续吃早饭。

顾毅后背流下冷汗。

这一段小插曲，自己在之前的推演中根本没有发生过。

虽然它并不会对自己造成任何影响，但它也让自己产生了警惕心。

在出卧室前，顾毅为了整理自己的道具，稍微耽搁了几秒钟，这使得剧情发展因为蝴蝶效应而改变。

"看来以后我要更加小心一点……"

"你在说什么？"

"没什么。"

父亲奇怪地看了顾毅一眼，一边喝小米粥，一边问道："你和妹妹想坐谁的车？"

顾毅扭头看向自己的右边。

"你想坐谁的车？"

正如之前推演的一样，妹妹什么话也没有说。

母亲不耐烦地摇了摇头："别管她了，跟个闷葫芦似的。你们俩就坐我的车吧。"

"好。"

顾毅点了点头。

母亲的性格比父亲更暴躁一点，父亲则显得更加沉稳一点。

不过，自己的这对父母似乎都不是什么善茬儿，他们也都拥有潜在的"诡异"

力量。

早饭吃完了。

顾毅跟着母亲走出了老宅。

顾毅回头看了一眼。

老宅一共 3 层。

自己住在一楼，父母、妹妹住在二楼。

老宅租赁说明里提到不要去三楼，但顾毅却对三楼更加好奇。

三楼有危险是肯定的。

但那里有机缘和线索也是肯定的。

如果因为怕有危险而不去，那才是最傻的。

"阿毅，你在发什么呆？"

"来了，妈。"

主人公和自己的名字都是"顾毅"，这应该是系统操纵的结果。

顾毅像推演时一样拉开车门，先让看不见的妹妹进车，然后他才钻进车里。

"你们赶紧检查一下自己的书包，别到时候有什么东西落下了，又要老娘给你们送到学校去。"

"是。"

顾毅打开自己的书包查看一番，他拿出了一本练习册。

姓名：顾毅

班级：高三 2 班

主人公是一个即将参加高考的学子。

6 月是高考的时候，再过一个月就要高考了。

母亲在路上一直开车，什么话也不说。

顾毅趴在窗户边，望着窗外的风景。

这座小镇名叫环岛镇，听名字应该是个海滨小镇，但事实上这座小镇的四周全都是大山。

路上的行人面无表情，仿佛一个个劣质玩偶，只会僵硬地走路。

顾毅偶尔会与那些行人四目相对，但每次对视顾毅都会感到后背发凉。

这些人不是活物，他们的眼里根本就没有光。

"到了。"

母亲踩下刹车。

顾毅从沉思中苏醒，看向了面前的校园——环岛高中。

"妈妈再见。"

"嗯，再见。"

顾毅和母亲挥手道别，走进了校园。

学校里的学生和老师顾毅一个都不认识，所以他只能低着头，不敢和别人打招呼。不过大家似乎也都不怎么理会自己。

显然，自己扮演的角色是一个性格孤僻的人。

顾毅找到了高三 2 班的教室。

此时，学生们刚刚进班，大伙儿如同往常一样交作业、搞卫生。

顾毅没有急着进教室，而是默默站在门口。

他不知道自己应该坐在哪儿。

"你站在门口做什么？"

一个同学来到了顾毅身边。

"我……"

"快别废话了，赶紧把你的作业本拿出来给我抄。"

同学拉着顾毅坐在教室的最后一排，接着轻车熟路地从顾毅的书包里拿出了练习册。

顾毅坐在那儿，拿起桌洞里的书看了一下，确认这就是自己的座位。

顾毅看向同桌。

这孩子名叫陈东，他和路上的行人一样，始终瞪着一双死鱼眼，毫无生气。

顾毅拿出手机，查看了一下时间：

6 天 23 小时 23 分。

自己从家到学校，大概花了半个小时。

顾毅看了看教室，心里突然一凉。

他发现了一个非常反常的细节。

教室里没有挂钟。

黑板上没有高考倒计时。

唯一可以知道时间的途径，只有自己手机上的倒计时。

"教室里为什么没有钟？"

"要钟做什么？"陈东一边抄作业，一边说道，"学校的铃声很准的，听铃声不就能知道时间了？"

"你带手机了吗？"

"嗯，怎么了？"

"借我看一下。"

陈东没有多想什么，把手机递到顾毅手里。

顾毅打开一看，果然与自己想的一样，就连同桌的手机里也没有时间和日期，只显示倒计时。

"不可言说"似乎并不想让顾毅知道真实的时间。

自己刚进入副本时，只看到了那个日历。

那是唯一一个提示日期的东西。

日历可能会是误导吗？

自己真的是在 7 天后过生日？

而 7 天后，自己真的会遭遇灭顶之灾吗？

那个灭顶之灾到底是什么？

顾毅越想越迷糊。

嘀嘀嘀——

突然，顾毅的手机响了起来。

顾毅打开一看，原来是一条未署名的短信。

此时，顾毅的手机多了一项查看短信的功能，他打开短信，如坠冰窟。

妹妹的日记：

2021 年 5 月 11 日，晴。

哥哥死了。为了救我，他把我推了出去，自己却被卷进了大卡车的轮子下面。他的脑袋都被碾压了。

我真的很伤心，如果他没有死该多好。

2021 年 5 月 18 日，阴。

今天是哥哥的生日，可惜哥哥却没有机会吹蜡烛了。爸爸妈妈突然带着哥哥来到了我面前，我吓得哭了出来。

我说："妈妈，那不是哥哥，他到底是什么东西？"

妈妈说："你在说什么胡话？你怎么能这样说哥哥？"

我不敢相信这一切。

顾毅放下手机，脑子里已经乱成了一团。

到底谁的日记才是真的？

我和妹妹，到底谁才是"多余的人"？

到底谁才是那个在车祸中丧生的人？

第 57 章 | 接妹妹放学 1

顾毅渐渐冷静了下来，他点开手机，给这位匿名用户发过去一条短信：

"你是谁？"

对方始终没有回答。

顾毅退出收件箱，查看倒计时：

6 天 12 小时 20 分。

"搞什么鬼？"

顾毅惊讶地抬起头，发现天边的太阳已经落山，周围的同学都在收拾书包准备离校。

他不过是低头看了一会儿手机，为什么现在立刻就到放学的时间了？

"是幻觉吗？不对，这是'不可言说'搞的鬼。"

顾毅闭上眼睛查看了一下精神力。

40/60。

一开始用了 1 次推演，又用了 3 次回溯推演，总共消耗了 25 点精神力。

现在，自己清醒时的精神力恢复速度为每小时 10 点，也就是说自己从离开家到现在才过了半个小时。

他最多只在学校待了 10 分钟而已，怎么可能一下子就凭空消失了大概 11 小时？

顾毅产生一种无力感。

上一个副本，顾毅始终被限制在一个有限的空间里。

而这次，顾毅却被限制在一个极其诡异的时间流中。

如果无法解开时间流的秘密，自己恐怕什么都没干，什么谜题都没解开，就直接死掉了。

就算有无限推演的能力，又有什么用？

"冷静，冷静……不要着急。"

顾毅擦了擦额头上的冷汗。

此时，顾毅的手机响了起来，是母亲打来的。

顾毅接起电话。

"妈妈？"

"我和你爸今天加班，都要晚点回家，你去接你妹妹放学。"

"知道了。"

顾毅挂断电话，走出校园，却发现道路上一片诡异的景象。

大家全都变成了一个个像素拼图，随机地在路上走来走去，即使顾毅的精神力足够强大，也险些吓得晕了过去。

顾毅后退两步，站在学校的大门里面。

"开始推演！"

推演开始！

你感觉很害怕。

你担心路上会遭遇"诡异"侵袭，所以使用天赋能力进行探索。

你走在了街上。

你发现当你和路人擦肩而过时，路人就会恢复正常的样子，但只要距离你超过 10 米，他们就会变成像素拼图。

你一边走一边看着手机上的时间。

当你停下脚步时，时间就会停止流逝。

当你朝着妹妹的学校走路时，倒计时就会重新开始计算。

无论你走得快，还是走得慢，倒计时依然会按照自己的速度计算，但你隐约觉得倒计时的速度远超你的观感。

你选择往回走。

倒计时依然在计算。

倒计时 6 天 12 小时 10 分。你抬起头。

你发现自己居然站在了妹妹学校的门口，可你明明走的是相反的道路。

你终止了推演！

"为什么会这样？"

顾毅眉头微蹙，拿起手机仔细思索着。

现在，他的精神力为 30/60，他决定用精神力恢复的速度来测试倒计时。

顾毅站在原地，倒计时始终没有计算。

但是顾毅的精神力已经恢复了 5 点，这说明他站在原地半个小时了。

顾毅看着手机，顿时明白了倒计时的意义。

这东西并不是真正意义上的倒计时，它更像是一个行动的"支付道具"。

举两个例子：

"上学"这项行动，需要消耗 11 小时。

只要你在学校里，无论你做了什么，只要在学校待够 10 分钟，到最后倒计时都会扣除 11 小时，副本里的时间也会推进 11 小时进入傍晚，但不影响你个人的时间。

"接妹妹"这项行动，需要消耗 10 分钟。

只要你走在路上，无论走哪个方向，最终都会来到妹妹的学校门口，并且倒计时扣除 10 分钟。

顾毅还推测，"行动"也不是随随便便就能认定的，必须是父母认定的行动才可以算数。

白天，是父母要求自己去上学。

傍晚，是母亲打电话让自己接妹妹。

这个倒计时其实并不是限制自己的工具，它是一个可以利用的东西。只要合理安排，那么顾毅几乎可以拥有无限的时间。

就好比现在这个情况。

只要顾毅站在原地不动，不做走路的动作，他就可以一直让倒计时暂停。

"有意思，我明白了。"

顾毅的眉头终于舒展开来，他找到了探索环岛小镇的正确方式。他走出校门，在路上走了一圈。

10分钟后，顾毅瞬间转移到了环岛小学的门口。

顾毅拿起手机查看了一下：

6天12小时10分。

倒计时已经暂停了。

顾毅猜测，只要自己不踏入小学，时间就不会继续流逝。

保险起见，顾毅再次进行推演：

推演开始！

你没有急着进小学。

你随便走了两步，但每当你走出校门口的范围，你就会重新回到原点。

倒计时虽然静止了，但是你能够行动的范围依然受限。

关于行动的规则，你仍然需要多次试验来求证。

你走进了小学。

学校里所有的教室都关门了，只有三年2班的灯还开着。

你推门走进教室，只看见了一个女教师坐在讲台旁。

女教师：你是顾瑶的哥哥？

你：是。

女教师：你妹妹等你好久了。瑶瑶，赶紧收拾东西。

你再次听见了一串脚步声。

女教师牵着一只你看不见的手，递到你面前。

你装模作样地接了过去。

女教师：你们兄妹俩长得真像。

你：谢谢。

你点点头，牵着空气离开学校。

你的手机再次响起。

你打开一看，又是那个匿名用户给你发来的短信：

快跑。

你不知所措。

一股妖风吹过。

你突然出现在马路中间。

一辆卡车飞驰而过。

你无法移动。

你被车子碾过。

你的眼前一片血红。

你死了。

推演结束！

顾毅睁开眼睛，脑袋里不断闪现刚刚的画面。

那条街道很熟悉，分明就在学校的大门口前！

顾毅转过头去，四处望了望，竟然在街角看到了那辆在推演中撞死自己的卡车。

第 58 章 | 接妹妹放学 2

匿名用户到底是什么意思？

他为什么要给自己提示？

为什么自己会突然出现在街道上被车撞死？

匿名用户到底是谁？

太突然了……

一点预兆都没有。

难道这一切完全只能依靠直觉猜测？

顾毅眉头紧锁。

此时顾毅的脑袋里已经是一团乱麻，需要整理一下思路了。

他从背包里拿出纸笔，记录下现在遇到的所有谜题，接着按照必要且紧急、必要但不紧急的顺序排列：

必要且紧急：

1. 车祸的即死 flag 是如何触发的？

2. 如何看见妹妹？

3. 匿名用户发的短信如何利用和理解？

必要但不紧急：

1. 老宅的秘密是什么？

2. 三口之家里到底谁是不存在的人？父母、妹妹等剧情人物是否值得信任？

3. 倒计时的完整规则是什么？

4. 匿名用户的真正身份及其所属的阵营是什么？

顾毅将字条的下半部分折起来，只看上半部分。

1. 车祸的即死 flag 是如何触发的？

其实，顾毅已经有一点眉目了。

因为自己在接到妹妹的时候，没有和妹妹进行任何互动。就如自己在家里时没有询问妹妹，一离开家门就会触发即死 flag 一样。

但是，顾毅实在不知道如何与空气进行互动。

如果自己和妹妹的互动在外人看来驴唇不对马嘴，那问题会不会变得更加严重？

这个问题，自己马上就要利用推演来验证。

2. 如何看见妹妹？

第二个问题非常紧急。

如果不知道如何与妹妹互动、说话，那么以后这样的即死 flag 会越来越多，自己总有一天会因为疏忽而死掉。

到现在为止，顾毅还从来没有和任何一个剧情人物讨论过妹妹的情况。接下来必须从多方面了解妹妹的情况。

3. 匿名用户发的短信如何利用和解读？

第一，在触发即死 flag 之前，匿名用户曾经发过让自己逃跑的提示。从这点看来，匿名用户暂时可以归为己方阵营。

第二，匿名用户只能和自己单向沟通，自己暂时无法与其互动交流。顾毅相信，匿名用户会是副本里的关键人物。

第三，找到与匿名用户交流的方法，是他接下来的目标之一。

"暂时就只有这么多信息了。"

顾毅看着纸上的草稿，长长地舒了一口气。

副本里找不到提示字条，那么只能依靠自己的探索，总结出副本里的一切规律。

"开始推演吧！"

推演开始！

你走进了小学。

倒计时重新开始计算。

你来到了妹妹所在的教室。

女老师看见你，立刻站起身来迎接。

女老师：咦？你就是顾瑶的哥哥？

你：老师好，我是顾毅。我妹妹呢？

女老师：不就在这儿吗？她在这儿等你很久了。

女老师朝着空荡荡的座位挥了挥手，牵着空气走到你面前。

你：瑶瑶今天乖吗？

女老师看了一眼空气。

女老师：呵呵，她当然很乖。

你：那就好。

你和女老师闲聊了一会儿，女老师对你逐渐敞开心扉。

女老师：你们家最近是不是出什么事情了？

你：为什么这么问？

女老师：嗯……你跟我来一下。瑶瑶，你在这里等着，老师一会儿就过来。

女老师带着你来到了办公室，从一堆作业中拿出一张画纸。

女老师：这是今天她在美术课上的作品，我感觉她最近可能遇到了一些心理上的问题，你需要和你们的父母聊一聊。

你拿起画纸。

上面画着一个男人倒在地上，脑袋碎成了西瓜，旁边还停着一辆大卡车。

你的手机响了起来。

你打开收件箱查看。

匿名用户发来一张照片，构图与妹妹的画作如出一辙。

你手指颤抖着把手机放进口袋。

女老师：咦？瑶瑶你怎么过来了？

你转过头看向办公室门口，什么也看不见。

女老师：看来瑶瑶等不及了呢。

你：老师，那我们先走了。

女老师：再见。

你走出办公室，朝着空气伸出手。

你感觉有一股阴风吹过。

你沉默片刻。

你：我们回家吧。

没有任何回应。

你：今天在学校有什么收获吗？

你依然听不见任何声音。

你的手机再次响了起来。

你拿出来一看，匿名用户又给你发来一条短信：

小心。

你抬头看。

你又一次闪现到小学门口，大卡车正向你疾驰而来。

你终止了推演！

"是我互动的方式不对吗？"

顾毅眉头微蹙，摇了摇头。

匿名用户发来的照片让顾毅后脊发凉。

顾毅沉思片刻，做出了一个大胆的假设：

匿名用户是来自另外一个平行时空的人，甚至她就是平行时空的妹妹。

妹妹的日记。

"我"被车撞死的照片。

这两者都在证明一点：在匿名用户的世界里，死掉的人是"我"。

"没用的，哪怕我的假设是正确的，对于现在的局面也毫无用处。重要的是，到底该如何与妹妹互动？我已经尽量与她交流了。"

顾毅咬着牙，沉思片刻。

想想看，为什么之前的互动不会触发即死 flag，而这一次会触发？

难道……

原因是这个？

"我明白了，回溯！"

回溯推演开始！

你拿着妹妹的画作站在老师的办公室里。

女老师：咦？瑶瑶你是等不及了吗？

你回过头去，对着空气摆摆手。

你：过来，瑶瑶。

你听到了脚步声。

你拿着画作，展示给妹妹看。

你：为什么要画这幅画？

女老师脸色一变，赶紧蹲在妹妹面前，做起了擦眼泪的动作。

女老师：好了好了，你哥哥不是在责备你，他只是在关心你。

你蹲在面前的那团空气前。

你：好了，我不是那个意思，你不要哭了好吗？

你看了一眼女老师，对方紧张的表情终于放松了下来。

女老师：瑶瑶别害怕。

女老师张开双臂，轻轻地抱住了那团空气。

第 59 章 | 接妹妹放学 3

你注意看女老师的衣服，上面根本没有褶皱的痕迹。

在你的眼里，妹妹根本不具备实体，而不是单纯地看不见妹妹。

你拥有极其严重的认知障碍，甚至都无法通过第三者来确认妹妹是否存在。

这个问题暂时想不明白，还是先解决眼前的难题再说。

你把手伸向空气。

你：过来吧。

你注意着女老师的视线，判断妹妹的位置，以确定其回到了自己身边。

女老师：天不早了，你快带顾瑶回去吧。

你：嗯，瑶瑶你现在想回家吗？

你看向身边的空气，余光却在注视着女老师。可惜，老师并没有在意你的话。

你无法通过女老师的表情和语言判断妹妹的反应。

你拉着妹妹走到学校门口，和门口的保安打招呼。

你：瑶瑶，不和叔叔说再见吗？

保安扭头看向你身边的空气。

保安：再见，路上小心。

你：大叔还不下班吗？

保安：嗐，我们都是到晚上 7 点才下班呢。

说完，保安扭头，不再理会你了。

你感到后背一凉。

你的手机响了起来。

你的手心满是汗水，你拿出手机看了一眼：

快跑。

匿名用户又一次发来了短信。

你无法控制自己的四肢，卡车从你的面前飞驰而过。

你被卡车撞飞，倒在地上。

你的眼前一片血红。

你死了。

推演结束！

顾毅睁开眼睛。

"我好像忽略了什么……"

这一次顾毅依然没有成功离开小学，但是他却找到了与妹妹交流的正确方法。

那就是通过周围人的反应，来判断妹妹的反应。

在自己离开校园，周围没有第三者当参照物的时候，妹妹一定向自己提出了什么问题，而自己却没有及时反馈，所以才会触发即死 flag。

"知道方法就好办了，这一次该主动出击了。"

顾毅现在还剩下 10 点精神力，足够进行 1 次推演或 2 次回溯推演。为了保证少出错，顾毅干脆在学校门口小憩了一会儿。

反正只要不进入校门，剧本里的时间就不会推进。

顾毅睁开眼睛，恢复了满精神力的状态。

他拿出手机查看了一下，倒计时果然还是 6 天 12 小时 10 分。

"回溯，这一次该我主动了。"

回溯推演开始！

你站在了妹妹教室的门口。

女老师：咦？你就是顾瑶的哥哥？

你：是的，老师你好。

你扭头看向教室，走向了最角落的一张桌子。

你走近之后，终于发现了一个红色的书包。

这就是你一直忽略的东西。

妹妹既然在别人眼中是真实存在的，那么必然会和其他人或物互动。但如果在妹妹接触其他物品之前，自己先接触，会怎么样？

教室里只有这一个书包。

你在之前推演的时候没有注意到这个细节，因为你是打心眼儿里否定妹妹的存在的，所以你根本没有观察教室。

你帮着妹妹整理书包。

你听到了桌椅移动的声音和脚步声。

你可以有限地感知妹妹了。

你帮着妹妹收拾书包，你发现书包里有一瓶喝完的杏仁水。

你：你的水喝完了，渴吗？

你催眠自己，告诉自己你是一个体贴的哥哥，你的语气变得非常温和。

你没有听见妹妹说话。

女老师来到你的身后。

女老师：顾瑶最近情绪好像有些低落，你们家里是不是出现什么问题了？

你沉默片刻。

你又发现了一个细节，每当你主动询问妹妹问题时，第三者的反应都很奇怪，就好像妹妹变成了一个闷葫芦一样。

就像你上次在餐桌边询问妹妹的意见，母亲也是嫌弃妹妹不说话。

你：可能因为我父母工作比较忙吧，他们每次都是白天送妹妹上学，但是晚上只有我能接她回家。

女老师：你什么时候可以让你们的父母来学校一趟？

你：妹妹基本上是我在管，功课都是我辅导的。

你突然感到袖子一紧，你回头一看，好像有什么透明的东西拽着自己的衣服。

你心中大定，自己总算能感受到妹妹的存在了。

女老师：那你跟我来一下吧，瑶瑶你先在这儿等一会儿。

你：不必了，让她一起过来吧。

你背上了妹妹的红色书包，跟着女老师来到办公室。

女老师拿出了妹妹那张诡异的画作，同一时间你的手机响了起来，但你没去查看。

你拿着画作沉思了一会儿，蹲下身子看向面前的空气。

你：瑶瑶，你画的是谁？

你听不见任何回应。

女老师：顾瑶，你哥哥问你话，你怎么不说？

你突然感到手背一凉，似乎有什么液体滴在手上。

你尝了一下，咸咸的，应该是泪水。

你打了个激灵。

你：你画的是哥哥，对吗？

妹妹的形象突然在你眼前变得清晰起来，她一脸惊恐地看着你。

妹妹：不，不是的，哥哥！

如潮水般的虚空向你周围漫延。

你感到一阵窒息。

你被虚空吞噬了。

你死了。

推演结束！

"看来又多了一条即死 flag，但这是为什么……"

顾毅摸了摸下巴。

现在，顾毅基本可以确定了，三口之家里拥有认知障碍的人就是"我"，甚至"我"可能就是"不可言说"。

不对，应该不是。

副本的通关条件是"消灭'不可言说'"，没道理"我"就是"不可言说"。

手机的匿名用户很可能是平行时空的"妹妹"，而不是这个环岛小镇的"妹妹"。

两个妹妹的记忆发生了重叠？

触发即死 flag 的原因，就是说出了妹妹画作的真实意义，很可能在妹妹的认知里，"我"才是那个被汽车撞死的人。

如此说来……

这个副本讲述的是两个平行时空相交的故事？

另外一个时间线上的妹妹，也会有一个看不见的哥哥吗？

为何自己说出了真相，反而会触发即死 flag？

通关条件之一不就是查明真相吗？

第 60 章｜接妹妹放学 4

"不对劲，这个假设不合理。

"没道理我在破解谜题之后，系统不给我奖励，反而让我触发即死 flag。匿名用户提供的信息不能和这个世界串联在一起，这才是系统的意思。

"匿名用户其实是给我抛烟幕弹？"

顾毅沉思片刻。

目前这个矛盾暂时无法解决，也不需要解决，今后的进程一定会提供更多线索以解决这个矛盾。

现在还是先找出安全离开学校的方法吧。

"回溯！"

回溯推演开始！

你拿着妹妹的血腥画作，沉思片刻。

你蹲在那团空气前面，用尽量温和的语气和妹妹交流。

你：你为什么这样画？

女老师走了过来，摸了摸空气的脑袋。

女老师：可能是她最近做了什么噩梦吧？你们最近要对顾瑶更关心一点。

你：行吧。我们是回家去，还是我带你在外面吃点什么？

突然，你手中的红色书包打开了。

杏仁水的瓶子从其中飞出，在你眼前晃了晃。

你突然想起了老宅租赁说明里提到的小卖部。

你：你想去小卖部买一瓶杏仁水？

你没有听见说话声，但是瓶子却上下晃了晃。

你：好，那你乖乖的，不要吵不要闹，我带你过去。

你和老师打了个招呼。

你牵着妹妹离开。

你们二人坐公交车，来到了镇子口的小卖部，倒计时又消耗了 10 分钟。

你终止了推演。

"可以了。"

顾毅从地上站了起来，拍了拍脸蛋。

顾毅来到了教室，一眼看见了正在伏案批改作业的老师。

女老师抬起头来，她戴着一副厚厚的酒瓶底眼镜。透过镜片，顾毅看见了一双无神的死鱼眼。

"你是顾瑶的哥哥？"

"没错。"顾毅笑着点头，"我来接顾瑶回家。"

顾毅说完，径直走到妹妹的课桌前，轻车熟路地帮妹妹收拾书包。

女老师好奇地站在顾毅身后，夸赞道：

"你的手脚可真勤快，我看很多家长都没有你这么体贴。"

"妹妹算是我带大的，我父母都不怎么管她。"

顾毅宠溺地看着面前的空气，好像面前真的有一个可爱的妹妹。他感到自己的袖子突然被人抓住，总算是放心了。

看来，这就是和妹妹交流的正确方法了。

他必须真心实意地承认妹妹存在，并且用真心照顾她。

"你可真是个好哥哥。"

"过奖了。"

"不过，有件事情我还是要和你说，你最好让你们的父母过来一趟。"

"我们的父母很忙，他们都不在镇上上班，恐怕没什么机会过来。平时都是我照顾我妹妹的饮食起居，功课基本也是由我来辅导。"

"唉……"女老师纠结了一下，"你还是和我来一趟吧。顾瑶你先在这里等一会儿……"

"不必了，我带她一起过去。"

顾毅跟着女老师来到了办公室，正如推演的那般，老师拿出了那张血腥的画作。

顾毅接过画作，耳边响起系统提示音：

"你找到了'妹妹的血腥画作'。

"剧情探索度增加1%。"

只有1%？

看来这东西并没有太大的挖掘价值，它很可能只是起到了提示的作用，或者只是一条线索。

"老师，你对这幅画有什么看法吗？"

"我并不是专家，我觉得你们需要带孩子去大医院看看心理科。"

"我知道了。"

顾毅把血腥画作折叠起来，放进了自己的书包里，接着转身蹲在妹妹面前。

"饿了吗？"

顾毅没有看到妹妹的任何回应，但他还是自信地与妹妹交流着。

"刚刚我看见你的杏仁水喝完了，是不是还想再喝？"

顾毅把杏仁水瓶拿了出来。

杏仁水瓶悬空飘在顾毅的眼前。

"我一会儿带你去小卖部，怎么样？"

瓶子上下晃悠着。

"你乖一点，我马上带你去，好吗？"

顾毅咧嘴一笑，轻轻拍了拍面前的空气，接着便牵着她往校门外走去。

小书包悬空飘着，紧紧贴在自己的身边。

顾毅感到手心一阵冰凉，他依然在思索着副本里的谜题——身边的妹妹到底是什么？

或者说，自己到底是什么？

顾毅坐在公交车上，稍微睡了一小会儿。

睁开眼睛之后，他们已经来到了小卖部的门口。

店老板是一个三四十岁的大叔，梳着大背头，他的柜台边上放着一个半导体收音机，正在播放评书，讲的好像是《水浒传》的故事。

"要买点什么？"

"杏仁水。"顾毅顿了顿，"两瓶。"

"5元。"

顾毅买了两瓶水，一瓶给妹妹，另一瓶自己打开喝了。

杏仁水的味道有些奇怪，顾毅根本喝不惯，他只喝了一口就想把瓶子丢掉。

他刚刚盖上盖子，耳边就传来系统的提示音：

"你喝下了'杏仁水'！

"你进入了灵视状态，将持续5分钟。"

顾毅眨眨眼睛，突然感到身后凉飕飕的。

他看向村口，那里仿佛有无穷无尽的如潮水般的虚空正在向自己涌来，只要踏出小镇一步，瞬间就会被虚空吞噬。

"搞什么鬼？"

顾毅低声说着，忽然感觉袖子一紧。

他扭头看去，却发现自己居然能看见妹妹了。

"我喝完了！"

妹妹举起空瓶子，眼神天真无邪。

顾毅愣了一下："你还要吗？"

"不了。"妹妹摇摇头，"我们回家吧，我还要写作业。"

"好，你等一下，我多买几瓶杏仁水备着。"顾毅点点头，接着从老板手里买下了整整一打杏仁水。

有了这东西，顾毅才可以和妹妹畅通无阻地交流。

"真是大意了，老宅租赁说明里本来就有提示，只可惜我根本没有在意，一直都被三口之家的谜题吸引了注意力。

"不过……

"为什么是杏仁水？

"为什么我必须喝下副本里的特定饮料，才能看见妹妹？这里面会有什么秘密吗？"

顾毅默默思考着，他拉着妹妹站在公交站台边等车。

小卖部的老板切换了频道。

这一次，他并不是在播放评书，而是在播放一个恐怖故事。

播讲人的声音十分抓耳，顾毅的思绪立刻就被拉了过去。

第61章 | 刽子手和死刑犯

"从前，有个犯人上刑场，马上就要行刑了。

"犯人跪在地上，瑟瑟发抖。

"刽子手走到他的身后，低声说道：'你不要害怕，等一下我不会砍掉你的脑袋，只会砍掉你身上的绳索。刀子落下之后，你尽快跑出去，跑得越远越好。记住，千万不要回头。'

"犯人很惊讶，但还是相信了刽子手说的话。

"手起刀落。

"犯人突然感到身上的绳子落在地上，他赶紧埋头跑了出去，一连跑了几十里地。

"终于，他气喘吁吁地跑回了家，见到了妻子。

"妻子说：'你怎么回来了？'

"犯人说：'我逃回来了，有人救了我。'

"几年后。

"刽子手出差经过了犯人的家，他很惊讶地发现犯人的妻子怀里居然抱着一个刚满月的孩子。

"犯人看到刽子手，当场跪下磕头。

"犯人说：'多亏恩公当年出手相救，不然我现在已经人头落地了。'

"刽子手吓了一跳，过了好半天才说道：'当年我不是已经把你的头砍下来了吗？'

"犯人说：'恩公你不是说，你帮我砍断绳子，让我头也不回地往前跑吗？'

"刽子手答道：'当年我只是在安慰你而已，我早就把你的头砍下来了。'

"犯人惊呼一声，灰飞烟灭。

"犯人的妻子、孩子，还有他新盖的房子，也一同消散在空气中。"

顾毅眉头紧锁地听完了故事，感觉后脊发凉，他好像隐约抓住了问题的关键。

"瑶瑶，刚刚这个故事有意思吧？"

"嗯嗯……武松真的好厉害，连老虎都能打死。"

"武松打虎？"

"对呀，怎么了？"

顾毅愣了一下，自己和妹妹听到的故事居然是完全不一样的。

这必然是系统对自己的提示——它是在介绍副本里关于生死的世界观设定。

故事中，犯人其实早就死了，但如果没有人拆穿他的谎言，那么他就可以一直生存下去。

这个奇闻逸事结合顾毅自身目前的状况来理解的话……

环岛小镇，其实是虚幻的。

路人的像素标志。

居民空洞的死鱼眼。

看不见的妹妹。

诡异的时间流。

小镇上的一切，都在证明这一点。

在上次推演时，自己询问妹妹，画上画的是不是自己。

这种行为，就像是刽子手在戳穿谎言，所以自己才会当场触发即死 flag。

换句话说，"我"其实是三口之家里"多余的人"，"我"早就死掉了，就像犯人一样活在虚假的谎言里。

匿名用户发来的照片、日记，才是表世界里发生的事情，自己只要把这些证据拿出来给别人看，或者说漏了嘴，就会触发即死 flag。

如此推断，那个匿名用户就未必是自己阵营的了——他是希望自己去死的？

如果小镇真的是虚幻的，那么逃出小镇，回到表世界，自己会不会就此死亡？

难道自己不是依赖着小镇虚幻的世界才能存活吗？

为什么系统反而要求自己逃离这座小镇？

顾毅感到后背发凉。

按照这个逻辑推断，离开小镇自己会死；不离开小镇，那就无法通关副本。

这是一个两头堵的必死结局！

自己的推理，到底错在哪一步了？

推理的过程没有任何问题，那么问题就只能出在前提条件上了。

1."我"是"多余的人"这个大前提是错的，所以结论自然就会前后矛盾，"多余的人"的定义需要重新设置。

2. 副本里提到的离开"小镇"，并不是指自己现在所处的"环岛小镇"。

综上所述：

环岛小镇很可能是里世界，自己的第一个任务应该是想办法从里世界逃脱，回到表世界中。除此之外，还不能拆穿"我"已经死掉的谎言。

"哥哥，你哪里不舒服吗？"

妹妹的话打断了顾毅的思考。

顾毅扭过头去，看了一眼妹妹，发现她逐渐变得透明。顾毅赶紧喝了一口杏仁水，笑着说道："没有，我就是在想心事。"

"想什么？"

"没什么，和你说了你也不明白。"

公交车很快就到家了，一路上顾毅总共花费了40分钟，倒计时现在是6天11小时30分。

厨房里有父母留下的剩饭剩菜，顾毅随便热了一下，就把晚饭对付吃了。

顾毅拿着手机，坐在书桌前发呆。

在小镇上，自己的时间流与倒计时的时间流是不同步的，但是当自己待在老宅时，时间流又同步了。

"看来在倒计时的规则里又要加上一条。"

顾毅拿出纸笔，在倒计时的规则里又加上了这一条新发现的线索。

如果小镇外是里世界，那么老宅很可能就是里世界与表世界相连的地方，所以时间流才会同步。

顾毅沉思片刻，决定去老宅的三楼探险。

推演开始！

你喝下了一瓶杏仁水，离开房间。

你径直走上三楼。

三楼楼梯尽头有一扇腐朽的木门，你踢了一下门板右下角，依然无法打开大门。

你绕道而行，从窗户外爬到了三楼的窗台边。

你趴在窗外，撬开了窗户。

你来到了三楼。

屋子里满是灰尘，你打开手机照明。

三楼的走廊里空空荡荡，什么也没有，只有两间孤零零的客房。

一间客房上锁，一间客房没有。

你走进了未上锁的那间客房。

屋子里有一张办公桌，两张红木椅相对摆放在办公桌边。

背对着你的红木椅稍微矮一点，装饰比较朴实。

面对着你的红木椅稍微高一点，装饰非常华丽，椅背上雕刻着金龙，栩栩如生。

你摸了摸办公桌，温度接近人体，就像是一个活物。

你感到手机突然开始发烫。

你打开一看，上面的倒计时已经显示为00：00：00。

你周围的一切开始扭曲。

如潮水般的虚空将你吞没。

你化为虚无。

你死了。

推演结束！

"嘿，这栋老宅里果然有东西。"

顾毅睁开眼睛，在纸上写下了倒计时的第3条规则：

在老宅三楼未上锁的房间里，倒计时的速度会加快百倍。

"三楼除了一套桌椅外什么也没有，那应该是以后才能用到的剧情道具。另外一间房被锁上了，应该有别的钥匙可以打开。"

顾毅闭上眼睛，重新进入推演状态。

第62章 | 老宅三楼

推演开始！

你喝下一瓶杏仁水，离开了房间。

你来到二楼，妹妹正在自己的房间里写作业。

你来到了隔壁父母的房间。

你坐在母亲的梳妆台前翻找线索，在首饰盒里找到了一张字条。

上面写着许多电话号码，但没有任何人名。

你拿出手机，一个个拨号，发现全都是空号。

你有些疑惑，但你还是把所有号码默默记了下来。

你打开梳妆台的抽屉，在里面找到一些药品，你发现这些药品居然全都是治疗癌症的。

难道母亲的身体有问题？

你把药品放回抽屉，转身在床头柜里翻找，终于在最底层的柜子里找到一把钥匙。

你把钥匙藏在了怀里。

你没有再找到任何有价值的线索。

你离开了房间，却发现妹妹正站在门边看着你。

妹妹：哥哥你刚刚是不是偷东西了？

你：没有啊。

妹妹：我看见你偷了爸爸的钥匙，你快还回去。

你：我没有偷东西，你看错了。

妹妹的头发飘了起来，双眼闪烁着红光。

妹妹：你现在还回去，我还可以当成没看见。如果你再不还回去的话，那就别怪我了……

你终止了推演！

"呼……又多了一条规则。而且妹妹似乎也是怪物，难道家里只有我是普通人吗？"

顾毅拿出老宅租赁说明，在下面加了一条备注：

不要偷拿父母的东西。

顾毅默默思索了一会儿，刚刚自己的动静太大，妹妹绝对会发现。

可是老宅里的房门全都是要踢一下才能开，这很难不引起妹妹的注意。父母也不知道什么时候会回来，等他们到家了，自己就更加没可能拿到父母房间的东西了。

"换一条路试试。"

推演开始！

你喝下一口杏仁水。

你去厕所拿了一块肥皂。

你离开老宅，从外面翻窗户进了父母的房间。

你蹑手蹑脚地趴在门边听了一会儿，妹妹根本没有注意到你。

你拿出父亲的钥匙，用肥皂印出钥匙的齿痕。

你拿着肥皂重新回到了自己的房间。

你等了一会儿，妹妹并没有发现你。

你回到房间，拿出自己的学生卡，照着肥皂印子剪成了钥匙的形状。

你重新来到三楼。

你用伪造的钥匙，成功打开了三楼的大门。

你在门口站了一会儿，拿着手机确认时间流速，当你经过那间未上锁的房间时，时间流速明显加快。

你尽量远离未上锁的房间。

你成功用手里的钥匙打开了那间上锁的房间。

你站在房门口看了一会儿，倒计时并没有加速，你这才走进房间。

房间里空空荡荡，只有一个黑色的匣子，你掀开匣子，里面跳出一条巨大的蟒蛇。

你被蟒蛇缠住。

你感到窒息。

你眼前一黑。

你死了。

推演结束！

顾毅睁开眼睛，沉思片刻。

三楼的危险不只有超快的时间流速，还有隐藏的怪物。三楼的黑匣子里藏着什么东西，只不过自己暂时没办法取出。

不过，爸爸的钥匙还是必须想办法拿到的。

顾毅按照之前推演的路子，成功制造出了赝品钥匙，系统也同时发出了提示：

"你获得了'伪造的爸爸的钥匙'！

"你的剧情探索度提升！

"目前探索进度为2%！"

顾毅眉头微蹙，在上一个副本里，每当自己获得一个重要的剧情道具，能获得10点以上的探索度。

这一次，却只能获得区区1%。

"这个副本的复杂程度远超我的想象……"

顾毅眉头紧锁地揉了揉太阳穴。

过了没一会儿，顾毅听见屋外传来开锁的声音。

顾毅赶紧把桌子上收拾干净，免得被父母发现端倪。

母亲来到你的房间，关切地看了你一眼。

"写作业呢？"

"嗯。"

"你妹呢？"

"在楼上。"

"哦。"

母亲点点头，去往妹妹的房间。

顾毅放下笔，透过门缝观察。

父母二人全在妹妹的房间门口说话，好像是在刻意躲避你似的。你隐约听见了妹妹的啜泣声，父母的话语中似乎还提到了画画的事情。

"应该是老师告诉他们血腥画作的事情了。"

顾毅重新回到写字台前坐下。

显然，父母是不想让"我"死的，所以得知妹妹画了那幅暗示"我"已经死亡的画作之后，他们才会如此紧张，甚至责骂妹妹。

现在基本已经可以确定了：

父母是站在"我"这一边的，而手机里的匿名用户是站在"我"的对立面，他给出的信息全都是要把"我"引入歧途的。

匿名用户，就是那个戳穿谎言的刽子手。

咚咚咚——

母亲敲了敲顾毅的房门。

"什么事？"

顾毅打开房门。

门外的母亲已经换上了贴身睡衣，她指了指自己空荡荡的手腕说道："马上要到晚上 10 点了，赶紧睡觉。"

"啊？"

顾毅眨眨眼睛，拿出手机看了一眼。

6 天 9 小时 23 分。

时间又在不知不觉中推进了。

"快去洗澡，然后上床睡觉。"

"呃……好的。"

顾毅点点头，乖乖去浴室洗漱。

关于倒计时的规则，又需要加上一条了：

父母的时间流会影响手机的倒计时。

这一点，其实从自己接妹妹放学的时候就能推测出来了。

父母给顾毅发布了接妹妹的任务，他们觉得顾毅 10 分钟就能到妹妹的学校，所以才会出现之前那诡异的时间流现象。

"这是一个重大的发现，倒计时的时间流其实是以父母的意志为转移的。他们觉得现在该上床睡觉了，我就得上床睡觉。"

顾毅洗漱完毕，躺在自己的床上，进入梦乡。

翌日清晨。

顾毅的手机突然响了起来，又是一条来自匿名用户的短信：

2021 年 5 月 12 日，小雨。

哥哥没了，我感觉好寂寞，如果哥哥在的话，他一定会保护我。

屋子外面总是有一个画着小丑妆容的怪人，他今天晚上突然出现在了我家的窗口。

要知道，我们家住在 20 楼，他是怎么爬到我家窗口的呢？

而且，那个小丑我见过。

今天早上我们小区来了一支迎亲的车队，新娘长得像猫，新郎长得像老鼠。那个小丑还在现场给小朋友们发气球呢。

我把小丑的事情告诉了爸爸妈妈，他们说这是我在做噩梦，但我根本没有做噩梦。

爸爸说：我们小区最近根本就没有人结婚，你一定是在别的地方看见了小丑。

第 63 章 ┃ 迎亲队伍 1

"新的日记？"

顾毅愣了一下，他从床上爬起来，拿出了"我"的日记本。

果然，2021 年 5 月 12 日的日记解锁了。

2021 年 5 月 12 日，小雨。

昨天晚上，我又梦见了妹妹被撞死的样子，我感到十分懊悔。如果我的动作再快一点的话，也许就能救下妹妹了。

我应该始终牵着我的妹妹，这样她就不会到处乱跑。

今天早上我们小区来了一支迎亲的车队，新娘长得像猫，新郎长得像老鼠。队伍里还有个小丑，在给小朋友们发气球。

妹妹最喜欢的就是气球了，如果她在场的话，一定会跑去和小丑要一个小狗气球。

"什么鬼东西……"

顾毅放下日记本。

他还没来得及分析日记，就听见屋外传来一阵欢快的唢呐声。

顾毅感到后背发凉，立刻闭上眼睛。

推演开始！

你听到了屋外的唢呐声。

你担心日记里记录的诡异事件会出现，不敢轻举妄动，所以只能用天赋能力出去探索。

你打开窗户向外看去。

一支迎亲的队伍出现。

新郎穿着大红的袍子，骑着高头大马，身后跟着一抬大花轿。

你仔细看了看新郎。

他根本不是人，而是一个顶着老鼠脑袋的怪物。

门外传来母亲的催促。

你打开门看向母亲。

你：妈妈，外面有人结婚？

母亲的脸色大变，她捂住了你的嘴。

母亲：我们这里没有人结婚。

你：那外面吹唢呐做什么？

母亲：不要再说了！

你发现吹欢快乐曲的唢呐突然吹起哀乐，你透过窗子向外看去。

迎亲的队伍变成了送葬的队伍，大花轿变成了棺材。

新郎在地上走着，他捧着一张遗像，居然是你的照片。

你的眼前一片漆黑。

你发现自己躺在了棺材里面。

你逐渐失去意识。

你死了。

推演结束！

"我大概明白了。"

顾毅睁开眼睛，低声自语着。

正如之前推测的一样，小镇一直都起到"刽子手"的作用，不停地在想办法戳穿自己的谎言。

屋外经过的其实是送葬的队伍，但是在自己眼里却成了迎亲的队伍。

如果自己把看到的一切说出去，那么父母就会想起自己已经死掉的事情，和上次一样触发即死 flag。

顾毅打开手机看了一下倒计时：

5 天 23 小时 58 分。

唢呐还在吹，迎亲的队伍越来越近了。

"如果无视那支迎亲队伍，我会死吗？"

顾毅再次使用能力。

回溯推演开始！

你假装看不见迎亲队伍。

母亲来敲门，你走了出去。

母亲：快点收拾收拾，吃完早饭还得送你们去上学。

你：知道了。

你正常洗漱，顺便喝了一口杏仁水，屋外的唢呐声越来越响，你几乎听不见其他声音了。

你坐在餐桌前，与父母、妹妹一起用早餐。

你听见楼上传来一阵脚步声。

你抬头看去，发现一个戴着红盖头的女人从上面走了下来。

一阵阴风吹过。

你发现这个女人居然长着一张毛茸茸的猫脸。

母亲：你怎么了？

你：有人……

你的喉咙像是被人掐住了一样。

迎亲的队伍来到了你家院子里。

父母依然看不见队伍，妹妹显得有些焦躁不安。

猫新娘从你身前走过，你从红盖头的下面看见了猫新娘诡异的笑脸。

你瞳孔放大，心脏骤停。

你被吓死了。

推演结束！

"就算当作看不见，我也会死。"

顾毅睁开眼睛，冷静地思索着。

刚才的推演中，父母显然都是看不见队伍的，但是妹妹在最后一刻做出了惊愕的表情。

也许可以借助妹妹逃过这个危机？

回溯推演开始！

你听见了屋外的唢呐声。

你喝下一口杏仁水。

你出门与母亲打招呼，你上二楼叫醒了妹妹。

妹妹：哥，让我再睡一会儿吧。

你：我发现外面有迎亲的队伍。

妹妹：我们镇上没有人结婚。

你：你听不见门外的唢呐声吗？

妹妹有些疑惑，她猛然瞪大眼睛，像是刚从睡梦中苏醒一般。

妹妹：你一定是在做梦吧？这里没有人结婚。

你：你看屋外。

妹妹看向窗外。

妹妹：外面什么都没有，外面什么都没有，什么都没有。

妹妹拉着你往屋子外面走。

父母看见了，拦下你们兄妹二人。

母亲：你们要去哪儿？

妹妹：我要和哥哥出去。

母亲：至少要吃完早饭再去吧。

妹妹开始哭泣。

你看向父母身后。

猫新娘正从楼上下来，她揭开红盖头，对你露出了一个诡异的微笑。

你心脏骤停，瞳孔放大。

你死了。

推演结束！

"妹妹也救不了我？"

顾毅眉头紧锁。

唢呐的声音越来越近，顾毅来不及思考，继续推演：

回溯推演开始！

你听见外面的唢呐声。

你喝下一口杏仁水，放松心情。

你总结了一下关于迎亲队伍的规则：

1．不能直接告诉家人屋外有迎亲的队伍，这样会让迎亲的队伍变成给自己送葬的队伍。

2．告诉家人屋外有迎亲的队伍后，家人会予以否定，自己不能反驳。

3．迎亲队伍是必然会到老宅的，猫新娘就在他们家三楼，无论如何自己都会看见猫新娘并触发即死 flag。

母亲、妹妹都没有应对目前状况的手段，只能去求助父亲试试。

你推开门，直奔二楼父母的房间。

父亲看见你，显得十分诧异。

父亲：你怎么慌慌张张的？

你：外面有一些奇怪的人。

父亲：什么？

你：有一群人正在吹唢呐、抬花轿，不知道在干什么。

父亲张大了嘴巴。

父亲：你是在说梦话吧？外面什么都没有。

你用力掐了一下自己的大腿。

你：我没有做梦，外面真的有一群怪人。

父亲：这……

你听到屋外传来脚步声。

你知道是猫新娘从三楼出来了。

你试图躲在父母的床下不出去。

突然你感到地面上有一阵暖流，猫新娘的脑袋从地板下钻了出来，对你露出了诡异的微笑。

你心脏骤停，瞳孔放大。

你死了。

推演结束！

第64章 | 迎亲队伍2

"该死……这一家子没有一个靠得住的？"

顾毅睁开眼睛，紧咬嘴唇。

如果别人都靠不住，那就只能靠自己了！

"回溯！"

回溯推演开始！

你听见外面的唢呐声。

你拿出伪造的钥匙，径直走向三楼。

你打开门锁，来到三楼阁楼。

父亲听见动静，在二楼骂你，你装作听不见。

你聆听屋外的唢呐声，他们离你越来越近了。

三楼未上锁的房间里响起一阵窸窸窣窣的声音，你站在门边看了过去。

房间里的椅子上逐渐显现猫新娘的样子，她正缓缓扭头朝你看去。

你感到一阵心悸，胸口发闷。

猫新娘朝你走来，轻轻掀起盖头，露出了下巴上的胡须。

你强忍不适，打开了另外一间上锁的房间的房门。

你冲进房间，拿起了黑色的匣子。

黑匣子不停振动，你用力将匣子朝着猫新娘砸了过去。

大蟒蛇从匣子里爬了出来，与猫新娘缠斗在一起。

你趁机从窗户逃跑。

迎亲的队伍停在老宅前的院子里，久久没有离开。

你听见猫新娘发出了一声惨叫，大蟒蛇获得了胜利。

屋子里传出一阵打砸声，紧接着就是父母和妹妹的惨叫声。

你堕入无尽的虚空。

你的意识逐渐丧失。

你死了。

推演结束！

驱虎吞狼不仅很危险，还会让父母和妹妹也遭殃。

看来这个副本里还有另外一条隐性规则，那就是不能让家人受伤，不然的话自己一样会被虚空吞噬。

让家人当炮灰是不行的。

"冷静……"

唢呐声已经很近了，顾毅甚至都能看见老鼠新郎的脸上有几根胡须了。

他不慌不忙地坐在床边，闭上了眼睛。

推演开始！

你坐在床边思考。

迎亲队伍的危机，绝对不是能依靠蛮力度过的。

你一定错过了什么关键信息，系统一定给你留下了什么提示，但你却忽略了。

你同时拿出手机和日记本，来回翻看 5 月 12 日的日记。

你终于发现了问题。

无论是妹妹的日记还是你的日记，都提到了一个角色——小丑。

可是，这支迎亲的队伍里却根本没有小丑。

而且迎亲的队伍明显是中式古典风的，小丑是更具现代化的风格的，如果在大花轿后面跟着一个小丑，肯定格格不入。

那么，日记里提到的小丑在哪里？

唢呐的声音越来越近了。

你推门而出，刚好看见父母、妹妹坐在餐桌旁。

他们一齐看向你，表情奇怪。

母亲：你怎么才起床？

楼上传来脚步声，你知道那是猫新娘出现了。

你额头滴下一滴冷汗，鼠新郎已经骑着大马站在老宅的院子里了。

父亲：快坐下吃饭吧。

你点点头，拿起碗筷，你感觉背后有一阵阴风吹过。

既然没有小丑，那你就假装有小丑？

你咬紧牙关，用筷子指着屋子外面。

你：为什么这里会有小丑在吹气球？

妹妹：咦？真的有小丑啊！

母亲：你别乱动。

妹妹：我想要小丑给我吹一个小狗气球。

母亲：都是大孩子了，还要气球？

屋子外面的唢呐声戛然而止。

你看向屋外，迎亲的队伍消失不见，只剩下一个小丑和一群小学生。

你终止了推演！

顾毅睁开眼睛，浑身放松。

破解了谜题还不算完，剩下的任务就是找出原因。

顾毅穿好衣服，走出房间。

父母和妹妹已经坐在餐桌边等他吃饭了。

顾毅若无其事地坐在位子上，指着门外说道："外面怎么会有小丑呀？"

"小丑？哪里有小丑？"

妹妹伸着脖子看向门外。

母亲不耐烦地拉着妹妹，敲了敲桌子："坐好，吃饭。"

"妈妈，小丑在吹气球哎，我想要一个小狗气球……"

"都是大孩子了，还要什么气球？先吃饭。"

"哦……"

妹妹点点头，有些沮丧地端起了碗筷。

顾毅长舒一口气。

小丑正在和孩子们玩游戏，根本不在意他们一家人。

顾毅一边吃饭，一边思索：

第一天日记里写着"我"出车祸，所以自己昨天才会在接妹妹的时候触发被车撞死的 flag。

第二天写了奇怪的迎亲队伍和小丑，所以自己今天吃早饭的时候才会遇到这些诡异的生物。

按照这个逻辑推断的话……

第七天过生日，自己会看见变成怪物的妹妹将自己杀死？

难道日记本是某种有预言功能的道具？

它未必是过去的日记，而是现在的日记？

这个世界根本没有时钟，自己只能依靠倒计时推算时间。

房间里有一个 2022 年的日历，这会不会是副本为了误导自己的时间观念而设下的陷阱？

不对！

这与副本的背景介绍就自相矛盾了，"一家三口"搬进老宅已经快一年了，2022 年的日历应该不是误导。

顾毅咬了咬嘴唇，一时间没办法想出合理的解释。

既然暂时想不出来为什么，那就先放下吧。

顾毅松开眉头，看向母亲。

"妈妈，你最近身体怎么样？"

"我？"母亲有些意外地看着顾毅，"你为什么突然关心起我来了？"

"因为我发现你最近气色似乎不太好。"

昨天顾毅搜索父母房间时，曾经发现母亲的梳妆台抽屉里藏着治疗癌症的药物，所以他才如此试探。

"你不必管我，我好得很呢。"

"就是。"父亲点点头说道，"你马上要高考了，家里的事情你少问。"

"嗯。"

顾毅点了点头。

目前来看，父母应该是站在自己这边的。

为了不让孩子分心，母亲始终隐瞒着自己的病情。

当孩子遇到诡异的迎亲队伍时，他们也会尽自己所能，延缓危险的到来。

所以，只要顾毅不惹他们生气，尽量听他们的话，父母还是可以沟通交流的。

"爸爸，我能问你个问题吗？"

"你说。"

"三楼到底有什么？"

第65章 | 入院证明

"三楼不过是杂物间而已，什么也没有。"父亲顿了一下，说道，"三楼很脏的，你不要上去。"

"哦。"

顾毅点点头。果然，父亲不愿意透露三楼的信息。

父亲看了一眼手腕——尽管上面没有手表。

"我该去上班了。"

"今天是周六，你怎么还上班？"

"加班。"

父亲说完，拿上车钥匙就离开了。

母亲挠挠头，一边收拾碗筷一边说道："你赶紧去上你的补习班吧，我今天要带妹妹进城买点东西。"

"好。"

顾毅点点头，拎着书包走了出去。

小丑依然在街口与小孩子玩耍，顾毅与小丑擦肩而过，小丑并没有与顾毅有任何交流。

顾毅拿出手机看了一下时间：

5 天 23 小时 24 分。

按照之前的推论，顾毅只要走出门，无论朝哪个方向走，只要时间到了，他就会自动到达补习班的位置。

顾毅当然不会浪费这段时间，这可是自由探索的好机会。

顾毅蹲在街角不动，计时器果然暂停了。

大概过了 5 分钟，母亲开车走了。

路上的行人来来往往，没人理会顾毅，他们的时间流与顾毅的时间流不会互相影响。

"开始推演。"

顾毅闭上了眼睛。

推演开始！

你来到小丑身边。

小丑吹了一个小狗气球，送给了一个小朋友。

你拍了拍小丑的肩膀。

你：你是谁？

小丑盯着你看，你感到浑身发毛。

你：你怎么不说话？

小丑夸张地哈哈大笑，这让你无所适从。

你发现小丑根本就无法沟通，你放弃了与他交流。

你转身要走，小丑却拍拍你的肩膀，示意你和他一起做游戏。

你同意了。

你耐着性子和小丑玩了一会儿。

小丑从他的裤裆里掏出两瓶水，将一瓶水递到了你的手里。

小丑示意你模仿他的动作。

小丑用瓶子砸了砸自己的脑袋，接着打开瓶盖，喝了一口水。

你照做。

小丑鼓着腮帮子做鬼脸。

你照做。

小丑噘起嘴巴，喷出了含在嘴里的水。

你早就咽下了水，你喷不出来。

小丑夸张地哈哈大笑，用手比枪，对准自己的脑袋开枪。

你的身体不受控制地模仿。

砰！

你被自己的"手枪"打死了。

推演结束！

"我居然被这么低劣的手段骗了？"

顾毅挠了挠头。

不过，这也说明了一点，那个小丑果然是有一定作用的。

"回溯！"

回溯推演开始！

小丑从他的裤裆里掏出两瓶水，将一瓶水递到了你的手里。

他示意你模仿他的动作。

小丑喝下了水。

你早有准备，含了一半水在嘴里。

小丑做了各种滑稽的动作。

你全部模仿。

小丑噘起嘴巴，喷出了含在嘴里的水。

你也喷出了含在嘴里的水。

小丑惊讶地拍拍手。

你同样拍手。

小丑冲上来给了你一个拥抱，示意游戏结束，接着又制作了一个气球剑给你。

你接过了气球剑。

小丑朝你挥了挥手，踩着大头皮鞋朝着河里走去，他捏着鼻子跳进水里，连水花都没有溅起来。

你拿着气球剑，产生一个大胆的想法。

你回到老宅，跑到三楼。

你打开了上锁的密室。

你打开黑匣子。

蟒蛇从匣子里飞了出来，你用气球剑刺了过去。

蟒蛇一分为二落在地上，它不停扭动，直至化为一团黑色的雾气。

你拿起匣子，在里面找到了一张字条，以及一只眼罩。

字条是一张入院证明，病人的名字叫韩春竹，年龄是 67 岁。

你记得自己的母亲姓金。

你怀疑韩春竹很可能是自己的奶奶或者外婆。

你沉思片刻。

你们家里的人又多了一个，那么副本简介所说的一家三口，都包括谁？

你将入院证明叠好放进口袋，又拿起眼罩。

这是一个黑色的独眼眼罩，你戴上之后没有任何反应。

你不知道这东西有什么用，但你还是把它贴身藏好。

入院证明上写着医院就在离你家不远的地方，你决定现在去探索一下。

你一路狂奔来到医院。

你的眼前一片虚无。

你终止了推演。

"嗯……"

顾毅皱着眉头默默思考。

医院里一片虚无，这种情况顾毅在上个副本里也遇到过，那就是在进入崇山医院地下三层时，自己的天赋无法推演地下三层的情景。

这说明，医院被更高层次的力量笼罩着，天赋能力无法起作用。就算能起作用，也会产生很大的误差。

那所医院顾毅必须亲自去探索才行。

"但愿那所医院里没有什么危险。"

顾毅长舒一口气。

天赋能力也不是无敌的，有些时候他必须亲自去冒险。

顾毅拍了拍脸蛋，勉强打起精神来到小丑面前。

"你好。"

顾毅对小丑挥了挥手。

小丑夸张地哈哈大笑，与顾毅玩起了游戏。

有了推演的经验，顾毅没有上小丑的当，成功拿到了气球剑。

哔——

小丑吹响哨子，周围的小朋友四散逃开。他朝着顾毅挥了挥手，转身跳进河里，一点水花都没有溅起来。

"有这本事不去加入国家跳水队扬名立万，反而窝在小镇里当什么破小丑？"

顾毅摇摇头，拿着气球剑来到老宅三楼。

顾毅打开三楼的密室，强自镇定地打开了黑色的匣子。

大蟒蛇从匣子里飞了出来，顾毅咬紧牙关，一剑刺在蟒蛇的脑袋上。

蟒蛇发出咝咝的声音，一分为二落在地上，顾毅手里的气球剑也泄了气。

顾毅擦了擦脸上的血，拿起黑匣子。

顾毅看了一眼入院证明，没有收到系统提示。但是他拿起眼罩时，系统却说话了：

"你获得了'独眼眼罩'!

"你的剧情探索度提升!

"目前探索进度为 12%!"

顾毅眨了眨眼睛,一脸诧异地看着手里的眼罩:"这破东西居然能提升 10%的探索度?它到底是什么玩意儿?"

第 66 章 | 重病的外婆

妹妹的画作、伪造的爸爸的钥匙,这两样剧情道具都只能提升 1%的剧情探索度。

可是,这一只独眼眼罩居然就提供了 10%的探索度。

根据上一个副本的经验,独眼眼罩可能会起到决定性的作用。

顾毅再次戴上独眼眼罩,依然没有发生任何事情。他不敢托大,贴身藏好独眼眼罩,谁也不知道这东西会在什么时候发挥作用。

顾毅离开老宅,径直往医院的方向走去。

顾毅没有惜力,基本上是一路狂奔跑了过去,因为他不知道自己什么时候会被强制传送到补习班。

"呼……"

顾毅扶着膝盖,大口喘气。

他拿出手机看了一下倒计时,5 天 23 小时 4 分,从老宅跑到医院花费了 20分钟。

顾毅休息了一会儿,这才走进医院。

现在刚刚入夏,天气还不算很热,但是医院里已经开了空调制冷,顾毅忍不住打了个寒战。

他拿起手机一看,倒计时依然在计算着,这里的时间流和老宅是一样的,自己必须抓紧时间。

"你好,请问韩春竹在哪里?"

"住院部三楼 A 病区。"

"谢谢。"

顾毅问清了位置,立刻爬楼梯来到了病区。

明明是一个山区的小镇,没想到这里却人满为患,病区里的病人和医生的眼睛也不像小镇居民那样全是死鱼眼。

顾毅推测,这里和老宅一样,是一个表世界与里世界交界的地方,但是这里会更接近表世界一点,所以自己的推演能力无法发挥。

面前这所医院虽然坐落在环岛小镇,但在表世界中它很可能是某个大城市的三甲医院。

"你好，请问韩春竹的病房在哪儿？"

"韩春竹？你是她的家属吗？"

"对。"

"韩春竹的医药费从入院到现在都没有人交，已经拖欠了快一个月了。你应该是她的孙子吧？你的爸爸妈妈在哪儿？"

顾毅一头雾水，只得敷衍道："他们一会儿就来，你能不能先告诉我病人在哪儿？"

"你们没人交床位费，她就住在那边的走廊里，正对着开水间的大门。"

"谢谢。"

顾毅点点头，一路朝着护士所指的地方跑去。

开水间的大门对面有一张孤零零的病床。

一个骨瘦如柴的老太太躺在病床上，她的手腕上到处都是瘀青，应该是挂水太多留下的伤。

老太太已经瘦得脱了相，顾毅也不知道她到底是自己的奶奶还是外婆。

只能凭感觉猜猜看了。

"外婆？"

顾毅轻声呼唤着，摸了摸老太太的手背。

老太太艰难地睁开眼睛，迷茫地看着天花板。

"是我。"

老太太转过头，看向顾毅，灰白的眼眸里突然有了神采。

"小毅，你终于来看外婆了？"韩春竹挣扎着抬起手，摸了摸顾毅的脸蛋，"孩子，你怎么变成这样了？你是不是受了很多苦？"

顾毅眉头紧锁，难道自己在老太太的眼里不是健康的状态？

"难道你还没有从那里出来？"韩春竹突然抓住了顾毅的手掌，一字一句地说道，"孩子，你快走吧……"

"走？去哪儿？"

"你的爸妈——他们已经不是你的爸妈了。"韩春竹眼角带泪，"他们早就已经把良心都卖了，你尽快离开他们。"

"什么意思，您能说清楚吗？"

"我告诉你，顾建军不是……"

韩春竹说了一半，顾毅突然感到一阵心悸。

他扭头看向身后，如潮水般的虚空汹涌而来。

顾毅屏住呼吸，闭上眼睛，再次睁开眼睛的时候自己已经坐在补习班的教室里面了。

他眨了眨眼睛，外面的太阳已经西斜，同学们都背着书包准备回家了。

5 天 13 小时 7 分。

现在已经到傍晚了。

顾毅没有急着背上书包回家，他坐在位子上，仔细思索刚才在医院的见闻。

"外婆说父母已经出卖了自己的良心，他们已经不是我的父母了，还让我离开他们……所以，三口之家是指我、妹妹，还有外婆组成的家？"

外婆的突然加入，让顾毅推翻了对"三口之家"的猜测。无论是"我"，还是妹妹，都不是"多余的人"，都不是那个被排除在外的人。

父母才是被排除在外的两个人！

外婆身染重病，却只能睡在医院的过道里，听护士说外婆居然还欠着医院的医药费。

如果这一切都是真的，那么自己的父母确实是把良心都出卖了的坏蛋！

另外，外婆还说了一句"你还没有从那里出来"。

这直接证明了自己的猜测：环岛小镇是一个虚幻的世界。

但是……

外婆的话真的可信吗？

到目前为止，父母都没有做出什么伤害自己的事情，就和普通的父母没什么区别。

唯一让顾毅有些在意的，就是他们和妹妹一样都有诡异的能力。

里世界里，父母、妹妹都有诡异的能力，那么在表世界里他们也有这种能力吗？

外婆最后说的话，应该是想提示自己如何从里世界逃脱，但最后却因为时间不够没有说清楚。自己最后隐隐约约听到外婆说出了父亲的名字。

也许，自己应该从父亲的方向入手调查？

顾毅沉思片刻，决定再次前往那所医院查看。

等到顾毅来到这所医院的时候，却发现医院已经从一所三甲医院变成了一家小诊所，他掏出的韩春竹的入院证明，居然立刻变成了一堆飞灰。

"原来如此，入院证明只是一次性的门票，它可以让我短暂地离开环岛小镇，前往外婆所在的医院。"

嘀嘀嘀——

顾毅的手机响了起来，是母亲打来的电话。

"你怎么还没回家？"

"今天的公交车有点难等。"

"快点回来。"

"大概 10 分钟就到家了。"

"我们等你回来吃晚饭。"

顾毅挂断电话，没有向家的方向走去，而是随便在附近晃悠了 10 分钟。

10 分钟之后顾毅立刻闪回了家里。

果然如顾毅推测的一样，父母才是决定时间流的因素，这又是一条可以利用的规则。它可以极大地提高自己的移动效率，减少体力的消耗。

回到家，家人已经坐在餐桌边了。

顾毅端起饭碗吃饭，此时他还不清楚父母对外婆的态度，所以决定利用天赋能力询问外婆的事情。

第 67 章 | 今天弄了几头羊

推演开始！

你看向母亲。

你：妈妈，外婆最近怎么样？

母亲：外婆身体很好啊，你是想外婆了吗？

你：今天我听见邻居说，你们把外婆放在医院里面不管不顾，害得外婆只能睡在医院的走廊上。

母亲眉头紧锁，父亲用筷子敲了敲你的脑袋。

父亲：你连你自己的爹妈都不信，反而信外人？

你：我听说……

父亲：别说了，你当我们都是没有良心的人吗？

父亲额头上的青筋直跳，似乎处在发怒的边缘。

你不敢惹父亲生气，他和母亲一样有秒杀你的能力。

父母不肯承认。

你不知道父母到底是真的没有做这种事，还是在演戏。也许里世界和表世界的情况并不相同。

你偷偷看了一眼妹妹。

她正在专心地对付一只鸡腿，似乎根本没有注意到你们的谈话。

你：明天周日，是休息日，爸爸你还要上班吗？

父亲：嗯，最近公司比较忙。

你：我想和你一起进城看看……

父母：你不能去。

父母异口同声地说话，你吓得筷子险些落地。

父亲：等你过完生日，你就可以出去了。

你：为什么？

父亲：没有为什么！

父亲气愤地拍塌了餐桌，桌子上的饭菜全都掉在了地上。

母亲没有埋怨父亲，反而对你指指点点。

你终止了推演！

顾毅嗫着筷子，默默思考。

父亲最后那气急败坏的样子，给顾毅带来了一些不好的观感。

顾毅隐约有一种感觉：父母不让自己出去，并不是因为自己出去后会死，而是因为自己出去后，他们会死。

父母是因为他们自己的利益，才限制儿子的自由。

"哥哥，那是筷子，不是鸡腿。"

"嗯？"

妹妹打断了顾毅的思考。

顾毅愣愣地看着妹妹，这才发现自己快把筷子啃断了。

"你在想什么心事呢？"

"是身体不舒服吗？还是饭不合胃口？"

父母同时放下碗筷看着顾毅。

顾毅尴尬地摇摇头，笑着说道："没事没事，我就是想起来今天早上做的一道数学题，我应该有更好的解法才对。"

顾毅一边说着，一边埋头吃饭。

刚刚父母对自己的关心丝毫没有掺假。

如果他们真的是作假，那顾毅只能称赞他们演技太出色了。难道外婆说的话并不值得信任？

顾毅心事重重地吃完了晚饭，回到自己的房间里。他拿出纸笔，在未解开的谜题旁写上新的线索：

1. 重病的外婆不知道是否值得信任。

2. 离开里世界的线索可能就在父亲的身上。

吱呀——

房门突然打开了。

顾毅慌忙地将字条团成球，塞进垃圾桶。

"哥哥，我能进来吗？"

妹妹穿着睡衣，透过门缝看着自己。

"嗯，有什么事吗？"

顾毅咧着嘴笑。

在家里，妹妹可能是最值得信任的人了。

妹妹皱着眉头走进卧室，她站在顾毅面前，疑惑地说道："你真的是我哥哥吗？"

"我怎么不是？"

"你今天好奇怪。"

"哪里奇怪？"

"哪里都奇怪。"妹妹摇摇头说道，"我觉得你好像换了个人似的。"

顾毅脸上带着微笑，心里却在不停地打鼓。

他扮演的角色到现在连父母都没有觉察出任何问题，没想到居然让妹妹看出了异常。

这足以证明父母根本就不关心儿子，他们甚至都没有妹妹的感知灵敏。

"你想多了。"

"那你今天为什么那样？你在饭桌上一句话都不说，还总是发呆，这不像你。"

"马上要高考了，我的情绪有些紧张。"

"是这样吗？"

"嗯，当然。"

顾毅认真地点了点头。

无论怎么说，妹妹不过就是个三年级的小学生，顾毅随便编了个理由就把她打发了。

妹妹将信将疑地看着顾毅，转身离开了房间。

顾毅扭过头，准备继续思考谜题，却听见系统发来了新的提示：

"妹妹对你的身份产生了怀疑。"

"妹妹对你的好感度下降。"

顾毅眉头微蹙。

这猝不及防的提示，让顾毅的心都揪了起来。

妹妹也是拥有"诡异"力量的，如果让她知道自己只是扮演哥哥的冒险者，她会不会直接把自己撕成碎片？

"真是麻烦，一边要想办法破解谜题，一边还要想办法演戏哄小孩儿？"

顾毅坐在写字台前思索片刻。

目前自己得到的线索还是太少了，根本没办法推进剧情，现在能做的就是等第三天的到来，看看新解锁的日记能不能提供更多信息。

母亲敲了敲顾毅的房门，示意他该上床睡觉了。

顾毅点点头，洗漱后上床。

今天发生的事情有些多，顾毅躺在床上，始终在回想着外婆瘦骨嶙峋的样子，根本无法入睡。

"顾毅……顾毅……"

母亲呼唤自己的声音响起。

顾毅下意识地想睁开眼睛，却突然想起了老宅租赁说明上的提示。

于是他装睡不理，同时默默开始推演：

推演开始！

母亲又呼唤了两声。

你听见了关门的声音。

你跳下床，透过门缝往外看。

父母正坐在客厅里，交头接耳地说着什么。

你把耳朵贴在门板上，仔细聆听。

父亲：孩子都睡了？

母亲：嗯。

父亲：今天弄了几头羊？

母亲：你小声点！

父亲：对不起……

母亲：今天……

父母在说什么你已经听不清了，你趴在门缝上往外看。

父母在客厅里，低声交谈。

过了一会儿，母亲走向厨房，你听到了锯东西的声音。

母亲拿着一团血淋淋的东西走了过来。

父亲：羊肉……

母亲：他们来了。

父亲和母亲同时扭头看向门外。

早上看见的猫新娘和鼠新郎穿着一身黑色西装来到了你家客厅，他们和父母互相握手问好。

猫新娘拿起桌上的肉块舔了一下，接着扭头看向你的卧室门。

你吓了一跳，赶紧跑回床上。

你掀开被子，发现猫新娘正躲在被窝里。

你心脏骤停，瞳孔放大。

你被吓死了。

推演结束！

第68章 | 逐渐诡异的日记

顾毅紧闭双眼躺在床上，尽量放匀呼吸。

"顾毅？顾毅？"

母亲呼唤了几声，接着就离开了。

等到母亲彻底走远，顾毅才终于放下心来，他躺在床上一动不动，生怕会被父母发现自己没有睡着。

门外传来开门声。

此时，大概是猫新娘、鼠新郎正在和父母做什么交易。

到底是什么交易，必须在晚上孩子们都睡着之后才能做？

父母口中的羊肉真的是指羊肉吗？

顾毅闭上眼睛，足足等了半个小时才听见猫新娘和鼠新郎离开的声音，父母二人也终于上楼了。

顾毅的脑子里像有一团乱麻，直到后半夜他才成功入睡。

翌日清晨。

顾毅从睡梦中醒来，第一时间就是打开手机查看短信。

果然，匿名用户又给他发来了一条短信：

2021 年 5 月 13 日，晴。

小丑再也没来找过我，我想应该是哥哥把他赶走了。

昨天半夜，我听见父母和陌生人交流。他们说的话我全都听不懂。

母亲对我进行了一些特别的训练，我完全不明白这种训练的意义。

她让我在热水里泡到皮肤发红，接着又让我跳进冰桶里，她说这样可以锻炼我的意志力。

我实在受不了这种刺激，这让我的脑袋疼得要命。

哥哥，你要是在该多好。

顾毅皱了皱眉。

让人泡热水接着再跳进冰桶，这怎么想都是在折磨和虐待吧？

这样做难道不会生病吗？

母亲还美其名曰"锻炼意志力"？

这又印证了外婆的话语："你的爸妈——他们已经不是你的爸妈了。"

"'我'的日记本呢？"

顾毅从背包里拿出了日记本，5 月 13 日的日记也已经解锁了。

2021 年 5 月 13 日，晴。

最近父母变得越来越奇怪了。

昨天晚上，当我路过父母的房间的时候，我发现妈妈正对着镜子流出血泪。她用指甲抠自己的脸，划出一道道深深的血痕，血染红了她的梳妆台。

爸爸看见我站在门口，赶紧冲上来把我拉到了一边。

我说妈妈的身体有些问题，可爸爸坚称妈妈的身体很棒，我感到非常惊悚。过了没一会儿，妈妈就从房间里走出来了，她的脸上没有任何伤痕。

今天晚上，父母做了红烧羊肉，距离我上次吃羊肉已经有三四年了。

羊肉有种奇怪的味道，我觉得羊肉可能变质了，可是父母却依然津津有味地吃着。

他们到底是怎么回事？

顾毅反复对照两篇日记，陷入沉思。

无论是妹妹的日记，还是"我"的日记，从 5 月 13 日开始，父母的行为都变得诡异了起来。

妹妹的日记里，父母的行为虽然奇怪，但至少还是处于现实的状态。

"我"的日记里，母亲已经化身为"诡异"了，这是否意味着，从一年前开始"我"就已经进入了里世界？

不过，从这两篇日记里暂时看不到什么危险，今天是周日，自己刚好可以利用这个时间出去探索一下。

顾毅离开卧室，和家人一起用早餐。

母亲端着碗筷，淡定地看着儿女。

"你们今天有什么安排吗？"

妹妹抬起头："我今天要去同学家玩。"

"那你作业都写完了吗？"

"写完了。"

母亲点点头，看向顾毅："你呢？"

"我要和同学聚会。"

"聚会？算了，你还是在家里复习功课吧，都快高考了。"

顾毅在心里暗骂，没想到父亲却突然开口了：

"儿子每天都学习的话会学傻的，稍微放松一天也没关系，你别那么严厉。"

母亲皱着眉头想了一会儿："那你们今天去哪儿聚会？"

"就在镇上，不走远。"

"嗯，那就好。千万别离开小镇，知道吗？"

"知道了。"

顾毅赶紧吃完早饭，背上包就跑出了家门。

4 天 23 小时 18 分。

今天不用上课，父母也没有给自己布置什么额外的任务，今天的 24 小时完全就是给自己自由支配的。

此时，小镇的时间流终于和倒计时同步了。

不过，小镇居民依然瞪着死鱼眼。如果离自己太远，他们又会变成像素块。

顾毅走到隔壁的房子，敲开了同桌陈东的家门。

经过一番交涉，顾毅成功借来了一辆自行车。

顾毅骑着自行车在小镇上绕了一圈。

小镇的占地面积不大，绕着外围转一圈大概也就花了 2 小时而已。

目前，顾毅探索过的地方只有高中、小学、卫生所。

高中和小学没有任何值得探索的。

卫生所和老宅一样是一个特殊的地方，在某些情况下卫生所甚至可以直接连通表世界。

顾毅觉得，如果小镇上只有一个出口的话，要么是卫生所，要么就是老宅。

于是，顾毅骑车来到了卫生所。

顾毅突然想起来一件事情。

母亲一直都在服用的治疗癌症的药物，会不会就是从这个卫生所开的？

顾毅走到卫生所的药房。

这里是一座小镇，镇上的居民几乎都互相认识。顾毅出现后，药房的医生立刻认出了顾毅。

"欸？你不是顾家的老大吗？"

顾毅瞥了一眼医生的胸牌，笑着说道："李医生好。"

"怎么到卫生所来了？身体不舒服？"

"不是，我就是来帮我妈开药的。"

"你妈上个星期刚来开过药啊，怎么又要开？"

"哦，是吗？"顾毅憨厚地笑了笑，"可能是妈妈记错了吧，她最近气色好像有点不好。"

"没关系的，你妈只要好好休养，病情是可以控制的。她还年轻，恢复健康很快的。"

"我妈……是什么时候得的病？"

"你不知道？"

"他们一直不肯告诉我，直到前几天瞒不住了，她才告诉我她生病了。"

"可怜天下父母心啊……他们应该是担心影响你参加高考吧？"李医生叹了口

气，说道，"其实我也不太清楚她到底是什么时候得的病，大概是去年吧？"

"5月？"

"嗯……好像更早一点？"

"你可以给我一个具体的日期吗？"

"我怎么给你具体的日期呀？"

"你这儿不是有开药记录或者病历吗？能帮我查一下吗？"

第69章 | 医院纵火

李医生有些不解地看着顾毅。

按道理来说，这些东西都是病人的隐私，是不能给病人以外的人看的。

"对不起啊，小顾，我实在帮不了你，我没这权限。你回去问问你妈妈不好吗？"

"哦，好吧。"

顾毅耸耸肩，装作没事一样走进了厕所，他坐在马桶上开始思考。

卫生所里肯定有具体的信息，只不过医生出于保护患者隐私的考虑，不对患者以外的人开放查询病历的权限。

顾毅现在拥有的情报实在太少了，他不想放过任何一个可以调查的机会。

"既然如此，那只能用一些特别的手段了。"

推演开始！

你离开厕所。

李医生正在办公室坐诊，病人来来去去，你没办法潜入办公室调查电脑。

你思索片刻，决定用极端的方式将门诊部的病人赶出去。

你离开卫生所，在附近的小卖部买来白酒和打火机。

你在卫生所门诊部大门附近放火，你怕火势不够大，甚至还把垃圾撒在火堆上。

卫生所里的人果然被吸引，他们纷纷跑出卫生所救火。

你趁乱回到卫生所，钻进李医生的办公室。

卫生所与城里的三甲医院是联网的，所以你可以轻松地查到母亲的所有病史资料。

你输入母亲的名字：金枝。

你查到了母亲的病历。

2021年3月12日确诊癌症，5月初开始服用靶向药。

你还查询了自己、父亲、妹妹以及外婆的就医记录。

父亲和你最近两年都没有生过什么大病。

妹妹在2021年2月1日曾经确诊癌症，却在3月14日被判为误诊。

你在2021年5月11日受过伤，病历上显示是遭遇车祸导致左臂骨折。

外婆因为心脏病于 2021 年 5 月 11 日入院。

门外的嘈杂声越来越大，你听见了消防车的警笛声。

你终止了推演！

顾毅重新睁开眼睛，坐在马桶上仔细回忆之前的细节，找到了几个疑点：

1. 母亲是 2021 年 3 月 12 日确诊癌症的，同年 3 月妹妹的癌症被判为误诊，这两者很难不让人产生联想。

2. 2021 年 5 月 11 日"我"受了伤，那一天也是日记开始写的那一天。

3. 同一时间，外婆因心脏病入院，可能是因为听到"我"和妹妹遭遇车祸，不堪打击而突发疾病。但是"我"和妹妹的日记里都没有提到外婆入院的事情，这极不正常。

4. 很奇怪的是，医院的病历和购药记录最近的也只能看到 2021 年 5 月 18 日，之后的信息一概无法查看。

顾毅摸了摸自己的鼻子，对 4 个疑点进行推理。

第一个疑点：

妹妹被确诊癌症不久后，母亲就被确诊癌症，并且在两个月后开始服用靶向药。如果这不是巧合的话，很可能就是"不可言说"的力量在作祟。

"不可言说"将妹妹的癌症转移到了母亲身上？

如此说来，"不可言说"其实是个"助人为乐"的好人？

不能确定，这只能算是一种猜测。

第二个疑点：

5 月 11 日"我"骨折了，结合"我"的日记进行推测，基本可以确定车祸当天的情况了。车祸后，"我"骨折，而妹妹惨死。

表世界的真实情况究竟如何还不得而知，但里世界一定会在一定程度上影射表世界发生的事情。

第三个疑点：

外婆生病住院的事，无论是"我"的日记，还是妹妹的日记，都没有提到。可能从那一天起，父母就开始隐瞒外婆生病的事情了。

按照外婆的说法，父母从这时开始已经"出卖了良心"。

另外，还有一个细节：

昨天自己去医院找外婆时，那里的护士曾经说过一句话："韩春竹的医药费从入院到现在都没有人交，已经拖欠了快一个月了。"

这说明，在表世界，时间才过去不到一个月而已。

表世界的时间流和里世界的时间流一定不同。

不仅如此，根据外婆的语气也不难推测，表世界里"我"可能正在遭受苦难，以至于"我"在外婆的眼里一直是不健康的状态。

第四个疑点：

5月18日之后的购药记录全都无法查看，这是因为表世界的时间流里，母亲根本没有产生购药行为，所以自然无法影射过来。

"我果然被系统骗了！简介里说的搬到老宅快一年，其实是我已经被困在里世界将近一年时间，而表世界可能才过去不到一个月而已。

"除了卧室，我在这里到处都找不到任何钟表或日历，这是为了混淆我的时间概念，只能依靠手机的倒计时来判断时间。

"另外，车祸未必真的指车祸，就像猫新娘、鼠新郎、小丑、羊肉之类的诡异的存在，很可能都是有暗喻的。

"如此推断的话，车祸也许指代某种足够改变一家三口命运的事件。"

刚刚得到的所有信息，都是顾毅利用非常规手段获取的。如果按照副本剧情进度走，自己想要找到表世界的时间流线索，可能会经历更多波折。

得到了足够的信息，顾毅立刻离开了卫生所，继续骑车在小镇上探索。

忽然间，顾毅听到了一阵唢呐声。

顾毅心中一惊，赶紧骑车躲进了邻居家的院子里。

邻居发现顾毅后，歪着脑袋看着他。

顾毅毫不理会，躲在大门后，闭上了眼睛。

推演开始！

你探出脑袋，仔细观察。

迎亲的队伍在河对岸走过，他们的行进速度飞快。父母若无其事地开车离开老宅，跟着队伍往镇外走去，很快就消失不见了。

你感到胸口一阵发烫。

你掀开领口，原来是独眼眼罩正在发热。

你戴上眼罩。

你的左眼眼前一片漆黑，并没有发生任何事情。

你没有摘下独眼眼罩，你骑上了自行车，远远地跟在队伍后面。

迎亲的队伍路过了小卖部，消失在镇外的虚空之中。

你跳下自行车。

你推测，一定是昨天晚上父母和猫新娘、鼠新郎达成了某项协议，今天应该是去完成交易。

第70章 | 羊肉1

你摘下眼罩。

你的左眼球通红且肿胀，你发现在不远处有一个黑色的闪光点。

你来到闪光的旋涡前，伸手触碰。

你眼睛的烧灼感立刻消失。

你发现自己居然站在了小卖部前面。

老板：你找我有什么事？

你：我刚刚好像看见这里有什么东西，可能是我的幻觉吧？

老板没说话，只是点点头。

你尝试离开，但你发现只要远离小卖部，你的眼睛就会再次发烫。

你知道这是独眼眼罩给你的提示。

你重新回到了小卖部。

老板：你想买什么？杏仁水吗？

你思考片刻。

你：老板，你知道哪边卖羊肉吗？

老板：羊肉你去菜市场买呀，我这儿是小卖部。

你：我说的是那种羊肉。

老板摇了摇头。

老板：我不知道你在说什么，快走吧。

你：羊肉到底是什么？

老板：你再不走我就报警了，年纪轻轻的为什么要买这种东西？赶紧滚，不然我报警逮你！

老板挥舞着拳头。

你撇撇嘴，捂着左眼离开。

你在路边稍微休息了一会儿，眼球肿胀的症状才慢慢消失。

你推测羊肉是黑话，老板应该还做黑中介的事情。

在有些地方，羊肉和牛肉代表不同种类的毒品。

如果真的是这样，父母做羊肉生意其实是在做违法乱纪的事情，这也印证了外婆的说法——父母出卖了良心。

你等了一会儿，唢呐声再次响起。

你赶紧找地方躲了起来。

迎亲的队伍再次出现，但是这次父母的车子并没有混迹其中。

鼠新郎骑在马上看了看四周，朝着小卖部走去。

鼠新郎走下马，找老板买了一瓶杏仁水，接着迎亲的队伍全部消失了。

你愣了一下，也喝了一口杏仁水。

你重新看见了鼠新郎和迎亲的队伍。

鼠新郎并没有离开，而是埋头在小卖部后边的杨树下挖坑，树下居然有一块木板，他掀开木板跳了进去。

过了没一会儿，鼠新郎拎着一个小皮箱跑了出来，又把木板用土盖上。

迎亲的队伍重新出发，离开了小镇。

你赶紧跑到杨树下，重新挖出了木板。

木板在你眼中变得模糊起来，你又喝了一口杏仁水。

你掀开木板，下面有一条深不见底的通道。

你咬牙跳了下去。

前面漆黑一片，你摸了半天才在手边找到了电灯的开关。

这是一个巨大的地窖，面积大概和教室差不多。

地窖里放着一排排货架，上面放满了血淋淋的肉块。

刺鼻的腐臭味和血腥味让你眉头紧锁。

这些就是所谓的羊肉了。

你仔细看了看这些肉块的纹路，与普通羊肉并无区别。

你无法确定这些羊肉是否会有其他象征意义。

你走到地窖的尽头，发现一张办公桌。你在桌面上找到了一个文件，上面被厚厚的雾气覆盖，你只能看清一部分的字迹：

*** 契约

*** 代价为 ***

契约人：顾 **

这应该是一份契约，其上有雾气覆盖可能代表这是由"不可言说"控制的，猫新娘和鼠新郎可能就是这个副本的"不可言说"。

契约的内容暂不可知，你推测契约人就是自己的父亲。

你打开办公桌的抽屉，在里面找到了另外一只独眼眼罩。

你突然感觉头顶一阵潮湿。

你抬头一看，屋顶居然有一大块蠕动的羊肉，血水正在从它身上滴落。

货架上的羊肉全都掉到地上，朝你爬行而来。

羊肉从天而降，遮住了你的口鼻。

你感到窒息。

你的眼前一片漆黑。

你死了。

推演结束！

顾毅睁开眼睛，与邻居四目相对。

"这不是小顾吗？"

"呃……你好。"顾毅尴尬地朝邻居挥了挥手，"我在这里躲一会儿，你不要告诉我父母，可以吗？"

"行吧。"

邻居眨眨眼，就当看不见顾毅。

顾毅蹲在门后，听着唢呐声渐行渐远，这才从邻居的院子里跑了出来。

小卖部后面的杨树下有一个地窖，地窖里有独眼眼罩的另外一半，所以独眼眼罩会在接近小卖部的时候发烫。

眼罩暂时不能发挥应有的作用，恐怕是因为还不完整。

地窖里有诡异的羊肉，在进入之前自己必须先找到对付那些羊肉的办法。

"所以……羊肉到底是指什么呢？"

顾毅摸着鼻子，低声自言自语。

邻居歪着脑袋看过来，笑道："小顾，你想吃羊肉？"

"啊？"

"我们家中午正好煮了羊肉，你要不要尝尝？"

"不用了，不用了。"

顾毅摆了摆手，这才闻到屋子里传来一阵腥膻味。

刚才自己一直在思索推演画面，所以才没注意到这点。

"真可惜。"邻居摇摇头，说道，"咱们镇上难得有一次集市，想买羊肉可不容易了。"

"集市？集市在哪儿？"

"你不知道吗？北边菜市口那儿，到明天那些贩子就回去了。"

顾毅点点头。

村里暂时没有什么线索，不如去集市看看。

顾毅骑车，很快就来到了北边的菜市口。

菜市口有许许多多的摊贩，人来人往，挤得顾毅下不去脚。

地摊上有一股腥膻味。

那些卖土特产的小摊没几个，但是卖羊肉的贩子却多到令人发指，几乎走两步就能看见一个卖羊肉的。

"咩咩——"

一个摊贩甚至牵了两头活羊叫卖，过来问价的人排成了长长一列。

"真是奇怪……"

"咩咩!"

一头小羊咬断了绳子,撞开人群跑了出去。

镇上的居民纷纷跑了过来,将小羊围住,七手八脚地按在地上。小贩骂骂咧咧地拿着鞭子走过来,狠狠地给了小羊两鞭子。

"咩咩!"

"叫叫叫,叫你个头,一路上就你不老实,罚你3天不许吃饭!"

"咩——"

小羊被五花大绑,绝望地扭动着身子。

顾毅与小羊四目相对,他动了恻隐之心,仿佛在这一刻他与小羊产生了心灵上的共鸣。

"这头羊多少钱?"

"啊?"小贩抬起头,疑惑地看着顾毅,"你一个小孩子懂什么,赶紧滚回去。要买也得喊你爹妈来买吧?"

买一头羊还需要经过父母的同意?

顾毅愣了一下,看向四周。

在这里问价的客人全都比自己大上一点,顾毅沉默片刻,埋头跑出了集市。

"看来要换种方式了。"

第71章 | 羊肉2

顾毅在集市口买了一顶鸭舌帽和一个口罩,蹲在路边默默等待。

集市里可能会有自己的邻居。

既然镇上的大人对羊肉买卖如此忌讳,那么自己出现在集市后,很可能会被父母知道。虽然不知道这样做会有什么后果,但必然会加大通关难度。

顾毅百无聊赖地喝了一口杏仁水,正好看见一家人牵了一头小羊离开。

如果他没看错的话,那头小羊就是刚才试图逃跑的小羊。

顾毅闭上了眼睛。

推演开始!

你戴上口罩,压低帽檐跟了上去。

买主夫妻把小羊塞进了后备厢,开车离开。你赶紧骑车跟了上去。

买主的家就在你学校附近,停车之后,买主和他的妻子就把小羊抬了出来。

小羊四蹄着地,咩咩乱叫,奋力挣开了蹄上的绳子。

妻子大骂,却被小羊撞飞在地。

丈夫从院子里拿出铁锹砸在小羊的脑袋上，小羊用力一顶，撞断了羊角，也撞飞了铁锹。

小羊抬起前蹄，一脚踹在丈夫胸口上，几次跳跃跑出院落。

买主夫妻大声尖叫。

小羊慌不择路，朝着你奔来，你赶紧推着车让到一边。小羊的速度很快，如果自己不骑车恐怕根本追不上。

买主夫妻看到你，责骂你为什么不拦着。

你没有说话，骑车绕开夫妻二人。

你抄近路，跟上了小羊。

买主夫妻的汽车先一步堵在了小羊的逃跑路线上，小羊轻巧一跃，跳过了车头，朝着镇子口跑去。

丈夫摇下车窗，大声求助。周围邻居听到声音，纷纷骑着"小电驴"帮忙抓羊。

不一会儿，半条街道的居民全都跑了出来。

你感到很诧异，抓一头羊为什么值得如此兴师动众？

小羊跑进了小树林里，居民也跟着跑了进去。

你没有犹豫，也骑车进了小树林。

自行车在泥地里不好骑，你把车子丢在了一边。

居民吆喝着。

甲：你去那边找！

乙：这片林子不大，它跑不出去的。

丙：西边可以出镇子，你们几个去堵住那边的出口，剩下的人跟我进小树林搜捕。

你追踪着羊蹄印寻找小羊。

当你走到林子中心时，你发现羊蹄印已经很难追踪了。周围居民的声音也变小了，看来他们不准备再搜了，只要堵住出口，小羊就无处可逃。

你没有放弃，继续寻找。

大概过了 10 分钟，你在一堆灌木丛后发现了小羊。

它身上到处是伤口，头上的角断了一只。

你试图靠近小羊。

小羊立刻站了起来，用断裂的羊角对着你。

你后退两步。

你：我是来帮你离开的。

小羊歪着脑袋看着你。

你：我带你走。

小羊似乎听懂了你的话，用脑袋蹭了蹭你的小腿。

你带着小羊走到了小树林边缘，你发现镇子口居然站着四五个大人，男买主也在其中。

你：你在这里等一会儿，我把那些人引开。

小羊没有发出任何声音。

你跑出小树林，说看见小羊离开小树林朝北边跑了。

众人深信不疑。

你回头牵着小羊把它送到镇子口。

你也想踏出小镇，但立刻被无形的力量推了回去。

小羊离开了小镇。

镇外的虚空风暴汹涌地袭来，立刻将小羊卷成了碎片。

你惊讶地往后退了两步。

居民们此刻正站在你的身后，买主夫妻对你怒目而视。

丈夫：你居然把羊放跑了？

妻子：打死他！

你被人用铁锹砸破了脑袋。

你的眼前一片血红。

你死了。

推演结束！

顾毅睁开眼，刚好看见买主夫妻牵着小羊从自己面前经过。

小羊发出"咩咩"的叫声，夫妻两人合力把小羊塞进了汽车后备厢。

"又是一条规则……丢了一头羊而已，至于把人打死吗？"

顾毅挠了挠头，拿出纸笔记下了新的规则：

当有小羊试图逃跑时，必须去阻止，不能让它离开小镇。

小镇民风"淳朴"，和哥谭市有一拼。

当然，顾毅不会真的把羊当成羊。

这一定有其背后的隐喻。

顾毅来不及思考，电话铃声就响了起来。

又是母亲打来的电话。

"妈妈。"

"你晚上回来吃饭不？"

"嗯，回来。"

"今天晚上我们吃红烧羊肉，你早点回来。"

"呃……好的。"

顾毅点点头，看了看天色。

现在也没有什么别的地方可以探索了，顾毅只好回家。

小镇里没有什么额外的线索。过了今天，会有新的日记解锁，那时自己才能获得新的线索。

顾毅接回妹妹，在路上闲逛一会儿便回了家。

母亲拿着一盘红烧羊肉放在了桌子上，母亲的手艺很棒，顾毅根本没闻到一点腥膻味。

顾毅举着筷子，始终不敢夹羊肉吃，他想起了日记里的内容——"羊肉可能变质了"。

顾毅闭上眼睛。

推演开始！

你夹起一块羊肉放进嘴里。

味道虽然有些奇怪，但是吃起来感觉还不错。

你又夹了一块。

你感到腹中剧痛。

你全身麻痹，呼吸急促。

父母一脸疑惑地看着你。

你的眼前一片漆黑。

你死了。

推演结束！

"儿子，你怎么不吃羊肉？"母亲笑眯眯地看着顾毅，"你好像很久都没吃羊肉了吧？"

"不，我最近上火，还是不吃了。"

顾毅强颜欢笑，不敢再去看那盘羊肉。

"行吧，那太可惜了。"

父母叹了口气，开始吃肉。

妹妹尝了两口，觉得羊肉嚼不烂就不吃了。

第72章 | 羊肉3

晚饭后。

顾毅在纸上写满了密密麻麻的规则和推理结果，他在上面添了一条新的规则：不要吃羊肉制品。

顾毅已经渐渐明白这个副本的意图了。

这是一个需要自己去推理、判断和总结规则的副本，一不小心就会触发即死 flag。

信息差、时间锁、空间锁是副本里最大的难点。

整个副本里唯一可以提供文字信息的，只有手机短信和日记本，偏偏这两个道具记录的文字都语焉不详，需要依靠冒险者脑补和推理。

白天的时候，顾毅忙着探索小镇，没时间仔细思考。

现在有空，他正好可以慢慢地推理和思考。

"羊肉……这个东西到底代表着什么？是指毒品吗？"顾毅摸了摸下巴，"不对，应该不是，小羊是活物，不是死物，所以……羊肉指的是……人？"

"哕——"

想到这点，顾毅不由得捂住了嘴巴，胃里翻江倒海。

难怪自己吃下"羊肉"后会直接触发即死 flag！

顾毅认识一个学法医的朋友，他告诉过自己，人肉煮熟了会有种甜腥味，口味与羊肉接近。

古时，在战乱和饥荒年代，人也被称为"两脚羊"。

如果把羊当成活人来看待，那么自己白天遭遇的一切就好理解了。

羊贩子就是人贩子。

买主夫妻看见小羊跑了，发动所有邻居来追，因为这是他们花钱买回来的活人。

小羊出镇之后就会被虚空风暴撕碎，是因为他人生地不熟，无法独自离开崇山峻岭。

买卖人口是违法行为，全镇居民都曾参与其中，他们要么是买家，要么是卖家。

只要有一家的"羊"出逃了，所有人都会帮忙抓"羊"。

他们根本就是在集体作恶！

顾毅放跑了"羊"，在其他居民看来，无异于背叛了整座小镇，所以他才会被群殴致死。

父母煮的羊肉未必真的是人肉，其中的暗喻是：父母用买卖人口赚来的钱养活了自己，所以自己就像是在"吃人肉"。

推理到此处时，顾毅内心的愤怒已经冲上了顶点。

在顾毅看来，这个副本里最大的恶并不是"不可言说"，而是那些狼狈为奸、拐卖人口的居民。

"算了，睡觉吧，看看明天会解锁什么样的日记。"

顾毅收起纸笔，躺在床上睡觉。

翌日清晨。

顾毅先是打开手机，查看匿名用户新发来的短信：

2021 年 5 月 14 日，晴。

我的身上长了很多冻疮，妈妈用老鼠油给我涂在伤口上，她说这种奇怪的东西可以治疗冻伤。

我发烧了，直到晚上体温才稍微降低了一点。

不想写了，好累。

"老鼠油是什么东西？老鼠脂肪炼成的油吗？真恶心……"

昨天的日记里妹妹写到自己被母亲折磨，到了第二天，她不仅生了冻疮，还发烧了。

可是，母亲不仅没有送妹妹去医院，还用"老鼠油"这种奇怪的药物来给妹妹治病，使妹妹处于水深火热之中。

顾毅觉得，匿名用户已经变得有些不对劲了。

之前，顾毅觉得匿名用户是站在自己的对立面，想要让自己触发即死 flag。但现在顾毅却觉得这是匿名用户在向自己求助。

"看看我的日记有没有什么新的线索。"

2021 年 5 月 14 日，晴。

昨天晚上做梦的时候，又一次梦见了妹妹，我看见她正在饱受摧残。我依然放不下，我始终觉得是我的失误让妹妹失去了生命。

父母一大早就出门了，说是有急事。我问他们要做什么，他们缄口不语。

今天上学的时候，我发现学校里的同学、老师都变得好奇怪，他们的眼神逐渐失去了光彩。陈东每天都瞪着死鱼眼，也不知道他在想些什么。

上体育课的时候，我听见旁边传来了马鞭声、哨声。

难道又有人请小丑来表演节目吗？

从 5 月 14 日开始，"我"意识到了里世界的虚幻。

并且这一天会有小丑路过学校。

显然，这个副本里的小丑和上个副本里的猪头店长起到了类似的作用。

这是一个难得的机会，自己一定要想办法避免去上学，不然今天的时间流又会加速。

"怎么办？用那种方法可以骗过父母吗？"

顾毅轻轻敲了敲桌子，闭上眼睛。

推演开始！

你对着镜子抽自己巴掌，直到脸颊变红。

你拿出体温计在灯泡上烤了一会儿，直到温度达到 38 摄氏度。

你躺在床上装死。

母亲在敲门。

你：妈妈，我发烧了。

母亲推门而入，一脸担忧地看着你。

母亲：发烧了？多少度？

你把体温计递给了母亲。

母亲：要不然，我带你去医院吧？

你：不用了，我还要去上学。

母亲：这怎么行？我帮你向老师请假，带你去医院。

你：我在家休息一会儿就好了，不想去医院。

母亲：这……

父亲走到房门口，催促母亲。

父亲：约好了时间，不要迟到，你磨叽什么？

母亲：儿子病了。

父亲：家里有退烧药，你拿着吃。我和你妈先走了。

母亲没有说话，她帮你盖上被子，转身离开。妹妹站在门边，欲言又止。

你躺在床上，听到了汽车发动的声音。

你终止了推演！

顾毅睁开眼睛，躺在床上。

用灯泡烤体温计是他小时候用过的招式，但没有一次是成功的。因为父母发现自己发烧后，就算有天大的急事，他们也会先带自己去医院看病。

但是反观副本里的父母……

顾毅甩甩头，从抽屉里找到体温计，如法炮制。

不一会儿，母亲果然如推演时一样来到了他的卧室。

"儿子，你怎么了？"

顾毅耷拉着脑袋看向母亲，总觉得她那关切的眼神变得假惺惺的。

顾毅突然想起了外婆临别前说的话。

她可能想说的是——顾建军不是你的父亲！

第73章 | 暗月马戏团 1

"我生病了。"顾毅虚弱地说。

母亲走过来，接过顾毅手里的体温计，她犹豫了一下，问道："生病了？要不要我带你去看医生？"

顾毅没有说话，只是闭上了眼睛。

母亲拿着体温计，手足无措："我先帮你请个假？"

顾毅依然没说话。

母亲摸了摸顾毅的脸蛋和额头："真的好烫啊，我带你去医院吧。你等一下，我先和领导请个假。"

顾毅心中毫无波澜。

妹妹站在门框边，望着沉默的哥哥欲言又止。

"请什么假？不过就是发烧而已，家里有退烧药，你给他吃一点就行了。"父亲拉住母亲，"都和他们约好了，你还想放人家鸽子？"

母亲犹豫了一下，替顾毅盖好被子："我给你倒杯水，你在家好好休息。"

父母离开了房间。

顾毅扭过头去，看了一眼妹妹。

妹妹欲言又止，接着转身跟在了父亲后面——她还得去上学。

顾毅躺在床上，听到了父亲发动汽车的声音。母亲临走时说要给自己倒水，却始终没有来。

顾毅从床上爬了起来，他拿出笔记本，在纸上写下了新的推论：

自己并不是父母亲生的，"我"可能是被拐卖来的。

顾毅拿出手机看了一眼时间：

3 天 23 小时 39 分。

这倒计时就像催命符一般在自己面前闪烁。

顾毅换好衣服，来到了学校隔壁。

临走前，父母并没有给自己安排任何任务，所以副本里的时间流是正常的。

顾毅徒步走到学校门口，花费了半个小时。他在门口休息了一小会儿，果然在学校隔壁听到了一阵马鞭声。

顾毅顺着声音传来的方向走了过去。

这里是一片空地，什么也没有。

"嗯……在这里也得喝水吗？"

顾毅从背包里拿出杏仁水喝了一口，杏仁味充斥鼻腔。

"哟——"

顾毅深吸一口气，面前的空地突然开始扭曲变形。

一扇被虚空风暴环绕着的大门出现在他面前，门楣上还挂着一个小丑的标志。

"总算找到你了，开始推演！"

推演开始！

你走到那扇诡异的大门前，推门而入。

你被卷入虚空之中。

1 分钟后，你重新落回地面。

你发现自己来到了一个热闹的马戏团里，可是除了你，马戏团里没有任何一个客人。

小丑正在你面前开心地耍杂技，他们不会说话，只用肢体语言与你交流。

你继续往前走，遇到了那个跳水离开的小丑。

小丑开心地对你招手，并吹了一顶气球皇冠戴在你的脑袋上。

小丑拉着你，来到一个大型帐篷前。

帐篷正中，有一个穿着黑紫色西装的侏儒。

侏儒：客人您好，欢迎来到暗月马戏团，我是马戏团的团长暗月。不得不说，您头上的皇冠可真漂亮，祝您在我们的马戏团里玩得开心。

你：呃……谢谢。

暗月：哦，对了，为了可以更好地在马戏团享受，请您一定要遵守我们的观众守则哦。

暗月打了个响指，一份黑底白字的观众守则落在你掌心：

暗月马戏团观众守则

1. 请不要在观众席上追逐打闹，影响其他观众的观看体验。

2. 团长会随时邀请观众上台参与互动，如果你能在小游戏中获胜，你将获得暗月奖券。

3. 一分钱一分货，我们马戏团出售的东西绝对没有假货。

4. 马戏团可没有免费的午餐哦，千万不要随便捡路边的东西吃，那可能会害了你。

你沉思片刻。

暗月马戏团的观众守则，是你在副本里找到的第二套规则。

"我"和妹妹的日记中都提到过小丑，从目前的剧情发展看来，马戏团应该和上个副本里的店长一样处于中立地位。

你觉得自己可以相信他们。

你：谢谢，我可以在这里看表演吗？

暗月：当然可以，只要你有门票。

你愣了一下。

暗月跺了下地板，悬空浮在你眼前，他小手一挥，从你的怀里拿出那半边独眼眼罩。

暗月：嗯……这不就是你的门票吗？购票人顾瑶，她是你什么人？

你愣了一下。

你：她是我妹妹。

暗月：哦，原来如此。你拿好票根，赶紧去座位上吧。

暗月用指甲在独眼眼罩上划了一道痕迹，把眼罩交回你手里。

你收好眼罩，坐在座位上。

马戏团的表演开始了。

10个长相一模一样的男人出现在舞台边缘，进行各种杂耍表演。

暗月拿着话筒，环顾四周。

暗月：观众朋友们，今天我们的互动环节马上就要开始啦。有人想来参加我们的互动环节吗？

你立刻站起来。

暗月：很好，这位观众你叫……

你：顾毅。

暗月：很好，顾先生请下来吧！

音乐声响起，你跳下观众席。

舞台上的场景立刻变化，你的脚下出现一条黑曜石跑道，你的前方满是各种各样的障碍物：独木桥、吊索、攀岩壁……

这些障碍物下面，全都是滚烫的岩浆。

你被热气熏得眯了眼睛。

暗月：顾先生，这就是我们的互动小游戏啦。一会儿我会派出我的手下与你一同比赛，只要你能在他之前到达终点，你就可以获得我们的暗月奖券。

暗月拍了拍手。

另外一个长着招风耳的侏儒从天而降，落在你面前。

暗月指了指起点。

暗月：各就各位。

你和侏儒同时站在起点。

暗月：预备——跑！

你冲出了起点。

侏儒的身材比你矮小很多，速度根本比不上你。

你感到很疑惑。

暗月选这么个手下和自己比赛，难道是怕自己赢不了？

你提高了警惕。

你率先冲到了第一个障碍物前。

这是一座独木桥。

你回头看了一眼，侏儒离你还有3米远。

你踩上了独木桥。

你往前走了两步。

你的鞋带突然开了。

你踩到鞋带，脚下一滑，落入岩浆之中。

你化为一团灰烬。

你死了。

推演结束！

第 74 章 | 暗月马戏团 2

顾毅睁开眼睛，望着自己的鞋子，郁闷地说道：

"怎么会有这么倒霉的事情？早知道就不穿有鞋带的鞋了。"

顾毅望着面前的大门，心中激动不已：

暗月马戏团给他带来的线索实在太多了！

第一：

顾毅手里的独眼眼罩就是马戏团的门票，并且购买人是妹妹。只要通过马戏团的考验，获得暗月奖券，那基本就可以推测出妹妹从马戏团那里获得过什么奖励了。

第二：

关于规则的猜测。

整个副本里有明确规定、不需要冒险者自己总结规则的地方只有两个，一个是暗月马戏团，一个是老宅。这两个地方一定有什么内在联系。

"回溯！"

回溯推演开始！

你和侏儒站在同一条起跑线上。

你蹲在地上，脱下了鞋子、袜子。

你想了一会儿，干脆连上衣和裤子也脱了，只剩下内裤。

暗月：你这是在做什么？

你：减少风阻。

暗月：哈哈哈，看来顾先生对比赛很重视呢，那我们正式开始比赛吧。各就各位，预备——跑！

你跑了出去，侏儒根本追不上你的脚步。

你跳上了独木桥，如履薄冰地通过。

第二个障碍是一段跳台，需要借助头顶的绳索荡过去。

你抓住了绳索，荡了过去。

飞到一半的时候，绳索断裂，你在半空中手忙脚乱地稳住身形，差点掉进岩浆。

你扶着跳台，勉强才爬上去。

你的身体素质并不优秀，你休息了半天才喘过气来。

此时，侏儒已经成功走过独木桥，来到跳台前，轻松地抓着绳索荡到对面。

第三个障碍物是攀岩壁，侏儒短手短脚，行动缓慢。

你休息够了，转身开始攀爬。

你很快爬到顶部。

你的手出汗太多，没有抓牢扶手，你掉了下去。

你摔在地上，头晕目眩。

你听见哨声响起。

侏儒先你一步爬过了攀岩壁。

你输掉了比赛。

暗月：不好意思呀，顾先生，你输掉了比赛，将要接受我们的惩罚哟！

你全身剧痛。

你的脸上长出了小丑面具。

你逐渐迷失了自我。

你死了。

推演结束！

"嗯？"顾毅睁开眼睛，"难道这些家伙对我的赛道做了手脚？"

顾毅摇摇头，重新推演。

回溯推演开始！

你和侏儒站在起跑线上。

你脱掉了鞋子和衣服。

暗月：咦？你这是在做什么？

你：怎么？我裸奔犯规吗？

暗月：哈哈哈……那我们开始吧，各就各位——

你：等等，我要求换赛道。

暗月：什么？

你：我和他换赛道，我不想走这条道。

暗月：没关系。

你和侏儒交换赛道。

比赛开始。

你率先来到了独木桥。

突然，岩浆喷涌而出，洒在独木桥上。

独木桥瞬间被点燃，你手脚并用爬到了对面。

你跳起来抓住了绳索。

你的手心汗水太多，你险些滑落。你赶紧荡回来，将绳子在手腕上缠了两圈。

你终于荡到对面。

你扭头看向侏儒，发现对方已经在攀岩壁上爬了一半。

你赶紧跑过去。

攀岩壁轰然倒塌，砸在你脑袋上。

你眼前一黑。

你死了。

推演结束！

"怎么会这样？"

顾毅摸了摸下巴，仔细思考着。

如果第一次失败是因为意外，第二次失败是因为被做了手脚，那么第三次失败又是因为什么？

这完全说不通。

"所以……我只能是被规则制裁了。究竟是哪条规则我没遵守？"

顾毅回忆着暗月马戏团的观众守则，完全看不出任何不妥，这几乎就是每个观众的基本素养。

顾毅闭上眼睛，仔细回忆闯关的每一个细节。

"不对，不是闯关的时候，而是刚进门的时候。"

顾毅摸了摸鼻子。

在刚进入马戏团时，小丑给自己送了一顶气球皇冠，暗月看见之后还夸奖了自己。

观众守则里的第 4 条：

马戏团可没有免费的午餐哦，千万不要随便捡路边的东西吃，那可能会害了你。

这里的"午餐"，可不仅仅指吃的呀。

小丑送自己的气球皇冠，难道就不是免费的午餐吗？

上次小丑做出的气球剑可是能直接杀死蟒蛇的，难道这次小丑送的气球皇冠就没有"诡异"的力量了吗？自己二话不说接受了别人给的好处，却不知道正好落入了别人的陷阱。

那气球皇冠，很可能是会让自己倒霉的诡异物品！

"我明白了。"

顾毅默默推演了一次，问题果然出现在那顶气球皇冠上。他扭了扭脖子，闲庭信步地走进了那扇巨大的传送门。

顾毅耳边传来了马戏团的欢快音乐。

正如之前推演的一样，那个熟悉的小丑一蹦三跳地来到顾毅面前，吹出一顶气球皇冠就要给他戴上。

"哎！不必了。"顾毅脑袋往后一缩，"你带我去见你的团长。"

小丑愣了一下，也没说什么，拉着顾毅就往马戏团最大的帐篷走去。

顾毅终于见到了暗月，他不由得感到后背一阵发凉。

推演中的暗月穿着黑紫色的西装，而现实中的暗月穿的却是纯黑色的西装。

暗月马戏团来自更高维度，自己的推演和现实的情况产生了一些偏差！

"哦，欢迎来到暗月马戏团。"暗月笑眯眯地说道，"如果想在马戏团里度过欢乐的一天，还请您遵守以下规则。"

暗月一边说着，一边把写着规则的字条交到了顾毅手里。

顾毅展开一看，字条白底黑字，但所幸上面的内容和推演时并无差异，只是在某些细节上有出入。

"谢谢。"

"那么这位观众，请问你的门票带了吗？"

"当然。"

顾毅从口袋里拿出了那只独眼眼罩。

暗月接过眼罩，用指甲在上面划了一道痕迹，接着伸手指向观众席："暗月马戏团欢迎您的光临，请您赶紧找个位子坐下吧，精彩的马戏表演马上就要开始了。"

顾毅点点头，来到了观众席。

此时，他感到全身冰冷，如坠冰窟。

马戏团的整个景象在他眼里发生了天翻地覆的变化。

第 75 章 | 暗月马戏团 3

顾毅坐上观众席后，周围的一切都发生了天翻地覆的变化。

原来，这个马戏团里并非空无一人。

观众席上坐满了奇形怪状的观众。

有的人长着黄色的皮肤，一身肌肉疙瘩，有一条闪电状的尾巴，脸上还有两坨圆粑粑似的腮红；身边那位戴着红色帽子、穿着蓝色夹克的一身肌肉的兄弟似乎是他的监护人。

有的人长得四四方方，身上全是孔洞，戴着一个金鱼缸当头盔，牵着一只蜗牛当宠物；身边那位酷似海星、浑身上下就穿着一条沙滩短裤的生物似乎是他的好朋友。

还有的观众就更夸张了，居然是一盆狗尾巴花！

难道这些都是来自其他平行宇宙的生物吗？

"马戏表演开始啦！"

暗月举着话筒，脸上露出诡异的笑容。

顾毅没有心思欣赏表演，他一直在等互动小游戏开始。

十胞胎的表演结束了，暗月重新走上舞台。

"接下来，我们要开始玩互动小游戏了，有没有哪个观众愿意尝试一下呢？"

"我。"

顾毅从座位上站了起来，在场的所有观众全都把视线移到了他身上。

顾毅不自在地扭了扭脖子——任谁被一盆狗尾巴花盯着都会不舒服。

"来吧朋友，请上台。请问你怎么称呼？"

"顾毅。"

顾毅淡定地跳上了舞台。

顾毅气喘吁吁地站在终点，回头望去。

侏儒才跑了一半，而自己早已经跑完赛程。

没有了气球皇冠的厄运诅咒，顾毅闯关的过程再没出现意外。

他在推演时已经练习过多次，尽管身体素质不强，但他依然靠熟练度成功赢得了比赛。

暗月一边鼓掌一边飞到顾毅身边。

"顾先生，你可太厉害了，我从来没有见过如此矫健的身手，我总觉得你好像在这条赛道上跑过无数次。"

"在梦里跑过。"

"哈哈，那你可太厉害了。"

暗月一边说着，一边从怀里掏出一张奖券递到顾毅手里。

奖券是紫色的，上面画着一个黑色的月亮。

"你成功地完成了我们的互动游戏，现在你可以拿着奖券去找我们的占卜师兑换礼物了。他虽然长得很丑，但绝对是个好人。"

"谢谢。"

顾毅点点头，捏着奖券离开了大帐篷。

小丑待在帐篷门口，踮着脚尖，手指向东北方向。

那里有一个小型的紫色帐篷，帐篷的门帘上画着一个白色的水晶球，显然那就是占卜师的帐篷。

"谢谢。"

顾毅挥了挥手，来到小帐篷门前，他闭上眼睛尝试推演：

推演开始！

你掀开门帘走了进去。

你的眼前一片虚无。

你终止了推演。

"喊……不会又碰到那家伙了吧？"

顾毅皱了皱眉，深吸一口气走进了帐篷里。

帐篷顶画满了各种复杂的星图，正在闪烁着诡异的紫色荧光。

帐篷正中间摆着一张长桌，两张红木椅相对摆放。

面对着顾毅的红木椅装饰华丽，好像王座一般。

长桌边缘整齐地摆放着水晶球、塔罗牌、灵摆、羽毛笔和羊皮纸，紫色的香薰蜡烛飘散着淡淡的薰衣草味道。

顾毅不由得皱起眉头，这一套桌椅竟然和老宅三楼的桌椅如出一辙。

"有人吗？"

顾毅拉开椅子，坐了下来。

"来了。"

低沉的嗓音传来。

占卜师掀开门帘，从顾毅对面走进帐篷，他穿着一身黑色的袍子，兜帽遮住了半边脸。

他坐在顾毅面前，缓缓揭开了兜帽——对方和自己长得一模一样。

"顾毅，好久不见。"

"我感觉自己就像在照一面很没品位的镜子。"顾毅摆摆手说道，"别故弄玄虚了，我看着很恶心。"

"你可真不懂幽默。"

占卜师打了个响指，他的脸立刻变成了调色盘，各种各样的颜色混杂在一起。

"那么，给我看看你的奖券吧？"

顾毅点点头，把奖券丢到占卜师面前。

占卜师拿着奖券仔细打量，接着撕成碎片，又用蜡烛烧成了灰。

"现在摆在你面前的有两条路：我可以直接让你离开梦境，这样你就可以达成普通级通关的条件；我也可以为你占卜，并给你一些重要的提示。你选择哪一条？"

"当然是第二条。"

"你可真是顽固。"占卜师撇撇嘴，脸上的调色盘变成蓝色，他抚摸着水晶球，"盯着它看。"

顾毅扭过头，看向水晶球。

突然间他感到一阵窒息，紧接着周围的场景猛然一变，他发现自己重新站在了小卖部附近的地窖里。

场景再次转变，他回到了中学后面的小树林里，那里同样有一棵杨树，与小卖部后方的杨树一模一样，连树干上的花纹都如出一辙。

哗啦——

顾毅听到一阵水声，紧接着他又回到了小帐篷里。

"恭喜冒险者成功探索'暗月马戏团'！

"你的剧情探索度提升！

"目前探索进度为24%！"

顾毅松了松领口，深吸一口气，系统的提示音无疑是对占卜结果最好的佐证。

暗月马戏团对推进剧情探索进度起到了至关重要的作用，所以对探索进度的贡献超过了10%。

"你还有什么想问的吗？"

"嚯，到现在还不忘引诱我犯错？"

顾毅冷笑了一声。

暗月马戏团里没有免费的午餐，占卜师如此殷勤绝对不正常。

啪！

占卜师打了个响指，脸上的调色盘变化为红色。

顾毅感受到一阵窒息，紧接着他和占卜师在同一时间穿梭空间来到了老宅三楼的密室里。

顾毅下意识地看了一下手机倒计时，此刻居然是静止状态。

"现在我们不在马戏团了，我还顺便帮你解除了老宅三楼的'诡异'力量，我已经展现出我的诚意。现在你可以问我3个问题，我只能回答'是'或'不是'，并且问题只能围绕这个副本展开。"

顾毅摸着鼻子，思考了一会儿。

"妹妹是通过暗月奖券变成'不可言说'的吗？"

"是。"

"老宅三楼的密室里有提前离开这座小镇的线索吗？"

"是。"

"暗月马戏团仅存在于这个世界吗？"

"不是。"

顾毅点点头，将所有线索记在心里。

"好了，我的任务完成了，接下来我们可以聊点私事了。"占卜师笑眯眯地看着顾毅，"顾毅，导演很中意你。这次的副本是他亲自为你挑选的，还对你进行了特殊照顾，这足以表示他对你的喜爱了。"

"什么意思？"

"顾毅，你是个聪明人。"

顾毅感到后背发寒，就好像始终有人在窥探自己的一举一动。

"导演的目的是什么？"

"拍出一部伟大的作品。"

"其代价是折磨人类？让他们陷于水深火热之中？"

"嘿嘿，快别这么说。"占卜师摇了摇头，"咱们开门见山吧，难道你不想成为——'神'吗？"

第76章 | 调色盘

"别说了，我和你没办法愉快交流。"顾毅站起身来，居高临下地看着占卜师，"我死都不会与你们同流合污。"

顾毅转身离开了密室。

占卜师脸上的调色盘不断变化，直到变成了忧郁的蓝色。他拿起塔罗牌，熟练地洗牌、切牌，从中抽出一张牌来：

死神身着黑甲，骑着黑马，在他的铁蹄下躺着无数尸体。

牌面正下方，写着一行文字：

DEATH 死亡。

顾毅走出了密室，倒计时的时间流终于恢复正常。他扭头看向身后，占卜师早已在不知不觉间消失了。

通过前两个问题，顾毅基本确定了接下来的攻略方向。

第一个问题：

妹妹一定和暗月马戏团的人达成了某项协议，从而化身为"不可言说"，不然马戏团门票上不可能写有她的名字。

顾毅没有傻乎乎地问妹妹是不是"不可言说"，而是问妹妹是不是通过暗月奖券变成"不可言说"，这等于用一个问题解决了两个疑问。

另外，占卜师曾提到了"梦境"，这说明妹妹的"诡异"力量可能和梦境有关。

第二个问题：

和第一个问题一样，顾毅用一个问题解决了两个疑问。

一是时间上的疑问，自己能不能提前离开小镇。

二是空间上的疑问，老宅三楼里是否有离开小镇的线索。

第三个问题：

这是顾毅对《诡异世界》的猜测，这几乎证实了他的观点，《诡异世界》的所有副本世界都是有其原型的，甚至根本就是某个平行世界的本体。

暗月马戏团就是其中之一。

顾毅产生了一个大胆的想法，他决定用这个副本世界做试验，但前提是自己必须尽快推进进程，将副本的探索度提高到70%以上，获得与现实世界的人交流的机会。

此外，占卜师最后的闲聊也耐人寻味。

《诡异世界》也是需要招聘人手的，而他们招聘的对象显然就是在《诡异世界》里表现优秀的冒险者。

曾经也有几个惊才绝艳的冒险者死在《诡异世界》，甚至他们死亡的原因都极其敷衍，大部分人都是难以忍受精神侵蚀或巨大压力而自杀。

现在，顾毅已经可以确定：

这些人并不是真的死在了《诡异世界》，而是助纣为虐，转化成了《诡异世界》的一部分。

"嘿，真是越来越麻烦了……"

3天14小时21分。

他已经在暗月马戏团里消耗了不少时间，没时间闲逛了。

顾毅按照水晶球里的指示，终于在学校后面的小树林里找到了那棵诡异的杨树。他没有急着打开地窖，而是闭上了眼睛。

推演开始！

你饮下一口杏仁水。

你在杨树下挖出了地窖门。

你打开地窖，钻了进去。

这里的地窖与镇子口的地窖结构相似，你在地窖深处找到了办公桌，你在抽屉里找到一根皮鞭。

地窖里的羊肉开始移动。

你用力抽响皮鞭。

羊肉不停颤抖，落在地上，逐渐化为一块死肉。

你沉思片刻。

眼罩和皮鞭都是给小羊准备的。

眼罩遮住了它们的眼睛，它们就没办法找到回家的路。

如果小羊不听话，用皮鞭抽打便是惩罚。

两样剧情道具，包括羊肉的暗喻，都在控诉整个环岛小镇的罪恶真相。

你确定地窖里没有任何危险了。

你终止了推演。

顾毅睁开眼睛，饮下一口杏仁水，如推演时一般走进了地窖之中。

阴冷的地窖。

血腥味的空气。

昏暗的光线。

顾毅望着满货架的羊肉，心如刀绞。

货架上的每一块羊肉，都代表着一个被拐卖的妇女或儿童，都代表着一个支离破碎的普通家庭，都代表着一个迷失在深山的孤独灵魂。

顾毅从办公桌里拿出那根皮鞭，耳边响起系统的提示音：

"你找到了特殊剧情道具'血迹斑斑的皮鞭'！

"你的剧情探索度提升！

"目前探索进度为 34%！"

皮鞭散发着淡淡的红光，血腥味扑鼻而来。

地窖里的羊肉开始产生异动，顾毅用力抽响鞭子，羊肉全部落下货架，失去了活性。

多可笑呀——

自己明明想要帮助受困的灵魂解脱，却反而需要借用凶手的武器才能对付它们。

"对不起，你们等着我。"

顾毅收好皮鞭，马不停蹄地来到了镇子口小卖部的地窖中。

这一次，顾毅一进地窖，羊肉便扑到了他脸上。

顾毅抽出皮鞭，噼啪一阵乱打，身上的羊肉立刻落在地上。

"呼——"

顾毅恢复自由，调匀了呼吸，这才来到桌子边找到了另外半边独眼眼罩。

"你找到了特殊剧情道具'独眼眼罩'！

"你的剧情探索度提升！

"目前探索进度为 44%！"

顾毅从怀里拿出了另外一只独眼眼罩，两只眼罩互相吸引，融合在一起。

"这次应该能起作用了。"

顾毅戴上眼罩。

视线中的一切都变成了幽蓝色，他环顾一圈，在老宅的方向发现了一个金色的闪光点。

"这东西是可以指示出路的道具？"

顾毅暂时没有搞清楚眼罩的具体作用，不过他本来也是想拿到所有道具之后，就前往老宅寻找离开的线索。

顾毅收好眼罩，打开了办公桌的抽屉，在里面找到了那张契约：

"你找到了特殊剧情道具'暗月马戏团的契约'！

"你的剧情探索度提升！

"目前探索进度为45％！"

契约的探索度贡献为1％，看来也是一个线索类道具。

不过，顾毅已经可以确定了，契约人一栏填的并不是父亲顾建军的名字，而是妹妹顾瑶的。

拿上契约和眼罩，顾毅离开地窖，径直往老宅走去。

顾毅站在老宅门口，戴上眼罩。

金色的闪光点果然就停留在三楼的位置。

顾毅冲进家门来到三楼密室，他戴上眼罩四处寻找一番，发现金色的光芒来自办公桌下面的地板。

顾毅摘下眼罩，爬到桌子下面敲了敲，地板是空心的。他回到楼下找来锤子，用力砸向地板。

咔嚓！

地板裂开，在一片灰尘之中，顾毅找到了一个调色盘。

"你获得了特殊剧情道具'调色盘'！

"你的剧情探索度提升！

"目前剧情探索度为55％！"

第77章 | 逃离里世界

"调色盘？为啥是这个东西？"

顾毅拿着调色盘左右打量，越看越像占卜师脸上贴着的那个调色盘。

"嗯……"

顾毅摸了摸鼻子。

在上个副本中，主持人扮演假托托，他气急败坏离开的时候，脸上的调色盘变成了红色。

这一次的副本中，主持人扮演占卜师，他从马戏团回到老宅的时候，脸上的调色盘也变成了红色，在进行占卜时则变成了蓝色。

难道调色盘上的颜色不同就可以施展不同的"诡异"力量？

红色是空间穿梭？

蓝色是预知未来？

"试一试能不能行。"

推演开始！

你拿着调色盘，来到妹妹的房间。

你从妹妹的写字台上找到了颜料。

你先将蓝色的颜料涂在调色盘上。

颜料被调色盘吸收，调色盘变得洁白如新。

蓝色颜料对调色盘不起作用。

你拿起红色颜料挤在调色盘上。

调色盘开始发烫并剧烈振动。

你赶紧丢下调色盘。

一扇虚空之门出现在你面前。

你踏入门中。

你的眼前一片虚无。

你终止了推演！

"应该没有问题了，不能推演是因为我离开了里世界，去了更高层次的空间。"

顾毅拿着调色盘，顺便把找到的剧情道具全都装进了书包，来到妹妹的房间里，找出颜料。

他拿出蓝色颜料，刚刚拧开盖子，却听见周围传来一阵窸窸窣窣的声音。

顾毅心中一凛，额头流下一滴冷汗。

"推演！"

推演开始！

你的眼前一片虚无。

你的眼前一片虚无。

你的眼前一片虚无。

你死了。

推演结束！

顾毅赶紧拿起调色盘，回头看去。

妹妹的房间开始变得模糊扭曲，一个个像素块正在土崩瓦解。顾毅拿出杏仁水喝了一口，果然在身后看见了飘浮在半空的妹妹。

她是来自更高维度的"不可言说"，所以自己无法利用天赋能力进行推演。

如果自己处理不当，可能会直接触发即死 flag。

刺刺刺——

妹妹的头发飘了起来，发丝之间闪烁着蓝色的电光，她缓缓地睁开了眼睛。

"你到底是谁？"

妹妹没有张嘴，但是顾毅却清楚地听见了她的声音。

顾毅的心脏跳到了嗓子眼，他握紧拳头，手心满是汗水。

"你不认识我了？我是你哥哥……"

"不，你不是他，你是谁？"

顾毅双脚悬空，全身不受控制，连呼吸都变得困难起来。

"别管我是谁，重要的是我能解除你的痛苦。"顾毅从喉咙里挤出声音，"不要这样……我快窒息了。"

"就凭你？你懂什么！是你害死了我的哥哥，是你害死了他。"

"你的哥哥没有死，而是被你禁锢在梦境之中，该醒来了顾瑶。"

"你在骗我！我要永远和我的爸爸、妈妈，还有哥哥在一起，把你杀了，我就能把哥哥重新找回来了。"

顾毅双眼通红，眼冒金星。

"他们……不是你的父母……蠢货！"

妹妹闻言，愣了一下。

顾毅压力骤减，他继续下猛料：

"你要是还想让你的哥哥活着，就放开我，他们正在对你的哥哥做各种残忍的事情。你也不想让你哥哥像你一样被虐待，对吧？你希望哥哥可以自由地活着，和爸爸妈妈一起生活，对吧？"

"你在说什么？你根本什么都不知道！"

妹妹根本不相信顾毅的胡言乱语，顾毅感到全身剧痛，手指尖已经逐渐化为像素块。

"暗月都告诉我了，他是派我来实现你最后的愿望的。"

"暗月大叔？他是个好人哪……他还教我怎么吹一个小狗气球……哥哥……救救我……救救我……"

妹妹一边笑一边哭，她的身体逐渐扭曲，化为一堆像素块，消散在空气之中。

"喀喀——"

顾毅跪在地上，大口喘气，周围的景物逐渐化为模糊的像素块。

妹妹制造的里世界濒临崩塌，她本人的精神状态似乎也不太正常。

顾毅刚刚说的话全都是瞎扯淡，直到把暗月团长搬出来，妹妹才放下自己。

他目前可以确认的结论其实只有4个：

1. 表世界中的"我"正处于昏迷或睡梦之中，这样才会导致时间流与表世界不同步的情况，妹妹梦境的力量才得以发挥。

2. 妹妹在变成"不可言说"之前，曾经遭受过父母的虐待，这从妹妹的日记中不难推测。

3. "我"和妹妹日记的后半段，一定是在介绍妹妹在家庭中的悲惨过往，以及他们的父母逐渐变得诡异的事情。

4. 妹妹、"我"、父亲、母亲四人之间可能都没有血缘关系，兄妹二人都是父母买来的孩子，这一点只要等到自己回到表世界就能想办法调查和验证。

从妹妹刚才的表现可以看出，顾毅的结论基本正确。

车祸事件之后，妹妹以为"我"死了，"我"以为妹妹死了，其实兄妹二人都没有死。

妹妹出于对哥哥的思念，以及对父母虐待自己的恐惧，在接触暗月马戏团之后，成了"不可言说"。哥哥受到"不可言说"的侵蚀，始终被困在这座虚幻的环岛小镇上。

如此想来，环岛小镇真正的名字应该是"幻岛"才对。

咔嚓咔嚓——

老宅正在崩塌。

顾毅赶紧拿出调色盘，在上面挤上红色的颜料。

调色盘剧烈振动，顾毅立刻把调色盘丢了出去。

调色盘四分五裂，化为一道虚空传送门，顾毅抱着脑袋，一头钻了进去。

"嗬——"

顾毅深吸一口气，就像是溺水者终于呼吸到了空气，他睁开眼睛，发现自己正躺在医院的病床上。

顾毅挣扎着从床上爬起来，感到全身乏力。

"醒了？儿子你醒了？"

母亲的声音传来。

顾毅扭头看去，母亲正喜极而泣地拉着自己的手。

"你等一下，我去喊医生。"

母亲一溜烟地跑了出去，连丢在床上的手机都忘记拿了。

顾毅拿起手机看了看日期。

2021年6月11日。

果然如自己猜测的一样，自己在里世界里待了一年，但是在表世界里时间才过去一个月而已。顾毅的脑袋嗡嗡直响，过了好半天他才发现那些嗡嗡声是系统的提示音：

"你已摆脱'不可言说'的幻境！

"你的剧情探索度提升！

"目前剧情探索度为70%！

"你的精神变得更加坚韧,你的精神力上限提升,现为 90/90。

"你获得了一次与现实世界的人通话的机会,请在找到公用电话亭后选择通话对象。"

第78章 | 与现实世界通话 1

"孙主任,你快看,我儿子醒了!"

母亲带着医生跑了过来。

顾毅眯着眼睛看了一下那位医生的胸牌,看样子应该是脑科医院的主任医师。

孙医生走到顾毅面前,左右检查一番:"你有什么不适?"

"头疼,耳鸣。"

"你可能还需要观察一段时间。"孙医生惊讶地看着顾毅,"你的意志力可真顽强。"

顾毅皱着眉头,装出一副茫然的表情问道:"我能知道我到底出什么事了吗?"

"一个月前,你遭遇了车祸,一度陷入植物人的状态。你的母亲在床前照顾了你一个月,终于把你唤醒了。"

"嗯?"

顾毅看向母亲。

她双眼带泪,不停哽咽,那表情不似作假。

可是……

根据她在里世界的表现来看,母亲应该不会对自己这么关心才对。

"我的妹妹呢?"

"妹妹?哪个妹妹?"

"顾瑶。"

"孩子,你是傻了吗?"母亲一脸疑惑地看着你,"你是我们家的独子,你哪儿来的妹妹?"

妹妹不见了?

这个妹妹在表世界中从来没有出现过,还是父母在装傻?

或者——

妹妹的父母和自己的父母并不是同一对父母?

顾毅没有说话,只是呆呆地看着前方。

母亲担忧地看向医生:"孙主任,我儿子怎么开始说胡话了?"

"可能是因为大脑受到重创后,记忆产生偏差了,等过一段时间应该就会恢复的。"

母亲拉着医生,仔细询问着顾毅的病情。

顾毅始终露出傻乎乎的表情,却偷偷在注意着母亲的每一个微表情。

精神力提高，顾毅的观察力也进一步提高，如果集中精力的话，他甚至都能听见母亲的心跳声。

母亲确实非常紧张，也非常关心自己的病情。

但是，顾毅却觉得，母亲不是因为疼爱他才关心他的病情。

孙主任看了一眼顾毅，拉着母亲前往办公室交流。

顾毅拿起母亲的手机，回忆着自己在母亲梳妆台上找到的那张号码单，他输入一个又一个号码，打出去之后竟然全是空号。

"难道……"

顾毅产生了一个大胆的想法，他找来纸笔，将所有号码全都默写下来。

30 分钟后。

母亲和孙主任交流完毕，这才回到顾毅身边，她微笑着拉住顾毅，柔声道："儿啊，医生说你没有什么大问题了，今天就能回家休养了。不过你得及时来复诊，免得病情复发。"

"我想下地走走……"

顾毅掀开被子，跳下病床却突然感到脚下一软。

母亲及时冲上去，拉住顾毅。

"你在床上躺了一个月了，腿脚哪有力气？你别急，我给你弄一台轮椅。"

母亲把顾毅扶到床上，接着又搀扶顾毅坐上轮椅。

"能送我出去逛逛吗？我想透透气。"

"可以啊。"

母亲推着顾毅，来到院前广场。

顾毅眼睛一转，在医院超市门口看到了一个公用电话亭。

"妈妈，能帮我去超市里买瓶饮料吗？我要喝杏仁水。"

"呵呵，你还是和以前一样啊。你在这里等我一会儿。"

母亲把轮椅停在路边，转身走进医院超市。

顾毅赶紧自己摇动轮椅，费尽力气才来到电话亭。他拿起话筒，电话亭外的时间立刻暂停。

"你获得了一次与现实世界交流的机会，时间仅有 3 分钟，你想和谁通话？"

"A 国攻略组组长。"

现实世界中。

A 国陷入一片混乱。

在顾毅通关第一个副本之后，直播信号就彻底断了。

A 国没有再次出现新的冒险者，顾毅也没有回到现实世界，这极不正常。

"《诡异世界》的规则发生改变了吗？"

"不知道，完全没有头绪。"

顾毅的直播信号中断，牵动了所有国人的心。

正在大伙儿焦急不安时，别国的直播信号却切进来了。

"组长，B国、C国、D国的直播已经开始了，顾毅直播的信号依然没有接收到。"

"是我们的技术原因吗？"

"不知道，我们已经尝试过各种办法了，连接上之后只能看到黑色屏幕。"

组长来到屏幕前，上面飘满了问号，大家都对现在的情况一头雾水。

"组长，现在该怎么办？"

"这是我们第一次遇到这种情况，很有可能与《诡异世界》副本难度陡升有关。其他国家的情况怎么样？"

"B国已经找到第一个剧情道具了，这个名叫克里斯的冒险者好像觉醒了强化灵感力的天赋能力，可以操控恶灵。

"D国的冒险者触发了即死flag。其他国的冒险者都卡关了，剧情探索度没有超过15%的。"

"可恶呀……"

组长捏了捏鼻梁。

刺刺刺——

一阵嘈杂的声音传来。

大伙儿纷纷扭头看去。

顾毅的直播镜头开始抖动，一张瘦削苍白的脸出现在镜头正中央。

"我是顾毅，你们那边有什么异常吗？"

"顾毅，你还好吗？你的直播信号一直是断开的，我们完全不知道你在做什么。你怎么变成这副德行了？你是生病了吗？"

直播信号一直是断开的？

难道这就是导演对自己的特殊照顾？

顾毅飞速思考，语速极快地说道："问题要一个个解决。我扮演的角色成了植物人，我刚刚从睡梦中苏醒。其他国家的冒险者怎么样？"

"什么？你的意思是……这个副本是梦境吗？其他国家的冒险者还在诡异小镇，现在进度最快的人，也才探索了13%而已。"

顾毅隐约察觉到一丝不对劲："其他国家的副本是什么样的？说具体点。"

"他们生在一个诡异小镇，看背景似乎是中世纪的西方小镇，镇上流传着关于八音盒的恐怖传说。"

等等！

自己经历的副本和别人的不一样？

原来导演的特殊照顾是指这个吗？

顾毅闭上眼睛，不停回忆自己和主持人交流的每一个细节，甚至连主持人脸上不停变换颜色的调色盘都成了他参考的依据。

"顾毅？你怎么了？"

"导演，你到底在想什么？你想告诉我什么？这是你故意卖给我的破绽吗？还是你在故意玩我？"

"顾毅，你——"

"组长，听着！"顾毅打断了组长的话，眼神锐利如刀，"接下来我需要你帮我做一件事情，这件事情可能会直接影响到我的闯关进度。如果做成功了，我们甚至可以挖掘出《诡异世界》背后的真相。导演实在太傲慢了，他是故意在试探我、测试我。你们将我说的这段话播出去，告诉所有人，'神'也是会流血的，我就是那把刺入'神明'心脏的利刃。"

第79章 | 与现实世界通话2

组长点点头："你放心，不管你提什么要求，我们都会倾尽全力去满足。"

"很好，你们现在立刻动用所有资源进行调查。在我们国内有一座小镇，人们做着买卖人口的非法交易。我推测它应该处在我们国家南部的多山地区，小镇的名字可能是'环岛小镇'或者谐音。这座小镇的人集体作恶，邻居之间互相包庇，请你们尽量采取异地侦办的形式。小镇很可能被'诡异'入侵过，建议优先从被'诡异'入侵过的小镇开始调查。宁查错，不放过。

"只要查到拐卖人口的嫌疑人，立刻逮捕。这件事必须尽快完成，不能拖下去，我还不知道我能在这个世界里待多久。我们现在正在和时间赛跑，一刻也不能耽搁。"

说完，顾毅从口袋里掏出一张字条，上面写的全是母亲首饰盒里那张字条上的号码。

"能看清这上面的号码吗？"

"能看清，怎么了？"

"立刻调查这上面的号码，它们很可能与人贩子有关。"

组长没有问为什么，而是认真记下来顾毅的每一句话："我们都记下了，你还有什么事情？"

顾毅沉思片刻，语速极快地说道："主持人可能就是我们A国人，也许我们……完蛋，时间到了。"

嘟——嘟——

话筒里传来一阵忙音。

时间重新开始流动。

顾毅放下电话，摇着轮椅走出电话亭。

导演看上了顾毅，所以给他安排了这样一个特殊的副本，甚至还不让他的闯关实况直播出去。

这相当于《诡异世界》的入职考试！

如果自己成功通关，很可能就会成为后备人才。主持人在这个副本里起到的就是面试官的作用。

可能，导演也没指望自己可以达到70%的探索度，所以根本没有禁止自己与现实世界的人通话，他更没有想到自己会指挥 A 国攻略组去寻找现实世界里副本世界的原型。

当然，还有另外一种可能：

导演已经傲慢到根本不在乎自己的所作所为，就像人类不在意蚂蚁会做什么，在他眼里自己只是一只稍微强壮一点的蚂蚁罢了。

顾毅之前早就推断过，所有副本世界都有其现实原型，甚至真实存在。

这次的副本世界完全就是以 A 国为背景创造的，顾毅让攻略组找到现实中的"环岛小镇"，就是为了印证现实世界与《诡异世界》是否有影射关系，现实世界发生改变是否会影响《诡异世界》。

如果有的话，那就意味着全世界冒险者的生存概率将会提升，人类对抗《诡异世界》的方法又多了一个。

"儿子，你在发什么呆？"

母亲拿着一瓶杏仁水走了过来。

顾毅伸手接过，拧开瓶盖喝了一口。

这瓶杏仁水的味道与环岛小镇的味道并不一样，顾毅拿着瓶子看了一下，这才发现母亲买错了牌子。

"味儿不对。"

"怎么了？"

"牌子错了。"

"你从小到大都是喝这个牌子的呀！"母亲一脸担忧地看着顾毅，"你怎么了？像是变了一个人似的。"

"哦，可能是我迷糊了。"

顾毅咧嘴一笑，糊弄了过去。

母亲倒也没有深究，毕竟儿子脑袋受了伤，谁知道会发生什么事情？

"你爸一会儿就开车来接你，我们先回家去吧。"

"嗯。"

下午，父亲终于来到医院。

表世界的父亲不苟言笑，甚至比里世界的父亲更加难以接近。

顾毅看了一眼他们居住的小区，名字就叫"环岛"。

"妈妈，外婆怎么样了？"

"外婆很好啊。"

"我出事了，也不知道外婆会不会受影响，毕竟她上年纪了。"

"唉，你这孩子真是有孝心呀。"

母亲叹了口气，拿出手机和外婆打了个视频电话。

顾毅转过头去。

视频里的老人头发花白，戴着一副老花镜，身形富态——与韩春竹根本不是一个样子。

"外婆，你好呀。"

"你好，外孙。"

顾毅惺惺作态地与外婆交流了一会儿，以头疼为借口挂断了电话。

果然，自己和妹妹就是被拐卖来的。

韩春竹才是自己真正的外婆。

现在，自己的第一要务就是找到韩春竹以及消失的妹妹。

"儿子，别勉强……"

"没关系，我自己能走了。"

顾毅扶着墙壁，慢慢走路，逐渐适应。

进入表世界后，顾毅再也没遇到什么诡异事件了，他暂时放下戒备，在家里好好休息了一夜。

翌日。

家里空无一人，顾毅只在冰箱上找到了父母留下的便笺：

我和你妈出去办事，中午前回来。

"哼，来生意了是吧？"

顾毅冷笑一声，在屋子里搜索。

他先是来到了父母的房间，果然找到了母亲治疗癌症的药物。

同时，他还找到了母亲的住院回执单，母亲接受治疗的医院和自己醒来时所在的医院是同一家。

在梳妆台的抽屉里，有母亲的医保卡，顾毅立刻记下了医保号码。

顾毅回到自己的房间，在更衣柜的最里面找到了自己的书包，在包里找到了眼罩和皮鞭。

"手机呢？在穿越的时候坏掉了吗？"

顾毅接着在书包里翻找，他摸到了一个坚硬的物体，好像是手机。于是他拿出小刀，割开书包，果然在书包的夹层里找到了手机以及一堆灰烬。

灰烬应该是日记本，在穿越虚空的时候被烧毁了。上面的内容全都是表世界对里世界的影射，当自己来到表世界时，日记本就烧成了灰烬。

在顾毅拿出所有道具之后，书包也慢慢变得腐朽，不到1分钟就彻底变成一堆垃圾。

没了"诡异"力量的庇佑，书包化为灰烬。

顾毅打开了手机，倒计时居然还在闪动：

2天20小时31分。

"搞什么鬼？意思是如果我在3天之内找不到妹妹，我就要死吗？"

顾毅深吸一口气，没想到自己已经离开了里世界，却还要受困于这恼人的时间锁。他打开手机，果然在里面找到了妹妹最新的日记：

2021年5月15日，晴。

我身上的伤势加剧了，可是妈妈还是不停地让我跳进冰桶锻炼意志。

昨天晚上，我疼痛难耐，想要喊妈妈送我去医院。

在路过厨房的时候，我终于明白老鼠油是怎么做的了。

妈妈不知道从哪儿找来一堆小老鼠，她把小老鼠泡进麻油，做成了所谓的老鼠油。

我吓得叫出声来。

妈妈看见我，端着碟子走到我面前，问我怎么了。

我说我要去上厕所。

妈妈说，她正好做了一碟新鲜的老鼠油，外敷加内服可以让我好得更快。

妈妈捏着我的嘴巴，将老鼠油全都倒进了我的喉咙里。

妈妈疯了，哥哥死了，下一个会不会轮到我了？

第80章 | 省人民医院 1

现在可以确定了，自己手里的手机属于妹妹，所以它才可以在穿越虚空门的时候和其他剧情道具一样完好无损。

"这篇日记的时间已经接近尾声了，是时候对妹妹的剧情进行总结和推理了。"

顾毅闭上眼睛坐在书桌边，仔细回忆妹妹日记里的每一个细节：

第一天，哥哥去世。

第二天，遇到迎亲的车队、诡异的小丑。

第三天，母亲虐待妹妹。

第四天，妹妹受伤、发烧，母亲用老鼠油给妹妹治病。

第五天，妹妹重伤，目睹母亲制作老鼠油的全过程。

顾毅来到表世界后，并没有找到任何写着规则的字条，也没有遭遇任何诡异的事件，说明至少在顾毅能接触的范围内是没有"诡异"力量的。

这个世界是相对正常的世界。

如此说来，妹妹不可能在20楼的房间里，看见小丑出现在窗户外。这说明，妹妹从第二天开始就已经疯了，或者已经被"诡异"力量侵蚀，成为"不可言说"。

从第三天开始，妹妹遭受母亲虐待，顾毅推测妹妹的母亲和自己的母亲不是同一个人。

妹妹的母亲制作老鼠油。

迎亲的队伍里，新娘是猫。

这是不是在暗示，那对猫鼠夫妇是妹妹的买家？妹妹已经分不清楚谁才是自己的亲生父母了。

现在问题的关键是如何找到妹妹，顾毅唯一掌握的线索，只有韩春竹所在的医院。

"我记得那个医院的名字是……"

顾毅敲了敲脑壳儿。

在里世界，顾毅根本没有看见医院的名字，他只能记得医院里的布置。

韩春竹患心脏病，本市知名的心脏病专科医院就那么几家，能达到三级甲等的不会超过3家。

顾毅立刻来到父亲的书房，打开电脑搜索，最终确定了目标——省人民医院。

顾毅拿出一个新的背包，把所有剧情道具收进去，顺便带了一把水果刀以备不时之需。他离开家门，拦下一辆出租车。

"小哥，去哪儿？"

"省人民医院。"

顾毅坐在车子后排。

不出20分钟，顾毅就来到了目的地。

顾毅走进医院住院部大楼，看着那内部环境，他终于放下心来，这就是他要找的地方。

忽然间，顾毅感到背包一阵发热——这是黑色眼罩发出的信号。

保险起见，顾毅闭上了眼睛。

推演开始！

你从书包里拿出眼罩，戴在眼睛上。

你发现楼上闪烁着红色的光芒。

你摘下眼罩，来到楼上。

你发现猫新娘和鼠新郎正好出现在走廊里，他们同时扭头看向你。

你瞳孔放大，心脏骤停。

你被吓死了。

推演结束！

真是阴魂不散！

顾毅握紧拳头，赶紧退出住院部大楼，躲在一个安全的地方。

眼罩起到了预警和提示的作用。

当范围内有剧情道具，自己就会看见金色光芒。

当范围内有危险人物，自己就会看见红色光芒。

能在这里看见猫鼠夫妇，基本上也就代表来对了地方，可是自己总不能在这里等到猫鼠夫妇走了才进去探索吧？

谁知道他们会在这里待多久？

又有谁知道他们会不会对韩春竹做出什么出格的事情？

想到这里，顾毅又闭上了眼睛。

推演开始！

你决定主动出击，想办法引开猫鼠夫妇。

触发即死 flag 需要自己和猫鼠夫妇产生眼神对视，只要自己蒙住眼睛，那就十分安全。

你拿出手机，给警察打了个电话，说自己被一个长得像猫的女人跟踪。

你让自己记住逃跑的路线，并且用脚步丈量了从住院部大楼到医院门口的距离。

你重新回到住院部大楼，眼罩开始发烫。

你戴上眼罩，摸着扶手走上楼。

你的视野里一片漆黑，但你可以通过红光判断猫鼠夫妇的位置。

你来到楼上。

你听见周围医护人员关心的声音，你发现红色光点正在朝你这里移动。

你跌跌撞撞地奔跑，捂住眼罩，不给猫鼠夫妇任何机会。

红光移动的速度越来越快。

你领着红色光点跑出住院部大楼。

你大声尖叫，让前面的路人躲避自己。

你听见身后的脚步声越来越接近，眼罩异常滚烫。

你终于跑出了医院大门，你气喘吁吁。

你听见警车的鸣笛声响起。

你被猫鼠夫妇按倒在地。

你捂着眼罩，大声呼救。

警察跑了过来，救下了你。

猫鼠夫妇被送进了警车，你因为受了外伤，被警察护送进医院。

你终止了推演！

"可行。"

顾毅点点头，立刻给警察打了电话。

警察赶到医院大概需要 15 分钟，自己刚好可以利用这段时间，再熟悉一下逃跑路线。

他走到住院部，闭着眼睛摸着墙壁朝着医院的出口走去。

所谓熟能生巧，指的是肌肉记忆，就好像你用键盘熟练地打字之后，哪怕闭着眼睛也能操作。

顾毅现在精神力大幅度提升，记忆力已经是常人的 10 倍以上，所以他只要闭着眼睛走上两遍，就能牢牢地记住逃跑路线。

"没问题了。"

顾毅点点头，重新回到住院部，他戴上眼罩走上二楼。

"嘿！"

顾毅在走廊里大喊一声，视野里的两个红色光点果然被吸引而来。

"喵呜——"

顾毅听到一声猫叫，浑身忍不住哆嗦，他捂着眼罩转身走向消防通道。

"都闪开！"

顾毅熟练地跑下楼梯。

周围的路人看见顾毅，全都吓得躲到一边。

"天啊，这小伙子怎么蒙着眼睛还跑那么快？"

话音未落，一男一女便紧随其后冲了出去。

这对男女的长相十分奇特。

男的个头儿矮小，长得像一只老鼠。

女的身材纤细，长得像一只猫。

二人追着蒙眼的小伙子一路狂奔，快如闪电。

"救命啊，快闪开！有人要杀我！"

"快拦住他，那小子偷了我们的钱包！"

顾毅和猫鼠夫妇各执一词，周围的路人不敢轻举妄动，只得让到一边。

顾毅喘着粗气，只感到肺里火烧火燎般疼痛，连心脏都要吐出来了。

他已经体力透支了。

虚弱的身体让他不足以再奔跑下去。

眼罩一阵火热。

顾毅感到身后传来一股巨力，将他撞翻在地。

第81章 | 省人民医院2

顾毅摔在地上，连滚三下。

猫鼠夫妇骑在顾毅的背上，伸手去抓顾毅的眼罩。

顾毅猝不及防，眼罩立刻被扯掉。

"你——看着我的眼睛！"

猫小姐的声音在顾毅的耳边响起，顾毅死死地闭紧眼睛，就是不肯睁开。

猫小姐的样子浮现在顾毅的脑海中，"诡异"的力量正在侵蚀顾毅的精神世界。

即使顾毅闭上了眼睛，猫小姐仍然有办法杀死他。

"快睁开眼睛呀，快看看我有多美？"

"滚蛋吧你！"

顾毅的精神力已经不同以往，他紧闭双眼，在精神世界里与猫小姐对抗。猫小姐的脸上出现一丝慌乱，她没想到顾毅创造的精神壁垒居然如此坚固！

"住手，警察！"

猫鼠夫妇回头一看，3个警察冲了过来。

他们对望一眼，赶紧松开顾毅。

警察将猫鼠夫妇和顾毅分开，其中一名警察扶起了顾毅，他发现顾毅身上到处都是擦伤，脸色惨白，一副病恹恹的样子。

"警察同志，这小子是小偷。"鼠先生说道，"他偷了我们的钱包。"

"胡说，明明是你们要杀我。"顾毅指着自己的双眼说道，"我就是个盲人，盲人怎么偷东西？你看我被他们弄得全身都是伤，我现在脑袋晕乎乎的，就是被他们给打的。"

"警察同志，他是装的！"

"哕——"

鼠先生话音未落，顾毅就扶着警察的肩膀吐了起来。

看着顾毅那虚弱不堪的样子，周围的路人也都动了恻隐之心。

"那孩子根本就没有偷东西呀。"

"是的，我都看见了。这孩子刚进医院，就被那对夫妻追着打。"

"是呀，他都跑了一路了。"

"两个正常人欺负一个残疾人，要脸不？"

猫鼠夫妇愣了一下，发现舆论根本不站在他们这边。

顾毅添油加醋，咬破自己的舌头，装出吐血的样子倒在警察怀里。

"天啊，孩子你咋了？"

"快送他去医院！"

警察抬着顾毅跑进了医院大楼。

猫鼠夫妇还想追过去，另外两名警察却拦下他们，其中一名说："你们不能走。"

"为什么？他是小偷啊，你怎么能把他放跑？"

"有我的同事看着，他不会跑的。你没看见那孩子浑身是伤吗？先给他治伤要紧。"

"你们怎么能这样？"

"有什么事情回警察局再说。快走！"

警察带着猫鼠夫妇离开。

顾毅始终装死，不理会警察和医生的问询，直到被送进诊疗室，他才睁开了眼睛。

"呸！"

顾毅吐出一口血水，从床上爬了起来。

一切如计划的一样，自己成功摆脱了猫鼠夫妇的跟踪，他们被警察抓住之后至少有一天时间不会干扰自己了。

显然，猫鼠夫妇的"诡异"力量是有限的，只能对自己起作用，但是面对其他人却丝毫没有办法。

顾毅溜出诊疗室，跑回住院部大楼。

顾毅按照记忆中的路线，来到了韩春竹所在的那条走廊。

走廊里空空荡荡的，并没有韩春竹的身影。

顾毅愣了一下，拦住了路过的护士："韩春竹在哪儿？"

护士上下打量顾毅。

"你是她什么人？"

"外孙。"

"你的父母呢？"

"死了。"

"呃……对不起。"护士尴尬地挠了挠头，"你的外婆今天早上已经去世了，现在就在地下一层的太平间里。连警察都联系不到她的家人，如果3天内找不到收尸的，我们就要交给警察处理了。"

"谢谢。"

顾毅点点头，转身走下楼梯。

韩春竹死于剧情杀。

顾毅推测，无论自己早点来还是晚点来，最后都没办法见到活着的韩春竹。她对自己唯一的帮助，就是说了一半的遗言。

不过，顾毅还是想去看看韩春竹的尸体，也许上面还有未发现的线索。

顾毅来到了太平间。

这里的冷气很足，顾毅不自觉地裹紧了衣服。

韩春竹安静地躺在床上，一只眼睛睁着，一只眼睛半闭，她的嘴巴张开，脸色灰白。

"对不起，尽管我只是在扮演您的外孙，但我还是感到很愧疚。让您受苦了，外婆，但愿您可以一路走好。"

顾毅双手合十，鞠了一躬，接着伸手合上外婆的眼皮和嘴巴。

不知道是光线昏暗产生了错觉还是心理作用，顾毅觉得韩春竹正在微笑，她不像是死了，倒像是睡着了而已。

外婆的手臂突然从床边滑落，一个纸团从她掌心滑出。

顾毅愣了一下，没有急着捡起纸团，而是把外婆的手臂放回去，重新给她盖上被子。

"外婆，这是你的遗书吗？"

顾毅弯腰捡起纸团，上面歪歪扭扭地写了几行字：

虚妄的谎言终究会破灭。

力量的代价无人能承受。

"代价？"

看见这两个字之后，顾毅不由得皱起眉头。

崇山医院的副本里，托托的手工面具上写过这样一句话：记住，世界上没有免费的午餐。

暗月马戏团的观众守则里，也出现过"马戏团可没有免费的午餐"。

外婆的遗书里，竟然提到了"代价"二字。

顾毅当然不可能把这一切当成普通的巧合，《诡异世界》一直都给出有关"代价"的提示。

一分付出，一分收获。

"代价"是《诡异世界》最根本的规则，是所有副本世界的规则基石。

"代价也可以说是报应，所以上一个副本里，最根本的规则是'善有善报，恶有恶报'。在这个副本世界里，代价又是什么？

"我的父母是人贩子，活得十分滋润，甚至还能住在高档的小区。如果这样也算是报应，那也太假了。所以，在理解这个副本的代价时，需要换一种思路。

"这里的代价，应该是单纯指交易的代价吧。

"暗月马戏团的小游戏难度特别大，妹妹那个年纪的小孩子，根本不可能完成。现在她成了'不可言说'，必然付出了极大的代价。

"外婆，你的提示应该是这个意思吧？"

顾毅看着外婆的脸，自言自语着。

不过……

还有一件事情很奇怪，猫鼠夫妇为什么要来医院，他们会不会是冲着外婆来的？

第82章 | 省人民医院3

顾毅觉得外婆身上应该还有别的线索，于是他戴上了黑色眼罩。

外婆的胸口有一个微弱的金色闪光点，顾毅解开外婆的衣领，找到了一个福袋。

顾毅拿起福袋后，立刻收到了系统提示：

"你找到了特殊剧情物品'外婆的福袋'！

"你的剧情探索度提升！

"目前剧情探索度为71%！"

顾毅挠了挠头，他暂时不知道这福袋有什么用，但他还是把福袋挂在了脖子上。

"好吧，线索就到这里了，猫鼠夫妇应该是来找外婆的吧？她很有可能才是我和妹妹真正的亲人。猫鼠夫妇在这个剧本里起到什么作用？"

根据顾毅的猜测，猫小姐就是妹妹的养母，在买下妹妹之后便对她进行各种虐待，以满足自己的变态欲望，或者是利用妹妹的"诡异"力量实施邪恶的计划。

"我"的父母也是人贩子，所以会不会是他们主动将女儿卖给猫鼠夫妇的？

日记里的车祸其实是具有象征意义的，意味着妹妹被拐卖了？

"不对，车祸应该就是指车祸，毕竟我都被撞成植物人了不是？那么，妹妹究竟在哪儿？"

顾毅挠了挠头，头发都不知道被他薅下来几根。

嘀嘀嘀——

顾毅的手机响了起来。

尖锐的手机铃声在太平间回荡，场面显得有些诡异。

顾毅拿着手机走出太平间，上面显示的是顾建军的名字。

"爸？"

"你现在在哪儿？家里没见着你。"

"我在省……市人民医院。"

父亲明显愣了一会儿，然后说道："你怎么去那儿了？"

"嗯……我有点不舒服。"

"为什么不给我打电话？我马上过去接你。"

"好。"

顾毅挂断电话，拔掉了手机的 SIM 卡。他特意说错医院的名字，主要是有两个目的：

1. 试探父母。

如果表世界的父母和里世界的一样，真的和猫鼠夫妇狼狈为奸，那么他们必然会知道自己撒了谎，会前往省人民医院。

2. 打草惊蛇。

顾毅撒谎，也是在告诉父母——自己已经知道他们的真面目了。猫鼠夫妇知道这个消息后，必然会采取其他方法来抓捕自己，到时候自己就可以浑水摸鱼，从而获得更多线索。

这是一个极其冒险的计划，但不这么做的话，顾毅没有任何办法破局。他只剩下最后 3 天的时间，不用狠招不行了。

顾毅迅速离开医院，在附近的运动用品商店换了一套衣服，戴了一顶鸭舌帽，乔装改扮。他躲在医院对面的菜馆，死死盯着医院的大门。

大概 10 分钟之后，父亲的车停在了医院前面的十字路口。

顾毅冷笑一声，父母果然是站在自己的对立面的。

"开始推演。"

推演开始！

你从菜馆里出来，走进医院。

你藏在角落里观察。

父亲的车驶入停车场。

10 分钟后，父母和猫鼠夫妇从停车场走出来，径直走向门诊大楼。母亲不停地拨打电话，应该是试图和你联系。

你远远地跟了上去。

四人来到门诊大楼，在里面待了半个小时之后又跑了出来，你发现猫小姐人不见了。

你戴上黑色眼罩。

代表猫小姐的红点正在门诊大楼里移动，在三楼的东北角，她拿到了一个金色的东西。

猫小姐拿到金色道具之后，立刻下楼与 3 名伙伴会合。

你来到医院门口。

10 分钟后，父亲开着汽车离开，你拦下一辆出租车，让司机跟了上去。

父亲的车来到城南。

你发现出租车的两边出现了两辆黑色轿车，与你并排行驶。他们故意别过出租车的车头，让司机无法跟上前面的车子。

司机抱怨一声，被两辆轿车逼停。

显然，你的跟踪被人发现了。

你拉开车门，试图逃跑。

轿车里的人走了下来，他们从怀里掏出砍刀，架在了你的脖子上。

你被他们带走。

你被人敲晕了。

不知道过了多久，你发现自己躺在一口漆黑的棺材中间，你摸了摸胸口，发现福袋已经不见了。

猫小姐的脸穿透棺材盖，出现在你面前。

猫小姐：喵，小跟屁虫，你是来找我的吗？

你试图用精神力抵抗猫小姐的"诡异"力量。

你最终失败了。

你瞳孔放大，心脏骤停。

你被吓死了。

推演结束！

顾毅睁开眼睛。

父亲的车依然停在十字路口等红灯。

顾毅猜测，今天父母一大早出门就是去找猫鼠夫妇这伙儿人的，为的就是将自己卖给猫鼠夫妇。

不仅如此，猫鼠夫妇的势力明显要比自己想象得强大。

在发现有出租车跟踪后，他们很快就叫来打手解决了自己。

外婆的福袋应该有抵御猫小姐精神侵蚀的能力，所以在最后关头，他们才会抢走福袋。

顾毅摇了摇头。

行百里者半九十。

剧情探索度明明只剩下29%了，可这最后的29%里竟然还有如此多的未解之谜。

猫小姐在医院拿到了什么道具？

他们找到东西之后去了哪儿？

顾毅决定再次探索：

回溯推演开始！

你来到医院门口，父亲的车恰巧驶入停车场。

你赶紧冲进门诊大楼，去三楼东北角。

你独自来到红光闪烁的地方，发现这儿有一台自助报告机。

你左右望了望，若无其事地坐在旁边的长椅上。

你戴上眼罩观察。

过了好一会儿，代表猫小姐的红色光点坐上了电梯，你赶紧起身，躲在背光的角落。

你摘下眼罩。

猫小姐并没有注意到你，她径直走到自助报告机前排队。

你排在猫小姐的身后。

猫小姐输入一串病历号，打印完报告就离开了，显然那份报告是推进剧情探索度的线索。

你走到报告机前，输入刚才看到的病历号。

这是顾瑶的病历，上面写着顾瑶的脑袋里有一个鸡蛋大的恶性肿瘤，病历上说病人已经沉睡了将近一个月，随时都有生命危险。

顾瑶陷入沉睡并送入医院急救的那一天，正好是 2021 年 5 月 11 日，也就是日记开始写的那一天。

你想起了外婆的遗书，一切都有"代价"。

可能顾瑶成为"不可言说"的代价，就是得癌症。

你终止了推演！

顾毅睁开眼睛，沉思片刻，接下来就是该想想如何追踪这些坏蛋了。

第 83 章 | 追踪

顾毅坐在医院对面，默默等到汽车停进停车场。他走进医院大门，在确认所有人都进了医院之后，来到了停车场。

很快，顾毅就找到了父亲的汽车。他拿出手机，用胶带把手机牢牢绑在车底，接着就迅速地离开了医院。

三楼可以查到妹妹的病历和用药情况，同时也可以拿到一个线索类的剧情道具。

不过，顾毅已经在推演中知道了线索，所以没必要再冒险去找线索。

顾毅重新回到医院对面的那家菜馆，直到确认父亲的汽车离开之后，他才回家。

一到家，他就立刻拿出家里的平板电脑，开启查找手机的功能。

地图上标注了手机的位置。

这里位于城南码头，附近全都是仓库。手机的定位并不算精准，不过顾毅只需要知道一个大概的范围就足够了。

顾毅偷光了家里的所有存款，他在包里装上充电宝、打火机、驱蚊喷雾、一瓶烧酒、小刀、手电筒、应急食物和常用药品等。

离开家后，顾毅在小区对面的宾馆住下。他不确定父母会不会对自己产生威胁，但远离他们绝对不会是错误的抉择。

直到晚上，父母的车子才回到小区。

顾毅拿出望远镜盯着看，父母下车以后似乎争执了一会儿，接着就上楼了。

过了不到 20 分钟，警察就来到了他们家楼下。

"应该是看见家里的钱被偷光了，所以他们才报警……当然，也有可能是因为我失踪了。"

这一路，顾毅始终戴着鸭舌帽，他专门挑背街小巷走，有时候还会把衣服反穿，用来迷惑警察的追踪。

警察想要追踪他，应该不会那么轻松。

顾毅坐在窗边等了一会儿，直到警察离开小区，他才离开宾馆，去拿回了绑在车底的手机。

"总感觉……有些不对劲。"

顾毅眉头微蹙，思索半天还是决定退房离开，前往别的地方住下。

自从他回到表世界之后，危险变得越来越少了，只要自己不与猫鼠夫妇发生正面冲突，几乎就是如履平地。

这与导演的"特殊照顾"格格不入。

外面的世界越是平静，他的心里越是不安。

手机上的红色倒计时不停变化，他徒步来到省人民医院。

现在已经是晚上了，只有急诊室还开门。

顾毅随便找了一台自助报告机，输入了母亲的医保号码，想要调查病历，却发现母亲设置了密码。他尝试了自己的生日、母亲的生日、父亲的生日，结果都失败了。

"完蛋……难道又要用上次的办法查一次？"

顾毅看了看四周。

这可是大城市里的医院，不比小镇上的卫生所。保安一直在站岗，消防设施齐全，没有任何机会让他采取暴力手段。

思考片刻，顾毅决定放弃调查。

母亲的病历并不是最关键的线索，它只能辅助自己思考，从侧面了解剧情。想办法去城南码头探索才是正经事。

顾毅坐出租车来到码头附近，随便找了家快捷酒店住下。

"开始推演。"

顾毅躺在床上，闭上了眼睛。

推演开始！

你离开快捷酒店，径直前往码头。

这里漆黑一片，你打开手机照明。

码头堆满各种集装箱，你发现越往码头中央走去，集装箱的锈蚀程度就越高。

你听见前方有些异常的声音，如同蚕在吃桑叶。

你关闭了手机的照明灯，躲在阴影处向前查看。

前方有一个锈迹斑斑的集装箱，上面的锈蚀一点点剥落，又一点点恢复原状，诡异的声音就是从这里发出的。

你观察了一会儿，确定周围没有任何人。

你拿出眼罩戴上。

集装箱底下有一大片红色的光点，那里充满危险。

你收起眼罩，检查了一下外婆的福袋。

你打开集装箱，里面漆黑一片。

你打开手电筒。

前方有一条笔直向下的楼梯，你走了下去。

大概40分钟后，你终于来到了底部，地下秘密基地的范围之大超出你的想象。

你的面前有一扇巨大的防爆门，你没有门禁卡，无法打开。

你听见门后有脚步声。

你躲在楼梯拐角。

防爆门打开。

一个穿着制服的女人从内部走了出来，她个子比你小，应该不是你的对手。

你躲在阴影之中，趁着女人不备，拿出小刀捅向女人的后背。

女人露出了狰狞的表情，脑袋转过180度，张嘴咬住你的脖子，开始吸血。

你的眼前一片漆黑。

你死了。

推演结束！

"集装箱下面原来全是诡异生物？看来我是来对地方了。"

那个女人的力量和成年男子相当，自己本身就是病人，硬碰硬是打不过的。

不过，她看上去似乎是个力量型的怪物，不会使用精神攻击，感知力也不强，非常喜欢吸食人血。

这对顾毅来说，是一个好消息。

另外，那扇防爆门需要门禁卡才能打开，如果自己能想办法干掉那个女人，就能获得门禁卡了。

"再来，开始推演。"

推演开始！

你走出快捷酒店。

你来到诡异的集装箱的入口处。

你观察了一下四周，发现不远处有一个龙门吊。

你来到龙门吊的操作台前，熟悉了一下操作方法，接着用龙门吊吊起了一箱货物。

你估算时间，那个女人差不多要出来了。

你回到集装箱的入口，用小刀划破手掌，将血液滴在入口处。

你一路将鲜血滴到龙门吊下，并在地上放下黑色眼罩。

你包扎好伤口，躲在操作台边上，默默等待女人上钩。

女人果然顺着血迹走了过来，她捡起了地上的眼罩。

你立刻按下开关。

集装箱砸了下来，发出巨响。

你重新吊起集装箱。

女人被压死了。

你从尸体上找到了门禁卡，以及鲜血淋漓的黑色眼罩。

你回到秘密基地的门口，用门禁卡打开大门。

你走进了基地。

穿过一条长长的走廊，你看见了一个指示牌。

左边是生活区，右边是养殖区。

你选择前往养殖区。

越往深处走，你的心跳得越快，脑子里的呓语越来越多，"不可言说"的力量开始变强。

你休息片刻，集中精力，成功抵御住了这一次精神侵蚀。

你继续前进。

你听到一阵机械声，中间夹杂着人类的痛苦呻吟。

"不可言说"的精神侵蚀再次袭来。

第84章 | 诡异巨树 1

这次你花费了更多力气才能保持理智。

你做足心理准备，顺着声音传来的方向走了过去。

面前是一个篮球场大小的大厅。

大厅里灯火通明，空气中散发着淡淡的血腥味。

其中整齐排列着近百张病床，床上躺着许多孩子。他们的脑袋上都被插了一根手指粗的枝丫，如同虫子一般蠕动着。伤口周围化脓流血，看上去凄惨至极。

枝丫笔直向上，互相聚集缠绕，直到化为一棵巨大的根茎，穿透了天花板。

你仔细看了一眼这些根茎和枝丫，它们竟然一半是骨骼，一半是血肉。

你听见身边传来一阵求救声。

一个七八岁的小姑娘睁大眼睛，朝着你伸手。

你下意识地握住。

小姑娘：救救我……

小姑娘的鼻孔里流出白色的液体，她的口中有股淡淡的杏仁水的味道。

她头上的枝丫正在不停抽搐，发出令人作呕的咯吱声。

你异常愤怒。

你逐渐失去理智。

你不受控制地拔出小刀，砍在枝丫上。

枝丫喷射出红白相间的液体。

你被那些液体污染了。

你彻底失去理智。

你疯了。

你挥刀割断了自己的喉咙。

你的眼前一片漆黑。

你死了。

推演结束！

"嘿……第一次解锁这样的死亡方式，真是新奇的体验。"

顾毅睁开眼睛。

因为顾毅解锁的是精神类的天赋，对精神侵蚀的抗性比一般冒险者要高，所以他还从来没有因为精神崩溃而自杀过。

养殖区是秘密基地里"诡异"力量最强大的地方，哪怕顾毅的精神力上限已经达到 90 点，也无法时刻在养殖区保持精神状态稳定。

被吸食脑髓的受害者，应该是诡异巨树的养料。

很明显，那棵树就是妹妹变成"不可言说"后的样子。

在表世界里，父母、猫鼠夫妇也在干着拐卖妇女和儿童的事情，他们把这些拐来的孩子放在养殖区当巨树的养料。

他们供养着巨树，利用其"诡异"的力量达到某些不可告人的目的。

自己已经越来越接近真相了！

"回溯。"

顾毅闭上眼睛。

回溯推演开始!

你站在岔路口。

你选择前往生活区探索。

你经过了一条不长的走廊,来到了员工宿舍。

大伙儿基本都睡着了,极个别的正在玩手机,他们根本没有发现你。

你仔细看了一会儿,发现这些全都是迎亲队伍里的人。

你蹑手蹑脚地穿过走廊,尽头是员工食堂。

员工食堂已经关门,大门边的指示牌显示前方是工作区。

你继续沿着走廊往前探索。

工作间的灯还开着。

你扒着门框往里看,值班室的员工正在小鸡啄米似的打盹儿。

你轻手轻脚地推开门,溜进了工作间。

尽管现在已经是深夜,但工作间里所有人都在忙碌着。

这些人全都长着老鼠的脑袋,利索地在生产车间工作。

你溜到流水线的最后一段,趁员工不注意,从箱子里拿出一个产品。

你仔细一瞧,这是一盒未贴标签的杏仁水,你打开瓶盖尝了一下,发现这东西果然和里世界的杏仁水味道一样。

你感到精神有些恍惚。

你眼冒金星。

你的眼前出现了各种幻象,你闭上眼睛,睡了过去。

再次睁开眼时,你发现鼠先生正站在你面前。

鼠先生:小伙子,看来你很不乖啊。你知道你浪费了我们多少精力吗?

你:你们到底是做什么的?

鼠先生:哼,下辈子再说吧。

鼠先生打了个响指,一根白色的枝丫从天而降,捅穿了你的眉心,吸食你的脑髓。

你的眼前一片血红。

你死了。

推演结束!

顾毅睁开眼睛。

这一次死亡又给他带来了新的线索。

地下基地里生产的杏仁水拥有"诡异"的力量,它可以让人沉睡并产生幻觉。

养殖区的受害者口中也会散发出杏仁水的味道,这些人在成为养料之前,都被喂过杏仁水。

顾毅进行回溯推演：

回溯推演开始！

你躲在流水线的角落。

工厂机器的声音极大，工人都在加班干活，没人在意你。

你来到流水线的前段，躲在货架后面。

鼠先生正在监督工人工作，手里拿着笔记本写写画画。巡视一圈后，鼠先生就从侧门离开了。

你等了一会儿，跟了上去。

这里的噪声小了一点，此处应该是办公区。

走廊两边的办公室全都关着门窗，一个人也没有。

你穿过办公区。

走廊尽头是鼠先生的办公室，你趴在窗户上往里看去。

鼠先生的桌子上摆着一瓶杏仁水，猫小姐坐在他旁边看手机，她的手边放着一碟小白老鼠，她一口一个当零食啃。

鼠先生：树的情况怎么样？

猫小姐：睡得正香呢。

鼠先生：那个偷跑出梦境的臭小子呢？

猫小姐：放心，那小子跑不了多远。

鼠先生：你那边能不能疏通一下？

猫小姐：早疏通过了，还需要你说吗？

鼠先生：也是呀，我老婆就是这么厉害。

猫小姐：那可不。

猫鼠夫妇相视一笑，抱在一起。

你悄悄离开走廊，继续往别的地方走。

你一直在思考猫和老鼠的隐喻。

猫不抓老鼠，反而和老鼠结婚，这是它们勾结的隐喻。

猫鼠夫妇大规模拐卖人口，甚至还在地下建造了如此巨大的工厂，如果没有保护伞，怎么可能完成？

猫鼠夫妇在表世界也能使用"诡异"力量，应该是受到了巨树的影响。

献祭了这么多人当养料，他们总会有一点收获。

他们始终抓着你不放，很可能是因为你是巨树的重要祭品。

猫小姐需要利用"诡异"的力量吓死你，鼠先生需要用巨树的枝丫吸食你的脑髓，这说明必须利用"诡异"的力量杀死你，才能成功完成献祭仪式。

你继续在基地里探索，你要找到毁灭巨树的方法。

第85章 | 诡异巨树2

现在是晚上，其他工作人员都下班了，只有流水线上的工人还在加班。这给你的探索带来了极大便利。

在办公区的尽头，你找到了一段向上的楼梯。

你爬上楼。

这里漆黑一片，你拿出手电筒照明。

你的正对面有一道巨大的玻璃墙，玻璃墙后面是巨大的树干。

树干红白相间，白的部分是骨骼，红的部分是血肉。

树皮上的诡异花纹如同一张张人脸，红色的血液顺着花纹的缝隙向上漫延。

你脚下的走廊是一条盘桓向上的甬道，围绕着巨树建成，一直延伸到巨树的顶端。

你继续往上走。

在树干中部，你看见了巨树的树枝，它们是由一节节白骨连接而成的。树梢是一只只枯瘦的手掌，掌心都有一颗苹果大小的眼珠。

当你经过树梢时，那些眼珠都会转过来，死死地盯着你看。

你感到头皮发麻，身体不自觉颤抖。

你集中精力，抵御精神侵蚀。

你继续往上走，越往上精神侵蚀的力量反而越小。

你看见了巨大的树冠，你隐隐约约听到了悲惨的哭泣声。

你的左侧出现一条长廊，通向树冠。

长廊尽头，又是一扇防爆门。

你用门禁卡打开。

门后站着一群羊头人，在发现你之后，他们全都举起了手里的钢叉。

你连退3步，迅速从书包里掏出了皮鞭。

你用力挥舞皮鞭。

皮鞭卷起一阵金色的旋风，羊头人立刻被撕成碎片。

这些应该是巨树利用"诡异"力量制造的怪物，用来保护自己免受侵略，但刚好被你的皮鞭克制。

你跨过羊头人的尸体，继续往前走。

树梢上的眼球都盯着你看，它们全都飞了过来，不停敲打着玻璃墙。

你用力甩了甩鞭子。

眼球全都哆嗦了一下，树梢的手掌立刻合拢，将眼球遮住。

你继续向深处走去。

透过身边的玻璃窗，你发现甬道底部有一群人追了上来，领头的正是鼠先生。

一定是你闯入禁区杀死羊头人，惊动了他们。

你摆动双臂，赶紧往前跑。

你穿过玻璃长廊，来到尽头。

你的面前是一个黑黢黢的树洞，你毫不犹豫地冲了进去。

树洞散发着尸体的腐臭味，你用嘴叼着手电筒，顺着树干内壁往树顶爬去。

你的耳边传来低语声。

你的视线开始模糊。

你休息了一会儿，抵御精神侵蚀。

你听见下面传来一阵杂乱的脚步声，鼠先生已经离你很近了。

你咬牙坚持，终于爬上顶部。

妹妹躺在树冠上，无数枝丫缠绕在她的身上，白骨枝丫将养料输送至妹妹的身体里。妹妹表情安详，似乎还在沉睡。

你大声呼喊妹妹的名字。

鼠先生来到了树洞内部，对你破口大骂。

鼠先生：离她远点！

鼠先生用力拍了一下树干。

你的身后长出一根白骨枝丫，你及时躲闪，只被它划破了肩膀。

越来越多的白骨枝丫从四面八方袭来。

你奋力一跃，抓住了妹妹身上的枝丫。

你手脚并用，爬上了树冠。

鼠先生学着你的样子，爬了上来。

你突然感到身后一凉。

你低头往下一看，猫小姐居然从你脚下冒出了脑袋。

猫小姐：喵喵，看着我的眼睛。小可爱，我美吗？

你的精神几近崩溃。

你突然感到胸口一热。

外婆的福袋发出金色光芒。

你的大脑一阵清明。

你：你这个丑八怪，去死啊！

你飞起一脚踹开了猫小姐的脑袋，猫小姐痛呼一声，掉到了树洞下面。

鼠先生已经爬到了树冠顶部，他的袖子、裤脚里爬出无数只老鼠。

你被老鼠淹没，寸步难行。

鼠先生：你还有什么招？给我看看吧！

鼠先生掰断一根白骨枝丫，朝你走了过来。

鼠先生：你去死吧！

鼠先生举起手里的白骨枝丫，朝着你的胸口刺来。

你咬了咬牙，挣扎着从背包里拿出了打火机和驱蚊喷雾。你点燃打火机，对着火苗按下喷雾。

轰隆！

火焰冲天而起，点燃了鼠先生的眉毛和头发。

鼠先生惊叫着拍打头上的火焰，你乘胜追击，一头撞在鼠先生的腰上。

鼠先生脚下一滑，落下树冠。

老鼠们锲而不舍地追着你咬，你全身鲜血淋漓。

你挣扎着爬向妹妹。

你：快醒来！

你大声呼喊，妹妹却毫无反应。

你听见身后传来咯吱咯吱的声音。

无数白色枝丫托着鼠先生来到了树冠顶部，猫小姐捧着自己的脑袋，站在鼠先生身后。

鼠先生：你快点离开她！

猫小姐：你根本不知道她是什么！

妹妹就是"不可言说"的主体。

既然没办法唤醒她，只好杀了她。

你拿出小刀，刺向妹妹的胸口。

妹妹变成了无实体的幽灵，你的小刀穿过她的身体，刺向下方的树冠。

鼠先生释放了更多老鼠。

你被压在了鼠群下面，你因为失血过多，视线变得模糊。

你拿出怀里的烧酒，用力砸碎酒瓶，接着把点燃的打火机丢了过去。

火焰瞬间点燃整个树冠。

鼠群本能地逃开。

你回头看了眼猫鼠夫妇，他们露出惊恐的表情，毫不犹豫地跳下树冠。

妹妹被烧着了。

你感到巨树正在颤抖，一点点土崩瓦解。

妹妹从火焰中坐了起来，对你露出了一个甜美的微笑。

妹妹：你是谁？

你：我是你哥哥。

妹妹：不，你不是我哥哥。

你精神崩溃了。

你逐渐失去意识。

你死了。

推演结束！

顾毅睁开眼睛，回忆着刚才的画面。

自己接近了"不可言说"，甚至已经将那棵巨树点燃了，但最终还是死于精神侵蚀。

显然，这不是正确的通关方法。

"妹妹说我不是她的哥哥，是因为我总想着杀死她，而不是让她解脱？正确的方法是，在不伤害妹妹的情况下，让她恢复正常吗？"

第 86 章 | 诡异巨树 3

顾毅仔细思考着刚刚推演的细节。

猫小姐的能力是变成幽灵，使用精神攻击吓死敌人，但是外婆的福袋可以在最后关头抵御猫小姐的精神攻击，因此不足为惧。

鼠先生的力量与成年男性相当，但是他的个头儿不及自己。他可以利用"诡异"的力量操控巨树，也可以召唤老鼠群进行攻击，使用普通的武器就足以将他击退。

然而，哪怕顾毅烧毁了巨树，最终还是无法逃过妹妹的制裁。

妹妹的弱点，顾毅至今没有任何头绪。

"是不是要先想办法解救那些无辜的孩子？"

养殖区里全是被拐卖的孩子，自己有没有办法先解救他们？

或者，自己可以借助其他更强大的势力来毁掉这个基地？

顾毅沉思片刻，决定换一种方式闯关。

回溯推演开始！

你站在岔路口，朝着养殖区走去。

你咬破嘴唇，用疼痛提醒自己保持清醒。

你来到了养殖区。

你呼吸急促，心神不稳。

你将烧酒洒在白骨枝丫上后将其点燃。

枝丫十分易燃，顷刻间整个穹顶都被火光照亮。

你的耳边响起此起彼伏的哭号声，你的精神险些崩溃。

你离开了养殖区，碰上了前来救火的员工们。

他们追了上来。

你朝着出口狂奔，一边跑一边打电话报警。

大部分人都去救火了，只有极少数的员工跟了过来。

你跑到地面上，借着月色躲藏。

浓烟从地底散发出来。

你听到了警车和消防车的鸣笛声。

猫鼠夫妇走出防爆门，始终不让消防员进场。

警察到场。

猫小姐拉着警察说了两句话，警察便撤离了。消防员却始终不肯离开，硬是拿起设备冲进地下基地。

痛苦的哀号声响彻云霄。

猫鼠夫妇捂着耳朵，闭上眼睛。

消防员无法抵御这种精神冲击，当场七窍流血而亡。

你捂着耳朵向码头外围狂奔，鼻血如泉涌。

乌云遮蔽天空。

你听见天空中传来妹妹的声音。

妹妹：哥哥……救我……哥哥……我好痛苦……好孤独……呜呜呜……

你眼前的空气出现龟裂纹，如同玻璃碎裂。

无尽的虚空如潮水般向你涌来。

你化为一片虚无。

你死了。

推演结束！

顾毅睁开眼睛，四仰八叉地躺在床上。

没道理啊……

自己已经达到了七成的探索度，应该已经获得了所有的剧情道具，为什么还是没办法消灭"不可言说"？

妹妹的"诡异"力量也太过强大了，居然能让整个世界陷入虚空。

难怪猫鼠夫妇不让自己唤醒妹妹，他们也害怕妹妹将世界毁灭？

那自己岂不是死路一条？

"如果揭发这里的真相，让所有人都来帮忙会怎么样？"

顾毅又想到了一个方法。

回溯推演开始！

你来到养殖区。

你拿出手机，拍下了这里的场景。

你扭头离开，迅速逃离。

你猜测猫小姐可能利用"诡异"力量欺骗了警方，或是警方还未掌握充足的证据。你决定将自己拍的视频上传到网络。

你走进一家网吧。

你将地下基地里的诡异场景发了出去，不到一会儿就引爆网络，但是起到的效果却让人十分意外。

没有一个网友相信这是真实场景，大家都以为是 CG 合成的，还有人觉得这是某部电影的预热炒作。

无论你怎么解释，大家都不肯相信。

你走出网吧。

你发现墙角有许多人正在盯着你看。

你暗道不妙，赶紧从背街小巷离开。

路边盯梢的人全都围了上来。

你被人按倒在地。

猫小姐走到你面前，揪住了你的头发。

你终止了推演！

"利用舆论也行不通。想想也是，《诡异世界》刚刚降临的时候，现实世界的人也不相信，除非诡异事件出现在他们自己身边，他们才能接受现实。"

顾毅无奈地从床上坐起来，趴在窗户上往外看去。

这里没有路灯，只能依靠月光照明。

顾毅发现街角有几个鬼鬼祟祟的家伙在路边走来走去，他们点燃香烟，三五成群地聚集在一起。

咚咚咚——

门外传来敲门声。

顾毅心头一紧，不祥的预感涌上心头。

"开始推演！"

推演开始！

门外传来敲门声。

你：谁在敲门？

门外：客房服务。

你把房门打开一条缝，发现外面是两个穿着西装的大汉。

你终止了推演！

咚咚咚！

门外又传来敲门声。

有人喊:"开门!"

顾毅咬了咬牙,背起书包。

刚才他一直专心推演和思考问题,根本没有注意到自己被人盯上了,他在床上躺了至少 10 分钟,足够让对手在他周围布下天罗地网了。

"开始推演!"

推演开始!

门外的敲门声越来越急促。

你关掉房间里的灯,拉开窗户。

街角那几个叼着香烟的家伙立刻朝着你在的方向走了过来。

此时,乌云恰好遮蔽月光。

身后的大门突然发出巨响,来人正在使用暴力手段破门。

你从窗户爬出去,抱住下水管道往下滑。

你身材瘦弱,体重较轻,安全地落到地面。

你听见身后传来脚步声。

你立刻往前跑去,顺便把眼罩戴上。

你发现周围到处都是红色的光点,他们已经把你所有的逃跑路线都堵住了,只有海边没有什么人。

你朝着大海跑去。

大伙儿追你追得很急,但你终究快了一步,一头扎进海水之中。

你拼命游泳,潜入海底。

你戴着眼罩观察岸边红点的走势。

他们围在岸边,有人已经去码头开船了。

你继续往前游,朝着不远处的小型游轮游去。

你爬上游轮。

岸边的人绕了一大圈,也朝着游轮走来。

你估计最多 3 分钟,他们就要追上来了。

你摘下眼罩,在小型游轮里找到了一件衣服,你顺手拿上。

你走到游轮底舱的发动机前,打开了油箱口。

第 87 章 | 火烧城南码头

你拿出酒瓶,拔掉瓶塞。

你撕开刚才找到的衣服,拿起一截布条塞进瓶口。

你听见敌人追上游轮的脚步声。

你赶紧把酒瓶放进油箱口。

敌人：他在下面！

敌人发现了你的位置。

你拿出打火机，由于打火机进了水，好半天才点着。

布条迅速燃烧。

你赶紧逃出底舱，跳下船舷。

轰隆！

身后的游轮发生了剧烈爆炸。

你被冲击波炸飞，掉进海里。

游轮爆炸引起连锁反应，停在码头的几艘船全都烧了起来。

敌人立刻葬身火海。

你从海里爬出来，胸口发闷，双耳失聪。

你戴上眼罩，发现零星有几个红点朝你走来。

火势蔓延到岸上。

你冲进火场，从另外一个方向逃跑。

过了10分钟，消防队很快赶到现场。

你躲在背街小巷，使用眼罩反复确认周围没有敌人。

你胸痛难忍，但却不敢去医院治疗。

你十分困乏。

你暂时安全了。

你终止了推演！

咚咚咚！

身后的敲门声更加急促了。

顾毅赶紧关掉灯，拉开窗户，毫不犹豫地抱着下水管道滑了下去。他顺着之前推演时走的道路，一路朝着海边跑去。

"快追上他！"

"他往码头跑了！"

"没关系，你们从东边包抄，其他人去找一艘快艇到海上等着，就算他跳海也得抓到。"

敌人们用无线电交流，安排战术。

顾毅就像先知一样，一次又一次地从敌人的包围圈中穿过。

"这小子怎么回事？"

"滑得跟泥鳅一样。"

"别管他，就把他往海里面逼，他又不是海豚，还能跑得过船吗？"

扑通！

顾毅来到岸边，一头扎进黑漆漆的海水中。

敌人此时已经坐上快艇，朝着顾毅围了过来。一个光头男站在快艇上，拿着大喇叭喊道：

"顾毅，和我们走！你离我们越远，你就越危险，和我们走你才有可能活下去！"

顾毅没有理会他们，而是一门心思游向岸边的小型游轮。

"叫岸上的人动作快点。"

"好！"

那艘游轮停的位置比较偏，岸上的人需要绕好大一圈才能到游轮旁边，但是顾毅在海里游泳，距离明显比他们短了不少。

他从水里跳了出来，抓着船锚，手脚并用地爬上了游轮。

"开快点！"

光头拍了拍手下，让他快点开船到游轮旁边。

此时，岸上的人刚好赶到，一溜烟地爬上游轮。

"那小子躲哪儿了？"

"他在下面！"

大伙儿一窝蜂地冲进底舱。

光头的快艇停在游轮旁边，他刚想爬上游轮，却听见一声落水声。

一个人影从游轮上掉下，溅起巨大的水花。

"你们这群蠢货，他在这儿……"

轰隆！

火光冲天而起！

游轮上的人全部葬身火海，光头被巨大的冲击波震到半空，也不知道飞去哪儿了。

火借风势，火舌翻涌。

岸上的仓库里放着各种易燃货物，瞬间被明火点燃，整个码头亮如白昼。

哗啦——

顾毅从水里爬出来，望着火焰喘着粗气。

尽管在跳水的时候已经做好了保护动作，但他还是感到胸口发闷，忍不住呕出一口鲜血。

刚才的爆炸已经让他受了内伤。

他的耳朵嗡嗡直响，半天都不能恢复听力。

"喀喀——"

浓烟滚滚而来，顾毅戴上眼罩，向地下基地的方向看去。

更多红色光点正朝着自己的方向跑来。

刚刚追杀他的人应该是猫鼠夫妇请来的打手，没有什么"诡异"的力量，但是地下基地里的那些人可就不一样了。

顾毅不敢休息，马不停蹄地跑了出去。

今天不适合探索地下基地。

几十辆消防车堵在码头。

顾毅躲在角落里，望着南边的火光怔怔地出神。

警察和消防员进进出出，竟然都没有发现那个深埋在地下的诡异基地。

"唉——动不了了。"

顾毅靠在墙上，看了看自己的手臂，到处是烧伤、烫伤。他全身上下都是黑灰，就算父母现在出现在他眼前，恐怕都认不出他是谁。

胸口疼痛不已，好像被人用铁锤砸破了肺，他不知道自己在逃跑时吸入了多少有害气体。

顾毅的眼皮越来越重，脑袋一歪，晕了过去。

"孩子，醒醒，快醒醒。"

一个拾荒的老太太发现了躺在垃圾堆里的顾毅，她弯下腰来，轻轻推醒了沉睡的顾毅。

"呃——喀喀。"

顾毅迷迷糊糊地睁开眼睛，胸口依然疼痛，他咳嗽两声，吐出一口血痰。

"呀！你怎么吐血了？"

"没事。"顾毅的呼吸声就像破风箱，"现在几点了？"

"早上 8 点呀。你家人在哪儿？要不要我给你叫救护车？"

"不用了。"

顾毅强撑着从角落里爬了起来，他看向码头的方向，漆黑的浓烟居然到现在都没有散去。

消防员奋战了一晚上，都没能成功扑灭火灾。

"这要是在现实世界，我绝对要蹲监狱蹲到转世投胎。"

顾毅迷迷糊糊地睡了一夜，居然没有被敌人发现。

不过，这也是因为码头烧起大火，敌人不敢贸然离开基地。

正因如此，顾毅才选择放火来躲避敌人的追击。

顾毅漫无目的地在路上闲逛，脑子里一直在思考自己出了什么纰漏，但想来想去都找不出自己被敌人发现的原因。

所以，猫鼠夫妇并不是通过正常手段找到自己的，他们必然是利用"诡异"的力量，追踪到了自己。

嘀嘀嘀——

顾毅的手机响了起来，他发现居然是一个奇怪的号码打来的——999。

顾毅后背一凉，他摸了摸口袋，手机的 SIM 卡还在里面乖乖躺着。

没了 SIM 卡，手机是怎么接到电话的？

难道是猫小姐利用"诡异"的力量找到了自己？

"是谁？"

顾毅接起了电话。

"是我，老朋友。你昨天的逃生实在太精彩了，我都忍不住为你鼓掌。"

"你是主持人？喀喀……"

顾毅忍不住握起了拳头，激动得咳嗽了两声。

主持人哈哈大笑："哟哟，你可别咳死了。现在我可以给你个机会，只要你认输并且答应我的条件，我就放你一条生路，否则的话……"

嘟嘟嘟——

电话挂断了。

主持人望着面前的监视器屏幕，忍不住捏碎了手机。顾毅已经用行动拒绝了主持人。

第88章 | 号码单的秘密 1

"你能看见我吧？蠢货，这就是我的回答！"

顾毅摇摇头，冷笑着往前走去。

看来，主持人是铁了心要逼自己屈服认输。

难怪那些敌人来得莫名其妙，肯定是主持人给了敌人提示，这才让自己的位置暴露。

不过，这也同样暴露了主持人的弱点。

主持人的力量绝对是"半神"级别的。他拥有预言的能力，而且这能力远远在自己之上，所以才会使自己无法推演关于他的事情。

并且，他拥有空间跃迁的能力，他完全有实力神不知鬼不觉地来到自己身后，一枪毙掉自己。

但是，主持人从来没有那么做过。

在上一个副本里，他也是用话术让顾毅落入陷阱，绝对不会亲自动手杀掉他。

这说明，无论是主持人还是导演，都需要遵守《诡异世界》的基本规则。主持人想要威胁顾毅，也只能偷偷摸摸地加强副本难度而已。

显然，妹妹的实力绝对不可能如此强大，猫鼠夫妇也不可能有那么多打手，这全是主持人在背后搞的鬼。

副本越难，反而越能证明主持人心虚！

顾毅的手机再次响了起来，他打开一看，妹妹5月16日的日记解锁了：

2021年5月16日，小雨。

我的脑袋剧痛，我的身上长出了好多奇怪的点点。

我要妈妈送我去医院，妈妈不同意，她只是让我睡一觉。

下午我睡了一觉。

我醒来时发现我的卧室里多了一盆盆栽，它长得十分可爱，花朵就像是满天的星星。

我和盆栽说，我好想要一瓶杏仁水，就是哥哥常常给我买的那种杏仁水。

结果，盆栽真的把杏仁水放在了我的床头。

我和盆栽说："你可以让我不再头疼吗？"

盆栽说："可以，但你要付出代价。"

我不明白什么是代价。

盆栽说："你只需要睡觉就可以了。"

我说："真的吗？睡觉就可以？"

盆栽说："是的，你躺下睡觉吧。"

我很开心，躺在床上继续睡觉，我觉得明天我就可以摆脱头疼的苦恼了。

这篇日记已经证实了，妹妹从这一天开始彻底掌握了"诡异"的力量，成为这个世界的"不可言说"。她的能力就是无中生有，类似许愿术，但是代价是陷入永恒的沉睡。

"难道……"

顾毅摸了摸鼻子，想出了另外一种可能。

其实，真正让妹妹觉醒"诡异"力量的人，并非马戏团的小丑，而是猫鼠夫妇。他们通过虐待妹妹，让她逐渐觉醒了力量。

自己的父母将妹妹卖给了猫鼠夫妇，骗自己妹妹已经死掉了。

猫鼠夫妇收养妹妹后，告诉她哥哥已经死掉了，从而刺激妹妹。

"冰火两重天"不是虐待，而是真的在锻炼妹妹的意志。

所以，马戏团的小丑种下了种子，猫鼠夫妇浇灌了大树。

"按照目前掌握的线索来推断，这是最合理的解释了。"

顾毅皱着眉头，捏了捏鼻梁，他总觉得有些疑点没有得到合理的解释。

母亲得病真的是巧合？

"我"的父母为什么要把妹妹卖给猫鼠夫妇？

仅仅是因为想要钱吗？

妹妹为什么要使用"诡异"的力量，将"我"困在环岛小镇？

1天23小时7分。

顾毅只剩下最后不到两天的时间了。

现实世界。

顾毅的演讲传遍了整个A国，那振奋人心的话语激励了所有A国人。

"诡异"降临之后，民不聊生。

谁也不希望自己在家里睡得好好的，就被怪物咬死。

《诡异世界》的幕后黑手被称为"导演"，但也被不少人称为"神"。

世界上甚至出现了信奉导演的狂热信徒，他们寻找现实中的诡异生物，自愿成为这些生物的食粮。在冒险者回到现实世界后，那些狂热信徒甚至会密谋刺杀他们。

听到顾毅要调查拐卖人口的案子之后，全国人民都积极响应，他们把自己知道的所有线索全都报告给最近的警察局。

然而，警方的人手根本来不及处理如此多的信息。大部分的线索都毫无价值，真正值得参考的，只有不到一成。

A国警察局里，所有刑警连夜加班。

他们把这两年积压的妇女儿童失踪案的卷宗全部调了出来，开始集中处理。

警察局局长胡畅正在伏案工作，突然有人敲响了他办公室的门。

"谁呀？"

"曲康平。"

胡畅听到这话，立刻从桌子旁站了起来。

曲康平，这是A国的传奇人物。

他在《诡异世界》里成功通关了3次副本，其中有1次还是完美通关。因为受了严重的精神损伤无法复原，他选择彻底离开《诡异世界》，现在担任A国攻略组组长的职务。

"曲组长，你好。"

"坐下吧。"

胡畅伸出手，想要与曲康平握手。

曲康平却没有搭理他，自顾自地坐在凳子上："无用的礼节就免了吧，我是来问你们的工作情况的。"

胡畅尴尬地收回手。

"现在我们还没有头绪。"

"我不是把电话号码给你们了吗？"

"曲组长，那些电话号码根本就是没用的。"胡畅摇了摇头，"基本都是空号，查到的两个号主也和我们调查的对象没有任何关系。"

曲康平闭着眼睛，没有说话。

胡畅往前欠了欠身："组长，是不是顾毅提供的情报……有问题？"

"不会，我相信顾毅的判断，这些电话号码一定是有作用的。只不过我们暂时不知道该如何利用而已。"

"会是密码吗？"

"我们考虑过这个问题，但是解码的密码本是什么？你知道吗？"

"这个……"

胡畅一时语塞。

曲康平叹了口气，摇摇头道：

"我们攻略组最近也没事，和你们一起研究和调查吧。最近 B 国那边又放跑了一种诡异生物，名叫'书虫'，它们以吃文件为生。现在你们警察局的重要文件最多，没有我们保护，你们很难处理。"

"是，谢谢你们的帮助。"

"嗯。"

曲康平点点头，转身离开。他突然站在门口，手掌悬停在门把手上，始终不动。

"怎么了，曲组长？"

"你有没有听见奇怪的声音？"

"呃……好像是……小虫子的声音？"

"是书虫！"

曲康平惊呼一声，一脚踹开办公室的大门，冲了出去。

胡畅嘴角微微抽搐："组长，我的门坏了，你给报销不？"

第89章 | 号码单的秘密 2

"快来！"

曲康平大手一挥，带着两名手下径直冲进档案室。

吱吱——

吱吱——

令人牙酸的咀嚼声在档案室里回响。

曲康平拿出了手枪，一马当先地冲进档案室深处。

吱吱吱——

角落里，一只诡异生物正在啃食文件。

它的个头儿与猎犬相当，有着蠕虫似的身体，披着几丁质外壳，两只大眼睛就像一副厚底眼镜，嘴巴巨大，占据了三分之二的脑袋。

书虫转过头来，朝着曲康平发出了好似婴儿的啼哭声：

"哇——"

曲康平举起手枪，扣动扳机。

银色子弹飞驰而过，穿透了书虫的脑袋。

书虫哀号一声，倒飞出去。

"撒盐！"

"是！"

两名手下从口袋里拿出银色盐罐，将盐霜撒在书虫身上。

书虫发出痛苦的哀号。

曲康平三人面色沉静，而屋外的警察们却忍不住浑身颤抖，有人甚至双腿发软，跪在地上抱头痛哭。

"阿健，你去安抚一下外面的警察。"

"是。"

阿健点点头，收起盐罐走出档案室。

对付诡异生物可不是有装备就够的，你还需要拥有极其强大的精神力，否则很可能就会像外面的警察一样，还没杀死怪物就会被吓死或者变疯。

这一只书虫的实力并不算强，所以只能让某些意志薄弱的人害怕而已。

手下蹲在书虫的尸体旁边做收尾工作："啧啧，看这样子，至少是10年的老书虫了，再啃几本书就得啃人了。"

曲康平掰开书虫的嘴巴，从它的喉咙里找到了半截没有被吃完的文件。

"嗯……这本书好眼熟啊……"

"组长，这是《神说》。"手下凑过来说道，"你忘了吗？我们曾经捣毁过一个狂热信徒组织，《神说》就是他们的'圣经'，书里都是毫无意义的呓语，是他们在疯了之后听到的鬼话。"

"你还记得顾毅说的最后一句话吗？"

"啥？"

"现实世界与《诡异世界》存在影射关系，主持人存在于A国境内。"

"所以……"

"如果你是主持人，为了阻止顾毅通关，你会做什么？"

"组长，你的意思是书虫就是冲着《神说》来的？里面可能会有重要线索？它毁坏所有档案为的是拖慢我们的调查进度！"

曲康平没有说话，径直走向局长办公室。

胡畅正在心疼地看着自己的门板，试图修复，没想到曲康平又一次跑了回来，一把推开大门。

"妈呀！"

胡畅捂着胸口看向曲康平，办公室的大门也彻底报废。

"你愣着干吗？还不快做事？"

"我不是一直在做事吗？"

曲康平语速极快："快点给我找来一本完整的《神说》。"

"《神说》是什么鬼东西？"

"这里有详细资料，你快看一下吧。"

曲康平递出一份资料。

胡畅一脸认真地查看资料，若有所思地点点头："原来如此，你需要我们怎么配合工作？"

"我不管你们用什么方法，1小时后我必须看见完整的《神说》出现在我的办公桌上。"

曲康平朝着胡畅努了努嘴："给我泡杯咖啡，浓一点，不要放糖。"

"呃……知道了。"

1小时后。

完整的《神说》送到了曲康平的面前，这是隔壁城市的特工从书虫口中抢救下来的，虽然它的封面已经变得破破烂烂，但内部的文字都还清晰可辨。

曲康平拿着《神说》和顾毅留下的号码单，叫来了本市所有的密码破译专家。

"我只给你们半个小时。"

"半个小时不够……"

"你——出去！"曲康平指了指那个回嘴的专家，接着扭头看向剩下的专家，"如果你们成功了，可以获得无上荣耀并且加入我们攻略组；如果失败了，后果自负。"

曲康平是出了名的霸道，那密码专家不敢违抗命令，一脸蒙地离开了办公室。

阿健站在门外，拉着那个专家笑眯眯地说道："这位专家，A国东北部发生了一个诡异事件，我们需要借助你聪明的大脑去研究这个诡异事件。"

"我？喂，我可不要去处理诡异事件，我不擅长啊……"

"反正你不是破译不了密码吗？正好我们给你找了一个比较容易侦破的案子，走吧。"

"我错了，我留下来破译密码好不好？"

留在办公室的专家们双手发抖。

成了，他们可以获得无上荣耀并且下半辈子衣食无忧。

败了，他们就要被送去执行危险的任务。

半个小时——即使是再有经验的密码专家，也没办法在这么短的时间内破译密码，曲康平根本就是在强人所难。

"已经过去两分钟了！"曲康平冷冷地说道，"国家养着你们，可不是让你们浪费粮食的。顾毅还在《诡异世界》里代表我们国家冒险闯关，你们能在办公室里吹着空调破译密码已经很不错了，别和我提条件。我们现在是在战场上，可不是在过家家！"

密码专家们全都趴在桌子上奋笔疾书。

啪嗒！

20分钟后，一个年轻的专家丢掉了手里的纸笔。

曲康平叼着香烟，一脸好奇地看着那个年轻人。

"曲组长，我弄明白了！"年轻人举起手里的字条，"这果然是密码，顾毅同时运用了两种古典加密算法。解密的方法并不难，只需要……"

"直接说结果。"

"A国、东南部、海滨省、海湾市、黄家镇。不过……这个地方好像并不是山区，而是一个海滨小镇？"

"不用管那么多。"曲康平掐灭香烟，用力拍打着胡畅的肩膀，"立刻出发调查这个地方，我亲自带队。"

《诡异世界》里。

顾毅穿着一身破烂的衣服在城市里游荡，凭借敏锐的直觉，他发现了好几个暗哨。

现在他还身负重伤，没有机会与敌人抗争。

顾毅去附近的药店买了一些止疼药，这无异于饮鸩止渴，但他没有别的选择。如果去医院接受救治，那简直就是自投罗网。

"喀喀——"

顾毅捂着嘴巴，咳嗽两声，又是一口血痰喷出。

"儿子，儿子！"

顾毅耳朵微微一动，他扶着墙往身后一看，父母正站在自己身后。

这两个家伙为什么会过来？

顾毅心中一凉，拼命摆动双臂。

"推演……开……"

顾毅话还没说完，他眼前一黑，倒在地上。

第 90 章 | 假惺惺的父母

顾毅再次醒来，发现已经坐在了父母的车里。

母亲正在低头看手机，父亲正在开车，根本没有注意到自己。

刚才他体力不支晕了过去，连使用无限推演的机会都没有。

父母必然是敌对阵营的，自己实在不能相信他们。

顾毅没有出声，闭上眼睛。

推演开始！

你睁开眼睛，从车座上坐了起来。

你的动静引起了母亲的注意，她放下手机，一脸欣喜地看着你。

母亲：儿啊，你还好吗？

你：你别碰我。

母亲不解地看着你。

你决定和父母摊牌。

你：我全都知道了，所有的真相。

母亲：真相？你在说什么呀？

你：你们要我说出来，还是你们自己说出来？

母亲：我不明白你在说什么。

你：你们在拐卖人口，当我不知道吗？

母亲沉默片刻，父亲拉起手刹，车停在红绿灯旁。

母亲：我们没有，你不要听别人胡说八道，我和你爸都是老老实实的人，怎么可能干这种缺德的事情？

你：我既然这么说，那肯定是因为我已经掌握了确凿的证据。昨天下午你们去城南码头做什么？是去做交易了吗？

母亲：我们没有去过那个地方……

你：那你敢和我去警察局调监控吗？

母亲：你……

父亲放下手刹，踩下油门。

父亲：算了，和孩子说实话吧。我们确实是在拐卖人口，但都是迫不得已的，我们是为了活命。

你：害人是为了活命？

父亲：孩子，这件事情你不能再纠结下去了。你回家好好睡一觉，一切都会好的。

你：怕不是睡过去以后……就再也醒不来了吧？

父亲没有说话，母亲的眼神在不停躲闪。

你知道自己说对了。

只要回家躺下睡觉，猫鼠夫妇绝对会过来杀了自己。

母亲：孩子，我们是爱你的，我们所做的一切都是为了救你。

你：包括把我送给那些怪物？

母亲：唉，你根本什么都不知道。

你突然感到一阵心悸，你下意识地往车窗外看去，猫小姐的倒影出现在玻璃上。

你的脑袋一阵剧痛，你的精神世界发生动荡。

你胸口的福袋开始发热。

你的大脑恢复清明。

你从书包里拿出锤子，砸破了车窗玻璃，大喊"救命"。

母亲赶紧伸手抓你，父亲立刻踩下刹车，反锁车门。

父亲：你疯了？

你：我为了活命。

你举起锤子，砸破了母亲的脑袋，你受到了同样的伤害。

不能让父母受伤的规则依然在起作用。

你收起锤子，从窗户跳出去。

周围的车辆在你身边飞驰而过。

父亲也跳下车追了上来。

你捂着脑袋，径直跑向街对面，朝着路人大声呼救。

一个路人走了过来，扶住了你的手。

你：谢谢，快救我，有人要杀我，快报警！

路人抬起头来，脸逐渐变成老鼠的样子。

鼠先生：要杀你的人，是我吗？

你倒吸一口凉气，一头撞在鼠先生的尖鼻子上。

鼠先生疼得捂着脸。

你顺势挣脱，一锤子砸向鼠先生的脑袋。

鼠先生头破血流，他张开五指，从袖子里抛出无数只老鼠。

你随便朝着一个方向逃命。

老鼠很快扑到你的身上，你剧痛难忍。

你向身边的路人求救，你发现远处的路人全都变成了像素块，他们瞪着一双死鱼眼，无神地看着你。

你摇摇头，勉强打起精神，路人又恢复正常。

猫小姐走了过来，居高临下地看着你。

她的眼睛发红，应该是被外婆的福袋烧伤了。

猫小姐：你跑不掉的，小瘪三。

猫鼠夫妇把你从地上拽了起来，拉着你把你重新送回汽车里。

你全身乏力。

车子继续行驶，重新回到了地下基地。

猫小姐拿起杏仁水灌进你的嘴里。

你发现眼前的一切变得模糊。

你睡了过去。

再次醒来，你发现周围的人全都瞪着一双死鱼眼，远处的人则变成了像素块。

猫小姐走到你面前，捏着你的下巴。

猫小姐：你死了，对谁都好。

猫小姐接过白骨枝丫，刺进了你的眉心。

你的眼前一片血红。

你死了。

推演结束！

顾毅紧闭着眼睛，听着外面吵闹的声音。

这一次的死亡画面中，猫小姐说出了一句不一样的台词：

"你死了，对谁都好。"

如此推断，"我"其实对猫鼠夫妇、父母以及基地里的所有人都有致命的威胁，所以他们必须杀死自己。

在死前的最后一刻，顾毅似乎短暂地回到了里世界，所有人的眼睛都变成了死鱼眼。

可能上一次自己在喝了杏仁水之后，也短暂地回到了里世界，所以那一次猫小姐是在棺材里杀死了自己。

现在已经可以确定了：里世界是妹妹的造物，巨树是妹妹"诡异"力量的具象化。

猫鼠夫妇想杀死顾毅，但方法非常关键，那就是必须利用妹妹的力量杀死他。

要么是让他回到里世界。

要么就用白骨枝丫插死他。

并且，他们杀死顾毅并不是因为要把顾毅献祭给巨树，而是忌惮他。

这是不是可以利用的点？

顾毅再次进行推演：

回溯推演开始！

父亲拉起手刹，把车停在红绿灯旁。

你没有再和父母说话，而是迅速观察了一下周围的环境。

你回忆着猫鼠夫妇出现的方位，以此为据，大致判断出了猫鼠夫妇所乘汽车的位置。

你偷偷握住小刀，趁父母不注意，在红灯变为绿灯的下一秒，立刻拉开车门就往外跑。

父母发出尖叫。

你在车流中穿梭。

一辆大卡车就要转弯，你从卡车司机视野死角的位置冲了上去，再不躲开，你就要被卡车卷进车轮底下了。

第91章 | 乱中取胜

大卡车朝你驶来。

你丝毫不退，就往卡车上扑了过去。

你听到一声巨响。

一辆黑色轿车撞上了卡车车头，将它拦了下来。

鼠先生从车上跳下，直奔你而来。

你钻过了卡车底部，继续往前狂奔。

卡车与轿车的事故堵塞了3条车道，猫鼠夫妇的车也无法行动了。

你在马路中间，完全无视附近的车流。

交通因你而陷入巨大混乱。

你跑过十字路口，向后看去。

猫小姐也跳下汽车，徒步朝你追来。

你继续逃跑，穿过地下通道，来到护城河边。

猫鼠夫妇紧随其后。

你翻身跳下护城河，顺流而下。

鼠先生也跟着你跳了下去。

你拿出小刀，划开自己的手腕，鲜血直流。

鼠先生愣在原地。

你：再跟过来，我就割喉。

鼠先生：你想死？我成全你！

你反握匕首，刺破自己的下巴。

鼠先生惊恐地举起双手。

鼠先生：你不要激动！有话好好说，你可千万别再做傻事了！

你漂过了桥底，抬头一看，猫小姐站在桥边，不敢下来。猫怕水，所以只有鼠先生一个人追了过来。

你继续顺流而下。

大量失血让你的视线变得模糊。

你干脆装晕，仰面朝天漂在水面上。

鼠先生迅速游到你身边。

你从水下动手，将小刀捅进鼠先生的胸膛。

鼠先生痛苦地哀号。

你用力转动手腕，将伤口扩大。

鼠先生本能地释放出无数只老鼠，然而这些老鼠在水中根本发挥不出任何作用。

鼠先生渐渐停止挣扎。

你推开鼠先生，游到岸边。

你从书包里拿出绷带、药品，迅速给自己包扎止血。

你爬上岸边，沿着河岸继续逃跑。

你暂时甩掉了猫小姐。

你躲进了附近的小巷。

你终止了推演！

可行。

顾毅睁开眼睛，一言不发地靠在椅背上。

母亲注意到了顾毅："儿啊，你醒了。"

"嗯。"

"你怎么回事？你怎么受了这么多伤？为什么不接我们的电话？"

"停机了。"

顾毅耷拉着脑袋，靠在窗户上，偷偷将背包里的小刀拿了出来。

汽车停在了十字路口。

父亲透过后视镜看了一眼儿子，嗫嚅道："儿子，你好像有些不对劲。

"喀喀——

"我们还是先带你去医院吧？"

父亲不知道该怎么和孩子沟通，他抬头看向红绿灯，放下手刹准备发动车子。

忽然，他的汽车发出警报，提示后车门没关。

紧接着他就听见妻子发出了惊叫声。

父亲赶紧扭头往后看去，儿子居然打开车门，冲进了湍急的车流。

"快回来！"

父亲惊声呼叫。

后方，猫鼠夫妇看见顾毅冲出汽车也是吓了一跳。

"你快跟上去啊！"

"我知道，别催！"

鼠先生踩下油门，丝毫不顾后面的车流，追了上去。

顾毅在前面狂奔着，他微微侧过头，朝着鼠先生露出了一个戏谑的微笑。

一辆大卡车朝顾毅驶来。

顾毅没看见卡车，司机也没看见顾毅！

"这小子发什么癫？"

鼠先生大骂一声，一边踩下油门，一边按喇叭试图提醒卡车司机。

顾毅即将被卷入卡车车轮。

鼠先生瞪圆了眼睛，猛转方向盘，汽车一头撞在卡车上。

安全气囊弹出。

卡车司机一脸蒙，他打开车门，鼠先生也早就跳下汽车。

"你怎么开车的？！"

鼠先生理都不理司机，他趴在地上一看，发现顾毅早就钻过车底，直奔对面而去。

这小子根本就是奔着自杀去的，专门往车多的地方走。

原本井然有序的十字路口，此时乱成了一锅粥。

"臭小子……"

鼠先生从地上爬了起来，绕过卡车司机追了出去。

司机一脸愤怒。

猫小姐也从车里跳了下来，司机不依不饶地跟了上去："喂，你们两个不用负责的吗？别跑！"

"滚！"

猫小姐反手甩了司机一巴掌，转身就跑。

三人你追我赶。

越过十字路口。

穿过地下通道。

直奔护城河岸。

顾毅将书包背好，一头扎进了湍急的河流。

猫小姐扶着栏杆，望着河水瑟瑟发抖。

"他……他怎么跳水了？"

"我去追！"

鼠先生脱掉外套，一头扎进水里。

顾毅体质虚弱，游泳的速度并不快，不消片刻鼠先生就游到了顾毅面前。

"臭小子，你给我停下！"

顾毅咧嘴一笑，拿出小刀割破了自己的手腕。

鼠先生两眼一瞪，愣在原地。

顾毅将小刀横在脖子上："再跟过来，我就割喉。"

鼠先生双手不停地颤抖。

为什么这小子一脸淡定，却能说出让人不寒而栗的话？

难道他知道了什么？

不管怎样，绝对不能让他死在这里！

"你想死？那就成全你！"

鼠先生摆动手臂。

顾毅反握匕首，刺破了自己的下巴，他眼神冰冷地看着鼠先生，嘴角依然挂着若有似无的微笑。

鼠先生彻底僵在原地。

这小子居然知道了真相？

"等等，我认输！"鼠先生举起双手，"你不要激动！有话好好说，你可千万别再做傻事了。"

顾毅心中冷笑。

没想到，自己的演技比推演时还要好，鼠先生明显比上次还要紧张。

这个时候如果诈他的话……

"这一切都是假的，你也是假的，所有人都是假的。就算我现在死了……明天也会重新在床上醒来，对吧？"

"不，不是这样的。"鼠先生摇了摇头，眼神有些躲闪，"你相信我，我们不会害你，我们是想帮你的。你为什么要跑呢？"

"我在那里见过你们了。"

"那都是做梦，你真的误会了。"

"误会不了，你们三番五次要抓住我，别以为我不知道你们要做什么。"

顾毅已经得到了想要的答案，他装作体力不支，逐渐压低声音，缓缓闭眼，仰面朝天漂在河面上。

鼠先生暗骂一声，赶紧游到顾毅身边。他搂住顾毅，却突然感到胸口一阵剧痛。他一脸诧异地看着顾毅，对方脸色苍白，脸上依然带着淡淡的微笑。

"你上当了。"

顾毅眯着眼睛，咧开嘴角，用力转动刀刃。

第92章 | 旅店休整

顾毅用力转动匕首，将伤口扩大。

血水汩汩流出，染红河面。

鼠先生喉咙里发出"咯咯"的声音，本能地将顾毅往外推，他的后背裂开一个口子，从里面跑出无数只小老鼠。

然而，这些老鼠落在水里后就失去了机动性，咕嘟咕嘟地沉进了水里。

鼠先生一把推开顾毅。

顾毅两脚踩水扑了上来，反握匕首刺向鼠先生的脖子。

"嗬——"

鼠先生彻底失声，他扼住顾毅的手腕，眼神逐渐灰白。

顾毅杀红了眼，连续刺了三四次，这才松开鼠先生的尸体。

"啊！杀人啦！"

岸边的路人发出惊叫。

在肾上腺素的刺激下，顾毅没来由地感到一阵痛快，但过了没多久顾毅就感到一阵后怕，手腕、下巴处的伤口开始剧烈疼痛。

顾毅赶紧游到桥洞底下，从包里拿出应急药品和绷带给自己包扎。

急救包有非常好的防水效果，绷带依然十分干爽。

顾毅刚刚割腕不过是做戏，根本没有割破大动脉，只不过刚才捅下巴的时候有些用力过猛了，伤口有些深，不想办法缝合根本不能止血。

远处传来警笛声。

顾毅简单地包住自己的伤口，用手捂住下巴，顺着水流朝下游蹚了过去。

直到10分钟后，顾毅才从水里爬出来，一路小跑爬上岸。

顾毅走进背街小巷，找到一间破烂的小旅店。

"给我开间房。"

旅店老板娘看见顾毅满身伤痕、浑身是血的样子，吓得脸皮都在发抖。

"你……你……我给你叫救护车……"

顾毅拿出小刀，抵在老板娘的脖子上："听不懂人话吗？我要你给我开间房。"

"你别着急，我马上给你开。"

老板娘赶紧拿出钥匙，交到顾毅手上。

"有针线吗？"

"你要做什么？"

"拿着针线跟我过来。"

顾毅用刀架着老板娘的脖子，走进了房间。

刚才顾毅抽空推演了一下，大概再过 30 分钟警察才会追踪到这间旅店，自己有充足的时间休整和治疗。

顾毅坐在沙发上，解开了下巴上的绷带，鲜血顿时流出。

即使顾毅拥有强大的精神力，流血这么长时间也快支撑不住了。

"你……快点！"顾毅指着针线包说道，"帮我把伤口缝起来。"

"我……我不会啊，我给你叫医生……"

咚！

顾毅反手将小刀插在茶几上，吓得旅店老板娘一哆嗦。

"别废话，快点！"

"好，好的。"

老板娘点点头，在顾毅的指挥下用打火机烤了一下针头，接着就像缝衣服一样给顾毅缝合伤口。

顾毅的匕首始终抵着老板娘的肚子。

老板娘的手不停颤抖。

"稳住，别慌。"

"对……对不起。"

老板娘用力咽了口吐沫，有些害怕地看了一眼顾毅。

这个年轻人不过十八九岁的样子，脸色极其苍白，但是意志力却非常坚强。针线在他下巴上刺来刺去，他却连哼都不哼一声。

要知道，他可是一点麻药都没用啊！

顾毅的眼睛发直，脑子里却还在不停思索。

在回到表世界之后，顾毅一直有个疑问，那就是为什么手机里的倒计时依然没有消失？

这所谓的表世界会不会是另外一层幻象？

为此，在杀死鼠先生前，他特意试探了一下鼠先生，说这一切全都是假的。

鼠先生矢口否认，但这根本逃不过顾毅的眼睛，强大的精神力告诉自己鼠先生分明是在说谎。

这个世界依然是在梦境之中，只不过它比环岛小镇更加接近真实世界，手机的倒计时就是最好的提示。

此外，有两条线索顾毅一直都忽略了：

一是在地窖里找到的看不清文字的契约书。

二是地窖里的另外半边眼罩。

契约书上的契约人签名只写出了一个"顾"字，自己先入为主断定这是妹妹，但有没有可能这个"顾"指的是"我"呢？

地窖里的另外半边眼罩，又会不会是"我"的门票？

"我"会不会曾经也和暗月做过一笔交易？

"小帅哥？小帅哥？"

"嗯？"

顾毅猛然抬起头，发现老板娘正一脸惶恐地看向自己。

"伤口缝好了。"

"嗯。"

顾毅点点头，在沙发旁站了起来。他刚才一直在专心思考，所以没感觉，直到这个时候才觉得疼。

老板娘看着顾毅，走也不是，留也不是。

"能借我一套衣服吗？我的衣服都脏了。"

"呃……你等一下。"

老板娘离开房间，顾毅亦步亦趋地跟上。

"这是我儿子的衣服，他和你差不多高，你应该穿得上。"

老板娘拿出一套衣服塞进顾毅手里。

顾毅赶紧穿在身上。他捂嘴咳嗽两声，血痰喷在手心。

"你生病了？"

"不，应该是内伤。"

"你是黑社会？"

"呵……"顾毅冷笑一声，"比那更可怕，我是纵火犯。"

"孩子，你遇到了什么问题？也许我可以帮助你，你没有必要走上绝路。"

老板娘觉得顾毅不是个坏人，不由得上前劝说。

"阿姨，如果我告诉你，你其实活在一个人的梦境中，而我要唤醒那个正在做梦的人，你会怎么样？"

老板娘歪着脑袋，根本没听懂。

顾毅摇了摇头，他知道这些人根本不可能理解自己说的话。

根据推演结果，再有 10 分钟警察就会来，自己得马上走。

"孩子，等等。"

顾毅闻言，愣了一下。

老板娘走了上来，拉住了顾毅的手："孩子，你的父母呢？你为什么不替自己的父母想想？"

"没了。"

"爷爷奶奶、外公外婆也没有？"

"前几天我外婆刚走了。"

"那你老家在哪儿？难道老家也没有亲戚了吗？"

"老家……"

顾毅愣了一下。

"阿姨，你知道环岛小镇这个地方吗？"

"啊，我知道啊。"老板娘眨了眨眼，"你说的是城东的小区，还是隔壁的镇子？"

"隔壁的镇子在哪儿？"

"环岛小镇是老名字了，我们老一辈人才这么叫。现在它已经改名叫黄岛镇了，如果你打车去的话，半天就够了。"

"谢谢阿姨！"顾毅从口袋里掏出 100 元丢到了阿姨手里，"虽然很不舍，但是我得走了。你一定会发大财的。"

第 93 章 | 幻人

又被系统摆了一道！

在刚刚来到这个世界时，顾毅注意到父母所住的小区是一个名叫"环岛小镇"的小区，所以自然而然地以为"环岛小镇"是小区的影射。

可事实并非如此！

这个世界有另外一个地方，那才是真正的"环岛小镇"，只不过现在已经改了名字。

如果不是旅店老板娘和他闲聊，无意间提到老家的问题，顾毅根本没有想到这点。

顾毅拦下了一辆出租车，他闭眼推演了一下，这一路上并没有警察追踪，自己可以安全地抵达黄岛镇。

"要去哪儿啊？"

"黄岛镇。"

"太远了，到地方都要半夜了……"

"500 元，路上的过路费算我的。"

"马上就走。"

司机放下手刹，立刻上路。

一路无话。

顾毅在车上小憩了一会儿，再睁开眼睛的时候，自己已经到了黄岛镇。

此时，太阳刚好落山。

顾毅付完车钱便走进了小镇。

镇子口果然有一间小卖部，小卖部的老板与里世界的老板长得一模一样。

此时，老板正在用收音机听相声，趴在柜台后面傻笑。

顾毅戴上眼罩往镇子里看去，没有发现任何异样。

推演开始！

你往小镇的深处走去，你在小镇上看到了许多陌生的面孔，只有建筑物依然如故。

你找到了老宅，此时老宅外面围上了一圈栅栏。

你翻过栅栏，走进院子。

你推开了老宅的大门。

你的眼前一片虚无。

你终止了推演！

顾毅并没有感到紧张，反而感到了兴奋。

天赋能力无法继续推演，反而证明自己来对了地方。

顾毅快步走到老宅门前，翻身越过栅栏。他拿出手机看了一眼倒计时，在自己推开大门的那一刻，倒计时暂停了。

"呼——"

顾毅深吸一口气，踏入老宅。

咯吱——

咯吱——

老宅四处都是脚步声，却看不见一个人影。

顾毅摘下外婆的福袋，捏在手里。

"嘻嘻嘻——"

顾毅听见屋子里不停地传来阴森的笑声。

在这个诡异的空间里，顾毅必须足够小心才行。

"稳住！"

顾毅闭上眼睛，集中注意力。

强大的精神力让他不受"诡异"力量的干扰，那若有若无的笑声也渐渐散去。

顾毅踏上楼梯，却听见了另外一个脚步声。

如果你上楼时听到两个脚步声，请立刻停下，直到另外一个脚步声消失才可继续行动。

顾毅站在楼梯上一动不动。

脚步声越来越近，越来越响。

他感到一阵窒息。

眼前出现一阵诡异的水波纹，紧接着他感到心脏一阵收缩，就像被人捏住了一样。

"去你的！"

顾毅握着福袋，朝着面前的水波纹砸了过去。

金色闪光点一闪而过，空气中散发出淡淡的焦味。

外婆的福袋变成了一块焦炭，那个看不见的诡异生物也发出了一阵痛苦的哀号。

"嗷——"

一阵妖风吹过，顾毅不自觉地后仰倒下，落到楼梯口。

老宅内部的一切迅速老化，直到布满灰尘和蛛网："原来这才是外婆福袋的正确用法啊。"

顾毅从地上爬了起来，踏上楼梯。

台阶破破烂烂，稍有不慎就会踩塌，他搭着扶手，一路向上径直走向老宅三楼。

顾毅踹了一下房门右下角，成功打开了门。

三楼阁楼漆黑一片，电灯也没用了。

顾毅拿出手电筒。

三楼的地板上坑坑洼洼，老鼠已经把这里当成了自己的家，它们看见顾毅到来后，居然没有一点害怕的意思，优哉游哉地从他面前跑过。

推开房间门，那一套桌椅依然待在密室里。

桌椅上只有一层薄薄的浮灰，没有任何损伤。

不过，那张大桌子上多了一个新的道具。

顾毅举起手电筒。

这是一张画风精致的小丑面具，和暗月马戏团的小丑妆容一模一样。顾毅犹豫片刻，将面具戴在脸上。

"恭喜你发现特殊剧情道具'Tulpa的小丑面具'！

"你的剧情探索度增加！

"目前探索进度为81%！"

顾毅戴上小丑面具后并没有任何不适，视野里的一切也没有发生任何变化。

"Tulpa是什么东西？我好像在哪儿听过……"

顾毅眉头微蹙，仔细思索着，他的大脑飞速转动，终于在记忆殿堂的角落里找到了这个名词的解释。

Tulpa音同"透帕"，可翻译为"幻人"。

这是一种锻炼思维能力的冥想方式，人可以通过冥想创造一个属于自己的幻想伙伴。

大部分孩童产生过短暂且不成熟的Tulpa玩伴，受过精神创伤的人群更容易由大脑保护机制产生不成熟的Tulpa。

成熟的 Tulpa 能与宿主实时对话，在现实中产生影像，甚至能够被触碰。他们拥有自我意识，会做出宿主意想不到的行为，还能在后期改变自己的人设。

成年人需要长达 200 小时的冥想，才能创造一个属于自己的 Tulpa 伙伴。可如果你的心志不坚定，那么 Tulpa 伙伴很可能会脱离你的控制，并且影响你的正常生活。

成熟的 Tulpa 可能会消失，但大部分时间会一直伴随着宿主。你需要拥有强大的意志，才能摆脱 Tulpa。

"这么说来……其实我才是三口之家里的'多余的人'啊。"

顾毅闭上眼睛，试图还原整个副本背后的真相：

妹妹是一个独生女，却被亲生父母卖掉。

因为哥哥本来就是不存在的，反映在妹妹的日记中，就是哥哥出车祸死了。

在养父母那里，妹妹受到各种虐待和毒打，这可能都是因为养母发现了妹妹的特殊天赋——无中生有。

妹妹和自己脑海中的哥哥对话，让哥哥救救自己。

在这期间，不存在于现实的哥哥拥有了自己的意识，并有了影响现实的潜力。

妹妹把哥哥放进了最深层的梦境——环岛小镇里，在那里父亲、母亲、哥哥、妹妹四人快乐地生活。

然而，养父母却不允许哥哥出现。

一旦哥哥发觉了妹妹的存在，那么哥哥必然会想尽办法唤醒妹妹，妹妹梦境的力量就会消失。

所以，如何让哥哥成功地死掉呢？

必须让妹妹在意识里承认哥哥死掉了，才能彻底消灭哥哥，不然妹妹总能无限制地创造出新的哥哥。

因此，猫鼠夫妇不得不利用妹妹的"诡异"力量来杀死顾毅！

第 94 章 | 抓捕行动

顾毅从书包里找到了那张模糊的契约书，他戴上面具之后，契约书上的字迹全都变得清晰可见了：

西拉斯·暗月的交易契约。

契约人将获得暗月马戏团小丑的能力，代价为寿命。契约达成后，契约人将只剩下 7 天的寿命。

契约人：顾毅

"原来如此，难怪这个副本会把时间卡得那么死。"

整个世界都依靠妹妹的力量而存在，妹妹创造了我就是让我救她，让她从睡梦中苏醒。而父母、猫鼠夫妇，以及环岛小镇的所有居民都以妹妹的梦境为生。

他们自然不希望我去唤醒妹妹，所以父母、猫鼠夫妇总会想尽一切办法来杀死我，甚至连短短的 7 天也等不了。

如果不是有妹妹的潜意识在一直保护我并引导我找到线索，我恐怕早就没了。

顾毅摸了摸脸上的小丑面具，回忆着小丑吹气球的样子。

他下意识地伸手摸向口袋，果然从里面拿出了一把气球，他熟练地吹气球，折出一把气球剑。

唰！

顾毅握着剑，朝椅子劈了下去。

椅子瞬间四分五裂。

顾毅兴奋地握起拳头，发现裤子突然变沉。他摸了摸口袋，里面多出了各种奇怪的演出道具，其中还有一张写着规则的字条：

小丑面具使用说明

1. 永远不要说话。
2. 永远保持笑容。
3. 永远要有观众。
4. 永远记住：无论多么悲伤和委屈，请把眼泪留在谢幕之后。

现实世界。

曲康平带着攻略组以及警察来到了目的地。

这里名叫黄家镇，是一座海滨小镇，镇上的居民全都以捕鱼为业。

三四年前，黄家镇遭遇"诡异"降临，整座小镇都被包裹在一片迷雾之中。外人如果没有本地居民做向导，就会陷入无尽的迷宫，直到饿死在迷雾中。

今天，原本平静的小镇变得不再平静。

警察在向导的带领下闯进了小镇，一夜之间抓捕了将近 20 名主要涉案人员。

他们一整个宗族都涉嫌买卖人口、走私、制毒、贩毒，可谓无恶不作。镇外的迷雾是他们天然的保护屏障，如果没有 A 国攻略组加入，想要找到这些人的把柄恐怕要等到下辈子了。

"全都给我老实点！"

"我怎么了？"

"怎么了？你怎么了自己不知道吗？跟我们走！"

"你们警察怎么能随便抓人？"

"兄弟们，抄家伙，干他们！"

"不能让他们离开镇子！"

眼见宗族里的人被抓，镇上所有居民全都拿出了武器，有的是鱼叉，有的是菜刀，甚至还有村民自制的土枪。

他们堵在镇子的唯一出口，试图负隅顽抗。

村子总共有近千名村民，而警察团队才不到百人而已。

胡畅局长走了出来，拿起大喇叭吼道：

"你们现在涉嫌妨害公务，我给你们3次机会，立刻让开道路，不然……"

砰！

一声枪声响起。

胡畅吓得帽子差点掉了，他下意识地躲在车身后面，还以为是对面的村民开枪了。

后来他抬头一看，却发现是那个拿着土枪的村民被人一枪爆了头。

"'诡异'复苏的年代，一切以保证冒险者顺利通关《诡异世界》为最根本的原则。"曲康平的枪口冒着白烟，"你们现在涉嫌危害冒险者生命安全，按照法律规定我们可以当场把你们击毙，不怕死的就继续上呀！"

村民愣了一下，举起武器冲了上来。

曲康平的手下纷纷将子弹上膛，毫不犹豫地开枪。

警察们见状，飞快地拿出催泪弹、电击枪之类的武器。

不过几分钟的时间，这些乌合之众就被全部镇压了。

胡畅擦了擦额头的汗水，他粗略估算了一下，光是曲康平本人就击毙了大约20个敌人。

"曲组长，你怎么一下杀了这么多人？"

"有什么问题吗？"曲康平收起枪，看都不看胡畅一眼，"这些人都死有余辜，我绝对不会杀错人的。"

"呃……可是我怎么在报告上写这些事情啊？"

"你爱怎么写就怎么写。"

"那你刚才说的那些法律条款真的存在吗？"

"当然没有，我瞎编的，"曲康平点燃香烟，"我只是不想在这些坏人身上浪费时间而已。特事特办嘛，上面的人会理解你的。"

"啊？组长……组长你等等呀！"

胡畅一脸惶恐地看着曲康平。

谁知道曲康平根本不理会，径直走向村子的深处。

作为曾经的冒险者，曲康平的灵感力和精神力远高于普通人，他隐隐觉得镇子中心还有诡异物品存在。他换了一个新的弹夹，带着阿健往前走去。

"组长，好像是前面那栋老宅？"

"嗯，我也觉得。"

曲康平来到了老宅前，翻身越过栅栏。

忽然一股阴风吹来，曲康平忍不住倒退3步。

阿健赶紧上前，用身体挡住曲康平。

"曲组长，是诡异生物吗？"

"不要怕，诡异生物已经没了，我感觉不到他们的存在。"

曲康平推门而入。

老宅内破败不堪，到处都是腐朽的味道。

曲康平走上楼梯，在直觉的驱使下走到三楼。

三楼的走廊上，一只黑猫正在轻轻舔舐一只硕大的老鼠，老鼠则敞开肚皮，一脸享受地眯着眼睛。

曲康平闭着眼睛摇了摇头，诡异的猫鼠立刻消失了。

"曲组长，你怎么了？"

"我看到了一些幻象。"

"是精神污染吗？"

"不是，是我的灵感力对我做了某种暗示。"曲康平闭着眼睛想了一会儿，"猫鼠一窝？哼……我明白了，回去以后立刻派人调查海湾市的上下领导层，没有人能够逃脱法律的制裁。"

"明白了。"

曲康平推开了三楼的房间。

一个戴着小丑面具的男人正直勾勾地盯着自己，曲康平下意识地举起手枪，却发现那个小丑居然也是幻象。

"今天怎么老是出这种事？"

"组长，你怎么了？"

"我已经好久没有出现灵感力失控的情况了，今天居然连续两次出现幻觉，刚刚我看见了一个小丑出现在这里。"

曲康平摇了摇头，走到小丑消失的地方。

地上有一张发黄的画纸，上面铺满灰尘。

他轻轻吹散浮灰。

这是一张儿童画，上面画着一家四口。

爸爸、妈妈、哥哥和妹妹。

阿健蹲在曲康平身边，也看见了那幅画，他瞪大了眼睛，发现画上的哥哥正在慢慢消失。

"组长，这是……"

"这就是顾毅说的《诡异世界》和现实世界存在影射关系吧？"

儿童画上的画面慢慢褪色，直到最后变成一撮黑灰。

第 95 章 | 诡异小丑 1

"老板，到地方了。"

乘客没有说话，只是拿出 500 元递给司机。

"稍等一下，老板，我给你找钱。"

乘客拍了拍司机的肩膀。

"老……老……板？"

司机一脸诧异地看着后座的乘客。

上车的时候，这个乘客戴着一张小丑面具，把目的地写在字条上。

司机以为乘客是说不了话，也就没和他交流。

车子一发动那戴小丑面具的乘客就在车里睡觉，司机一直在专心开车，没怎么在意他。

谁知道到地方之后，这位乘客模样大变，那小丑面具就像长在他的脸上一样，原来的衣服也变成了花花绿绿的小丑戏服，看上去极其怪异。

"你……你……"

小丑转过脸来，露出一个微笑，他从怀里掏出一朵玫瑰花，塞进了司机的手里。

"嗯？"

司机接过花，一脸蒙。

顾毅走在街道上，脸上始终带着微笑。

小丑面具一夜之间与自己彻底融合，无论怎么样他都没办法再把面具摘下了。

昨天晚上，他躺在出租车里推演了一夜，但是总在最后关头失败。

有了小丑的力量，顾毅几乎可以无视猫小姐和所有诡异生物，成功毁灭巨树，但最终与妹妹对峙时，推演进程总会无法推进。

解开妹妹心结的方法，顾毅必须亲自去寻找，没有办法用推演的方式完成任务。

顾毅拿出手机：

12 小时 34 分。

倒计时还剩下最后 12 个小时左右。

妹妹的最后一篇日记也成功解锁：

2021 年 5 月 17 日，大风。

我醒来之后，发现自己的床边多了一个红色的东西，他不停地扭曲、变形，就像是一个可怕的怪物。

他朝我扑了过来，我吓得大声尖叫。

妈妈走进了我的房间，我告诉妈妈我的床上有怪物。

妈妈告诉我，那些都是假的，我只需要好好睡觉就可以了。

我真的好害怕。

那东西是什么？

那东西会不会就是我的哥哥？

这篇日记大概说的就是妹妹制造出哥哥的过程。

那团扭曲的血肉在第二天，也就是5月18日成了哥哥，所以妹妹才会对他如此害怕，会说"他"是什么东西。

顾毅拿出一个自拍杆，装好手机，接着连上了某直播网站。

小丑面具的第3条使用规则：永远要有观众。

全程直播，就是顾毅想到的好办法。

"咦？居然是小丑在直播？"

"主播在哪个马戏团？"

"主播怎么不说话呀？"

顾毅对着手机镜头神秘一笑，他用食指做出嘘声的动作，极其夸张地把手伸进裤裆。

"这是我能看的吗？"

"给你看个大宝贝！"

"他在干吗？"

顾毅从裤裆里掏出一扇两米高的红木门，接着咣当一声砸在地上。他滑稽地跑来跑去，费了半天力气，才把红木门放稳。

弹幕上飘满问号。

"特效？"

"他是小丑还是魔术师啊？"

"这真的是直播？不是剪辑作品吗？"

"是直播！我亲眼看见了，兄弟们我在直播间的镜头里，你们看见我了吗？"

一个路人冲进了镜头，朝着大伙儿挥手。

顾毅见状，也和"水友"笑着摆摆手。

弹幕明显不相信。

"这是托儿吧？"

"这个剧本没见过，真有意思。"

"绝对是剪辑的录像啊！"

吱呀——

顾毅没和观众做任何解释，他举着自拍杆，将镜头对准红木门，微笑着打开大门。

门外是一片焦土。

众人仔细一瞧——这分明就是城南码头，前天夜里还发生过大火，消防队在这里奋战了一天一夜。

此时，电视台的记者还在现场采访。

顾毅举着手机，来到摄像机后面，夸张地做着各种鬼脸。

"那不是电视台的记者吗？"

"那小丑真的在现场，他在电视台的节目里出现了！"

"这家伙真的是魔法师吗？"

顾毅的直播间里突然涌入大量网友，满屏的弹幕已经彻底挡住了他的脸。

顾毅哈哈大笑。

网友的崇拜让顾毅充满力量。

难怪小丑面具的使用说明里要求自己必须有观众，崇拜和喜爱自己的人越多，可以使用的"诡异"力量也就越多。

摄影师和记者显然看见了正在捣乱的顾毅，他们纷纷扭过头去。

顾毅又一次把手伸进裤裆，在一通夸张地摸索之后，他掏出了一条手臂粗的麻绳。

记者拿着话筒，已经忘了要采访，一直傻乎乎地看着顾毅。

"他为什么能从裤裆里拿出这么一大坨东西？"

"不知道啊。"

顾毅脸上带着夸张的笑容，蹲在地上把麻绳系成套马索。他像牛仔一样甩动绳子，卷起一阵飓风。

"哇——"

女记者脚下不稳，被飓风吹跑。

摄影师个头儿比较大，赶紧伸手拽住女记者，把她拉到了旁边的集装箱后面。

集装箱被飓风吹得哗哗作响。

记者和摄影师对望一眼。

"这是怪物，我们快逃吧！"

"逃？逃什么啊，这是多好的新闻题材？我们只要报道出去就能扬名立万了！"

"你连站都站不稳，你能报道啥呀？"

"你不是能站稳吗？你先给我拍下来再说呀，现在可是在直播呢，多好的机会啊！"

记者赶紧把摄影师推了出去。

摄影师稳住身形，将镜头对准顾毅。

顾毅夸张的笑声响彻整个码头，他用力抛出手中的麻绳，直奔码头中间最大的集装箱而去。

咯噔！

套马索拴住了集装箱。

顾毅用力一拽。

巨大的集装箱拔地而起，被他随手丢进了海里。

海浪翻涌，如瓢泼般洒在码头上。

记者的头发和衣服全都湿了，她举着话筒站在摄像机前，兴奋地给所有观众讲解情况：

"各位观众，我现在在城南码头，我们在这里遇到了一个超人！他就像电影里一样力大无比，拥有各种奇妙的魔法，他就像是……啊！"

记者话没说完，便觉得脚下一空。

她扭头一看，却发现顾毅一手扛着自己，一手扛着摄影师来到了集装箱原来的位置。

那里有一段笔直向下的楼梯。

尽管现在是白天，但下面还是黑洞洞一片，让人不寒而栗。

"你……"

顾毅咧嘴一笑，将手里的自拍杆交给了记者，轻轻点了点头。

记者打眼一瞧，原来顾毅正在用手机直播。

此时弹幕已经乱成一团了，密密麻麻的，已经分不清大伙儿在说什么了。

"你是要我帮你拍摄？"

顾毅点点头，露出了一个灿烂的微笑。

第96章 | 诡异小丑2

记者跟在顾毅身后，摄影师也不闲着，扛着摄像机也跟了过去。

"你好，能告诉我你叫什么名字吗？"

记者一手举着顾毅的手机，一手拿着话筒。

顾毅回过头，嘴角几乎咧到了太阳穴。

记者吓得两腿发软，她从来没有见过这么瘆人的笑容。

顾毅食指放在嘴唇上，摇了摇头。

"你说不了话？"

"嘻嘻——"

顾毅怪笑两声，继续往下走。

摄影师的感知比记者更强一点，他隐约觉得地下似乎有什么不得了的东西。

"要不然……我们别下去了吧？我感觉里面好像有什么怪物。"

"你到底是不是男人？快跟我下去！"

记者管不了那么多，一溜小跑地跟在顾毅身后，她现在脑子里满是报道大新闻的念头，哪还顾得上什么危险？

摄影师拗不过记者，只得跟在她身后。

3个人来到了一扇巨大的防爆门前，顾毅左瞧瞧，右看看，动作滑稽。

"小丑先生，这扇门后面是什么？"

顾毅没有理会记者的询问，又一次把手伸进了裤裆。

记者尴尬地移开目光，看向手机屏幕。

"快别挡着我们看小丑。"

"他又要拿出什么宝贝了？"

"这是防爆门，没有门禁卡是打不开的，他想做什么？"

弹幕密密麻麻。

记者瞟了一眼在线人数，现在已经超过5000万观众了，并且每过1分钟，人数就会上升100万。开播到现在也才不到10分钟，小丑的直播间就已经成了人气榜第一。

直播网站的技术人员全都傻了眼，他们从来没有见过这么夸张的数据流。

此时，网站的工作人员正在围绕着小丑的直播间激烈地讨论：

"天啊，这个小丑居然真的有超能力？"

"别扯淡，世界上根本没有超能力。"技术组组长说道，"立刻封停这个直播间。"

噼里啪啦——

技术组员工一通操作，可是直播间不仅没有被封禁，还冲上了热门。

"老大，我们的网站好像被黑客劫持了。"

"老大，我这里也是！"

"重启服务器都没有用，现在所有的直播间都在自动转播小丑的行动。"

"搞什么鬼？"

大伙儿一起看向屏幕。

那小丑阴森地笑了两声，从裤裆里掏出一把两人高的充气大锤，锤子上还写着"100T"的字样。

锤子软趴趴地晃来晃去，一看就很轻。

"嘻嘻——"

顾毅怪笑两声，举起了这把看上去并不重的充气锤子。

砰！

锤子砸在了防爆门上。

记者和摄影师下意识地捂着耳朵，张开嘴巴。

防爆门发出一声巨响，眨眼之间碎成了八瓣，充气锤子也耷拉了下来。

顾毅扭过头，看向身后二人。

摄影师因为太过害怕，把手里的摄像机镜头摔碎了。

记者颤颤巍巍地举着手机，扶着墙才站了起来。

直播间的弹幕再次疯狂增加，挡住了整个屏幕。

然而，顾毅的小丑形象却诡异地浮在了弹幕上面。这个直播网站还没有人像识别的功能，人像是不可能悬浮于弹幕之上的。

这是小丑利用自己的诡异能力，改变了直播间的弹幕规则。

顾毅脸上依旧带着笑容，他朝着记者勾了勾手指。

记者和摄影师被他深深吸引，毫不犹豫地跟了上去。

嗒嗒嗒——

顾毅的大头皮鞋砸在走廊上，发出极富韵律的脚步声。

记者突然感到浑身汗毛直竖，她抬头往前一看，走廊的尽头出现了一些奇奇怪怪的人，他们一个个瞪着死鱼眼，如同行尸走肉。

"丧……丧尸？"

不知道为什么，记者突然想起了恐怖电影里的丧尸。

那些"丧尸"怪叫着冲了上来，其中还有不少人手里拿着手枪。

"快躲起来！"

摄影师赶紧拉着记者往后撤，他用身体挡住了记者。

砰砰砰！

枪声在狭窄的走廊里回响，摄影师甚至能感受到子弹在地板和墙壁上飞弹时传来的振动。

谁也不知道枪战持续了多久。

摄影师缓缓转过头，发现整条走廊已经被染成了红色。

那些奇怪的人变成了一个个颜色各异的像素块，而那名小丑依然站在原地一动不动，右手比着手枪的形状，嘴巴里还不停发出"biù"的声音，场景十分诡异。

"嘻嘻——"

顾毅怪笑两声，唤醒了还在发呆的摄影师和记者。

"这些人都是什么东西？"

顾毅没有说话，他模仿狼嚎和狗叫，做出一些可怕的表情。

"你是说，他们都是狼心狗肺的人？"

"嘻嘻——"

顾毅点点头，竖起大拇指，继续往走廊深处走去。

记者继续举着手机。

走廊的尽头有两个标志：一个是生活区，一个是养殖区。

顾毅用手指戳了戳养殖区的牌子，脸上的笑容有些僵硬。他转过头来，从口袋里拿出两个气球，吹出两顶皇冠戴在记者和摄影师的头上。

"这是做什么的？"

顾毅双手合十，微笑着作揖。

记者摸了摸头顶的皇冠："你是说这东西是用来保护我们的？"

顾毅点点头，模仿摄影师摄像的样子。

记者举着手机，用力点头："你放心，我一定会拍下你的一举一动。"

不知道为什么，尽管顾毅一句话没说，但记者总能准确地理解顾毅的意思。他的身上似乎有种特别的魅力，让人不自觉地去信任和依赖他。

越往养殖区走，记者就越感到不安。每当她瑟瑟发抖，头顶的皇冠就会微微发热，帮她驱散心灵的不适。

大概过了 10 分钟，顾毅终于停下了脚步。

记者掉转手机，将镜头对准了那诡异而血腥的大厅。

即使记者早就做好了心理准备，但真的看见那诡异而残酷的画面之后，她还是忍不住吐了起来。

啪嗒——

手机掉在了地上。

摄影师颤巍巍地捡起手机，重新将镜头对准那些被当成养料的人。

"各位，我当记者几十年了，我曾经调查过一个拐卖儿童的案子，那些被拐的失踪儿童的照片我一直记在心里。我可以确定，东边那个梳着羊角辫的女孩子就是上个月失踪的彤彤。原来，全国各地失踪的孩子都被送到了这里。我简直……不敢相信。"

第 97 章 | 诡异小丑 3

弹幕突然集体沉默了。

眼前的景象已经彻底颠覆了所有人的三观，他们从来没有见识过这样诡异又邪恶的场景。

"这是什么地方？地狱吗？"

"为什么在我们城市的地下有这样的地方？"

"你们告诉我，这都是幻觉对不对？"

"我看见了我的女儿，她就在那里！"

弹幕又一次出现，遮蔽了所有恐怖的场景，只留下顾毅孤独的背影。

顾毅转向镜头，轻轻鞠了一躬，接着从口袋里拿出气球吹了起来，手脚麻利地做了一支汤姆逊冲锋枪。

哔哔哔——

顾毅嘴里叼着哨子，急促吹响，以此模拟冲锋枪的声音。

气球冲锋枪的枪口喷射着火焰，不消片刻便射穿了头顶纠缠在一起的枝丫。

枝丫在空中乱甩，喷出无数红白色的汁液。

顾毅又吹响了一阵口哨，那些汁液在半空中化为烟花炸响。摄影师立刻把镜头对准了病床，上面的孩子们一个个露出了开心的笑容，就像是做了一场美梦。

"那个小丑是在帮助这些孩子。"

"孩子们脸上痛苦的表情消失了。"

"他是和恶魔战斗的超级英雄！"

哔——

哨声再次传来。

摄影师扶着记者来到顾毅身边："英雄，你有什么吩咐？"

顾毅拍了拍二人的肩膀，又指着自己的肩膀。

"啊？你想说什么？"

顾毅翻了个白眼。

记者脸色惨白，试探着问道："你是想让我们俩抓着你的肩膀，对吗？"

顾毅疯狂点头。

摄影师一脸惊讶地看着记者："你怎么听懂的？"

"天赋？"

二人一左一右，搭住了顾毅的肩膀。

顾毅摘下肩膀上的背带，嗖的一声抛上天花板。

背带粘在天花板上，像是橡皮筋一样绷紧，顾毅一左一右抱着记者和摄影师，用力吹响口哨。

哔——

背带瞬间收缩。

3个人就像是弹弓上的石子被弹飞上天，撞裂了天花板。

记者闭着眼睛尖叫，耳边尽是呼呼的风声。

"快睁开眼睛看呀！"

"不要！"

记者嘴上说不要，还是很老实地睁开了眼睛。

大树上的果实全都注视着他们 3 个人，树冠顶上到处都是羊头人，正在虎视眈眈地看着他们。

3 个人的动力逐渐消失，可他们离顶端的树冠还有三四米的距离。

哗！

顾毅看了一眼摄影师，对方心领神会地搂住了顾毅的脖子。

这下空出了手，顾毅又拿出了鞭子，嗖的一声甩了出去。

鞭子绕在树干上，拉着 3 个人一起飞到了顶端。

"我的妈呀！"摄影师趴在树冠上，望着脚下的深坑惊魂未定，"这简直比拍电影还刺激。"

"快举起手机拍呀！"

"哦！"

摄影师赶紧举起手机。

顾毅背对着镜头，朝着无数的羊头人鞠了一躬，他拿起长鞭用力一挥，仿佛连面前的空气都撕裂了。羊头人们发出痛苦的哀号，一个个化为拳头大小的像素块。

"这些怪物都是从哪儿过来的？"

"谁知道呀。"

"你们快点跟上去，我要看看小丑到底会怎么消灭那些怪物！"

弹幕群情激愤，催促记者和摄影师前进。

然而，顾毅的脚步实在太快了，他们二人在顾毅身后追得满头大汗。

"小丑先生，你能不能……慢一点……"

"就是……我们都快……"

记者和摄影师全都闭上了嘴巴。

摄影师双手发颤，居然忘记自己正在拿着手机拍摄。

面前的景象让他终生难忘。

一只顶天立地的黑猫出现在他面前，3 个人加在一起，都没有那只猫的一条腿长。

"喵。"黑猫开口了，"顾毅，你以为你无敌了是吗？这个世界是属于顾瑶的，只要我控制了这棵树，你就永远杀不死我！"

顾毅歪着脑袋，朝着黑猫比出手枪的姿势。

黑猫怪叫一声，朝着顾毅挥舞着猫爪。

猫爪前端裹挟着蓝色的闪电，隔着老远就把摄影师手里的手机打掉了。他们二人脑袋上的气球皇冠也应声碎裂，化为一朵烟花消散。

"你愣着干什么？快点拿手机拍呀！"

"哦哦，对的。"摄影师如梦初醒，重新举起了手机，"小丑，快闪开呀！"

猫爪落在顾毅的脑袋上，突然停下了。

顾毅缓缓举起右手，噘着嘴巴，眯着左眼。

"biù！"

顾毅模仿着手枪的声音。

话音未落，黑猫就哀嚎一声，化为一块块巨大的像素块。

"就这么简单？"

"天啊，这么大的怪物，一下子就死了？"

"这小丑太强了！"

弹幕全是赞叹之词。

摄影师和记者不停躲闪，免得被落下的像素块砸中。

顾毅轻轻地歪过脑袋，躲过最大的那块黑色像素块，他沿着树干向上攀爬，来到树冠的顶部。

没有顾毅的帮助，记者和摄影师只能站在下方举着手机。

顾毅来到了沉睡的妹妹身边。

妹妹的周围有一道空气墙，他轻轻拍了拍那道墙，露出了一个和善的微笑。

顾毅突然感到自己体内的力量正在飞速流逝，他回头看了看记者和摄影师，他们二人全都像是被按下了暂停键，一动不动，像座雕像。

顾毅打了个响指，摄影师手里的手机立刻飞到了自己手里。

倒计时已经暂停了。

定格在 99：99：99。

顾毅闭上眼睛，试图使用天赋能力，可他眼前一片虚无，什么也看不见。

现在，是最关键的时候了。

顾毅举起拳头，一拳一拳地砸在面前的空气墙上，直到拳头流血才击碎了那一道墙。他来到妹妹面前，轻轻摸了摸妹妹的脸蛋。

妹妹睁开眼睛，双眼无神地看着顾毅。

嗡嗡——

顾毅的耳边传来刺耳的轰鸣声，紧接着如潮水般的虚空向他涌来。顾毅的小丑面具开始松动，表面出现了一道裂纹，他赶紧扶住面具，免得掉下去。

一道金光闪过。

顾毅忍不住闭上了眼睛。

"你这个累赘，长大就应该出去卖，这样还能给老娘赚点钱，养你根本就是赔钱！"

顾毅重新睁开眼睛，就看见一个女人正在指着自己的鼻子谩骂，他这才明白过来——自己来到了妹妹的记忆之中。

第 98 章 | 妹妹的记忆

我砸碎了一只碗，妈妈揪着我的耳朵，就像在揪着一个破麻袋。

她指着我的鼻子，用全村人都能听见的声音叫骂着："你这个累赘，长大就应该出去卖，这样还能给老娘赚点钱，养你根本就是赔钱！"

我没有哭，始终保持着微笑。

哥哥告诉我，只要保持微笑，一切痛苦都会消失。

妈妈继续打我，直到我鼻血横流。她说她最不喜欢我笑起来的样子，简直就像是一个小狐狸精。

爸爸回来了，他又要给我们烧羊肉。

我不喜欢羊肉的膻味，但是爸爸每次都要给我们做羊肉吃。爸爸妈妈吃得很开心，而我每次都是嚼了两下就吐到袖子里。

这一次，我吐羊肉被爸爸发现了。

他拿起藤条，用力抽在我的屁股上，直到藤条被打断。

他说我是个不懂珍惜食物的坏孩子，只会撒谎，一无是处，就像妈妈说的一样，养我就是赔钱。

我看见哥哥站在墙角，一脸心疼地看着我。他想上来帮我，却没有办法，他太瘦弱了，根本打不过爸爸。

我很羡慕别的小朋友，因为他们可以和爸爸妈妈一起去动物园、游乐场。

每个月我最期待的，就是去外婆家里玩。

外婆对我很好，她还带我去马戏团玩。

在马戏团里，我遇到了一个叫暗月的叔叔，他的个子和我一般高。

我在抽奖活动里拿到了头等奖，叔叔告诉我他能为我实现一个愿望，我说我希望哥哥能永远陪伴我。

暗月叔叔说，他做不到，他不能让一个不存在的东西变得存在。

我听不懂他在说什么。

暗月叔叔送了我一盆盆栽，他说暗月马戏团是讲诚信的，虽然他们没有办法实现我的愿望，但也不会让我空手而归。

我回到了家中。

我发现爸爸妈妈正在对着外婆一顿数落，他们都在怪外婆弄丢了我。

我来到爸爸妈妈身边，向他们展示手里的盆栽，并且告诉他们我去了马戏团。

爸爸：你又开始做梦了？

妈妈：什么盆栽？什么马戏团？你就知道撒谎！

爸爸：再到处乱跑，我就打死你！

爸爸妈妈生气了，他们一个拿起藤条，一个拿起板凳，对我拳打脚踢。

外婆用身体挡住了爸爸妈妈，不幸地被爸爸失手打破了脑袋。

后来，外婆住进了医院，爸爸妈妈不让我去医院找外婆，我只能和哥哥偷偷摸摸地去看她。

我和外婆说了我在马戏团的事情。

外婆看见我和哥哥以后很开心，也许是外婆年纪大了，她总是找不到哥哥的位置，必须要我抓着哥哥的手她才能找到哥哥。

这天放学的时候，我看到一个大姐姐跑了出来，一群大人追着她。

有人骑着摩托车，有人开着汽车，有人跑步。

他们把大姐姐团团围住，拿着皮鞭抽她，大姐姐哭得很伤心，可她依然不顾一切地往外跑。

对门的叔叔揪住了大姐姐的头发，破口大骂："你这个累赘，我让你来我家，可不是让你白吃白喝的，不给我生个儿子，你不许走！"

大姐姐只是哭，只能哭。

越哭，大人们揍她揍得越凶。

直到最后，大姐姐躺在地上，彻底不动了。

大人们拖着大姐姐来到中学后的小树林，我看见他们在杨树下挖了个坑，将大姐姐埋了进去。

原来大姐姐被他们打死了。

我抱着哥哥，哭了好久。

我生病了。

脑袋好痛，就像是有人用电钻在钻我的脑仁。

爸爸妈妈不愿意让我住院，说是要带我去找两个医生治病。

那对医生是一男一女。

男的长得像老鼠，女的长得像猫。

他们带走了我，还说我以后可能再也不会回来了。

我问为什么，他们说，如果想要治好病，就必须这么做。

我突然感觉很开心，又很不舍。

开心是因为自己再也不用和父母生活了，不舍是因为我再也见不到外婆了。

我说，我可以带上我的哥哥吗？

他们说，我并没有哥哥。

我很困惑，哥哥明明就在我的身边，他们怎么就看不见呢？

两个医生把我带到城里生活，他们让我叫他们爸爸妈妈。

我不肯。

他们也没说什么，但还是给我饭吃，让我住在他们家。只不过他们总是给我做一些奇奇怪怪的"训练"，这让我的身体变得越来越差。

我的脑袋越来越疼了。

我和盆栽说话，说我想喝杏仁水。

在我回头的时候，我发现我的床头果然多了一瓶杏仁水。

我发现这棵盆栽居然拥有实现愿望的能力。

盆栽说，让我脑袋不痛需要付出代价，如果你不痛，你的妈妈就要痛。

我犹豫了。

哥哥出来阻止我，他说这都是魔鬼的把戏。

我点了点头。

我背着哥哥，向盆栽许愿。

我的脑袋果然不疼了。

这一天，我的新妈妈找到了我。

她告诉我，我的旧妈妈得了绝症，很快就要死了。

我不明白为什么。

她说："你是一个特别的人，是这个世界上最强大的人，你可以创造一个属于自己的世界。"

我还是不明白。

她说："你不是想让你的哥哥永远陪着你吗？那好吧，我们来做一笔交易。你让我和你爸爸拥有超越人类的力量，我会让你永远和哥哥在一起。"

我睡着了？

我又睡着了！

我醒不过来了……

这是梦吗?

是的,这是梦,最真实的梦。

我们一家三口搬到新房子已经快一年了。

我们住进了高档的小区。

虽然这里没有乡下好玩,但是我终于住进了楼房。

爸爸妈妈还是那么喜欢烧羊肉给我吃,不过现在哪怕我不吃羊肉,他们也不会再打我、骂我了。他们变得温柔了许多。

最近我总是会做梦。

我梦见自己躺在一个血池之中,我的耳边总是会传来小孩子的哭声。

我好害怕。

我想找哥哥救我。

我睁开眼睛,发现自己站在了马路的中央。

大卡车朝我冲了过来。

哥哥及时出现,把我推到了马路边上,可他竟然被卡车碾碎了脑袋。

哥哥没了。

哥哥又出现了!

哥哥没了。

哥哥……

我好像……本来就没有哥哥?

你好呀。

我是一个拥有三口之家的幸福的女孩。

我的梦想是——拥有一个可以一直保护我的哥哥,我希望他可以一直陪着我。

第99章 | 谁爱她

思绪逐渐回到顾毅身上。

顾毅摇了摇头,看向前方。

一片虚无之中，妹妹正抱膝蹲在角落，发出轻轻的抽泣声。

顾毅手脚并用地向她走去，脸上的小丑面具正在一点点碎裂——即使是小丑面具，也无法长时间抵御虚空的侵袭。

顾毅想要大声呼喊，却突然想起了面具的使用规则，现在他不能说话。

他挣扎着走到妹妹身边，轻轻地拍了拍她的肩膀。

妹妹缓缓转过头，她的双眼一片空洞，眼角流出漆黑的泪水。

"小丑呀……是小丑呀……"

顾毅指了指自己的脸。

"啊！"

妹妹突然张开嘴巴，发出刺耳的尖叫声。

顾毅的耳膜瞬间被刺破，无数枝丫射出，直奔自己而来。

小丑面具上又出现了无数道裂缝，他必须时刻扶着面具。

妹妹的"诡异"力量太过强大了。

她无法沟通、无法交流，哪怕自己找到了副本中最强的剧情道具，也无法与妹妹的"诡异"力量抗衡。

妹妹的怨气实在没办法化解。

在原生家庭里就是被辱骂和毒打，被卖出去之后也只是被别人利用的工具。

如果换成顾毅，他也一定会堕落，直到成为和妹妹一样的"不可言说"。

难道……就没有办法了吗？

咯吱咯吱——

顾毅的面具开始碎裂，一只黑手套出现在他面前，一把将他揪出了虚空。

"哇！"

顾毅的面具碎成八瓣，他一屁股坐在椅子上，望着周围的一切怔怔地出神。

这里是他上次来过的放映厅，大银幕上正放映着自己在虚空中和妹妹对峙的画面，定格在他面具碎裂的前一刻。

"顾毅，你是活不下去的。"

主持人的声音从身后传来，他一屁股坐在顾毅旁边，拿出一桶爆米花，优哉游哉地吃着。

"你别不服气啊。"主持人笑着说道，"我的预知能力比你强百倍、千倍，可以在一瞬间预知千万种结局。无论你最后如何与妹妹交流，你只有死路一条。"

顾毅没有说话。

"我知道你不信，我给你看看你就信了。"

主持人从怀里掏出遥控器，按下开关。

银幕上闪过无数个片段，全都是顾毅的各种死法：

被枝丫刺穿心脏。

被树干压成烂泥。

被妹妹挖去双眼。

无论如何努力，无论如何劝说，妹妹最终都会杀死顾毅。

"怎么样？死心了吗？"

顾毅像摊烂泥一样靠在椅背上："嗯……拍得不错，我还没体验过被人挖眼而死呢，有机会可以体验一下。"

主持人愣了一下，这些场景就连他都觉得毛骨悚然。

"顾毅，我知道你在想什么。你还在担心自己的家人对不对？没关系，只要你答应我，加入我们，成为一名主持人，我可以保证你的父母吃香喝辣，并且享有无尽的寿命。"

"主持人到底是做什么的？"

"主持人可以成为副本世界的主宰。"主持人笑道，"在你的副本世界里死的人越多，你的力量就越强大，你可以创造的世界也越危险，规则越复杂。直到最后，你可以长生不死、永世不灭。"

"哦，我没兴趣。"

顾毅不为所动，他眯着眼睛，伸手从主持人怀里拿出一粒爆米花塞进嘴里。

"你到底在抗拒什么？"

"难道你真的在乎其他人的存亡吗？这个世界有谁值得你如此拼命？人性是丑恶的、自私的，这个副本的故事就是最好的注解。

"妹妹的悲剧是谁造成的？

"正是她的父母——本该最爱她的父母。

"因为她是个女孩，所以她在父母眼中就是个赔钱货。

"她出生的小镇以买卖人口为生，小镇后面的杨树林下，不知道埋着多少无辜者的尸骨。

"她生病了，父母不给她治，为了压榨她最后一点价值，父母将她卖给了别人。

"唯一疼爱她的外婆，最终躺在医院里不治而亡。

"唯一爱护她的哥哥，只活在她的想象里。

"父母爱她吗？

"世人爱她吗？

"公平爱她吗？

"正义爱她吗？"

咯吱咯吱——

放映厅里回响着顾毅咀嚼爆米花的声音。

主持人咧嘴一笑，将爆米花放在顾毅的膝盖上："加入我们，让人类付出应有的代价吧。"

"呸——"

顾毅吐出嘴里的东西。

"你知道吗，你就像是吃爆米花的时候嚼到的石子，像打完篮球后买到一瓶不怎么冰的可乐，像蚊子在脚心咬出的大包，像通关游戏后发现还有一个没得到的成就。虽然这些都不能伤害你，但就是会让你感到很不爽。"

主持人脸上的调色盘不停变化，他用力握紧了拳头，微微颤抖。

顾毅扭头看向主持人，露出了一个灿烂的微笑。

"人类生存至今靠的绝对不是自私自利，分享、团结、牺牲、奉献、勇气，这些是刻在我们骨子里的信念。原始社会，如果你不知道分享食物，那么你的伙伴就会饿死，在遇到危险的野兽的时候，他们就没有办法帮你。面对可怕的自然灾害，人类是互相挟持的长城，我们无数次用自己的血肉筑成城墙，挡住山洪海啸。

"我见过在火灾中为救人而牺牲的消防队员。

"我见过默默无闻、不求回报帮助灾民的志愿者。

"我更见过无数次不屈服于'神明'，敢于挑战'诡异'的冒险者，他们即使死，也不愿意向你们这些垃圾低头。

"这些才是我们世代传承的不朽精神。

"我们Ａ国人，不信神、不认命。

"我们总有一天会消灭所有'诡异'，消灭那所谓的'神明'！"

"放肆！"

主持人从椅子上站了起来，顾毅也同样站了起来，将手里的爆米花砸在了主持人的脸上。

"你在这个副本里看到了人性的丑恶，我却看到了人性的闪光点。

"即使生活凄惨、饱受折磨，妹妹却始终保持乐观，始终相信哥哥会保护自己。

"即使妹妹是个女孩，外婆依然不离不弃，把她当成最亲爱的外孙女。哪怕自己受伤，也要保护外孙女。

"即使哥哥是个不存在的、幻想中的生物，但他依然愿意放弃自己成为人类的机会，放弃自己的寿命，只为能唤醒沉睡的妹妹，履行哥哥的职责。

"而你呢？

"你不过是一个背叛人类、背叛信仰、背叛自己的败类，你有什么资格在这里评判人性？"

"好……真是好……好你个头！你就继续做人类的英雄吧，快滚！"

主持人握起拳头，一拳砸在顾毅的鼻子上。

顾毅鼻血横流，眼冒金星。

等到他再次恢复视力时，妹妹又一次出现在他的眼前。

第100章 | 曲康平的钓鱼手法

现实世界。

曲康平马不停蹄地离开了老宅，他拿出手机打了一个电话。

"立刻让本市所有头脑集中开会……对了，不要让他们在市里开会，就让他们来黄岛镇见我。别和我讨价还价，也别给我找什么借口，所有人都必须立刻来到黄岛镇，这关系到我们整个国家乃至全人类的生死存亡，有什么事情能比这个重要？我不想说第二遍，立刻、马上过来！"

曲康平挂断了电话。

阿健看着曲康平，心情没有丝毫波动，他已经跟着曲康平干了四五年了，早就摸清了曲康平的性格，他不管做什么都是这样雷厉风行。

曲康平从口袋里拿出香烟，阿健立刻把打火机递了过去。

"组长，你这次为什么这么着急？我不是已经派人去调查了吗？"

"呼——"曲康平吐出烟雾，"阿健，你还记得我当年在《诡异世界》里解锁的天赋是什么吗？"

"嗯……好像是增强灵感力的？"

"S级天赋，灵视之眼。它可以帮助我提高灵感力，被动地避免危险。到第二个副本时我就已经获得了新的能力，将这项被动技能转化为主动技能，可以对弱小的人制造幻觉了。"

"所以……"

"自从离开《诡异世界》后，我就再也无法使用灵视之眼了。我的灵感力也变得迟钝，除非在特别危险的时候才会发挥作用。但是，我来到老宅之后，我的灵感力又一次达到了巅峰，我发现我居然又可以主动地控制我的天赋能力了。

"这栋老宅的'诡异'力量可以让你使用在《诡异世界》里学到的技能。

"顾毅说得对，现实世界与《诡异世界》存在影射关系，我刚刚在三楼的时候曾经短暂地感受到了顾毅的存在。

"我的灵感力告诉我，顾毅很可能正处在最危险的关头，我们没有时间一点点地搜集证据，一点点地去调查。必须采取雷霆行动，直接抓住所有罪人。"

阿健咬了咬牙，有些担忧地说道："组长，你杀死那些村民勉强能算正当防卫，但如果你在没有确凿证据的时候杀死官员的话……"

"有任何问题，我一人承担。"曲康平说道，"如果我因此被撤职，那么组长的职责你先担着，你毕竟也曾是一名冒险者。"

"组长……"

"行了，没什么好聊的了。"

曲康平掐灭了香烟，靠在老宅的栅栏上怔怔地出神。

世人都说曲康平嚣张跋扈，但又有几人知道他对《诡异世界》深恶痛绝，对导演的狂热信徒深恶痛绝，对那些诋毁冒险者的人深恶痛绝。

阿健也曾经在《诡异世界》冒险过。

在体会过那种独自面对"诡异"的恐惧之后，阿健更加明白曲康平的心情——他是不希望让更多的人去面对那种绝望。

《诡异世界》瞬息万变，机会稍纵即逝，阿健不得不承认曲康平现在的选择虽然不合法，却是最正确的。

这样的做法必然会招来无端骂名、无数误解，甚至有牢狱之灾。

但是，他们没有精力解释。

没有时间解释。

更没有必要解释。

太阳落山了。

一辆大巴停在了老宅门前，胡畅带着一群人来到了曲康平面前。

"组长，所有人都来了。"

曲康平看了看大伙儿，丢掉了手里抽了一半的香烟。

胡畅低头一看，曲康平的脚边有十几个烟头。

"都跟我进来吧。"

曲康平摆摆手，领着大伙儿走进老宅。

大家厌恶地捏着鼻子，走进了那栋破破烂烂的老宅。

"这里好脏。"

"会不会有诡异生物啊？"

"你要我们坐在这里干什么？"一个小个子男人捂着鼻子说道，"这里快臭死了，我还有别的工作要做呢。"

曲康平挑了挑眉："你什么意思？"

"喂，我们又不是冒险者，我们全都是普通人。"

"是呀，这个时候把我们叫到这种闹鬼的地方，真晦气……"

啪啪——

曲康平走上前，给了那两个回嘴的家伙两巴掌。

刚才曲康平已经使用了灵视之眼。

在他的眼里，这两个回嘴的家伙全都是木头脑袋，这意味着和他们讲道理是没有用的，只有用暴力手段才能让他们屈服。

"我没时间和你们解释，你们所有人站成一排，我要一个个检查。"

曲康平瞪着大眼珠子，在每一个官员面前走过。

有的人浑身散发着金光，这是一个正直善良的人。

有的人身上散发着蓝光，这是一个疾恶如仇的人。

有的人身上散发着紫光，这是一个气运如虹的人。

曲康平看遍了所有人，他需要找出那个浑身散发着红光的人。

红光意味着罪行累累、杀气腾腾。

胡畅凑到曲康平身边："组长，怎么样？"

"没找到。"

"啊？"

"那就只能一起杀了。"

"咦？你在说什么？"

曲康平朝着阿健勾了勾手指，从他的怀里掏出一把手枪。

胡畅刚想拔枪，曲康平就一枪爆了他的头。

"啊！"

"杀人啦！"

"阿健，堵住门口！"

阿健点点头，立刻站在大门边。

曲康平一枪一个点射，收割了在场所有人的生命。

站在最后一排的女人脸色惨白，她跪倒在地，一脸惶恐地看着曲康平。

"曲组长，我什么都没做，你不要杀我，不要杀我好吗？"

曲康平咧开嘴角，冷笑一声："你这个坏女人，上钩了吧？"

"啊？"

女人抬起头来，看向身边的人。

在场所有被击毙的人全都从地上爬了起来，他们摸了摸自己的伤口，居然连一滴血都没有。

曲康平杀人根本就是幻象！

女人不可思议地摇了摇头："这是什么情况？"

曲康平眯着眼睛笑道：

"哼，你应该是刚刚掌握'诡异'力量，根本不明白其中的原理吧？

"你提前调查过我的天赋能力，所以故意隐藏了自己身上的杀气，让我察觉不出你身上的红光。

"但如此一来，你同时隔绝了我对你施加的幻象。在我释放的幻象中，他们每个人都以为自己是第一个死掉的，所以大家都是同一时间倒地的。

"你是唯一站着的人。

"你看见别人倒在地上，这才想起来要演戏，但已经来不及了。

"如果我没猜错，你的耳环就是可以屏蔽'诡异'力量的物品吧？"

曲康平用力扯下了女人的耳环。

女人的耳垂鲜血直流。

在曲康平的灵视之眼中，女人长了一张毛茸茸的猫脸，浑身上下散发着耀眼的红光。

第 101 章 | 归案

"我曾经在《诡异世界》遇见过一个连环杀人犯，他残忍地杀害了 13 名女子，但他身上的红光都没有你的亮！你一个女人，为什么会有如此歹毒的心肠？"

曲康平怒火中烧，一巴掌抽在女人脸上。

然而，女人脸上没有丝毫伤痕，反倒是曲康平的手腕剧痛，就像是打在了钢板上。

"嘻嘻……"女人怪笑两声，"男人打女人，你可真有出息呀！"

女人反手一巴掌抽在曲康平脸上。

曲康平眼冒金星，连退数步摔倒在地。

众人齐齐将目光放在女人身上，只见她的脸上长出猫的胡须，缓缓变成了猫的样子。

"怪……怪物！"

"快跑呀！"

大伙儿惊叫一声，四散奔逃。

女人被拆穿了身份，干脆也就不装了，她几个起落冲到了老宅门口，阿健和胡畅一左一右地站在路边。

阿健从腰间掏出手枪。

"住手……算了！"

胡畅拿出喇叭，又丢在地上，掏出配枪。

"快停下！"

"再跑我们就开枪了！"

砰砰砰！

阿健和胡畅举枪射击。

女人闪身腾挪，但终究还是阿健的枪法更胜一筹，女人的腿上中了一枪，她脚下不稳，一头砸在地上。

二人持枪走来，瞄准女人打空弹夹。

女人的鲜血汩汩流出，瞬间染红整片土地。

"兄弟，这女人挂了吗？"

"别急，我去看看。"

阿健从口袋里拿出盐罐。

这种特制盐霜是对付诡异生物最好的武器，在击倒诡异生物之后，必须在其身体上撒盐霜，这样才能彻底制服或消灭他们。

阿健走到女人身前，女人的脑袋突然转了180度。

那双深邃的猫眼盯着阿健，仿佛天上的星辰。

"喵，我美吗？"

阿健举着手里的盐罐，不知所措。

曲康平扶着墙站在门边，从怀里拿出电击枪，瞄准阿健扣动扳机。

"唔！"

阿健闷哼一声，倒在地上不停抽搐。

不过，这也刚好让他摆脱了女人的精神侵蚀，如果再对视两秒，阿健必然要变成一个白痴。

女人从地上爬了起来，她满身是血，眼睛里充满了怨毒。

"姓曲的，我和你无冤无仇，你至于这么赶尽杀绝吗？"

"打架的时候少说废话！"

曲康平拿出手枪，对准女人连扣扳机。

攻略组的手枪里都是特制子弹，弹头上加了水银。子弹射入诡异生物体内后，弹头破裂、水银流出，这会对诡异生物造成极大的伤害。

尤其是那些人形的诡异生物。

"喵呜——"

女人大吼一声，释放了全部"诡异"力量。

曲康平脑袋一阵剧痛，他看了看手里的手枪，忍不住往自己的太阳穴顶了上去。

阿健晕倒在地，并没有受到精神侵蚀的影响。

胡畅则直接崩溃，怪叫着一头撞在老宅的外墙上，头破血流。

"自作自受，是你害我大开杀戒的！"

女人冷笑一声，转身往小镇外跑去。

曲康平大叫一声，将枪口朝天，连扣扳机打空弹夹，强大的精神力帮助他再次战胜了女人的"诡异"力量。

"别跑！"

曲康平摆动双臂跟了上去。

既然找到了罪魁祸首，那就绝不能放虎归山。

现在，曲康平身上已经没有其他武器了，只剩下一把电击枪。然而，这东西只对普通人有效，对诡异生物产生的效果实在有限。

女人站在镇子口，得意扬扬地看着曲康平。

这些人类无法抵御镇外的浓雾，但是女人在这里进出过无数次，哪怕没有向导也能独自离开。

"曲组长，再见了。"

女人摆摆手，踏出一步。

刺刺刺——

电击枪击中了女人的后背，但她没有任何感觉。

"真是可笑呢……"

女人继续往前走，她忽然感到全身麻痹，脸上剧痛无比。

咔嚓咔嚓——

"为什么会这样？为……什么……"

女人的猫脸化为一团团黑色的像素块，掉在了地上。"诡异"力量如同潮水一般从她的身体中流逝。

电击枪起作用了，她僵硬地站在原地，扑通一声向后摔倒。

"呃——"

女人倒在地上，不停抽搐。

曲康平愣了一下，举着电击枪走到女人面前，只见她口吐白沫，双眼翻白。

在灵视之眼中，女人的身边躺了一只黑色的死猫，这应该是在暗示女人的"诡异"力量已经全部消散了。曲康平拿出手机，与自己的手下通话：

"多派几个人过来，我好像抓到关键的人物了。"

"调查得怎么样？"

"那个女人叫艾菲，是黄岛镇的镇长，她在市里拥有几十套房产，她的老公是拐卖团伙的小头目，我们也一并抓获了。另外，我们调查她的资金来源时，还发现她很可能涉嫌洗钱。

"关于她'诡异'力量的来源，我们暂时没有头绪。不过，我们发现她在前两年曾收养了一个黄岛镇的女孩，叫小玲。经过调查，我发现小玲其实也是被拐卖的孩子，而且卖掉她的人就是她的父母。她的母亲得了肺癌去世了，她的父亲因为车祸被烧死了。小玲的身上有很多伤痕，应该是被虐待后留下的痕迹。这个女孩的命运非常凄惨。在一年前，小玲被确诊肺癌，过了不到两个月被判为误诊。又过了一段时间，小玲又被确诊脑癌，脑袋里的肿瘤足有一个鸡蛋那么大，医生说她已经没有任何救治的必要了，恐怕3个月都活不到。然而……"

"然而，这个女孩活到了现在？"

"没错。"阿健点点头道，"不过，她进入了植物人状态，一直在睡觉，都没有醒过。"

胡畅的脑袋上缠着绷带，曲康平的眼睛红肿发炎，阿健除了脑袋有些痛，没有受任何伤。

曲康平看了一眼报告，推开了病房大门。

小玲躺在床上，表情僵硬，双眼紧闭。

阿健凑了上来，低声说道："这个姑娘一直在沉睡，一直没有醒过，她的身上似乎也没有任何'诡异'力量。"

"不，并不是。"曲康平淡淡地说道，"昨天我已经审问过姓艾的了，她的'诡异'力量就是来源于这个孩子。只要用大量新鲜的人血浇到小玲的脚心，艾菲就可以使用'诡异'力量。但具体是什么原理，艾菲也说不明白，恐怕得等顾毅回到现实世界之后，我们才能搞清楚这一切了。"

"那我们接下来该怎么办？"

曲康平看着沉睡的小女孩，摇了摇头，他坐在她身边，低声说道："欺负你的人，叔叔已经抓到了，他们已经付出了他们应有的代价。叔叔保证，你以后不会再受苦受难了。"

曲康平拉开窗帘，一束阳光照在了女孩的脸上。

第102章 | 最后的美梦

《诡异世界》里。

虚空之中。

顾毅手脚冰凉，脸上的面具摇摇欲坠。

妹妹的双眼一片空洞，眼角流出漆黑的泪水："小丑呀……是小丑呀……"

她重复着同一句话，朝着顾毅走了过来。

顾毅站直了身子，突然感到身后传来一束温暖的阳光，他扭过头去，手脚并用地朝那束光跑了过去。

"不要跑！"

枝丫刺穿了顾毅的大腿。

顾毅痛呼一声，用指尖触碰到了阳光的边缘。

虚空的潮水瞬间退却，顾毅又一次回到了妹妹的记忆之中。

顾毅睁开眼睛，发现自己正在以第三视角观看妹妹的记忆。

此时，妹妹正在被母亲打骂。

顾毅冲了上去，一把推开了母亲。

妹妹一脸茫然地看着顾毅，她似乎还看不见这个哥哥。

"不要怕，我陪着你。"

"为什么不吃羊肉？"

"你就是作怪！"

"不吃就不吃，你还把羊肉吐在袖子里做什么？"

"撒谎精！"

父亲拿起藤条，开始抽打妹妹。

顾毅丢下碗筷，把一锅羊肉推开，砸在地上。

"不想吃就不吃，你们为什么要这么折磨孩子？她不吃的话你们要骂、要打，孩子不想吃又不想挨骂，当然只能把羊肉吐在袖子里。如果哪天孩子真的成了撒谎精，那也是你们害的！"

父亲怒火中烧："这是我的孩子，我想怎么教育就怎么教育！"

"孩子是独立的人，不是你的奴隶！"

顾毅抢过父亲的藤条，用力掰断。

妹妹离开父母和外婆住在了一起。

今天，顾毅带着外婆和妹妹一起去城里的马戏团玩了一趟，马戏团的团长名叫暗月，他拿出一个抽奖箱放在了妹妹面前。

"孩子，你获得了一次抽奖的机会。"

"哇，但愿我能中奖！"

妹妹从抽奖箱里拿出了一张暗月奖券。

暗月接过奖券，笑眯眯地说道："恭喜你，你中奖了，我可以实现你的一个愿望。"

"什么愿望？"

"什么愿望都可以。"

"嘻嘻，我没有什么愿望。"妹妹拉着哥哥和外婆的手说道，"我已经很开心、很满足了。"

暗月哈哈大笑，他拿出一个暗月形状的胸针，别在了妹妹的胸口。

"暗月马戏团是讲诚信的，你得了奖，我们怎么可能让你空手而归？"

环岛小镇迎来了审判，镇子里有二十几个人被抓走了，爸爸妈妈也不例外，就连镇子的镇长也因为监守自盗被送进了监狱。

外婆获得了妹妹的抚养权，在照顾妹妹一段时间后，因为生病住进了医院。

外婆摸着妹妹的脑袋："你先出去一下，我要和你哥哥说两句话。"

妹妹点点头，离开了病房。

"好孩子，外婆可能要不行了。"

"外婆，你在说什么呢？你一定能长命百岁。"

"我一直都看不见你，也听不见你的声音，但我知道你就在那里。如果你能听到的话，答应我，好好照顾妹妹。"

外婆将一个福袋塞进了顾毅的手里。

顾毅伸手要接，福袋却穿过自己的手心落在地上。顾毅这才想起来，他只是妹妹幻想出来的人物。

这里，只是妹妹的梦境。

妹妹不在的话，他没有办法展现自己的实体。

妹妹得了癌症，住进医院。

顾毅站在妹妹的床边，握住了妹妹的手。

一缕阳光落在妹妹的脸上，照亮了她有些苍白的脸。

"哥哥，你能……扮演一下……小丑吗？我好想……看看小丑。"

"好。"

顾毅点点头，从怀里拿出了那张破破烂烂的面具，戴在了脸上。

"哥哥，小丑不能哭。"

顾毅咧嘴一笑，从口袋里拿出了一只气球，熟练地吹成一只小狗气球，放在了妹妹的枕头边。

妹妹看了一眼小狗气球，有气无力地笑了两声。

"哥哥，我感觉我真的要睡着了。"

顾毅摘下了面具，轻轻摸了摸妹妹的脑袋："你很累了吧？"

"不累，我可开心了。"妹妹眯着眼睛看向顾毅，"这可能是我做过的最美好的一个梦，但可惜的是……这也是我最后一个梦了，谢谢你一直陪着我。"

顾毅没有说话。

"哥哥……你说……人一直都这么痛苦吗？"

"是。"

"那我们为什么还要活着？如此努力地活着？"

"因为……"

顾毅来不及回答，妹妹就闭上了眼睛，沉沉睡去。

咯吱咯吱——

顾毅的耳边传来玻璃碎裂的声音，妹妹最后的梦境支离破碎。